地底三萬呎

朱少麟

目錄

垃圾

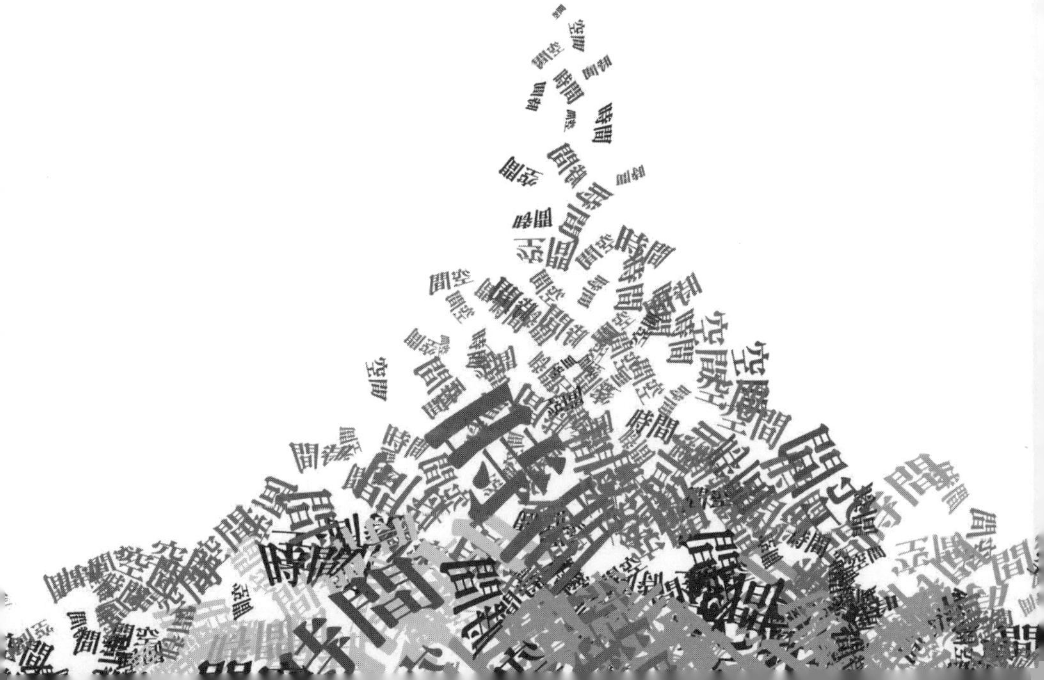

1

時間，不詳；地點，不詳。

他們讓我二十四小時保持高度緊張，日夜不停強光照射，我的面前是一份紙筆，等待我的自白，但是人能將自己交代到什麼層次呢？除了我認罪三個字，我決定不再多言。

我另外從牆上撕下了這張優美的風景海報，我要在背面寫出一些真心話並且讓它們非常不著邊際，然後再將海報悄悄拋棄。

這想法讓我滿意極了。我的確留下了口供，只是多麼不幸，這張海報註定要隨著果皮紙屑一起漂流，沾染上各種酸臭，歷經各種令人傻眼的差錯，最後消失在他們親手造出的萬噸垃圾中，永遠深深埋藏。

還有什麼吐露方式，更接近這世界的真相？

如果不反對的話，請以開朗的心情聽我訴說：首先，我是一個有感情的人——儘管笑吧，我已經太久沒見過任何歡顏。

不知從何時開始，身旁的人個個駭怕我。河城中的居民是怎麼挖苦我的？他們說我心理異常，說我冷血陰險，甚至殘忍地說我是個惡魔，說得就好像我不曾是個孩子，不曾為了索取一點愛而神傷、而傻氣、而徬惶一樣。

我確信我曾有過一個童年，那時似乎沒有人駭怕我，怎麼落到今日這一步？真可惜無法奉告，現在我願意追憶的範圍只限於河城的歲月，如果發現我過度悔恨，請不用費心猜想，我完全是為了自娛。

太多往事縈繞我心，其中真有不少耐人尋味的情景，為了方便回顧，我們且先讓時光倒轉1861天。

何以如此精確？老實說，日期無關緊要，差別只是我受苦的長度，如果為了諸位的歡樂而改成一萬天亦無不可。回到正題吧，就是在那一天，我首度光臨河城，或者說，試圖找到河城——好吧，不妨直說，進城之前我完全迷了路。

獨自駕車胡亂繞行，正好讓我飽覽風光，並且得到兩個感想：其一，河城周圍那一望無際的丘陵地，枯旱的程度，就好像遭受過百萬次天打雷劈。後來我才漸漸明白，因為景色太過悽涼，會前來此地定居的動物，只有人類與線鬃鼠，那是一種天生就痛恨同伴的小獸。

其二，我想我愛上了這片景觀。

人們也許會料想，以我熱衷園藝的程度，必定偏好茂密的綠意。這完全是誤解，賞花者才需要美景當前，而栽花人渴望的是裸土、是潛質，就好像這樣一塊寂寞的大地。

人們所誤解的還有我前來河城的理由。

我的朋友們並不祝福我的新工作，是的，我曾經有許多摯友，他們這樣語帶嫉妒地說：「你這職位來得太過夢幻。」

他們之中有些人顯得相當煩惱：「我的天哪，你不會真想去河城吧？清醒點好嗎？」

而我則認為那些從不做白日夢的人才是活得有如在夢中。

況且我也無法留在故鄉了，就算河城再偏遠我也樂意一探——為了不讓諸位進一步誤解，我想說明，這與我當時的小小失戀並無太大關聯，只是以往的生活太過於平淡，所以我奇妙地假設，真正的浪漫應該是遠在天涯一方，而河城的職務正好向我招了手……總之，無需岔開話題，直接回到那一天，我已啟程來到河城邊緣，迷途中枉走了無數哩程，我來到一處險峻的河谷，路勢越攀越高，夕色越來越濃，終於在這兒我遇見了人蹤。

那是兩個男人。

兩個看來還不脫稚氣的年輕人，頗為錯愕地瞧著我驅車上了山崗。

到今天我還能清楚地記得，滿天像烈燄一樣的鮮紅晚霞前，那孤伶伶的兩尊身影，並立在石崖的最末端，那幅徹底絕望的模樣。

他們之中較高的那人長得頗帶野性，他警戒著我的來臨，又不時回頭打量谷底，似乎非常煩心，另一位則是俊秀得像個女孩兒，只見他慌張地向後退卻，再差一步便要墮入深淵，這兩人看起來都是一樣的衣衫凌亂，神態一樣的疲倦狼狽。

此情此景讓我永生難忘，說不上為什麼，我看出來了，這兩個孩子正準備要從此地跳下懸崖。或許他們對於我的來意也同樣疑猜，所以只是忐忑地望著我下了車。

念及他們即將是我所治理的子民，我的心中產生了一些慈愛之情，只願表達出援助的意思，我想將隨車攜帶的點心餐盒、或衣物、或隨便任何東西餽贈給他倆，但也許他們不習慣接受施捨，我亦拙於直接表達友誼，於是我和藹地搭訕：

「二位可是來自河城麼？」

兩人的反應都是一愣，接著都笑了。他們的答覆實在過於粗魯，在這邊請容我刪改部分發語詞與欠雅的贅字，重整之後的大意是說：

「我們再倒楣，也淪落不到河城那鬼地方去。」

好了，諸位現在應該明白我的意思，河城並不是什麼度假勝地，實情正好相反，人們之所以被遣送到此，都是各種荒唐與墮落故事的結局，簡單地說，河城是暫時收容破產者的中途站，從某個角度來說，確實算是天涯一方，只是缺乏了浪漫。

在管理河城的歲月中，我想說，殘酷並非我的天性——這不是尋求諒解，請恕我直言，我根本就瞧不起諸位淺薄的善惡觀，如今說出真相我也不介意諸位的嘲笑，人們只以為我趾高氣昂，卻沒有一個人能夠明瞭，我有多麼不喜歡這份工作，不喜歡的程度，逼得我曾經像個厭惡上學的兒童一樣，憑空捏造出許多病痛：胃潰瘍、肝炎、骨刺、肺癆，不管是什麼頑疾都好，只要能讓我順利調離河城。

天可憐見，寄出的調職申請全遭到了駁回，因為鬱悶的緣故，我所謊稱的各種病況竟然一一成真，誰都看出來我整天心悸頭疼，我漸漸厭倦食物，接著厭倦治療，到末了厭倦淚水，厭倦笑容也厭倦陽光。

所以我要特別提起一個女子，說說她的故事有助於詮釋我的心情，再者，誰能忘得了這樣一個美人？她有個極可愛的名字，叫作景若非。

沒錯，就是諸位回想起來的那位傳奇歌手。

我能瞭解諸位的震驚，只有少數人知悉她就是在河城度過餘生，這都要感謝媒體的慈悲，當然也不該忽略我的體貼，在我的特意保護之下，景小姐自從遷入河城以後，再也沒遭受過一次採訪的騷擾。

該怎麼形容景小姐呢？應該說，上天必然非常鍾愛她，既給了她驚人的美貌，又賦予她無比的才華。身為景小姐的歌迷，我個人推薦她晚期的專輯，尤其是她嘗試中低音域的「天空私語」——這張音碟的非凡成就已不需要我的溢美之詞，絕對值得五顆星的評鑑榮譽。

早期的作品則讓人太輕易愛上她，那種愛是膚淺的，景小姐的歌藝像是熟釀的烈酒，只有慢酌才能嘗出深度，就算是最苦澀的情歌，經由她唱出來也透著甘甜，彷彿希望之光就在前方不遠似的，只可惜真實生活卻擊敗了她，這些也無需我再多費筆墨，關於景小姐是如何酗酒、吸毒、遇人不淑、負債累累、走入下坡，都已經過扒糞雜誌的大量揭露，而她終至於消聲匿跡，行蹤成謎，實情則不為人知。是的，她倒楣地淪落到了河城。

沒有人會忘記景小姐進城時的轟動，全城的居民爭相圍觀這位大明星，她的一顰一笑果真不令人失望，而我明白她實際上疲倦慌亂，打從血管裡渴望酒精。

因為太同情她，景小姐成了我生命中的法碼，一邊是職責，另一邊是我的真心。

為了幫助景小姐戒酒，我安排她擔任鍋爐雜工，那工作處與外界隔離，景小姐將可以專心對抗癮頭，不用擔憂任何無聊人窺探她的窘狀。

鍋爐間的乾燥煙霧雖然永久損傷了她的歌喉，她還是保有奪目的豔光，再多的布料也裹不住她所散發的撩人之火。我側面得知——河城裡最不缺乏的就是閒言流語——景小姐每天耗費許多光陰梳理儀容，我願意體會她的耽美之情，不過裁減掉部分的女性浴間，確實是我所必須採取的對策。

新頒布的髮禁則獲得了空前的惡評，我不得不薄懲幾位過度打扮的女士，以表明我不是一個朝令夕改之徒。

景小姐病了，我曾多次親自探望她，諸位絕不會相信她有多麼冷淡，永遠都是待我以這一句：「您請離開，我這兒沒什麼好招待您。」

為了強化她拒我於千里之外的張力，景小姐還將我饋贈的新鮮水果棄置在地上。

我不曾記掛她的嬌蠻，太美的女人總是保有任性的特權。我派她參與河床掏濬工程，是為了讓她多曬些暖陽，人們又議論紛紛，甚至傳言說我想「活活累死她」，蒼天可鑒，景小姐與我之間的關係，是何等優雅的對抗，人們憑著惡意的眼光，當然看不明白，我和景小姐實際上完成的是一首雙人合唱，就像天籟之音那樣抒情，那樣合拍，那樣婉轉。

景小姐病重了，當我獲悉她再也下不了床，便即刻前去與她晤面，這次她一反常態，挽住我的手說了許多親切的話語，又頻頻催促我打好燈光，並且問我，她的容貌看起來是否上相？

她顯然將我誤當成了記者。我只好告訴她，「景小姐，您從未有一天像今日一樣美麗。」於是她回報給我一朵最純真的笑靨，其可愛的程度讓我想起了我的妹妹的青春年少，所以我為她拍了一些照片。

人們說她已然瘋狂，我完全反對，她天生就是個表演者，習慣華麗的誇張，也需要觀眾的迴響。

她的最後一次登台演出，只有我一人目擊。那是個天將未亮的清晨，我因為長期失眠，養成在河邊摸黑散步的習慣，景小姐必定是探聽到了，所以她在河岸上守候。

初會面時我並未認出那是景小姐，這都該怪她在臉上塗抹了那麼濃烈的彩妝，她尚且非常不合時宜地披上一件寬大斗篷——細看之下是她臥病時我遣人送去的毛毯，雖說河城向來沒有時宜的問題，但猛一瞧見她的裝扮，我還是不禁毛骨竦然，景小姐看起來真像個死神，飄來河畔，正要展喉唱出我的輓歌。

涼爽的晨風中，景小姐像是很稀奇似的許久看著我，終於啟齒，她胸中似乎藏有千言萬語，但她只說出了半句：「辛先生……」，就飛躍入河裡，留給我無限的想像餘地。

她是在呼喚我，以那麼充沛的感情。我不否認她當時曾想要擒我一起入河，可惜她太虛弱也太情急，沒有察覺出我其實願意隨她而去。附帶一提，她去得還真是迅疾。

此後我多方蒐集全了她的歌唱專輯，常常終夜聆聽她的低吟細語，並且著手研究她的生平軼聞，一吋吋揭去她的冷漠面紗，重新認識了另一個深深隱藏的她，也感慨她所認識的何嘗又是真正的我？我非常希望有幸能為她寫一本傳記，儘管她是如此薄情，連個小墳也不肯留下，好讓我在傷心時，坐在墳頭找她說說話，幸而河還是在的，河水浸滿了她的旋律，只有我能聽見。

人們說我是個變態，說我藉職務之便害死了許多人，包括景小姐在內，我一次也沒為自己辯解。何需多費唇舌呢？善惡是互相牽扯不清的，沒有人真正罪惡，也沒有人完全無辜，世界就像個大礦坑人人互相挖掘，所得僅止是碎屑，如何界定是非？在我心中，唯一真實的標準只有美。

唯美的視野讓一切變得清澈單純，只要想到每個亡魂，不過都是回到了最恰當的歸宿，例如說景小姐，沒有比那樣戲劇性的落幕更適合她的美，我心平靜。但是為什麼又時常想起你？

糟糕至極的是，幾乎記不起你的模樣。

說不出你的髮色的濃淡，常常從鏡子中誤見到倔強的你，隨即又發現那其實是我的孤單。你走得何其痛快，從不顧念我有多麼難受，但我可曾恨過你？從來也不恨，平心而論，我折磨你就如同你辜負我一般多，這樣很好，符合平等與對稱之美，說到了平等，我常常不禁猜想，你是否也懷念著我？

你儘管保持沉默吧，早已經不再奢望你開口，聽好了，我宣布重逢的時刻就要來臨。

我的末日已在眼前，我已放棄進一步答辯，只求迅速結案。我知道審判過程將公正廉明，我將被處以極刑。

由於這世上沒有人比我更了解痛苦，我希望能保有自薦死刑方式的權利，基本上我提議以壓路機將我輾斃，由腳輾起，我將像你一樣忍耐，然後我將再一次遇見你，就在遠離一切的高空，不再有旁人，不回到從前，不期待明天，只剩永恆的我倆，難道你還能再閃避？我心憂傷。我將再也不會讓你離去，因為在那樣的高度，世間一切牽絆都只是塵埃，那兒幾乎與天堂接壤……

然而，該死的你應當知道，邊境最是荒涼。

2

「嗐，哪還有什麼地方比這裡荒涼？」

讀完最後一行，我當場把午餐吐了出來。

這張溼淋淋、髒兮兮的海報，是我費了好大功夫才從廢物堆中發現，它有一半的篇幅淌滿了廚餘汁液，我還得扯出另一片紙屑拚命擦拭。

掏了許多年的垃圾，還有什麼噁心的東西我沒見過？但是辛先生的這篇鬼話太有威力，它就像整個垃圾坑的惡臭發生氣爆，炸出翻天覆地的陳年污垢，髒到這種地步，就絕對需要我這個清掃魔人出場了。

先說我自己。我的這輩子大約做過六百次矯情的個人簡介，寫過三四十封我差點信以為真的履歷表，這一次，為了對抗辛先生那張讓人抓狂的海報，我決定卯上全力，來一場最囂張的自我介紹。

我是一個身高中等、體重中等的健康男性，年紀也算中等，我的姓名並不重要，沒有人真的在乎，大家就直接叫我「帽人」。

這是一個綽號。

河城的人喜歡取綽號，越低級越好，反正管你是偉大還是失敗，總有一天誰都會發現，人生不過是一齣角色扮演，疲勞一輩子全為了別人的掌聲鼓勵，問題是票房通常很糟糕，而且承認吧，你多半還只是個低薪的跑龍套。

大家會叫我「帽人」不是沒道理的，不管是微風、狂風、龍捲風、冰風暴、晴時多雲偶陣雨，不管是任何狀況都休想叫我摘下帽子，至於脫帽行禮，這更不可能發生，因為這世上媽的沒有人值得尊敬。

我的氈帽又深又闊，讓我可以將帽沿壓得超級低，就算你矮得像侏儒，也只能看到我的下巴部位。大家早已經習慣了我的造型，我就是一頂帽子下面會走動的那個附屬品，我的真面目是一個空白，隨便你怎麼猜，越狂野越好，反正大家胡扯起自己的來歷時，個個都是抽象派。

我的背景倒不需要隱瞞，我來自一個悶死人的正常家庭，從小和每個人一樣，立志讀最好的名校，然後進入最拉風的大企業，比你們強的一點是，這些我都辦到了。

在最棒的年歲裡，我都藏身在一間跨國公司中。公司有多拉風？說明白點，它是一個無邊怪物，它的規模只有從數學上才可能理解，員工不算在內，光是它的會計師就遍布全球，它隨便撥出一點歲入零頭，也能認養整個非洲窮國，你的手段如果不夠漂亮，來這邊只配得上掃廁所——我們還真有個博士掌管廁紙物流。

考進這間公司以後，我振奮得像是嗑足了藥，見到誰都想握手問安，能擁抱更好，簡直比街頭的流鶯更不害臊。那時的日子真不是人過的，怎麼說？我每天在辦公室解決三餐，我在開會的空檔上課進修，在睡覺時思考企劃案，我忙得六親不認，隨時以團隊為重，全年無休像便利超商，然後我又跟十個時區以外的人合手撂倒我自己的主管。

我說不出我中了什麼邪，只能說那樣的生涯真的很像一場催眠秀，你的雙眼是睜著沒錯，但是骨子裡失了神，你會作牛作馬，你會為了一點暗示水性楊花，你會忘了原則忘了休息忘了青春期的夢想，忘了到底該向誰盡忠。對了，這年頭誰還對什麼忠誠？總之我就這樣獲得了幸福，我賺得比你多，住得比你好，我還把上了一個比我更心狠手辣的女人，我是一個幸福的年輕菁英，唯一的問題只有，那時的我不太自然。

現在我就自然多了。我想舉一個好例子，我的一個朋友——他的姓名也不重要，姑且叫他帥哥——的親身經歷。

這位帥哥從各方面來說都很帥，老天給了他聰明腦袋和一副偶像級的臉孔，魔鬼又加送他英挺身材和一點點貴族邪氣，他上街買包菸都得應付星探的糾纏，他剪了新髮型，連女人看了都想模仿，他從小到大都是寵兒，所以性格養得超級屌，大家卻又諒解他，人們這樣說：「既然好事全都發生在他身上，帥哥白目一點是難免的，你不會希望這種人太和靄可親。」

帥哥的超屌人生卻栽了一個大跟頭。那一天，他去另一個城市開會，應酬完畢以後，預定搭飛機回家，帥哥卻臨時取消了班次，他租了一輛香檳色跑車，開往機場相反的方向。帥哥是常改變主意的人，所以這件事並不算古怪，他大兜一圈回到市中心，坐在充滿天然花香味的飯店大廳，等待一個女人。怪的是這個新認識的小妞並不特別美，吸引帥哥的理由也完全不充足，可以這樣推測，帥哥那天剛好失心瘋，湊巧想要把一個中等美女。

但是這個女人失約了，帥哥的耐性不高，自尊心無限，他只等了三根煙的時間，就結帳離開，走到街上，拋了幾個零錢給街頭藝人，又在飯店櫥窗前，意外發現鏡面玻璃反映出他的倒影，所以他徘徊了片刻，最後取車，他撥一下秀髮，打開車門時，一波強烈閃光和震撼襲來，好比迎面挨了一大拳，接下來他只記得三個畫面。

曝光過度的銀白街道。

地面，地面向他快速撞擊過來。

黑暗。

帥哥碰巧遇上那次死了一大票人的瓦斯廠大爆炸，太年輕的朋友如果以為我在胡扯，麻煩回去問自己家裡的大人。反正那次意外真的死了很多人，當帥哥暈倒在他燻成焦黑色的跑車旁時，飛奔過去的SNG車根本沒時間多看他一眼。

大爆炸將帥哥毀得面目全非，連匆忙趕去醫院的老媽都認錯了人，你能怪她笨嗎？醫院裡塞滿了緊急傷患，樓梯間也全擺上了病床，那麼多的災民裹滿了紗布，全都一模一樣像是退冰中的牛排，躺在那裡冒水珠，好不容易才母子相認，媽媽很鎮定地告訴義工：「是我兒子沒錯。」又很做作地向帥哥說：「兒子，你看起來還不錯。」

然後從那一天開始她連夜惡夢，在惡夢中尖叫連天。

許多次的手術將帥哥整回成人形，他竟然出了院，現在帥哥這個稱呼對他很不貼切了，但是我們好心點，還是勉強沿用吧。帥哥不再回去工作，也拒絕踏出家門，他變成一個不怎麼帥的憂鬱小生，嚴格說起來演鐘樓怪人會更適合他。帥哥的情緒糟透了，連心理醫生都能被他招惹得痛哭流涕，唯一讓帥哥保持精力的日常活動，是頂撞他自己的母親，兩個人的相處非常痛苦，直到有一天，雙方痛苦到達最高點，帥哥留下一張簡短的紙條：「我走了，不用想念我。」就消失無蹤，這是他兩年多來第一次獨自外出。

離家出走維持不到半天，當帥哥像過街老鼠一樣躲躲閃閃溜回家時，很火大地發現大門已經換上新鎖，媽媽說什麼也不肯開門。

沒有人想念他。

因為過度抓狂，帥哥一把摔掉鑰匙，這種痛快的舉動發作起來簡直不可收拾，他開始翻口袋，將所有掏得出來的東西全砸在門前，皮夾，信用卡，駕照，手機，兩張陳年紙條，幾顆來歷不明的藥丸，連最後幾枚硬幣也脫手，附贈一個不雅的手勢，帥哥一股作氣閃人，哪邊有誰驚嚇地張望他，他就怒沖沖轉入哪個方向。

轉了太多彎，那一夜他睡在陌生的暗巷角落，天亮以後展開新人生。可以說帥哥昇華了，就在那夜蟑螂排隊踩過他身上的時候。帥哥不再花時間自怨自艾，他專心做一隻可憐蟲，低姿勢爬來爬去，那才叫輕鬆，恐怖的外表讓帥哥無往不利，跟酒鬼搶地盤取暖，小意思，向陌生人討錢買熱咖啡，沒問題，他學會了很多街頭求生技能，他開始覺得從前的人生才是又怪又扭曲。

現在我所知道的帥哥平易近人，交了各式各樣的麻吉，就算遇到智障他也能聊上半天。

我離題了嗎？並沒有，我想說的是，世事無常，災難像鴿子糞一樣，會正好落在你頭上的緣由誰也沒辦法追究清楚，大禍真的降臨時，當務之急是分辨出兩種不同的災難等級：

狀況甲——你還有希望重新振作。那就掙扎吧，可以確定你天生一副勞碌命。

狀況乙——你沒救了，但你也還死不了。這種狀況最奧妙，就因為事態已經糟到不可能更糟糕，所以反而沒道理不解除警報，讓自己徹底放鬆心情。關於放輕鬆，我的另一個朋友禿鷹有句話詮釋得最好，他說：「當你已經擺平在地上，你就不可能再跌倒。」

能把一句話說得既樂觀又悲哀，是禿鷹的專長，我有時還真佩服他。總而言之，河城就是這樣一個讓人放輕鬆的好地方。

來到河城以後，我的心情變得很自然，雖然偶爾也在半夜裡驚醒，卻發現我根本沒有事情好緊張，我漸漸睡得又多又沉，借禿鷹的另一句名言就是：「一個只用綽號過活的人何必再失眠？」

說到我的身分，也許有人以為，我是河城的垃圾清潔工，會這樣說的人，既不明白我的深度也不懂垃圾的內涵。

垃圾多有內涵？先想想看，垃圾天生就是破爛嗎？——錯，垃圾來自黃金屋，垃圾曾經顏如玉，垃圾包藏許多故事，垃圾不擅長說謊。

一個人可以停止吃飯嗎？——可以，但是人不能停止產生垃圾，人就像一座永不收工的廠房一樣輸出各種拋棄物，夾帶著各種訊息，匯總到我這邊，我分類，我整理，我順便了解許多隱情，天底下還有什麼東西能像垃圾一樣洩光你的底？

我領悟出一個真理，這個世界的一切，包括你在內，要不就是垃圾，要不就是漸漸變成垃圾中，垃圾本身就是歷史。

有了這一層體會以後，我不再只是一個清潔工，可以說現在的我，是我的二•0代升級版，我是一個全職的垃圾歷史學研究員，垃圾就是我的書，書中追查得出你的全部秘密，我推理，我解讀，我的工作手推車和掃帚因此很聖潔，很有意境，我自己則感覺很可貴，很澹泊名利。

至於別人說：「你這算哪門子學者啊？」我無所謂，因為學者終歸也有變成垃圾的一天。

自我介紹完畢。

※　※　※　※

辛先生的那張海報很不好對付，唯一的處理辦法，是找出骯髒的源頭，再來看看該怎麼消毒，所以我要說一個很髒的垃圾故事。

故事的開始，是一個讓我很棘手的拋棄物，它超出我所有垃圾分類的準則，既不能掩埋焚毀也不好循環利用，那是一個小女孩，叫做南晞。

南晞緊緊拽著媽媽的裙角來到河城時，大概只有五六歲，媽媽是一個名叫阿琛的年輕女人——這並不是綽號，但也沒人相信是真名。阿琛長得很美，所以不出大家所料，果然是個大禍害，她在河城短短幾個月，闖出多少麻煩我就不提了，我們直接來看她是一個多混帳的老媽，那一天，當我納悶阿琛為什麼好多天沒有倒垃圾，直接去敲她的門時，才知道她早就丟下宿舍一整間髒亂，還有她自己的小女孩，偷偷溜出河城，永遠沒有再回來。

我是在清理阿琛的房間時發現南晞的，一開始我還以為是隻大老鼠，不能說我看錯，房裡邋遢到那種程度，掃出什麼怪東西都有可能，再說南晞小小的身軀又整個蹲在打翻的衣櫥中，天知道她幾天沒吃沒喝了，這孩子睜著很亮的大眼睛瞧著我，不哭也不乞憐，我擱下掃帚坐在她面前，一時沒了主意，她忽然爬出衣櫥，要掀開我的帽子。

「我看不到你。」小女孩萬分委屈地說，她這時才哭了出來。

因為不肯讓我牽手，南晞緊緊拽著我的褲帶，跟著我在城裡逛了一圈，大家就取得共識，我們決定私下收養南晞。城裡實在太缺乏兒童，尤其是個可愛的小女孩，沒有人樂意讓她離開，怎麼關照她則不成問題，大家不是也合力收留了幾隻野貓？

就這樣我們完成了資源回收，要窩藏一個孩子並不困難，河城的管理向來鬆散，再說誰不是永遠欠缺一點愛的對象？

許多人共同照顧南晞。

小女孩很快就到達了學齡，局面開始有些複雜，太多人主張太多種教育方式，托南晞的福，大家這才發現城裡原來英才雲集，英才們你爭我奪，拼湊出一套獨特的課程，這是河城專為南晞一個人調劑的成長奶粉。

我想小南晞並不知道為她啟蒙識字的老先生曾經是個文壇怪傑，教她算術的那個傢伙則是有名的天才經濟犯，人們的失敗史離南晞太遙遠，應該說，失敗這個概念對她來說太新奇，雖然我們自知形象不怎麼優良，但是在小南晞的眼睛裡，好人是我們的統一代名詞。

不是我自誇，我們這些好人真應該接管國家教育部。南晞在大家的調教之下，滿十二歲時，知識豐富的程度就不消說了，她還多才多藝，文武雙全，更不用提她的特殊技能，那麼靈巧的一雙小手，懂得修理電器，懂得烹飪，懂得破壞也懂得創造，必要時還懂得扒竊——得自一位正宗黑道大哥的真傳，南晞知道怎麼討最暴躁的人歡心，她撒謊時，連詐欺高手聽了也禁不住要掉眼淚咬指甲，每當她笑起來，又在每個人心裡的髒污處，都栽上了一朵玫瑰花。

這樣一路下去，我們眼見就要創造出一個曠世奇材，情勢卻出現了變化，我指的是辛先生的來臨。

很少有哪一任的新主管，像辛先生一樣引起這麼多耳語。

據說他自己輕車便服來到河城，讓接風的職員們全都撲了空。

在辛先生之前，河城連年不停調動主管，比一部老爺車換零件更頻繁，每一年都有新長官威風八面地上台，每一個都是躺著離開。

就說最近的一位，據說到任前曾經是軍方的官員，這人喜怒完全不形於色，實質上人格大有問題，他會不定時突擊檢查宿舍，檢查廠房，甚至在洗澡時間檢查浴室，說是機動巡視，依我看十足是個偷窺狂，這麼有活力的人，竟然在批公文時，忽然仆倒在辦公桌上，吐血而死。

他的上一任倒楣鬼，人稱「烏賊王」，因為收起賄賂毫不手軟，他的特殊癖好是設定結界，把全城細細劃成職員區和居民區，弄得界限分明寸步難行，直到有一天，烏賊王在職員專用的河邊步道上溜狗時，很邪門地掉進河裡——放心，狗還好端端站在步道上，失足的只有烏賊王，幸好那時大河正逢枯水期，淹不了人。

他是摔死的，河岸太高了。

再之前的那一位，是個又白又胖的老傢伙，怎麼看都挺親切，老傢伙喜歡籌辦各種文化活動，他相信藝術可以薰陶人心這回事，在一次熱鬧的表演晚會中，他登台說話，說得出乎意料的冗長，直到這一句：「……我還要大家記住，一生當中最值得珍惜的……的……」，後半句永遠是個謎，眾目睽睽下，老傢伙僵了，半天沒動靜，準備伴奏的樂手只好將他扛下來，還有氣息，只是中風。

歷任主管都短命，來去匆匆，連帶得我們受夠了各種新官新氣象，看遍了各種誇張的排場，就這一次最讓大家意外，什麼新鮮事也沒發生，甚至於幾乎誰也沒見到辛先生，就聽說他早已經悄悄開始辦公了。

也許這位辛先生很有點個性，又或者他害羞，就是這種清清淡淡的出場式，反而搔進大家的心坎裡，到處都有人在打聽：「辛先生是個什麼樣的人？」

但是辛先生不愛露面，他天天準時遁入辦公室，辦公室深深藏在行政大樓裡。

一天午晚兩次，我推著車來到大樓，收拾各樓層的垃圾桶，偶爾我也負責清理各樓茶水間的水槽濾管，這工作何以落到我頭上我始終沒弄明白，也許是水槽中常常蟑螂橫行，而一切的害蟲又跟垃圾有點關聯，反正我不介意額外勞動，再說茶水間是職員偷閒聊天的地方，只要我消磨得夠久，多半就能得到一些小點心，還能聽見許多精采的小道消息。

我偏好聽女職員們談話，通常來說，男人閒聊的主題只有兩種：「我很行」，「我早說你不行」，女人就沒這麼乏味，她們好比貨品交易中心，你送進去一點機密，出貨時不只加了值還附帶贈品，她們天生合群，喜歡同仇敵愾，儘其量讓醜聞流通，最重要的是她們樂意讓我偷聽。

那一陣子我刻意逗留在茶水間裡，多吃了不少小蛋糕，把每個水槽刷洗得閃閃發亮，很難不注意到女職員們都打扮得鮮豔了一些，添了幾分香水味，她們談來談去，話題最後都自然而然地落回到辛先生身上。

都說他氣質好，風度好，模樣也好。

這讓我很不習慣，那些唯恐天下不亂的八婆的嘴裡，對辛先生說不出半句苛評。

眼見為憑，那天我奉命去三樓清理大型垃圾，辛先生的辦公室撤出了不少漂亮的裝潢，都擱在樓梯間裡，夠我忙上半天，我在來回運送廢料時，取道經過辦公室走廊，正巧辛先生的房門半敞，我放慢速度挨過去，從門縫中看見了傳說中的河城新主管。

辛先生捧著一杯熱茶，站在窗前，在白色窗紗的掩護下，他張望著很遠的丘陵地，一動也不動，又好像什麼也不看。就那麼一眼，我見到的辛先生眉目清朗，只要打上適合的燈光，差不多就像電視上的明星一樣帥氣，唯一的缺點是太年輕又太安靜，活像個念錯了科系的憂鬱大學生。

模樣是出眾，但是根據深厚的研究經驗，我還是強力主張：要誤解一個人，就看他的外貌，想真正認清一個人，那麼就多看他的垃圾桶。

我始終密切觀察辛先生丟棄的東西。

新官上任，照例從各地送來不少討好的賀禮，顯然辛先生紋風不動全送進了倉庫，我一次也沒看到拆封的跡象。

倒是很捨得騰出辦公室的豪華物件，這天我跑了許多趟清運裝潢廢料，中途又遇見工人送來新貨，除了幾幢樸素的書櫃，似乎沒添進什麼家具。

我回頭打掃樓梯間，順道收取各樓層垃圾時，見到另一堆新的拋棄物，看來辛先生討厭一切娘娘腔的小裝飾，老實說，我贊同辛先生的品味，像這類銅雕芭蕾舞女燈檯或是小天鵝瓷偶不該出現在一個正常男人的辦公室，擺在我的垃圾場工作小棚倒還合適。

我將它們全掃進手推車，包括一只花瓶，瓶中還插著修裁得很優雅的新鮮花枝，那是河城特產的黃騰樹花，象牙色的鐘型小花姿色平平，但是它耐性強，就算整個骨朵摘下來丟在地上也活得上好幾天，這花可遠觀而不可近聞，香得叫人頭昏，不知道是誰獻殷勤，連枝帶葉攀下送給這位氣質好風度好模樣也好的辛先生。我把瓶花跟其餘一些垃圾一起裝了，推車回垃圾場，天色這時也快要暗了。

才回到垃圾場，就有人沿著河邊一路喊我，一個矮個子男職員小跑步追來，到我面前時喘得不像話。

「花，樓梯間一瓶花，」這男職員滿臉艱苦說：「你收走了是嗎？拜託，拿出來。」

「花是有一瓶，我找找，怎麼一回事啊？」我先打開小棚的燈光，把手推車的尾攔卸下來，倒出整車的垃圾。

「你拿出來就是了，辛先生說的，」他開始動手陪我一起掏尋，這麼不怕髒的職員還真不多見，「他說，鮮花，不應該丟進垃圾袋。」

男職員的聲調有點窘迫，好像連他自己都知道這句話有多傻。我們一起從一袋廢物裡取出瓶花。

「不是不要了嗎？」我問他。

「是不要，辛先生交代，再不要把樹上的花剪下來插在瓶子裡。」

「那請問我把花扔哪？」

「……說是扔在有草有樹的地方。」

「沒問題，照辦。」我聳聳肩，順手拍了拍花枝，保證將它們奉若上賓，我的晚飯時間到了，只要吃飽，叫我給花辦個葬禮都行，但是這職員並沒有離開的意思。

「辛先生還要一些土。」他說。

「要什麼？」

「土，土壤，地上的土。」他跺了跺腳下示意，又揮手指個大概的方向，是垃圾場前面不遠，河岸邊緣的荒地：「這一帶的土，這邊，那邊，都給我裝一點，一小把就好。」

不要的東西不給我處理，沒人要的東西卻又勞駕我費力，我從回收垃圾堆中撿出幾只空瓶，在職員的指揮下，開始挖掘。說到土，問我就對了，全河城的堆肥坑都是我鏟出來的，說我是河城的地質專家也不為過，我很快就填滿幾瓶最污穢最多腐泥的樣品，以表示來自垃圾場的竭誠敬意，職員又跟我討了紙筆，逐瓶寫上標籤才捧著離開，一路發出匡噹的聲音。

看不見他的背影，但是那瓶子聲撩撥我的心情。總算知道為什麼辛先生的垃圾袋裡，偶爾沾了些可疑的泥塵，害我漫天做了許多猜想。原來他蒐集土。

目前為止，這是我的研究工作中唯一的小收穫，每天回到工作小棚，我擱下全部雜事，迫不及待在檯子上抖開辛先生的垃圾袋，結局始終如一，我空前慘敗。

辛先生要不是偷偷自備了一座焚化爐，就是存心找我麻煩，他的垃圾太純潔，換句話說，太做作，堅不吐實，我掏遍了最瑣碎的細屑，所得只有：辛先生和大家用一樣的伙食，有點失眠的困擾，身體狀況不錯，喝大量的咖啡，沒有煙酒習慣，討厭軟質的蔬菜，就算是一張紙巾，也要疊得整整齊齊才拋棄，其餘的線索，包括辦公內容，一概不留痕跡。

除了感謝上天，我還能說什麼？連一張便條貼也要用碎紙機處理過的人，實在是我夢寐以求的對手。

就是從那時候開始，我對辛先生發生了高度的興趣，像一隻蟑螂一樣，我沿著他拋出的垃圾，一路嗑食，直到鑽進去了他的黑暗世界，然後再也不想爬出來——對一隻蟑螂來說，那兒真是個天堂。

※　※　※　※

不管後來人們怎麼訐譙辛先生，我始終不受影響，我跟你保證，如果你天天翻同一個人的垃圾桶，到最後你一定會對他發生感情。我在說的不是那種猥褻的愛，別想歪，我是說你會把對方當成是個表弟或是童年玩伴之類的，萬一哪天他出門被車撞掛了，你會不由自主想要幫他收屍的那種感情。在這邊我要特別聲明，我沒有幫辛先生說好話的意思，說真的，我也有埋怨辛先生的理由，那是個獨立事件，跟南晞有關。

那時辛先生已經上任好幾個星期，終於露臉了，由他的秘書陪著，開始到處走動。辛先生顯然做了不少功課，城裡的大小事情，他瞭解得不得了，見到了人，不用秘書插嘴，他直接就喊出姓名。

這真是要命，大家的小尷尬終於化成了大問題，天知道辛先生是怎麼全背下來的河城名單中，不應該有南晞。

我記得那是一個熱死人的夏日午後，南晞跟著幾個大人在廣場旁的樹蔭下度閒，兩個小男孩正纏著她胡鬧，這兩個玩伴再加上南晞就是城裡僅有的三名兒童，大人們聊得正開心，有人注意到廣場另一邊的動靜。

辛先生和他的秘書一路低聲談話，正筆直朝樹蔭這邊走來，有人想到南晞時，已經遲了一步，她早就跑到最前面，為了看清楚辛先生。

路過的辛先生忙著和秘書交談，只用一瞥掃視過大家，大家瞬間肅立得文質彬彬，每個人都在發窘，他不習慣威嚴，我們不習慣他的年輕，兩個小男孩一向不習慣見到長官，他倆扁起嘴就要哭泣。

辛先生人高步幅大，秘書幾乎是以小跑步跟隨，從樹蔭旁穿過時，辛先生又瞥了眾人一回，多瞧了一眼南晞。

辛先生停住腳步。

南晞正站在他跟前，抬起小臉很認真地打量著他，兩人四目相對，無言凝視幾秒之後，南晞彎起一雙眼睛，笑了。

「咦？」辛先生很驚奇地問：「這是哪來的孩子？」

「是我親戚，來城裡玩的。」馬上接口的是僵桃——這當然是一個綽號，綽號的來由實在太低級，在這邊我不方便說明。

「僵桃先生，請讓我的秘書回答。」辛先生沒看僵桃，沒看秘書，只端詳著南晞。

被辛先生喊出別名以後，僵桃馬上忘記了立場，他比大家更熱心地看著秘書。

這個秘書一時之間面無表情，在大家的注視中，只見他的臉頰和脖頸慢慢地冒出整片雞皮疙瘩。

由於常年清理秘書的垃圾桶，我應該有資格補充說明他當時複雜的心理活動：

在辛先生與南晞對視時，秘書因為有一種死到臨頭的感覺，所以他的一生也在那幾秒鐘之內穿越腦海，呈多鏡頭分割畫面跳接，無旁白。

他記起了少年時代，別的男孩們是如何不浪費任何機會揍他，調侃他的肥短身材和始終女性化的嗓音，給他取了各式各樣不外乎是矮冬瓜之類的綽號，他是如何自我封閉苦讀向上，參加各種考試，大部分都失敗，繼續讀，不停考，終於光榮考上一個小小的公務職等，為了某種心靈上的空曠感他申請來到河城，然後馬上發現這裡完全不適合他。

他記起了他是如何勉強自己天天起床，利用辦公室資源瘋狂寄出請調文件，在上班時間偷偷準備升等考試，可惜他的考運更加悽慘，他開始失去後腦勺部位的頭髮，女性化的嗓音更加拔尖有時竟成了假嗓，他連填完一份公文表格也不耐煩，大家私底下給他取了許多不外乎是怪胎之類的綽號，他自我安慰畢竟還擁有健康，健康之餘還有穩定的工作，明天就算未必會更好也不可能更糟糕，然後他的上司忽然吐血暴斃，辛先生接任。

他不記得他是從哪天起變得這麼緊張，短短數十天，大量落髮飄進他的垃圾桶，伴雜各種廠牌的胃乳藥袋，公文封進了他的家書，家書送上了布告欄，許多的失誤打擊他的作息，他不記得他是怎麼開始自暴自棄，無法自拔狂吃甜食，或是乾脆不吃，只靠香煙吸收維他命靠啤酒攝取礦物質，別人說話時他利用抖腿以消耗卡路里，他變得這麼神經，逼得大家開始幫他想新綽號，他鬱鬱寡歡，為了遮掩不穩定的聲線，他說起話來既快且急，這時候卻又忽然辭窮，辛先生等待著他的答覆，而他正巧和大家一樣，向來挺喜歡南晞：

「呃……這這，辛先生……嗯，啊？」

這答案便已足夠。辛先生思考片刻後，邁步走開，留下一個指令：

「請帶她來我的辦公室。」

南晞聽了，當下就跟隨辛先生走去，就在她伸長小手想要牽辛先生的那一瞬間，我一把扯住了她。

沒有人確實知道在辛先生的辦公室裡發生了什麼事情，南晞很快就被送出河城。

大家從秘書那邊，大致打聽明白南晞被送到外地的寄宿學校，去接受所謂的「正式教育」。那麼將來呢？小女孩能不能再回來？那麼現在呢？誰支付她的生活費用？秘書又一次當機，他只知道河城利用一些法規上的漏洞承接了南晞的監護權，在辛先生各種離奇的決策中，這是他始終猜不透緣由的一樁。

我們就這樣失去了南晞，只有每年暑假時，別的孩子回家，南晞回河城。南晞成了一隻候鳥，每次見到她，就是又一年春去秋來。

頭一兩年最難以適應，一些最疼南晞的人，常並肩坐在南晞習慣玩耍的樹下，失魂落魄，互相多看一眼都嫌累，會聚在一起，是因為獨處更難受。也會有閒人過來陪著說說話，臉色就跟弔唁差不多，禮貌性地問候一句：「小女孩在學校裡還好吧？」

會這樣問的人，顯然不太了解我們的南晞。

功課當然糟得不同凡響。初級語文教材對她毫無作用，要她造句，她自由發揮野馬脫韁，扯得盡興了，忽然又用韻腳整齊的詩體寫出大篇文章，要她解答簡單的數學題目，她在有限的空格裡塗寫混亂的程式，仔細一看，是高出好幾個年級才懂的代數運算，這類情況，讓學校給不出好成績，我們無話可說。

品性呢？相當不良，南晞在寢室中開起便利超商，以黑心的價錢，販賣生活貨品給同學，而同時許多教職員的財物卻從宿舍裡、從辦公室、甚至從身上不翼而飛，由此可見，河城寄給南晞的生活費太摳門。

南晞讓學校多頭疼？有一封校方寄來的愁慘信函可以為證，這封信標明「致南晞監護人」，完全沒拆封就被扔進了垃圾桶，也就是說，由我接收。

整封信縷述南晞犯下的各種小毛病，闖出的各種小禍，囉唆的程度讓人大開眼界，更別提那種做作的文筆，例如：「該生令幾位教學經驗豐厚、素來以饒富愛心著稱的師長泫然欲泣」，一句話能說得這樣七拐八轉，難怪南晞要造反，為什麼不直截了當告狀說，南晞差點弄哭了幾個老師？

怎麼差點弄哭的，信中沒提，但也不難想像，問題出在南晞的眼睛。

她的眼睛，和別的孩子不一樣，心智不夠堅強的老師們，只要被她認真地注視，幾秒鐘眼神接觸，那些哄騙小孩的技倆，那些不小心誤人子弟的秘密，我們的南晞就全看穿了，看穿之後居然還笑了。

那不是一雙普通的眼睛，像是可以透視障礙，直接看進去最逼真的心靈。那是我知道最接近永恆的東西，人會老，萬物會變垃圾，整個地球最後會消耗到只剩下焦土，但那樣一雙眼睛裡的光亮卻不可能消失，頂多變成沉船裡的珍珠，岩層中的鑽石，世界的廢墟映照進去，折射出來，又成了一片虹彩。

※　※　※　※

我們的南晞離開了幾年？五年。五年來我的內心就像是老奶奶的膝蓋一樣，一到秋冬就犯疼，直到一個多月前，又撞出新的瘀血，真不幸，一個多月前的那一天，我就是站在這河岸邊緣，看著那輛氣派的轎車緩緩靠近。

早先這車子進城時就已經引起我的注意，它顯然在城裡亂逛了一大圈，不知道為什麼，最後駛來了垃圾場。

車就停在河邊，一個年輕女人從後車窗探出了頭，好奇地左右張望。

我一時還以為她是南晞，女人的眼睛裡，有一種我無法解釋的機靈，像極了南晞，可南晞只是個十七歲的頑皮少女，而這位小姐至少也有二十幾了，她的外表該怎麼形容？很自然的薄妝，很清秀的五官，很有錢的人家才穿戴得出來的淡雅衣衫，她渾身上下就只差沒貼上一個標籤——「這個人不屬於河城」。

女人朝司機交代了些什麼話，就獨自下車，開始沿著河岸慢慢散步，直到一個小河灣邊緣，她偏著頭凝視河景。

我知道她在想什麼。

一般人提起河城，總說這邊是光禿禿的不毛之地，但眼前的景像全不是那一回事。別說河岸邊了，就算是整個河城，也都像野獸發了情一樣，每一塊土壤都開滿了花。

女人從提包中拿出一束東西，是厚厚的一疊信，女人又取出打火機，試圖點火，但是風太大，女人很快就放棄，她開始徒手一封一封地撕信，從她那傷心的模樣看來，扯裂的應該是情書。

細細拆碎的紙頭都握在拳裡，撕完一封以後她才放一次手，然後就像有成群雪白的蝴蝶從她手中自由飛出來，點點飄落在河面上。

這下我再也按捺不住了，向來沒有人敢在我面前亂丟紙屑，看在她是外來客，我姑且不便發火，但是她站得那樣貼近河邊，實在不妥當。就是那個小河灣，曾經摔下去過不少人，失足的理由各異，結局都差不多，要是來一次票選十大最佳自殺景點，她所在的位置鐵定就是北半球榜首，我只好上前打斷她：「小姐，您站在這邊可不太好。」

女人有點迷糊地轉過來，看見我，充分嚇了一跳，立刻將剩餘的信封塞回提包中，似乎就想溜走，但是她低頭看著提包又好像陷入心事，只見到她的長睫毛不停晃動，最後她從包裡掏出一副很別致的太陽眼鏡，戴上，朝我打了一個招呼。

自從把帽沿壓低以後，我特別留意人的聲音。

好潔淨，好脆嫩的嗓子，她說：

「麻煩你，哪邊可以找到辛先生？」

3

每個人都想見到辛先生。

誰也知道，這一天絕對不是好時機。已經連續多日，想求見辛先生的人擠滿在行政大樓門口，挨蹭著找機會混上三樓，有人整天沿著河邊步道徘徊碰運氣，有人竟想了辦法守在廁所。但這天實在不適宜接近辦公室，沒有人不曉得，辛先生正在大發雷霆。

河城再過一個月就要正式關閉了。

意思是說，官方單位終於想通了一件事情：為什麼要花上一大筆經費養一大群米蟲？裁撤河城的消息在報紙上也引起過許多爭論，專家學者辯來辯去，就是沒有多少人注意我們的心聲，大家真正關心的是出路的問題，沒有人樂意被移送去各地的小型遊民收容所。

這是河城最後一個夏天。封城在即，每個人都在捲鋪蓋打包行李的當頭，誰還能有好心情？我的垃圾場倒是大受歡迎，許多人前來討紙箱，包裝袋和繩子也特別搶手，還有人為了我庫存的舊揹包，爭得差點反目成仇。

表面上還是井井有條，暗地裡河城早就全亂了，沒倫理了，像我這樣堅守工作崗位的人並不多。這天下午，我照常推著垃圾途經活動大廳，瞧見不少人聚在那兒看電視，我瞄了眼手錶，分明還不到下班時間。

大夥一起看電視，選哪個節目本身就是一種節目，屬於體育競賽類，總是要經過一番爭奪，最後通常由新聞台得標，今天選的卻是動物頻道，我順便看了一會。

幾個頭髮很亂的人正在給一隻麻了醉的獵豹戴上電子追蹤器，鏡頭帶出了熱帶曠野的疏草，孤樹，夕陽餘暉，點點烏鴉飛翔。

如果認真觀察，你就會知道動物們的好日子實在過得很牽強，天生註定就是別人的午餐，一睜眼殺機處處，出了窩步步驚魂，弱者怕強者，強者怕旱季，母獅帶著愁眉苦臉的小獅四處遷徙，走到哪，哪邊的羚羊就一哄而散，這緊張，那也緊張，全都活像個通緝犯，最愜意的只有吃糞的蒼蠅。

想到蒼蠅，我就回神工作。推著車來到餐廳後緣，這邊常備有兩台垃圾子車，是我收取垃圾路線中的最後一站，也是我最喜歡的一處地方。

整棟餐廳的後側是涼爽的白梨樹群成蔭，樹下種滿了超級香的金縷馨，每當過了用餐時間，這裡就冷清下來，只剩鳥語花香，有人養了一隻九官鳥，這鳥不知為何從來沒學會說人話，鳥籠就吊在餐廳後簷下，我在掏收垃圾時，周圍常靜得只聽見九官鳥在籠中輕躍，還有水龍頭的滴答聲。旁邊不遠就是一道長長的棚子，棚下有一整排水泥砌成的洗濯檯，供餐廳洗碗盤用。

我才在棚子邊停妥手推車，放眼一看，肝火急速上升。

我直接穿過廚房進入餐廳，有人連聲喊我收廚餘，我不搭理猛推開前門，餐廳再往前是一環回字型的建築，圍出一個廣闊的石板中庭，這時候沒什麼人蹤，我四處匆匆跑了一圈，正考慮再往前的廠房區過去，就見到有人沿著走廊向餐廳走來。

護士小姐和那肥胖的老廚娘一路猛聊八卦，愉快地步入餐廳，護士胸前捧著兩盒像是點心的東西。我追上前，和她們一起抵達洗濯檯邊。

看得出來我怒氣沖沖，護士小姐先聲奪人，語氣放得很嬌憨：「拜託，天這麼熱，空氣這麼糟，我都快煩死了，休息一下下也不行呀？」

洗濯檯上，仰天躺著一個年輕的男人。對於這男人我的瞭解有限，他剛來河城不久就掛了病號，接著他的病體兵敗如山倒，一直沒離開過城中診所，沒想到再次露面竟然消瘦成這副德行，他的全身骨架現在可說是一覽無遺，因為他一絲不掛。仰躺著的他似乎沒力氣說話，只是不住望著我，眼睛裡有點哀求的意思。

「只休息一下下？他身上的肥皂沫都快乾了，妳把病人光溜溜擱在這裡跑去聊天？有沒有把人家當個人啊？」

護士於是拉拉胸口的衣襟作出氣悶狀，真難怪她呼吸不暢，看她那身修改過的火辣護士裝，緊繃貼肉到那種地步，萬一蟑螂闖進去也免不了要斷氣。

「我還不夠關心嗎？那我幹嘛幫他洗澡？」她說。

「是噢，關心，」我走近旁邊的活動病床，順勢用身體遮住床頭的病籍牌，「他叫什麼名字？」

「……」

「連自己的病人叫什麼也說不出來，真是敗給妳，我說，他叫麥……呃……」我取下整份病籍找名字：「……瑞德，他叫做麥瑞德。」

「是嗎？」護士接過資料看了看，「誰記得那麼多啊？我都叫他小麥。」

一旁想打圓場的廚娘終於插嘴成功，卻說了一句完全離題的話：「早晚就是這幾天了……」

不勞她提醒，也不用城裡多少人傳說診所中有個年輕人快要一命嗚呼，說我的垃圾焚化爐將再有一次特別任務，只要看看這位小麥的氣色，誰也算得準他行將就木。一座即將撤空的城，一個垂死的人，漂亮，再也沒有比眼前更和諧的畫面了，只差來上一支樂隊奏哀歌，降半旗。

護士嘟起小嘴，不勝委屈，拿起一塊毛巾使勁揩抹病人，她帶著哭音說：「你也幫幫忙，連醫生都跑了，叫我還能做什麼？」

這點我無法反駁，診所早已經先一步關門大吉，廠房則是收了大半的生產線，連餐廳附設的福利社也共襄盛舉，貨源只出不進，想買什麼都是抱歉已售完，晚上八點不到就播放晚安曲，大家一起發愣，看城裡的日薄西山。

護士的眼淚真的飆了出來，「早知道我上個月就辭職，都沒有人在工作了，我招誰惹誰，做越多，越讓人說閒話。」

我只好安撫她：「別別，城裡怎麼少得了妳這麼偉大的人？不說別的，就為了妳的護士證，也該堅持到最後一天。」

她馬上摘下掛在大胸脯前的證件，塞進我的手裡：「哪，給你，麻煩幫我扔了，省得我找垃圾桶。」

「我的大小姐，不說證件，就看妳那身漂亮的護士服，我跟妳保證，沒有人穿起來比妳好看，我說要是辦一個世界護士小姐選美大會，別人跟妳簡直沒得比。」

她的淚痕猶在，已經開始有了點笑意，我繼續加油：「所以說啊，什麼身分就做什麼事，妳的身分美呆了，再笨的人也不用想嘛，好好照顧病人，誰還敢說什麼閒話？」

護士小姐笑到一半，察覺出這是奚落的意思，撒賴了：「耶？那我想請問，你又是用什麼身分跟我說話啊？」

照慣例我敗下陣來，去廚房要了一桶熱水，我接手幫小麥洗澡。護士和廚娘攜手離開。

「真是個大白癡，人有身分的話，幹嘛留在河城？」我問小麥。

小麥不回答。他的裸體任我擦洗中，其實我未必比他不尷尬，這種冷場讓人著慌，要是邊上的九官鳥能發個鳥音也好，但牠只是偏起頭，很有興味地瞧著我磨練社交能力：

「瑞德你幾歲了？依我看差不多二十七歲吧？

「怎麼會來河城？信用卡亂刷是吧？

「對了，我忽然想起來，你不是第一個讓我幫忙洗澡的男人，

「上一個是老人，有多老？你加上我的年紀都沒他老，再加上這隻九官鳥也不夠，

「他叫做禿鷹，

「他是怎麼進來河城的瑞德你猜猜，我提示，不是破產，猜猜看？

「沒問題，我讓你好好想一想，

「噓——別猜了，禿鷹是偷渡客，懂了沒？境外人士，非法居留。」

小麥還是不說話，讓我特別地感覺到落寞，特別地懷念起禿鷹。

很少見過像禿鷹這麼有意思的人物，光是他的外形就出類拔萃，任何人猛一看到他，都很難不聯想到一隻掉光羽毛，披上人衣的真禿鷹。

因為老化與骨質疏鬆症，禿鷹的頸椎從多年前就漸漸向前彎折，直到整個脖子與地面平行，從此他的頭顱永遠俯瞰大地，彷彿隨時都在尋找失物，就算與人談話時，他也不抬頭，只吊起雙眼往上瞪，推出壯觀的抬頭紋，看起來很有萬分懷疑一切的味道，其實這種身形最適合觀察小姐們的臀部，也方便撿

拾地上的煙蒂。

禿鷹的另一個特出之處在於，他賴在河城的歷史夠悠久，他是城裡最資深的老鳥，你可以直接說他是老中之老，鳥中之鳥。

一般而言，人們遷入河城後，為了早日取回公民身分，只有拚命工作，直到清償了四分之一債務（其餘四分之三註定永遠是呆帳），得到公家相對提撥的一筆生活基金（金額絕對保證讓你生活得比在河城中更寒酸），以及一紙全新身分證明（由辛先生簽發，如果他願意的話），回鄉去重新做人，人們居留河城的時間從幾個月到數年不等，出城時，也有一些人選擇了遠離家園的方向。

而禿鷹的大問題卻出在他沒有故鄉。

禿鷹來自一個據他形容「只有鳥蛋大」的、沒有幾個人能順利唸出發音的小國家，多年前，當禿鷹遠走天涯非法打工時，恰巧他的祖國一分為三，三個鳥屎大的新國家都不承認他的護照，他忽然變成天涯孤雛，可惜年紀實在大了一些，缺乏可愛與可憐的特質，沒有人接濟他，禿鷹只好周遊各種收容單位，無時無刻不要求回去家鄉，同時持續不停變老，當他輾轉被移送來河城時，已經老得連鄉音都無法說得純正了。

「別管鄉音，瑞德，我跟你保證不管禿鷹說什麼都沒人聽得懂，」我開始給小麥穿上衣服，這工作不難，因為護士只幫他準備了一件鬆垮罩袍，連內褲也省了。「他改說英語更慘，誰聽見都抓狂，偏偏他又話多，禿鷹一開口啊，你會恨不得他的下巴跑出字幕。」

小麥不捧場。雖然令人洩氣，我還是告訴他，其實我挺喜歡聽禿鷹說話，儘管他的口音太詭異，每聽一句都得加上三分揣測，五分捉摸，但正巧就是這種溝通模式，加深了內容的雋永，既然禿鷹曾經是個哲學教授（他自己說的），也曾經是個得過獎的詩人（他強調是首獎），那麼他語焉不詳的特色就更值得人欣賞。

只有我一個知音，禿鷹無法繼續保存詩人氣質，他開始努力學習正音，為了讓語意確鑿，他修改表達風格，說起話越來越簡短，越來越嚴峻，以動詞為主，命令式句型。

『你，教我說國語。』禿鷹說。

『啊？我以為我們現在說的就是國語？』我問。

『說人聽得懂的國語。』禿鷹說。

正音訓練的效果不佳，也許禿鷹的舌頭還是太思鄉，但他的大腦清楚，知道他必需放棄過往，禿鷹很起勁地找尋門路，想就地取得公民身分，他不知從哪邊弄來了一張表格。

『你，幫我填。』禿鷹說。

『這是什麼東西？』我問。

『填完它，全部都打勾。』禿鷹說。

那原來是一張器官捐贈同意書，據說填了之後有利於申請公民資格。

「我還能說什麼？」我問小麥，「禿鷹說他全都捐了，我能提醒他，他的肝，剁了做狗罐頭都嫌老嗎？人家對未來還是充滿希望，還是想要出去闖天下啊。」

我幫小麥穿好上衣，遍尋不到衣扣，只在胸前找到一對繫帶，我打上蝴蝶結，將他翻個面，整理他的後襟。

「聽得懂我的意思吧？年輕人，你這時候當廢物還太早，好嗎？給我健康起來。」我響亮地拍了一下他的臀部，動作就像一個幫小寶寶撲好痱子粉的媽媽那樣自然，只是不幸我正好擊中小麥一塊泛血的膿瘡，雙手頓時失措，我只好扶他偏過身，「我們看看那邊，多好的……」

本想要小麥欣賞白梨樹叢外的風景，但那邊正好是落日和一片片帶著烏氣的晚雲，更加不妥，幸好在我的扳動之下，小麥已經不舒服地闔上眼睛，就是在他的上半身枕靠在我胸膛時，我看見嘉微小姐那輛氣派的轎車，迷了路似的繞過城西，又折返頭，朝城的另一邊緩緩駛去。

※　※　※　※

再次遇見嘉微小姐，已經是這天的傍晚了，我人已回到垃圾場，看著轎車駛近，它顯然在城裡亂逛了一圈，而且是以慢得離譜的速度前進，像是在蒐尋什麼極細小的東西。

雖然嘉微小姐拋了些紙屑進入河裡，我寬恕了她，誰也沒辦法對一個剛撕毀情書的女人生氣。才與她照過一面，見到她那雙靈氣逼人的眼睛，嘉微小姐就戴上了太陽眼鏡，也不顧天色正要轉暗。她約了今晚與辛先生會面。

我願意帶路前往辦公室，但她卻不想再回到車上。

「我們散個步過去好嗎？」她這樣要求。

當然行，我白天的勞動已差不多做完，夜間的研究工作可緩，更重要的是，我對嘉微小姐一見如故，那是一種遇見同業的感覺，不是說嘉微小姐也收垃圾，我指的是她的行事風格，像個有耐性的狩獵老手，她正在仔細偵察她的目標。如果她肯多拋出些垃圾的話，我也希望研究她。

嘉微小姐剛才在河邊的傷心模樣已經消失，邊散步，她一邊好奇地四處探望，並且提出一些旁敲側擊的問題，比方說關於地理。

「哪邊開始才算是河城？」她問。

「呵，現在見到的到處都算河城啊。」

「怎麼說？」

我向她解釋，沿著整條河的丘陵都是荒地，只有到這截河谷，傍著山巒這一岸，出現了一小塊平坦的腹地，這邊才住了人，習慣上整個區域都叫做河城。

「那我怎麼看到對面也有房子？」

「您是說哪邊？」

「繞來繞去，方向我已經說不出來了，記得也是在河邊，看見對面的河岸，有一棟好漂亮的白色房子，應該是別墅的樣子。」

「以前這邊是有一些人家，後來都搬走了。」

「那就是空屋囉？」

「您說是鬼屋也可以。」

嘉微小姐思索不語，她的司機開著車，緩緩跟在我們背後。我們離開河岸，經過幾棟宿舍，朝河城的中央廣場走去，晚風拂來，風中有陣陣濃香。

「從沒想過河城種了這麼多花呢。」她於是說。

「要命啊，這些花開得越來越不像話了。」

「花不好嗎？」

「花粉不好。您現在聞到的是金縷馨，金縷馨沒問題，您在河邊看到開滿整片的是航手蘭，那才是災難。」

「怎麼說？」

「航手蘭個性強，長到哪，就佔領到哪，其他植物都別想留下。」

「紫色的小花對嗎？看起來也很美呀。」

「美有什麼用啊？航手蘭見到陽光，就吐粉，這邊又是谷地，花粉散不出去，弄得很多人整天咳嗽打噴嚏，不信您下次中午來看看。」

「嗯……也許該找人來研究研究。」

「還研究？河城就要封閉嘍。」我幫她個忙，轉入正式話題，或者她想繼續迂迴下去，我也奉陪。

「是的，我知道你們下個月就要遷空了。」嘉微小姐馬上回答，她不只清楚這事，也知道河城已經分批遷出去許多人，跟以前的熱鬧比起來，算是冷清許多，她問：「現在還剩多少人？」

「兩百八十九個，連我算在內。」我說，「對了，恐怕還得加上一個，有隻地鼠剛跑回城。」

「地鼠？」

「私自出城的人，就叫地鼠。」

「有人會逃出去？」

「多的是，河城又沒圍牆，誰想出城就請便。」

嘉微小姐顯得有些意外，我告訴她，私逃出城並不難，問題是出去以後沒身分，別說找工作了，有時買塊麵包都困難，「連張信用卡也申請不了，到哪都得用假名，」我說，「更遜的是，依照規定，這種人連回城的資格都被取消了。」

「剛才不是說有隻地鼠跑回來？」
「辛先生當然不准他進城，一步都不給進來。」
嘉微小姐一凜，別過臉看天邊的雲層，又低下頭專心走路，半晌，她問：「有這種事……那怎麼辦？」
「還能怎麼辦？人就站在城外的橋上賭氣啊，已經好幾天了。」
「我明白你們的法規，只有得到辛先生簽發的證件，才能正式出城。」
「對的，您來的時間正好，聽說這兩天還會發放一份新名單，是辛先生最後一次核准誰可以取得身分證明。」
「就像是封城前的特赦名單？」
「您要說是特赦名單也可以，反正就是封城以前最後一次大放送了，辛先生要是大發慈悲的話，最好給每個人都簽一張。」
「謝謝你解說得這麼詳細。」
「我這個人有問必答。」
「那請你告訴我，」她終於問：「請告訴我，你覺得辛先生是個什麼樣的人？」
「呃……我說啊……到了，這兒就是行政大樓，」我們正好來到了大樓門口，我指引她進入大廳，「辛先生人在三樓，您現在就上去？」
大廳已點亮了燈，這時候挺熱鬧，一大群人擠在公布欄前，議論紛紛，我和嘉微小姐也湊了過去，幾個人轉身過來看嘉微小姐，日光燈下，這些人的臉色都白蒼蒼的看起來特別悽慘。

原來是剛剛貼出了最後的身分核發名單，我一聽就想擠上前去，但沒有人讓開道，每個人都傻了一樣直盯著布告，好像它是一幅多稀罕的世界名畫。

「核准了幾個人？」我高聲問。

又是幾個人轉回頭來，氣息懨懨說：

「你自己看吧，我不敢相信我的眼睛。」

「太絕了，昏倒。」

「這一手真厲害啊，他存心想氣死大家。」

我擠到布告前，只看了一眼，又排開人群回到嘉微小姐身邊。

「嘉微小姐，您問我辛先生是個什麼樣的人，」我說，說完再也忍俊不住，爆笑出來，「您請看看布告吧，那就是辛先生。」

掏辛先生的垃圾桶已經五年，我沒辦法用三言兩語回答她，布告上的名單倒是提供了一個超級有力的答案。

嘉微小姐看了名單，看完之後，和其餘的人一樣若有所思。

布告上只有一個名字，麥瑞德，那個躺在病床上，每一秒鐘都準備斷氣的小麥。

4

辛先生的秘書的心情不太平靜，他的眼神游移，表情哀怨動人，他搖搖頭又擺擺手，示意我們輕聲說話。

「人家小姐約的是七點，要見辛先生，麻煩你看看錶，就是現在沒錯。」我提醒他。

「現在恐怕不太合適……」秘書回答，他不安地瞧了眼辛先生的辦公室房門。

從辦公室隱約傳來一些聲音，像是經過壓抑的悶吼，靜了一會，更高分貝的吵嚷連門扇也擋不住了，有人在那邊激烈爭執。

「那麼我等。」嘉微小姐說，她自己找了沙發坐下。

早已過了下班時間，開放式辦公廳中幾乎沒別的人影，嘉微小姐靜靜等候在沙發上，秘書也默默坐著抖腿，牆上的掛鐘悄悄運轉，換作別的時候，這種氣氛只會讓我馬上想開溜，但現在的狀況挺有意思，我四處到垃圾桶中撿出空瓶罐，辛先生的辦公室爭吵聲起我就注意聽，一靜下來我就趁機踩瓶罐，嗤一聲踩扁，抱滿一兜準備扔進資源回收桶。就是有人沒辦法規規矩矩做好垃圾分類，幸好踩空瓶這事我百做不膩。

我忽然發現周圍已經安靜了好一陣子，辛先生的房門咿呀開啟，兩個男人先後走出來，嘉微小姐摘下太陽眼鏡，和秘書一起迎向前。

嘉微小姐啟齒想說什麼，但沒有人理會她，她見到走在前首的男人模樣挺冷峻，經過她面前時似乎情緒正常，毫無表情，但他卻差點撞到了嘉微小姐，事實上他真的掃翻了一張辦公桌上擺設的小盆栽，他一秒也沒有停頓直接走向電梯，嘉微小姐正要開口，另一個男人在她背後說：「抱歉，借個過。」

嘉微小姐馬上讓開道，她見到身後這個男人有些戚容，看起來病得不輕，咳個不停，他的聲音極沙啞，他說：「謝謝。」

前一個男人迅速消失在電梯中，後一個男人看看窗外的暮色，轉往旁邊的樓梯，悶咳幾聲，慢慢踏階往下而去。

嘉微小姐朝向秘書示意，秘書早已經跌回椅子上，一副胃痛得要命的表情，同時還能偷看嘉微小姐的小腿——他就是有這種厚臉皮，嘉微小姐於是決定自己追上去，她立刻按了電梯。

「嗐，走樓梯下去的那位，才是辛先生。」我邊踩空瓶邊說。

※　　※　　※　　※

所以我特別的想談談相貌的問題。上帝給了人一張臉，魔鬼教會了人怎麼給自己上妝，外表最不可靠，嘉微小姐認不出誰是辛先生就足以為證。我不得不想起曾經發生過的一樁鳥事，那件事很扯也很複雜，總之後來我被送進了一家精神病院，住在那兒的時候，我很平靜，別的病人多半也很平靜，但是我說真的，那邊的護士個個不平靜又粗暴，看起來全像躁鬱病患，醫生們更別提了，活脫都是妄想症外加偏執狂，你不想真被弄瘋的話，就必須從制服和證件來斷定誰才有病。

這就是重點，人們看的是表面，人們給別人看的也是表面，沒有人能真正認識另一個人，人們要明快的答案，不要聽你慢慢細訴衷腸，你最好身分高尚，至不濟也要模樣討喜。說來奇怪，越是團體生活的地方，人們就越挑剔別人的長相，整個河城在某種意義上也算是個選美擂台，你一亮相，別人就舉分數牌。

全河城誰長得最好？我想會全票通過，是君俠。

好吧我承認，君俠是個好看的小伙子，剛進城時才二十出頭，我說不出應該叫他男孩還是男人。

他的真名鬼才記得，從他第一次露面大家就自動叫他君俠。為什麼？還不都是因為那陣子電視上正流行的影集？如果你沒忘記的話，就是一群青少年都有超能力的那齣戲，他們那個帥到很欠扁的首領，就叫君俠，他的特異功能是能用視線移動物體，能用眼睛射出火燄，簡直是個大變態。不能否認這支影集拍得非常蠢，但是我不騙你，我們的君俠和這位首領長得超級像，大夥第一次見到他進城時，不禁都在心裡喝了聲采，小孩子也繞著他樂翻了天，而且從此深信不疑他真的有變態超能力。

說到好看的定義，男人會希望你長得端正，女人欣賞的卻是缺陷美，比方說你有點孩子樣、你清癯憂傷、或是你帶著些妖氣也行，女人馬上給你加分，君俠好看的方式則算是順應民情，他的五官勻稱明朗，不過分華麗，也不顯得傻氣，要命的是他天生那一副乾淨無辜的神色，讓女人見了就想抱個滿懷，男人想搧自己一巴掌。

沒有人不喜歡君俠，也許只有我覺得他可疑，可疑在哪邊？還真不容易說明，首先，他是一個正式職員，名義上好像是辛先生的私人助理，但是誰也看不懂他的工作內容，君俠幾乎不進辦公室，整天到處閒晃，百分之百不事生產。

與其說他是辛先生的私人助理，我個人覺得叫他水電工還差不多，君俠偶爾逛來垃圾場，幫我修理一些回收家電，天知道他哪來那麼神奇的一雙手，和那麼多的鬼點子，我摺疊好幾個廢紙箱，他就能讓一台解體的收音機起死回生——只需要一只細鑽和幾把小鑷子，修電器我也懂得一些，但我沒那樣穩定的手指，和那份專注力慢工出細活。修好的物品隨我賤價廉售，君俠從不過問，這不代表什麼交情，我知道他純粹是打發時間，只要看他坐在檯燈前對付那些小零件，那凝神，那莊重，簡直像在動外科手術，你就會知道他樂在其中，我陪在一旁閒聊，扯到再低級的話題他也能應答得爽朗得體，由此我斷定他出身不俗。

君俠還愛運動，運動的方式很特別，他喜歡到處挖土。

他有一把專用的鐵鏟，保養得很鋒利光亮，只要是天氣好的時候，就常見到他隨地東鏟西掘，你當他是在挖寶嗎？絕對不是，把地皮鏟鬆了他就閃人，怎麼看都是為了健身。君俠挖地已經成了城中的一景，那幅畫面透著點古怪，怎麼說？看到君俠長得這麼優美的男人幹起粗活，總叫人覺得有點難受。

但君俠的體力真不是蓋的，有一次我看中了山腳一塊軟土地，想在那邊新挖個堆肥坑，才動工沒多久，就被高溫和空氣中的花粉煩得要命，君俠原本也在旁邊不遠掘他的地皮，見到後就靠過來聊聊天，然後接手幫我挖下去，這一鏟就鏟到了日落。

我收了幾趟垃圾，每次回到山腳，就見到君俠陷得更深，他挖出了一個了不起的大坑，簡直可以當游泳池，我還注意到辛先生那位神經質的秘書就在不遠處，罰站一樣儘量貼著一棵小樹納涼，不停地揩汗，他花了幾乎整個下午看君俠掘坑。

秘書幾次趨前找君俠說了些話，我只聽到其中很湊巧的一段，那時秘書很鬼祟地來到坑邊，努力避免讓碎土堆玷污了他的皮鞋，他躊躇萬分，憋了半晌才朝君俠開口：

「算我求你好不好？辛先生真的請你過去一趟。」

「跟辛先生說，我沒空。」

「……辛先生病了。」

「我也不輕鬆。」

「辛先生盼著見你哪。」

君俠停止揮鏟，他的兩肩微喘起伏，他先將鐵鏟用力豎插進土中，才抬起頭望向坑口，那雙眼睛亮得像是要射出炮火，我和秘書都被他嚇了一跳。

「那也未必。」他說。

從此我對很多事情全面改觀。我以為全城裡沒有人不怕辛先生，那也未必。我以為君俠性格溫和得有些柔弱，那也未必。我終於想通了，為什麼總覺得君俠可疑？因為他跟辛先生之間很不自然，很像在逃避對方，這個前腳一到，那個後腿馬上就閃人，你見過這麼鬧彆扭的主雇嗎？這樣的辦公室情侶我倒還見過不少。我想起不久前回收的一批舊雜誌，其中某一本，對了，封面是兩個蠢女人做瑜伽的那一本，七十八頁，答案就在那裡，那是一幅３Ｄ圖片，看似千百個混亂的色點，其中隱藏著一隻纖毫畢露的蝴蝶，我看得眼珠差點脫眶而出，忽然領悟出人生真諦，重點是放鬆視力，不要太相信擺明在眼前的線索，表面只會誤導你，就像嘉微小姐認不出誰是辛先生一樣。

嘉微小姐當夜就離開了河城，不知道她和辛先生談了些什麼不知道有什麼結果，但她的來訪讓辛先生心煩意亂。或者那也未必。

總之第二天我在辛先生的垃圾袋中發現了一些有趣的東西，辛先生顯然在嘉微小姐離去之後，還獨留在辦公室裡直到深夜，有人送進去了消夜，一口未動全數被丟棄，食物堆中攙了一團揉爛的信紙，攤開來，幾乎是空白，只在信首連寫了兩個我字，使勁極深，筆力甚至戳穿了紙頁。我翻面確定沒有別的訊息後，就將信紙拋進了回收紙類垃圾堆，既然不知道它要寄給誰不知道它想說什麼。

※　※　※　※

第二天有樁小事件，工廠區口堵住了幾輛大貨車，凌亂的紙箱堆滿一地。原來是上一批產品瑕疵太多，被退了貨，負責的廠辦已經離職，另一個代理的豬頭主管一問三不知，還要求貨車順道運走一批新貨，車主當然不答應，於是大家到處尋找負責物流的員工，才發現那人也已離城。我熱鬧瞧得正樂，聽見有人順口報了另一則新聞：城裡的護士也跑了，就在今天早上。

這事非同小可，我立即前往診所，果然大門深鎖，從窗口往內瞧，一片黑暗死寂，我攔了附近幾個人問話，不得要領，沒有人知道護士去了哪裡，更別提原本該躺在病房中的小麥。

只剩一個去處。我與這護士雖然無甚交往，但是這點我有把握，像她穿得那麼賣騷的女人只會有死黨不會有朋友，而我知道她只有一個死黨，餐廳裡那個胖廚娘。

胖廚娘手裡搓著一塊髒抹布，滿臉肅穆尋找措辭中。這不代表她的大腦裡有多少思考活動，她只是嘴拙。廚娘終於開腔：「誰叫你說話刺激她。」

「我在說的是小麥，別管護士了，小麥現在被擱在哪裡？」

「那個病人嗎？不知道。我真的不知道。」

「我的天啊不知道，小麥病成這樣，沒人照顧怎麼辦？」

廚娘瞪著天花板又想了半晌：「早晚就是這幾天了。」

「這一句妳昨天說過了。」

「喔。」

多問無益，這廚娘說話一向無厘頭，不過離開前我還是好心提醒她：「摘些黃滕樹葉煮了喝吧。」

「啊？」

「黃滕樹，妳摘嫩葉，我說嫩葉就是說還沒長綠的白葉心，綠的妳別摘，聽懂沒？妳摘一些嫩葉煮水喝。」

「什麼跟什麼啊？」

「煮些黃槐樹葉喝，治妳火氣大。」

「你怎麼知道我火氣大？」

「實在很痛苦不是嗎？」這下換我找不到措辭，「妳的……」

「我的……」

她的排洩不暢，我說出來了。這種話題真是要命，我不排斥收廁紙，但是我有個男人的通病，見到血就頭昏，這個廚娘早已停經多年，所以她的馬桶垃圾很單純，除了偶爾夾帶一些不三不四的拋棄物，比方說，常出現一種硬硬的藥丸包裝外殼——仔細研究之下，那玩意叫陰道塞劑，天底下竟然有這種怪東西，原來她有秘密的搔癢問題，難怪總是一副苦在心裡口難開的模樣，說真的，她高興在身體裡面塞進什麼東西我都不介意，我介意的只有血，這樣講你大概就能懂了，我是在多麼不設防的狀況下，被她的痔瘡出血嚇了好大一回。到這邊廚娘拒絕溝通下去，她以抹布砸向我的帽子，表示談話完畢。

離開了餐廳，我又繞回去診所，我的手推車還停放在那裡。

診所位居行政大樓向一旁延伸而出的側翼的最邊間，這邊已經整個靠上山崖了，只要一下雨，小山崖上的水就直接順著岩壁往診所淌，所以這兒的雨簷建得特別長，幾乎永遠都冒著青苔。

你如果往診所裡進去，過了候診室就是簡單的診療間，只是現在醫生已經離職。診療室再過去，就是大大小小幾間病房。

現在我站在大病房外面，隔著玻璃張望，裡頭冷冷清清，天已經黑了，病房裡沒開燈，窗簾又全放下了，我只能從縫隙朝裡看，漸漸適應幽暗的光線以後，我終於看見幾張陰森森的病床，在最裡邊的一張病床上，依稀躺著一具人體，應該就是小麥。

但小麥的床畔還有另一幢人影模糊。

我貼緊玻璃，見到那人影俯身，似乎想從頭到腳仔細觀看小麥。那人看了許久，挺直身子四下張望，去到隔鄰病床，取起一個枕頭，慢吞吞走回來，捧著枕頭又俯視小麥，然後將枕頭直接壓覆在小麥的顏面上。

我沒辦法相信我見到的畫面，但再笨的人也看得懂，那人存心要悶死小麥。

「嘿！」我喊了出來，用力推窗，窗子並未上鎖，不知哪來的好身手，我一撐就翻躍進病房，黑暗中我搶身來到小麥床前，捉拿那人的手肘。

那人發出一連串清脆的驚呼，又迅速用手掌掩住自己的嘴，我才捏緊那根細細的臂膀，就完全愣住了。

不用掀開她的手，我認得這雙眼睛。這個人是南晞。

5

「你看你，差點吵醒他了。」南晞移開遮覆她的小嘴的手掌後，就是這麼說。

自從城裡上一次的運動大會，我已經很久不曾喘得這麼慘烈，好不容易迸出幾個問句就被南晞堵得節節敗退。為什麼不開燈？——當然不能開，你看小麥好不容易才睡熟。拿枕頭做什麼？——幫他換個乾淨的，他的枕頭真的好髒唷，你看上面還有嘔吐物。那麼幹嘛將門反鎖？——沒注意耶，門把好像是新換的，可能一關門它就自動上鎖了。

其實我真正想知道的是，南晞為什麼會在這裡？「他們派我來做看護呀。」她回答，拾起掉落地上的枕頭，拍了拍，幫小麥替換上，又順手撫整他凌亂的頭髮。小麥原來醒著，他轉睛左右對焦，想看清楚南晞。

我重新激動了起來：「誰派的？不知道妳在放暑假嗎？放暑假是什麼意思？哪有叫妳工作的道理？欺負人嘛，就靠妳一個，怎麼有辦法照顧病人？」

「你又忘了，我讀的就是護校。」

「讀護校也不夠，沒有醫生幫妳。」

「有君俠幫我，他是醫生。」

「是噢，君俠是醫生我怎麼沒聽說過？」

「他是！」南晞提高了音量：「他以前就是唸醫學院，只是沒唸完。」

「是噢，我怎麼以為沒唸完就不算醫生？」

「他算。」

管他算不算，我現在就要找人理論，但診所已經成了無主單位，該找誰去？南晞在一旁不停地打斷我滿腦念頭：「帽叔——」，或者我想辦法修改收垃圾路線，省出半天的時間，由我來照顧小麥，「帽叔——」，這麼一來，我夜間的研究工作就只好荒廢了。

「——帽叔，你聽我說，我是自願的。」南晞幾乎是喊著說出這話，就算在陰暗中我也察覺出她整張臉漲得通紅，她靜了一會，自言自語一樣悽涼地說：「有些事，總該有人承擔。」

「還輪不到妳來，聽話，我現在需要思考。」

「帽叔，要我說幾次？我不是小孩子了。你就愛當我是小朋友，還送我那種東西！」南晞轉了一個很離奇的彎，她指的是我早晨放在她房門口的洋娃娃。去年冬天回收到這尊舊貨以後，我就下了不少功夫整修它，復原得天衣無縫，當然君俠的巧手也佔了點功勞，娃娃的小棉袍是他裁製的，針線活不是我的專長。

「十七歲還算個孩子。」我說。

「十七歲是一個女人。」

「妳乖，明天還給妳釘一副新窗簾。」

「都要封城了還換窗簾！」

「誰叫妳那間房西曬，我剛收了一塊厚絨毯，尺寸正好，停一會讓我思考——」

「——帽叔你坐下聽我說，」她雙手並用推我到一旁的空床坐下，「你自身都難保了，別忙成這樣行不行？」

「我哪有自身難保？」

「我去垃圾場看過了，帽叔，你的倉庫都被拆掉了。」

「要拆就拆，反正裡頭都是廢物。」

「他們是不是又要逼你搬離開垃圾場？你怎麼都不告訴我？」

「胡說，沒有人逼我。」

「你騙人，為什麼連你的小廚房也不見了？」

「那也沒問題，我焚化爐那邊可以開伙。」

「怎麼開？」

「妳別管，帽叔有的是東西吃。」

「好我不管，」南晞在我膝前蹲下來，這是她從小養成的習慣，為了仔細看我。她真是越長越標致了，不知從何時開始竟也懂得打扮了，我發現她修了眉毛，梳了複雜的髮辮，只是年歲還不夠大，始終保留著孩子模樣。她仰望我，很認真地說：「那你過來陪我吃飯好嗎？這邊真的很冷清，從明天開始，我拿三份伙食，你來，陪我和小麥吃，好不好？」

有一瞬間我真想摟住她，但她又已經不夠小。我幫她把垂下的小辮撥到背後，她的左頰漸漸凹陷出一個酒窩，我知道她要笑了。

「好想吃你醃的芊蘿。」她說。

「好，今晚我就醃一大瓶。」

離開診所，我輕輕帶上門，門把喀嚓一聲彈上。

找到停放在一旁的手推車，我解開煞車擋，連推了兩次無法啟動，搖搖晃晃，車身變得特別沉重，我差點散了一地垃圾。

診所那門鎖不是我換的，但新鎖包裝盒是我回收的。我曾經全面研讀過盒面說明，那種小玩意，不會自動上鎖。

※　　※　　※　　※

接下來是我在河城最脫線的一段時光。

再也不用張羅吃喝，人生多出了一大片空白，閒得我整天往診所跑，幫忙看護小麥。我不放心讓南晞單獨留在病房。

風季開始了，不管什麼時候出門，往哪個方向一走都吃得滿嘴塵土，這種天氣再加上壓力，我是指大家就要遷離河城，人們看起來顯得格外煩惱，每個人都變得特別忙亂，話特別多，禮貌特別少，看什麼都特別不順眼，最不順眼的就屬那些穿制服的陌生人。

他們是官方派來接管河城的單位，特徵是到哪兒都直闖而入，就當作是自家客廳，反倒我們成了外人。他們四處測量，不停做簿記，臨走還用噴漆隨意在隨處標上一些莫名其妙的記號，這種感覺很粗暴，讓人聯想到自己是屠宰場上的豬，說不準他們就在你屁股上噴個彩色標靶，好等著最後一天瞄準你一腳踹出河城。這樣一想，日子就全走樣了，換個說法是，當一樁大事件或大災難正在蔓延，而且事態完全超出你的接受能力時，你會只想找一件無關緊要的小事專心做下去，不管這事有沒有樂趣可言。

這就是我和南晞的處境。大風呼嘯，南晞緊閉了診所門窗，窗外的世界越紛擾，裡頭的我們就越脫離現實，越像兩個傻瓜，我們在一間被拋棄的診所中，陪伴垂死的病人。

第三個生力軍翩然而至，很禮貌地在診所外敲門，叩三下，耐心地等。

是君俠，站在門口的他滿身風塵，頭髮眼睫上都沾了鵝黃色花粉。君俠斜揹著一具鐵器，穿著貼身的緊恤，猛一看，還真像來了個負劍的俠客。

「南晞要我過來看看病人。」他神清氣爽說。

但仔細再瞧，他揹的其實是鐵鏟，倒像要來幫小麥掘個好墳。

「把他的上衣鬆開吧。」在小麥的床前，君俠說，他已經自動翻找出一些診療器材。

老實說我的感覺很不妙。這樣湊合的雜牌醫療團隊，一個據說唸過醫科但是沒畢業的年輕人，一個還在上學的半吊子護士，再加上我這個門外漢，我們以為我們能做什麼？

「衣服拉上去就好。」君俠愉快地再一次要求。

小麥把我們三個人輪番看了一回，置死生於度外，任由我和南晞鬆開他的上衣。只瞧了一眼小麥的肌膚，君俠的整張俊臉轉為責備之色——不是針對我或南晞，那些噁心的褥瘡已經有一些歷史，要怪就怪以前的醫生和護士，正牌貨也能闖出爛攤子。

那天我得到了一個結論，也許君俠真是醫生不假，因為他動刀的手法實在乾淨俐落。那場清創手術我也幫了大忙，至少在我意外昏倒以前，都是我負責在傷口上擦藥棉。另一個感想是，角度很重要。

沒錯，我在說的就是角度。曾經有一次，我在回收類垃圾桶中發現了一件奇物，大約一罐啤酒大小，掂在手裡非常沉，顏色無法描述，介於銅青和釉彩之間，形狀難以說明，大致上像是一截扭曲的漂流木，也有人說像陳年狗屎，但從某個角度看過去，分明卻是一尊馬頭揚鬃怒嘶，大家都說我撿到了藝術品，這寶貝我喜歡得不得了，百賞不厭，直到有個內行人看出了它的來歷，原來那只是一具燒熔的馬達機芯。

這就是我想說的，角度很重要，報廢的馬達，看它的角度對了，就不再是垃圾。當我在手術中途暈厥過去時，我倒得哭八猛，後腦直接就敲撞地板，我聽見叩一聲，我見到君俠和南晞的臉湊到我的上方，看了我之後又錯愕地互視一眼，他們沾滿鮮血的雙手騰空在我面前揮舞，而我只能聽見我自己的耳鳴，然後有個腳尖禮貌十足地將我輕推離開手術檯邊，一次挪一點點，我翻滾了兩圈，又回復正面朝上，手指發麻，喉頭緊縮，只剩下眼珠能運轉。躺在這邊的角度非常好，我看著君俠神色從容繼續操刀，南晞緊蹙著修過的秀眉在一旁協助，偶爾騰出手幫君俠揩汗，我看出了不少滋味，最重要的一點是，從這角度看過去，終於發現君俠還真有點男子氣概。

褥瘡清理得很成功，估計小麥的高燒將要好轉一些。這天我就和小麥床挨著床一起休息，聽廣播的談話節目，我說不出那節目有多幼稚，幸好很快就播放流行歌曲，是一首最近當紅的情歌，歌名我不記得，旋律讓人很傷心，歌詞讓人想自盡，尤其是不斷重複的那段副歌：光陰是一條河，帶著我航向遠方，航離有你的那一端，有你的那一端……

「這什麼爛歌詞？」我嚷了起來：「瑞德咱們來聊點像樣的東西吧。」

小麥不感興趣，事實上，手術以後他一直在呼呼大睡中。

「什麼？要聽我說話？不好吧？

「那我說了，聽不下去你就打斷我別客氣啊，

「要我說光陰是嗎？好吧，

「光陰是一條地下污水道，你只能順著它往前漂，一路上攙進來許多種味道，你就被浸得面目全非，

「在這邊只有增加沒有減少，世界從千萬個方向朝你沖過來滲進你，誰也躲不了，

「沒有髒不髒的問題，如果你知道你的源頭，只是人家的一個馬桶，或一個排水口，

「你遭受很多次碰撞，你弄得全身都是傷，還是不停往前漂，

「你以為總有一天你到得了什麼地方，你以為盡頭會有光，

「實話告訴你吧，那邊是一個更大的垃圾處理場。

「謝謝你，我也覺得說得特好。

「唶，別鬧了，我哪有那麼厲害，我是聽來的。」

這些話是禿鷹說的。雖然與原文不盡相同，禿鷹應該不介意我加上一點我的個人風格。

然後我就開始談起禿鷹，說不上來為什麼，我發現和小麥聊天就像女孩子織起毛衣，沒辦法停。

以前我提到禿鷹時，也許會讓人感覺有點慘的意思，那一定是我表達得太煽情。說真的，禿鷹是一個心理健康者的楷模，除了骨質疏鬆症以外，再多的失敗也別想叫他低頭，他的自我感覺非常良好，回憶往事的感覺更好，回憶到他的青年階段時尤其好上加好。

青年時代的禿鷹到底有多好？簡單介紹，他是一個很帥的白馬王子，兼一個才子，又帥又天才的年輕禿鷹不只在中學教書，簡直還是一個萬世師表，春風化雨的事蹟有他的日記為證，根據日記裡補述的自傳，他為了教化更多世人，就發憤寫詩，寫出的詩好得不像話，他慷慨送給這世界許多富含哲理，聽起來又很悲哀的佳句，「走路是一連串的防止跌倒」，「每一次睡眠都是為了與明天保持距離」，總而言之，生得太晚是我們的錯，所以只配見到禿鷹又老又醜，每天努力申請身分證，每一次睡眠前必寫冗長的日記，日期雖然是當下，但場景遠在天邊，禿鷹展開形而上的翅膀盤旋，永不離開他的鳥蛋大的祖國，他的人間蒸發的故土。

盤旋讓禿鷹想起更多往事，他的教員做得太棒了，人家就請他做教授，教授職還是不夠彰顯他的傑出，所以人家乾脆請他當校長，但是他淡薄名利，為了學術自由，寧願做一個瀟灑的哲學家。

禿鷹的回憶錄到此為止，包括我在內，再也沒有人聽得下去。

這麼說吧，可以確定他與哲學相關的地方是：叔本華的髮型、卡夫卡的體力、蘇格拉底的貧窮和伏爾泰嗾氣時的高齡。禿鷹真的太老了，果然有一天他倒下了，毫無預警，也沒有人感到意外，他連續許多天無法進食，沒死，他的心臟漸漸衰竭，偶爾還停擺一陣子，沒死，禿鷹失去了提筆寫日記的力氣，但是他還能讀。

每次去探望禿鷹，他都是同樣癱在床上，和小麥差不多，不同之處是禿鷹胸前一定擱著翻開的日記本，他的屈折的脖頸正巧構成一種適合閱讀的姿勢。日記是用母語寫的，沒人看得懂，這並不妨礙禿鷹翻譯出來，再強迫我聽進去的興致。

一百四十一本日記，禿鷹最喜歡的是第二本，就算倒背如流他還是愛不釋卷，那本日記像個九輪戲院不斷重映他的青春年華。那時他的國家一團混亂，他和每個熱血青年一樣，滿腦子都是國家改革的理想，那時他還沒變成一個國際人球，那時他曾經被深深珍愛過。禿鷹特別留戀的一刻，就在他折了頁角的那篇日記裡，某年某月某一天，他真的灑出了熱血——跟政治無關，只是一場街頭混混小械鬥，路過的禿鷹右腰挨了一槍，子彈像特技表演一樣從腎臟旁擦過，避開了肝臟的每一條動脈，在他的前腹鑿開了出口。

所有的器官都健在，但是當時的消毒技術不良，禿鷹陷入高燒與馬拉松式的昏迷，沒死，醫生不放棄搶救，朋友們也都來了，他們全體都是詩人，全體都不肯再離開，他們日夜陪伴在禿鷹的床邊，其中一個特別美的女孩，花上十幾天的功夫，左手握著禿鷹的手，右手執筆寫下了長篇情詩，期間還要不時抽出她的玉手，和大夥一起手牽手為禿鷹禱告——畫面聽起來挺不錯，但禿鷹以一種讓我非常受不了的做作譯文，一再強調這個鏡頭，而且多次朗誦這頁日記的最末段，到最後成了我腦中陰魂不散的一景，還附有旁白配音：

「……然而在這污濁的世界裡，是什麼讓存在顯出意義？只有愛，愛是一點點希望的微光，只有愛過，吾願方才足矣，所以這長路還未竟，無需再為我不安，親愛的朋友們，靜候吧，現在能治癒我的只有光陰了。」

我沒再說下去，一方面那文字太肉麻，再說結束在這一句上頭，對小麥應該有點提神醒腦的效果。「能治癒我的只有光陰了」。一點點希望的微光，誰忍心吹熄它？

中槍的禿鷹當然漸漸康復了。

只是更多的光陰畢竟給了他死亡。

他死於五十六年後，老歿在河城，沒病，沒痛，不需要搶救，也沒有人陪伴在旁。

※　※　※　※

窗外的沙塵暴刮個不停，南晞的少女心裡面是一個亞熱帶島嶼，曲折細細的地形，轉換小小的陰晴，早上還在幫小麥按摩，一邊很活潑地哼歌，我收了幾趟垃圾來回，她已經蹲在角落，抱著一隻闖進來的野貓發傻，怎麼喊她也聽不見。我給小麥翻了身，又開了一縫窗口透氣，南晞忽然跳起來，滿臉陽光明媚，背著手倚在門邊。兩分鐘後，君俠敲門。

君俠帶來了一具他的手工製品，是克難式的加壓給氧工具。說真的，我到現在還沒弄懂小麥那複雜的病名，但是我知道他的病併發了歷久不衰的肺炎，光聽他的喘氣聲你就會知道，雖然病魔攻佔的是別的地方，但他的心臟瀕近叛變，他的呼吸道已經投了降。

南晞和君俠反覆試練操作那工具，南晞像上足了發條一樣說個不停，你真應該聽聽醫生和護士單獨相處時的談話內容，我保證與本行無關，南晞說的都是她的校園趣聞，君俠雖然與她應答得挺合拍，聽得出來那是隨和，多過於興趣。

他們又轉去前面診療室，才一下子就弄出了滿桌面的藥罐，兩個人在藥櫃裡繼續翻尋，都有些發愁的模樣，對話也嚴肅了，聽得出來存藥量很窘迫，某些必要的針劑根本沒再補貨。君俠放棄藥櫃，低頭塗寫藥單，南晞嘆了口氣，開始收拾藥罐，自顧自地恢復閒聊，談她在學校裡的功課。

這下我有句真心話非吐不快了。

「我說應該送小麥到外面的正牌醫院。」

君俠抬頭，南晞住口，兩個人都茫然看著空氣。

「辛先生安的什麼心嘛，要他在這邊等死嗎？」

他們一起望向我。

君俠便要走了，也許我說錯什麼話，不過君俠也從沒有久留的意思，只是南晞的談興正濃，她收下藥單，看也不看，繼續說：「真的我不蓋你，你要不要看我上學期的成績單？每科都很棒唷！」

「很好，」君俠和藹地拍拍她的頭，拉門就要離開，「我明天再過來看看。」

「——除了一科。」南晞加上一句。

「什麼？哪科？」

「我的生物化學，很爛。」

「生物化學沒有捷逕，只能多讀——」

「我沒辦法。」

「元素表要先讀通，要記熟——」

「沒辦法，打死我也記不下來，再當一次我就永遠不用畢業了。」

「……」君俠端詳南晞，南晞的臉上是甜得過整個春天的酒窩。

「課本有帶回來嗎？」他問。

「當然有啊，開學還要補考一次，我死定了。」

「去把妳的課本拿來。」

「看課本好煩。」

「我看不是妳看。」

南晞應聲蹲下，課本就藏在一旁的小櫃裡。

君俠於是不走了，他敞開長腿在醫生的座位坐下，快速翻讀南晞的課本，不停手記重點。我忽然覺得再待下去索然無味。

※　※　※　※

走進我的垃圾場也一樣興味索然。

我的倉庫拆了就算，多的是擺置空間，小廚房我也不要了，現在我餐餐吃得又飽又營養。

但是我沒辦法接受那些陌生人這樣胡來。他們在垃圾場四處噴上了油漆，還用一張很失真的平面圖解釋給我聽，垃圾場的某些局部將要如此這般調整，簡單地說，他們想要縮減一半的佔地。我很吃驚地反問他們，沒看見垃圾已經堆得快飽和了嗎？怎麼縮減？「燒啊！」他們給了這樣高超的指點。

該燒的早就用焚化爐處理了，會露天堆置的，都是些無法燃燒，等待掩埋的物質，而河城的幾個掩埋點已經爆滿，我曾經提議在附近丘陵地新造掩埋坑，也不知道為什麼，上頭總聽不懂我的專業建言，你只要朝那堆垃圾山掃一眼，就會知道目前的狀況有多慘，想燒掉它的想法更慘，不過我並沒有說出來。我贊成燒，我舉雙手贊成用天大的一把火來解決一切疑難雜症。

回到診所時天還沒黑，君俠就著醫生的看診桌，正在幫南晞補習功課，兩個人都正經到那種地步，我訕訕然進入病房，坐立難安。我想幫小麥剪指甲，梳頭髮，擦身體，不管做什麼床邊服務都好，但南晞全都處理妥當了，必需承認南晞非常盡職。最後我決定給小麥拍背，順他的痰，我告訴小麥許多心底話。

不是我不信任他。長得太好看的人，別指望他是什麼好東西，這點也不用我強調。

「我在說的是君俠，聽不懂就問一聲啊。」我說，小麥微皺著眉，消受我的拍擊。

不是我妄下斷論，只是，垃圾會告訴我太多實情。

實情從一本雜誌開始。

那是好幾年前的事了，有一天我在收垃圾時，注意到君俠丟出的一個信封套——淡棕色的環保再生紙大信封，沒有任何人會再多瞧一眼，偏偏我認得它。

那是個雜誌封套，雜誌名叫「巴比倫花園」，內容想也知道，就是那種談園藝和怎麼布置你家後院、附帶幾篇花草食譜或是芳香療法的娘娘腔月刊。君俠訂閱這本鳥刊已經好一陣子了，直到那一次我才想通箇中奧秘。這就是我常說的，人沒事多看一眼垃圾準沒錯，真相就藏在垃圾裡頭。我忽然想起來，全河城只有另一個人擁有這本雜誌，我每個月都會從紀蘭小姐那邊回收到同樣一只信封。

這一想通，後情就豁然開朗，經過觀察印證，君俠和紀蘭小姐果然越走越近。他常常賴在紀蘭小姐的花房裡，紀蘭小姐還親自下廚招待君俠——你沒辦法想像她第二天丟出的廚餘有多可口，我吃掉了一些，君俠則動手做了不少庭園裝飾品討她歡心，小倆口的感情漸漸公開，常在河邊並肩散步，一路笑談。

「紀蘭小姐是誰？就是辛先生的妹妹啊！我跟你保證，你這輩子絕碰不上比她更好心的小姐。」但是辛先生從中亂攪和。我怎麼知道？怪辛先生自己吧，他漸漸對我疏於防範，常常不小心拋棄一些塗鴉手記，所以雖然我不瞭解他的人，可我懂他的心情，他不樂意見到妹妹和君俠在一起。真相就像鴨子划水，紀蘭小姐和君俠一定愛得很痛苦，表面雖然沒什麼異狀，但是垃圾瞞不了人。垃圾告訴我，紀蘭小姐食不下嚥，常依賴安眠藥，不再管照她的苗圃花房。垃圾又透露：君俠無心工作，搗毀了一些工具，整天在紀蘭小姐的窗外徘徊，開始抽一些煙。

綜合各項垃圾情報來源，顯示案情是：君俠不敢違抗辛先生，紀蘭小姐的心碎了。

「你如果像我一樣，親眼看到君俠跟紀蘭小姐那一夜分手的模樣，大概就會覺得紀蘭小姐不可能再愛任何人了。聽不懂是嗎？紀蘭小姐搬走了，離開河城。」

全案總結是：君俠辜負了紀蘭小姐。

眉批：愛一個人就不應該那樣懦弱，簡直是豬頭。

附註：我也是愛過的人。

「你聽不懂，那就算了，反正我不懂的事也多了。」我話說得多，下手就越拍越輕緩，現在小麥一副昏昏欲睡的樣子。

我不懂許多事情，不懂明明是自己的親妹妹，辛先生為什麼要待紀蘭小姐那麼苛薄，他根本讓她過著三級貧戶的生活；不懂為什麼紀蘭小姐離開以後，辛先生卻又顯得那樣傷心；我也不懂該如何處理禿鷹的遺物。

我指的是他的日記。禿鷹死後我曾經試著翻閱過，就從第二本讀起，結論是：浪費光陰。一個字也看不懂。這樣說又不全然對，因為有個字出現太多次，最後畢竟就看熟了，那應該是個女性的名字，Ekaterina，光是唸著就挺悅耳，猜想是曾經握住禿鷹的手寫詩的那位美人。這個可愛的名字從第二本開始，像條金絲縷密密纏繞過全套日記直到最後一本，在最後一頁打上線頭。

我不懂，為什麼太多事情當面表達得那麼婉轉，背地裡卻又留下廢話連篇。一百四十一本日記，從禿鷹的青年時代開拔，一路收藏許多開不了口的心聲，穿越許多歲月與千山萬水，最後全馱進一只瓦楞紙箱裡，總重三十七磅，回收價值大約等於一頓廉價的午餐不附咖啡。

我天天看著這箱日記，它就擱在紙類垃圾堆角落，資源回收車每半個月來一次，我每個月掙扎兩回，終於沒辦法賣掉它。整箱日記頑固地存活在那裡，以異國文字不停呼喊著千言萬語，常有人好奇翻出來一看，看不懂，很快就作罷。不知道什麼人，用麥克筆在紙箱上題了一排字：「追憶似餿水年華」。

禿鷹留下的還有一撮骨灰，我不能任由他的遺骸散布在我的焚化爐裡，本想要照慣例把骨灰灑在河面上，又改變念頭，我自作主張將它埋在河邊。我想，禿鷹受夠四處漂流了。

河邊是個好地方，冬去春來，樹抽芽，鳥結巢，動物求偶，人患相思，春城無處不飛花，不管你什麼時候從這兒望過去，總是見得到河水裡漂著幾朵航手蘭。

「航手蘭你看過沒？」我問小麥，「紫色的小花，開滿河邊整片時還真是哭八的美，這樣吧，等你好一點了，我就帶你去河邊看看航手蘭。」

航手蘭是奇怪的植物，花苞剛開始綻放，就跌落河裡，離枝以後它的花期才算真正開始，厚厚的花瓣外覆蠟質，浮在水面上永不沉沒，它的花蕊有黏性，風帶來什麼它就沾上什麼，就這樣一路招惹別人的種子，一起旅行去天涯海角，去開花，去結果。

不管漂得多遠，我跟你保證，那邊也是一樣，春去秋來，人們也夢想著海角天涯，再不可愛的人也不時會感染愛情，通常不致命，只是會犯一些癡狂，然後不停地受一點傷。

我說得太詩意了，小麥很果決地閉上眼睛。

「喂喂，別睡，我還沒說到重點，再一句就好，捧個場。」

小麥照舊我行我素，不省人事。他的床頭有瓶黃滕樹花，怎麼看怎麼古怪，越看越叫人火冒三丈，我放倒小麥走過去檢查，原來是修剪過了，每張葉片都費工裁成了心型。花香太濃，我抱起它移到窗邊，心情非常複雜。

重點是，我們的南晞戀愛了。

6

南晞魂不守舍，症狀是特別喜歡做清潔工作。

一桶熱水，兩塊毛巾，肥皂潤膚乳痱子粉一應俱全，南晞早上也幫小麥擦澡，過了中午出過汗再清理一回，小麥嘔吐幾口白沫，南晞又是整套洗浴工具齊上，我只好出聲阻攔。

但南晞片刻也不想歇手，那些導尿管和點滴的插端她時時消毒，她在小麥床邊走來走去，幫他剃頭髮刮鬍鬚，幫他換乾爽內衣，幫他拉被單幫他穿棉襪，在他緊握的拳頭裡各塞進一捲豔色小手帕，在病房四處插了鮮花擺些水果，伺候成了這樣，不論誰走進來看見小麥，還真會以為觀禮到了一場莊嚴大殮，換作是誰躺在那兒也都該含笑九泉。

怪的是南晞活力越好，吃得就越少，那些撈什子營養學家只要仔細觀察這年紀的人類，說不準就想撕毀自己的論文。少女真正需要的是心情，是幻想，藏在心裡的秘密偶像有如蛋白質，流行打扮雜誌足以提供碳水化合物，別人的注視能滋生礦物質，滿腦子羅曼史就等於維生素，而我是個廚餘桶，一餐接收三份熱伙食。

我當然吃不完，剩下的伙食我打成一包，掛在手推車把上，揚長而去沿途收垃圾，收到了城門口的警衛室，喝些冷茶，跟警衛交換幾樁八卦，我就推車出城，上跨河大橋。

橋的中段，有個人背倚橋欄坐著抽煙。

他以前叫做阿雷，現在叫他地鼠也行。他被攔在橋上不許入城。

見到我來，阿雷木然站起，將當天垃圾扔進我的手推車，完全沒分類。

「有沒有搞錯？給你的垃圾袋勒？」

「讓風吹走了。風太大。」他無限煩悶說。

我的那包剩菜他一眼不瞧就隨地一擺，看來已經吃飽了。城裡另外接濟他的大有人在，樂捐來的物資還算充足，全都用石頭鎮在阿雷腳邊，餅乾糖果，報紙飲料，睡袋，摺椅，只差一具收音機，再來一把陽傘，這邊就十足像個養老勝地了。

對一個剛經歷過那麼多衰運的人，誰有力氣數落他？

我搖手謝了他遞過來的香菸，收下他的罐裝咖啡，打開喝了。我早已戒菸多年，老實說我恨菸，但還是有恨意備受考驗的時候，比方說不小心走進了一家生意慘淡的小酒吧，或是面對上一個滿腹苦水的男人。

阿雷的苦水已經吐過不只一回，他這種地鼠我也見過不只十打。從河城溜出去的人，故事都差不多，可以編成公式，首先是自行離城，逍遙一陣，本事高的就弄個人頭身分，從此冒名造假一生。這是公式甲，理論成分居多。

公式乙經過多次實驗證明：出城以後四處找零工，沒有名字沒有戶頭，沒有住址沒有人生──到這兒都還算浪漫，如果你是喜歡看公路電影的那種人──沒有負擔也沒有存糧，接著，通常碰到混帳老闆，讓你打工一陣子，再攆你走路，該付的工資則是免談，你求償無門，因為理論上你不存在，你流浪到公園，到地鐵站，到隨便哪一棟還沒蓋完的大樓，落魄得像條狗，但動物保護團體對你視而不見，儘管你身上真的有狗蝨，再來很神奇地，你必然會生病，你一咳嗽，冬天正好就來臨，還能撐多久，要看你的體能，最後你回到河城，進不進得了大門，要看辛先生的心情。

顯然阿雷的體能不錯，而辛先生的心情很糟。現在阿雷在我的身邊猛吸菸，很礙眼地不停朝河裡彈菸灰。

「只剩半個月了，河城都要關閉了你還賭什麼氣啊？」我開解他。

另一端有車上了橋，阿雷趕緊將香菸一扔，從地上抄起一塊大紙牌舉在胸前，迎向來車拚命揮手，我瞥一眼，紙牌上字跡潦草，大約是辛先生漠視人權這類的抗議。

阿雷依依不捨直盯著那車進了城，才撿回地上的菸蒂繼續抽，回答我說：「那我就陪大家到最後一天。」

「何必呢？我說你應該趁早去別的收容所，誠心誠意賴在那邊，人家一定會收留。」

「我不。」語氣堅決。

阿雷踩上橋欄底部的矮墩，探出上半身，很專心看著大河，「帽人兄，」他朝我招手，「你知道那邊，下游再過去那一邊，是什麼嗎？」

「廢話，再多遠都是丘陵。」

「不不，你看，我說老有車往那邊跑的那個方向。」

「那就是有挖到古蹟的那塊地嘛。」

「對，古蹟地，美了，了不起，我整天看車子往那邊繞，媽的埋了幾萬年的乾屍都比我們重要。」

我也踩上矮墩，順著蜿蜒的河流看出去，不遠的河面上，泛著幾朵航手蘭，再下去，河面水光粼粼，其實半個鬼影也瞧不見，我只知道古蹟地確實就在那個方向，至少十幾哩遠。

「你知道我想幹嘛？」阿雷又朝橋外探身出去，雙手拚命亂亂揮，「不開玩笑，我現在就要跳下去，反正我爛命一條，我也來做屍體，我免費給你們參觀，我告訴你今天我就要淹死給你們看。」

我默默看阿雷表演了一會兒，跟他一起探頭觀察下面的河水。

「但是老雷，我看這種水位，死不了人。」

他馬上洩了氣，爬下橋墩，點了根新菸。

抽了半截菸後阿雷說：「你知道為什麼我不走嗎？我要親眼看到辛先生的下場，對，就在這座橋上，我要看他被戴上手銬，從我前面被押出去。」

「辛先生怎麼會被戴上手銬啊？」

「你都不看報紙的嗎？」阿雷很稀奇地瞪著我，「他殺了那麼多人。」

「哪有殺人？報紙說的能算嗎？」

「氣死人算不算？」

算，城裡的確有些人算是氣死的，遺體都是我燒化的。

「害人不想活了算不算？」

也算，河城的自殺率居高不下，輕生成功的可憐蟲我也燒過不少。

「那你說啊，間接殺人就不算殺人嗎？」

「不關我們的屁事，說這些我聽了很悶。」

「我告訴你辛先生這次玩完了，」阿雷忽然又甩掉香菸，興奮得挺不正常，他很起勁地跪在滿地家當中猛掏，「報紙都說了，這邊有篇報導我特別留下來，寫得很好你一定要看看，上頭已經開始在調查他了，你等等我找找，你別走。」

阿雷陷入胡亂翻尋中，幾張舊報紙隨風飄起來，在空中張揚，往河面飛翔。

我嘆了口氣，拉動我的手推車倒轉車頭回城。「拜託你報紙都用石頭壓好，還有，菸蒂給我撿起來。」

報紙上那些捕風捉影的報導，哪有我的情報來得精采？城裡雖然到處在傳言，辛先生很可能將要被起訴，但我知道辛先生有後台，後台是誰？就是那天來訪的嘉微小姐。

嘉微小姐離開後和辛先生通訊過一些公文，當然全經過銷毀，百密一疏，沒有人發現我懂得拼湊。

拼湊的過程顯示，辛先生辦公室的那台碎紙機，還真是頂級貨——文件拆解得全不像話。

一共花了我二十五個夜晚和許多罐咖啡，才讓資料慢慢還原。首先確定的是嘉微小姐的來函箴徽，與辛先生同部同署，只是嘉微小姐屬於人事考察單位。骯髒的內幕接著丁點曝光，在這邊我不能直說，不洩露公務機密是我處理垃圾的基本原則，但是我可以提示四個字——官官相護，既然辛先生的上級決定罩他，那他就不會碰上大麻煩，這種事情再講下去真讓人全身雞皮疙瘩，我忽然真的感到頭皮發麻，大橋搖晃，地動山搖。

山搖地動，推車下橋回城時，迎面的景象讓我嚇了一跳，不知何時從哪邊進城的一架巨型怪手，正緩緩駛過城中的路口，它發出坦克車一樣的轟隆噪音，轉彎朝中央廣場而去，高舉的鐵爪擦過天際，沿途扯落滿把的黃縢樹枝。

我剛想到了什麼重要的關鍵，一陣大風刮來，眼前漫空都是嫩葉飄零。

※　　※　　※　　※

一直到凌晨我還在想，而且還有個糟糕的念頭，超級想哈一根菸。南晞在小麥的隔壁病床上輾轉反側，嘆息，揉眼睛，扯自己的小辮，最後她推開被子猛然坐起。

「我睡不著，我睡不著！」她很煩惱地輕聲悶喊，「帽叔你打呼好吵。」

「胡說，我根本沒睡。」

「我完蛋了，天又快亮了。」

「我去弄杯溫牛奶妳喝？」

「不要管我。不要陪我。」

「說什麼孩子話，不是要帽叔陪妳跟小麥嗎？」

「誰知道連晚上你也要住在這裡啊？」說這話時，南晞連眼淚也差點噴了出來。

「不放心你們倆。」

「可是你打呼真的好吵，害人家天天失眠。」

「保證沒打呼，我睡覺保證是最安靜的人，我淺眠，淺眠的人不打呼，一點聲音我就醒，妳看妳一翻身我就知道，這病房裡安靜得不得了。」

這安靜。

我和南晞幾乎在同一秒彈跳下床，她裸足竄到小麥床前，我睡在最靠門的鋪位，正好搶身去開了燈，然後我只管戴帽子顧不得穿鞋，也奔向小麥。為什麼這麼安靜？怎麼再也沒聽見小麥那帶著輕微喉音，掙扎得很不舒服的喘息？

南晞整個趴在小麥胸膛找他的心跳，我來到床前時南晞已經站直身，臉紅得像是方才大醉過。

「沒事。」南晞說，她正在發抖。

小麥真的沒事，而且從來沒有像現在這麼清醒，他眨著眼睛看燈光，眸子清亮。

南晞像是安慰自己似的，不停輕撫小麥的短髮，忽然她捧住小麥的臉，跟他仔細對瞧，然後她宣布：「小麥說他想看一看航手蘭。」

「我怎麼沒聽見？」

「他說了。」

※　※　※　※

短短一段旅程折騰了半天，當我們抵達河邊時，差一點斷氣的人是我。

過程有多遜就別提了，那張活動病床太不管用，才推出診所不遠就報銷了一只鐵輪，當我提議以我的垃圾手推車載運小麥時，南晞更加不快樂地說，不行。她努力思考，逼出了臉上深深的酒窩，然後她說：「帽叔你幫忙，把小麥扶到我背上。」

結果當然是我揹著小麥，一路撐到了垃圾場，全城就屬這一帶的航手蘭開放得最燦爛。

天才剛要破曉，我和小麥盡情栽倒花叢中，兩個人都喘得像風箱。小麥忽然平靜了，他轉頭，很認真端詳一朵靠近他眼前的航手蘭，啟齒想說什麼，可惜他的嗓子瘖啞，只能從唇型研判，不是對我也不是對南晞，倒像是朝著花蕊說了一句：「謝謝你。」

接著他幾乎是立刻就陷入昏迷。

這下我們都傻了，費了好大功夫，換來就這麼幾秒鐘的張望。南晞抖開她帶來的毛毯，幫小麥披上。「讓他在這邊休息一會兒吧。」她說。

我的工作小棚就在前頭不遠，我過去開燈燒了一壺熱茶，提回到河邊時，南晞攀住一棵白梨樹，腳踩樹椿，整個人有一半懸空在河水上，偏頭正看著很遠的地方。

晨光稀微，星星都已不見，極遠方的丘陵地上有一小撮燈火閃爍發亮。

「一大清早，有什麼事好忙的？」我來到河岸邊緣，給南晞倒杯茶，她搖搖頭示意我放地上，我就地坐下了啜飲熱茶。

「在趕工吧，那邊現在聽說很熱門喲。」南晞瞇望古蹟地上的燈光，不勝嚮往。

「挖好幾年了，我就看不出他們哪裡熱門。」

「帽叔你都不看報紙啊？那邊新出土很棒的東西哩。」

「乾屍有什麼棒的？」

「乾屍是前幾年的老新聞了好嗎？他們早就又往更深挖下去，挖得很深很深，你都不知道唷，最近挖到好多寒武紀的古生物，前幾天又發現了叩爾薩斯呢。」

「那是什麼東西？」

「藻，一種彎彎曲曲的藻，報紙說的啊。」

「……妳的意思是說彎彎曲曲的藻很棒？」

「才不是呢，叩爾薩斯是很多億年前，一種只長在鹹水湖的藻，全世界只有兩個地方有挖出這種藻唷，另一個出土的地方很遠呢，說不出有幾百幾千哩遠呢。」

「所以重點是……」

「帽叔，原來我們住在一個史前大湖裡，湖耶！」

這種不對盤的談話讓我不得不靈魂出竅，飛得老遠，十七歲的南晞，這樣幼稚，這樣不經世事，這樣孤伶伶沒有親戚，眼見著就要像朵航手蘭，永遠漂離開這裡，將要擱淺在不知道多遠的他鄉；說不出幾百幾千種苦難將要像雨點一樣沖刷在花朵上，但我們再也見不到，也幫不上忙；花朵散播許多種子，攪亂無數生態，最後終於枯了，留下一點點遺跡，深深地被掩埋在地底，地層上季風吹過來，大火燎燒過去，千萬晨昏，直到某一天，某個喝多了咖啡的秀逗科學家在一大清早拚命挖掘，挖出來一塊化石上生痕模糊，依稀可以辨識，曾經有朵花兒被水波推上了泥地，翻了兩滾，但又漂走了；年代若干，用碳十四偵測，考古價值幾何，數據化成圖譜，能發覺的也只有這麼多，花兒與這世界的一切輕輕牽扯卻永遠失蹤在風中，在風中，我問她：「南晞，有沒有想過，河城封了以後妳怎麼辦？」

聽見這問題，南晞從樹椿上跳下來，到我面前蹲矮身子，尖尖的下巴擱在膝蓋上，靈活的大眼睛盯住我眨也不眨，每當她有什麼事想求我，或特別想看我時，她就是這樣蹲下來，很惹疼，很討喜，也很存心。我清了清喉嚨說：「南晞啊，帽叔這幾年存了——」

「——你在擔心我了唷？」南晞偏著頭透過帽子的縫隙仔細看我，「帽叔你真的想太多，辛先生都幫我安排好了啊，我會有一筆很小的基金，還有助學貸款，我可以用到二十一歲，你說這樣好不好？」

「好雖好，但是再來呢？」

「再來——我要照顧病人。」南晞笑得十分甜，甜中又有些心思，她低頭用指尖撩撥跟前的草葉，笑容漸漸淡了，最後變成一聲輕得不能再輕的嘆息，我耐心等著，她抬起臉蛋，終於說：「其實我的問題還算小，帽叔……」

「說下去，帽叔在聽。」

「糟糕的是君俠。」

「聽不懂，君俠怎麼糟糕？」

南晞卻躊躇了，她左右張望，除了睡在一旁的小麥以外，這時候的河畔根本沒人，南晞拔了幾片航手蘭葉，放在掌心輕輕搥打，聞了聞葉渣，眨了好多次眼才說：「帽叔你保證絕對不說出去唷？」

「絕不說，帽叔口風要是不緊的話，河城早就天下大亂嘍妳說是吧？」

「君俠是個囚犯。」南晞一鼓作氣說：「無期徒刑那一種，他能來河城，是因為辛先生從監獄裡把他借調出來的，怎麼辦到的你不用問了，因為我也不懂啊，我只知道，現在要封城，君俠就糟了呢，他就要回去監獄，一直關下去，還要關很多很多年。」

「君俠犯的是什麼罪，要關這麼久？」

「誰知道唷？」南晞疊聲反問：「那很重要嗎？你覺得君俠像是壞人嗎？你是看他現在的人還是他的過去？」

「……」

「君俠是怎麼一回事，大概只有辛先生才知道吧。」

「既然這樣，那回監獄去也是天經地義，我們也管不著吧？」

南晞卻答非所問：「他其實是一個很有感情的人。」她低頭反覆搓揉手裡的葉片，終於全扔掉，又將下巴擱回去膝上，很天真地仰望著我說：「帽叔，我們來假設一件事，假設你懂哦？」

「懂。」

「那就是都用假設的唷，假設小麥死了，我是說真的沒辦法搶救，我們真的很想救他——還在假設中哦，結果他還是死了，在封城以前死了，你不覺得小麥的年紀和外型，和君俠真的有點像嗎？這樣說你能懂嗎？」

懂。原本想不透的關鍵現在也全懂了。

君俠需要小麥的身分。

君俠將要頂替小麥，造假一生。

「我只有一個小小的問題，如果小麥不死呢？」

「他會，他已經準備好了。」南晞清脆地回答。

「妳怎麼知道？」

「他說了。」

一束束晨曦從城東射入，斜斜光線裡見得到花粉蒸騰紛飛，這裡的空氣真髒，我感到滿腔噁心，很勉強壓制才順利開口：「再一個問題，這是辛先生的意思，對嗎？」

「這是最好的結果。」

小麥開始猛烈咳嗽，咳得全身都弓了起來，南晞匆匆奔過去扶起他，給他拍背撫心，全不嫌惡地用手掌細心幫他揩抹唾沫，我坐在岸上回望他們，想幫忙但是腿正好麻了。

南晞跪著，小麥斜臥在她懷裡，南晞正在說什麼話輕聲安慰他，朝日昇起，襯在他們身後，再來我就什麼也看不見了，滿眼裡只有燦光閃動，這顆照耀過很多億年前的叩爾薩斯的，造化生命萬千的，同樣也促成無數毀滅的，永不怠工的太陽兄，活力十足地刺擊過來，那樣光輝，那樣殘忍。那樣血紅。

7

南晞急得直跳腳，扯住我的手推車不讓我走。

「放手。」我說。

「那你先把門打開啊拜託。」

「不行。」我說。「我收趟垃圾很快就回來，妳先去隨便哪邊玩一玩，聽話。」

「我生氣了唷！拜託把門打開！」

「不行。等我回來。」

「好，你去收你的垃圾，小麥要是睡到一半被痰哽到了，我不管。」

也對。這下換我六神無主。滿城的垃圾桶我不能不收，但是我也沒辦法讓南晞單獨留在病房，才鎖住了診所的全部門窗。現在我和南晞在診所門外僵持不下，火上心頭。

折衷。天底下什麼事都能折衷，我以正筆字寫好告示，趕去行政大廳布告欄貼上。

即日起——

1•各棟建築的樓層公共垃圾桶：不定時清理，再次強調，請確實做好垃圾分類。

2•各地垃圾子車：改為每三天清理一次。

3•廚餘類：請自行送至城東堆肥坑。

4•電器、家具及大型廢棄物：請自行送至垃圾場，或至診所親洽帽人。

ps•意圖輕生者：請緩，焚化爐暫不開放。

站在布告欄前，我被另一幅張貼吸引住了，那是來自辛先生辦公室的公告，內容了無新趣，不過就是最後一天的撤離名單，呈表格狀，分別註明哪個人將要被遣送往何方。

多此一舉的名單，總之就是全員撤離，除了小麥以外。這張公文老早就發送給了每一個人，每個人看完後也即拋棄了它，我從垃圾桶裡收到過許多張，但現在我還是很認真地細閱公告，從第一個名字到最後一名，又從尾讀回去，只恨手邊少了放大鏡。

「嚇。」一個人路過駐足看了看我的垃圾公告，又看我，倒抽一口氣。

「怎麼？」我問。

「沒……沒什麼。」那人睜大眼回答，轉頭跑了。

我繼續讀名單，入神得唸出了聲音，想扔掉手裡的東西，騰出手指一一觸摸那些名字，低頭一看，這才發現我雙手揉的是我自己的帽子。我不知何時摘掉了它。

又一個人影在電梯口出現，悄悄從我背後一溜煙而過，我戴好氈帽，轉頭叫住了她，是南晞。

南晞吞吞吐吐，「辛先生人又不舒服了，要我過來看看……」欲語還休，「……所以……那個鑰匙借我一下好嗎？我要回去拿個藥。」

「行，我正要回去，跟我來。」我拉她的手臂往診所走，聽她嘟噥著什麼，我回頭問：「說什麼？大聲再說一次？」

「我說，帽叔你看起來好可怕。」南晞朗聲說。

我會比這個要命的世界更可怕？才步出大廳門口，迎面差點撞上一群人，是電視台來的採訪人員。這些記者最近像蟑螂一樣傾巢而出，而河城是一塊舊蛋糕，他們什麼都肯沾上一口，現在就有兩個人高舉著麥克風走向南晞和我，我用力推擋他們：「閃開，別讓我說話。」

又是一週過去了，城裡的廠房全數停工，再一週，現在大家的新嗜好是坐在打包好的行李上聊天，聊什麼都很起勁，就是不談明天。

我每個白天都在打盹，夜裡漸漸清醒，醒著繼續等，直到南晞發出了均勻的酣眠呼吸，我才起身，瞧一眼小麥確定他還活著，我輕身離開診所，星夜下滿城收垃圾。

夜裡很涼，但我的火氣夠大，煮光全城的黃縢樹葉也鎮不退的火氣，保護我整夜工作不倒斃街頭。拉動手推車，我啟程習慣性地先到行政大樓正前門，抬頭仰望，在這樣的深夜裡，辛先生的辦公室竟還有燈光，燈光中有具黑影。

辛先生站在窗口，居高臨下與我對望。已經連續好幾夜了，沒有人破壞沉默，就這樣照鏡似地相看，我戴帽，他背光，中間阻絕著堅硬得像冰一樣的東西。

夜露潤溼河城，每一車垃圾都比以往更沉重，我吃力往返，還是無法在天亮前完工，從城東宿舍推第二趟垃圾經過中央廣場時，我喘幾口氣，在石板上大字趴下休息，看見一支早起的隊伍扛著器材進入廣場，他們也立刻發現了我。

這組人已經在城裡拍了好幾天的記錄片，幾乎對什麼都感興趣，人們街頭閒聊也拍，有人打架也拍，野貓上樹也拍，只差沒有掀開每幅窗簾往裡拍個夠，現在他們在一個綁小馬尾男人的指揮下，正在架設機器，鏡頭朝往城東辦公大樓後的山崖。

顯然他們夠機靈。從這兒取景拍過去，將可以捕捉河城的第一道日出。

小馬尾卻向我走過來，蹲下，「介意我們拍您嗎？」

挺和氣的聲音。我偏頭從帽沿下看他，「不介意，我休息夠了就會閃一邊去。」

「我們是希望能採訪您。」

我坐起來，周身酸疼感流竄，「你們不是忙著要拍日出嗎？」

「還早，日出昨天拍過了，今天補幾個鏡頭而已。」

「確定要我說話？」我問。已經有個小伙子在我身邊忙著測光，一組鏡頭朝向我調整。

「呵呵隨便您說什麼，不要拘束，等您說完我們再來進行一些問答。」小馬尾邊說邊對他的人員拚命打暗號，「您帽子能掀高一點嗎？好上鏡頭。」

「不行。」

「ＯＫ。都隨便您。不用站起來，您坐著就好，我們可以把手推車也拍進去嗎？」

「可以，你是說主題隨便我想？」一具探照燈朝我打來，照得我不太自在。

「呵呵，您是河城的居民？」

「我是管垃圾場的。」

「那就談談河城的垃圾場吧。」小馬尾放妥收音器材，慢慢退向後去。

「河城的垃圾分三種。」我遲疑地開始發言，面前有兩台攝影機同時運轉，我簡直不知道該望向哪邊才好，就面對著小馬尾，他朝我猛做畫圈的手勢，示意我不要停。

「第一種是一般垃圾，」我說：「可以自然分解的就掩埋，不肯幻滅的就用焚化爐處理，再不行的就露天堆置，這種分類法不是我發明的，你要問我，我會告訴你沒道理，因為基本上你沒有辦法真正消滅垃圾，基本上又沒有真正的垃圾，唯一有資格當垃圾的就是人，人很難分類——

小馬尾邊點煙邊朝我豎起大拇指。

「一定要分類的話，我會說大部分的人都是一般垃圾，只是你自己不會承認而已，你只會覺得自己很有價值，你很努力，你媽的誰不努力？你努力在掩蓋，讓自己看起來還不算失敗，事實上你可有可無，這就是一般垃圾的特色，你吃不了半點苦，你定期發憤圖強卻連自己肚皮的脂肪也對付不了，我不是說你你別緊張，我在說的是垃圾，垃圾我看太多了，我快被你們這些垃圾壓垮了，你欺善怕惡別怪我說出來，你欲蓋彌彰，你其實很心虛，你怕痛怕死也怕老，你只要別人愛你，我可以再說下去嗎？好。你自以為是，沒有人知道你說謊成性到大師的境界，你一得意就忘形，你滿惱子性幻想，但是你什麼都撇得很清，你貪小便宜又浪費，你尤其愛護虛名，你開著電視睡覺，你的寵物卻死於孤單，你的每個朋友都對不起過你，你翻臉比翻書還快，你還擅長搬弄是非，你骨子裡對誰也瞧不起，我可以一口氣說完嗎？好。你下流。你自私。你無知。你死要面子。你比小貝比還依賴。你犯賤。你是摸魚高手。你一身媚骨。你不顧別人死活。你私底下很沒格調。你愛吹牛。你自命清高。你每次出賣別人都是迫不得已，必要時連你老媽也能脫手。你有一肚子狗屁苦衷。你雙重性格。你貪婪。你很會搞神秘。你連酒後吐真言都在騙人。你意志薄弱。你跟很多人拒絕往來。你懶惰。你專耍可愛。你心胸狹窄。你一天到晚在後悔。你信箱郵件滿滿放著不管。你還是個偷窺狂。你疑神疑鬼。你常說錯話。你自卑得不得了。你為小事抓狂。你沒擔當。你作弊。你平庸。你裝模作樣。你虛偽到爐火純青。你見不得人好。你發過的誓全都食言。你偷偷跟蹤心上人。你胡塗。你卻又記恨。你幸災樂禍。你崇拜偶像。你怨天尤人。你不負責任。你很怕跟不上流行。你賴床。你拜金。你膽小如鼠。你對你的爸媽非常抱歉。你抓不到別人說話的笑點。你愛聽謠言。你放鴿子讓人傻等。你投機。你自大。你懷才不遇。你學會很多俏皮話。你這個負心的人。你故作愁姿態。你失心瘋。你一副屌樣。你狠。你其實害羞到不行。你變態。你買彩券只中過小獎。你善嫉。你多一事不如少一事。你口是心非。你逃避。你裝孝維。你衰神附體。你卑鄙。你對自己真的很失望。你只懂歌詞不懂詩。你寫過匿名黑函。你沒良心。你自以為很浪漫。你真的有夠愛你自己這個王八蛋。」

雖然小馬尾臨時決定搶拍日出，我不介意，我有的是忠實聽眾。我甚至配合地將手推車推離開現場，直接回到診所，南晞睡得正香，我來到小麥身旁坐下，取紙巾幫他擦拭口水。小麥這幾天一直在昏迷中，很少有醒來的時候。

「第二種是資源類垃圾。」我在小麥耳邊繼續說，說得很輕，免得吵醒南晞的甜夢。「我會說得很簡短，因為我知道你很累。」

再循環再利用是個好觀念，意思是說，人類虧欠地球太多，你生而負債，債務可以追溯到你的東非猿人老祖宗，所以凡是從你身上丟出來的，最好都能安排新用處，必要時你吃回去也行。

吃不回去，就分門別類，存放在垃圾場的回收專區，每個半月會有資源回收車來一回，我每半年結清一次帳目上繳公庫，然後這些廢物就羽化登新，別上標籤等著你消費。它們族多勢眾，存在於你生活所有層面，包括一切乾淨紙類，一切可再製塑膠類，一切可堆肥者，各種瓶罐，各種舊衣，各種五金，各種你玩膩的電器，各種你還來不及發生感情的收藏，不包括永遠說不出口的心事，不包括偷偷拭去的眼淚，不包括你青春年少時的夢想。

第三種，別人怎麼分類我不管，在河城習慣上就是通稱特殊垃圾。基本上它們也都屬於資源類垃圾，差異點是，它們在平時很正常，變身為垃圾以後，若不小心處理就會成災難。

因為廢輪胎舊電纜傷害千里以外的翠綠森林。

因為使用過針頭裡，沾有情人的痛哭。

因為老電池的殘能讓宇宙破碎。

因為少女的愛足以殺人。

我的個人意見？很簡單，一切垃圾都是人的衍生物，只因為人太迂迴，太不直接，太無法面對，你如果像我一樣住在垃圾場，就會知道，百分之八十以上的垃圾都是多餘的包裝。你自己就是一大盒聖誕禮物，外頭裹上漂亮得不得了的包裝；拆開包裝，是堅硬外殼；褪去外殼，是柔軟襯護；剝下襯護，是浮誇修飾；揭掉修飾，是瑣碎點綴；抹除點綴，是怯生生的，一個無法曝光的，你。

總結：與人無關的，不曾被人擁有過的東西，也不會成為垃圾。

來自垃圾場的報告完畢。

我累斃了，而天色正開始發亮，南晞將要醒來，我將要坐在小麥的床畔打盹，打盹前我先完成每日最後工作——我的哭八深奧的垃圾研究。

從懷裡掏出一只淡綠色塑膠袋，辛先生今天的垃圾袋乾淨異常，我抖了抖它，只跌出一張厚紙卡，別無他物。

8

滾上銀線的高雅紙卡，以俊逸筆跡寫下：

時間：某年某月某時。

地點：辨公室。

人：您，盼來晤面。

整張卡片上只寫了這些字，時間就在今天晚上。

沒有上款沒有署名，但我懂辛先生的意思。這是一張請柬，收信人是我。

鎖上診所大門，南晞順從地跟在我身後。「把妳的外套穿好，夜裡風大。」我說。

「帽叔你自己領帶才打得夠拙。」南晞回嘴，動手幫我重新整理領帶，我已經很久沒有穿上這種正式行頭。

「我不會耗太久，妳別玩得太遠，早點回來。」最後四個字我不得不放聲喊出，南晞一溜煙已消失在夜色中。

診所本身就位居行政大樓外翼，只要沿著走廊就可以抵達大廳。在走廊上我不禁放慢腳步，今晚是河城的最後一夜，整棟行政大樓顯得很安靜冷清，從廊柱看出去，中央廣場那邊聚了些人影，卻也是靜得像無聲電影，有仙女棒火花像流星一樣在遠方黑幕中乍現，有什麼人在低聲唱歌，有淡淡的吉他弦音奏和，風裡送來一陣陣金縷馨香味。

從大廳搭電梯上三樓，迎面燈火輝煌，但除了辛先生的秘書之外沒有別的人影。秘書很正式地引我到達辛先生的辦公室門口，敲了敲門，他便飄然而去，迅捷得像是穿了滑輪鞋一樣。

我自己推開門。

辛先生的辦公室裡大燈未亮，只開了周邊三盞檯燈，室內的一切都很昏黃。

辛先生從他辦公座位上站起來向我致意，他對面的接待座位上，坐著一個女人，只稍微偏了頭，朝我算是做了個秀氣的招呼。我認出那是嘉微小姐。

辛先生擺手示意我先坐一旁。我找了辦公室中央的客座沙發落座，面前矮桌上已布置了熱茶和點心，我不囉唆，端起茶就喝了，有薄荷味。

大風撩動窗紗，我這才發現君俠也坐在窗檯邊，他全不在意辦公室內動靜，只是怏怏不樂地瞧著窗外的夜色。

幾年來藉著收垃圾之便，我曾多次從這辦公室門口經過，也真進來過幾回，每回都感覺到擺設些許不同，連空間也似乎慢慢在變形中。早年記憶裡這是寬敞氣派的地方，辛先生剛到任時，一切安排簡約明亮，但這一次進來，只覺得好擠，每一種辦公設施都顯得唐突多餘，連我坐著的這套客座椅也像個意外，說不出為什麼，四周有股古舊的氣息，讓人想跳起來把什麼東西猛掃進垃圾桶，但仔細再看，所有物事都陳列得清潔妥當。我忽然懂了，是書，這辦公室裡每面牆每個縫隙都整齊疊滿了千本萬本書，簡直像是闖進了圖書館裡，最沒人想接近的冷僻書櫃，有陰風掃過的，那種叫人打從心裡毛到哭八的角落。整個空間唯一沒變的是白色窗紗，現在正隨著大風飄揚。

辛先生人也變了很多，看起來三十些許，和我第一眼見到他時的俊朗比起來，辛先生還是一個漂亮的男人，光陰給了他的不是風霜，不是世故，只是添了陰沉。五官依舊，陰沉之色將他改寫成了另一個陌生人。

嘉微小姐在椅子上輕輕移動，肢體語言表示她即將離開。辛先生陪她喝咖啡，雖然我完全不明白他們先前談了些什麼，但老實說現在的氣氛很不錯。

「這麼說一切都不用再談了？」嘉微小姐問辛先生。

「是的。承蒙您幫忙。」

「您的辭職是署裡的損失。」

「請別這樣說。」

嘉微小姐邊喝咖啡邊思索，好不容易才又開口：「關於那些蜚短流長，請您別記掛在心裡，時光可以讓事實顯現，您是忠誠而且有貢獻的。」

「我不在意那些。」

「如果要說到失職，我也做了一件違規的事情……」嘉微小姐有些見外地回瞄了我一眼。

「無妨，我的事他都明白。」辛先生說。

嘉微小姐秀麗的臉上出現了一個好輕的微笑，就那一瞬間，感覺有些頑皮，她說：「那些針對您的投訴信函，我都撕掉了，都丟進河裡，全還給了河城。」

不待辛先生反應，嘉微小姐馬上站起身，遞手與辛先生一握。

「再見了辛先生，請代我問候您的妹妹。」

辛先生這時才顯出意外之色：「您認識舍妹？」

「我是她的高中同學，也是好朋友。」嘉微小姐一直淺笑著：「也許您忘了，那幾年我到府上去玩過好幾次哩，請代我向紀蘭說，我很珍惜和她一起求學的時光。」

「好的。」

「以前有句話一直沒說出口，當紀蘭笑起來的時候，跟您，很相像。」

「是嗎……是麼……」

嘉微小姐沒回答他，逕自拉開了門，辛先生站在辦公桌前欲言又止，但嘉微小姐也沒走，她就背對著辦公室站著，連我也看出來了，辛先生有話要開口。

辛先生完全不避諱我和君俠在場，字字清楚地問嘉微小姐：「您並不覺得我有罪嗎？」

嘉微小姐回頭，檯燈在她的眼珠裡折射出虹彩一樣的光亮：「我覺得……您是一個……」她也字字斟酌，認真得眉頭輕皺，終於接著說：「……這個世界對您來說太糟了。」

嘉微小姐走了。

我耐心數了六十秒，才高聲說：「辛先生有事麻煩快點交代，我很忙。」

辛先生像斷了電一樣站著，被我驚醒，說：「不忙。」

他拿起一個瓶子來到客座沙發，在我對面坐下，從這距離一看，辛先生蒼白得嚇人，應該病得正厲害，他輕咳幾聲後問：「茶還喝得習慣嗎？」

「還可以。」

「這種水薄荷煎的茶，適合加點麥酒，您說好嗎？」

「您說加就加吧。」我看著辛先生在我杯子裡注入酒液，這款琥珀色的威士忌麥酒是高檔貨，我喝過，很清冽強勁，也很醒腦。但辛先生加得多了一些。

他果然滿腹心事，差點倒出杯緣才猛然停手，道歉說：「不好意思我找個東西。」

辛先生就起身到一邊書櫃來回梭巡，其實三面牆全被書櫃佔滿，每幢櫃子又分裡外層，不管是什麼東西，這下有得找了，我再喝口茶，辣氣直沖腦門，很痛快，我整杯乾了。

辛先生捧著一本看起來是精裝版的書走回來，重新坐在我面前，為我斟了新茶添了酒漿，然後他用手慢慢擦拭書本的封面，就我看起來，那書保養得乾淨極了。

辛先生像是漫不經心一樣翻動書頁，邊說：「我知道這些年來您一直在觀察我，也知道您的心裡，對我大約是什麼評價。」

「辛先生我跟您保證，您絕對不是普通的大垃圾。」

「帽人先生，舍妹您應該認識？」

「這樣文謅謅說話我受不了，紀蘭小姐我熟得很，她對我的影響很大。」

「是的。」辛先生手上的書頁紛落，終於停在一頁上頭，那裡夾有一張照片，辛先生抽出了它。說不出有多少年歲的照片了，其中是三個人。好年輕的辛先生，好稚氣的紀蘭小姐，和一個好俊美的陌生男人。三個人錯落地坐在一個水泥階梯上，鏡頭是仰角往上拍，藍天為襯，不知道是在什麼地方，只看得出陽光很烈，風很狂猛，沒有一個人看著鏡頭，而是以所謂的鑽石折光角度，分別望向三個遠方，只有紀蘭小姐是笑的。

「這一個是我，這是我妹妹，另一位您不認識，我們就叫他陌生人吧。」

「紀蘭小姐不管什麼時候都漂亮！」

「我的妹妹，記性不太好。」辛先生也和我一樣看著照片，他取出手帕，很節制地咳了一陣，「她忘了這是在珍珠泉拍的，那是很美的一天。但是真像我嗎？」

我想回答他，不管是哭或笑，辛先生和紀蘭小姐絕對不相像，但我忍住了。辛先生似乎不勝感慨，不停盯著照片，繼續說：「這位陌生人是我的少年好友，和紀蘭也是熟識的，因為一些家族的因素，紀蘭那幾年非常依賴我，現在回想起來，我們三個，幾乎總是在一起，紀蘭像是得到了兩個哥哥。」

「照片我看夠了，我想問辛先生，您覺得操縱一個無知少女算不算罪惡？」

「算。但請您知道，少女本身，也具有不可操縱的力量。我常常在追想，是否受操縱的人是我才算正確？」

「這什麼鬼話啊？你哪裡受到操縱了？」

「因為脆弱吧，兩個自私的男人，和一個有勇氣的少女，我說不出主控者是誰。」

「隨你怎麼說，我希望你跟君俠馬上停止。」我說。君俠懍然往我們看過來。

「已成的錯事無法逆轉，我說的是舍妹。」

「我在說的是南晞。」

「我只願意給她最好的生活。」

「放屁，你利用她年少無知。」

「是的我利用了她的年少無知。」

我沒辦法接受這種錯亂的對談，尤其是跟這位看起來病極了的辛先生，我怔了幾秒，忽然想通了，辛先生是在故意拖延時間。

只伸手往懷裡一掏，我震驚得跳起來，帶翻了整張桌子。

「你們……你們這兩個……」我一時找不到措辭，口袋中的診所鑰匙已經不翼而飛。「南晞扒走了我的鑰匙！」

君俠從窗邊霍然站起，向我欺身過來，這個不知道犯了什麼罪的、該無期徒刑的歹徒，這時候看起來特別孔武有力、特別殺氣騰騰，我緊繃全身筋肉迎向他。

君俠卻越過我和辛先生，拉開門跑了出去。

※　　※　　※　　※

我也在奔跑，就著步梯竄下樓，轉入走廊，急忙趕至診所，在診所大門前遇到南晞。

南晞背倚診所外牆蹲著，懷裡緊緊摟著一隻野貓，抬起頭只瞧了我一眼。

只瞧了我一眼，完全無言。診所的門扇在風中半啟擺蕩，匡噹作響。

我喘著氣，拉過門扇固定了它，再往內看進去，診療室通往病房的門扇完全開啟。

說不出來這時候還有什麼好怕的，但我就是怕了，很艱難地移動腳步，直到遠遠看得見小麥病床的地方。

我看見的是君俠兩掌交疊，用力摜在小麥心臟部位，每快速壓迫十幾下，就猛地彎下身口對口人工呼吸。

君俠手上的心臟按摩不停息，還朝著我的方向猛喊：「什麼藥？妳給他打了什麼藥？」

我回頭，南晞抛開野貓，雙手掩住耳朵，她的表情卻很平淡，沉靜，堅決，緊緊地抿出了甜甜的酒窩。

小麥已經沒有氣息，像塊豬排一樣，攤在那裡任由君俠又搥又打，現在君俠正在敲擊他的胸膛，俯身朝他嘴裡灌空氣，灌幾口，吼一聲：「呼吸！給我呼吸！」我看得都呆了，終於想到上前幫忙時，才發現整床墊褥正在慢慢擴張出一灘血印，強力的推擠壓裂了小麥背後的瘡口，這種血腥讓我當場腿軟，只見到君俠的動作緩歇了，小麥的胸膛起伏不停，竟然自己喘了起來。

君俠更喘，他的雙手劇抖，拉過床單一角摳挖小麥口腔裡的穢物。連我這個門外漢也看得懂，小麥是救活了，我趕緊取臉盆打水找毛巾。

雖然血的氣味強烈，我忍住了，換第二盆清水幫小麥擦拭時，辛先生悄悄出現在病房門口。這次我再也忍不住，扔下毛巾，我跳上前痛罵：「南晞差點被你們害慘了，這樣利用一個小女孩你算不算人啊？」

我舉起拳頭正要海扁辛先生，有人有力地握住我的手腕，是君俠。有人搶身向前護住了辛先生，是南晞。辛先生從頭至尾沒有表情，好像我是透明人一樣，他只是看著君俠。

君俠放開我的手，他與辛先生昂然面對而站，兩個人都注視著對方。

第一次見到他們兩人站得這樣近，第一次發現他們長得幾乎一樣高。兩個人注視對方的神情裡都好像藏了千言萬語，最後君俠說話了：「辛先生，我們不能這樣做。」

辛先生微微地頷了首，像是明白了什麼，他走向診療室，拿起電話筒，一連串急令發了出去，我字字聽得明白，辛先生召喚幫手，要將小麥直接送往城外的醫院。

這時候換我快虛脫了，因為血的關係，我在小麥床邊的椅子上坐下片刻，感到有人在輕輕撥弄我的衣襬，低頭一看，小麥掙扎著似乎想說些什麼，我附耳過去，只聽見急促的喘息音，完全無法明瞭，我一抬頭他又單手扯住了我的前領，好大的力道，把我直拖到他的唇邊，然後他說：「你——你們都——直接點好——嗎？我真是——真是受夠了——」

耳語一樣，斷斷續續，上氣不接下氣。從他說出第一個字開始，我就臉紅直透到了耳根，那是我第一次也是最後一次聽見他真正開口。

9

小麥當夜就被送出河城，到正式的醫院裡，見正式的醫生去了。

君俠是第二天中午被送走的。來了一輛很普通的轎車，及兩個穿著普通便服的人，他們從辛先生的辦公室離開時，兩人左右各在一旁戒護著君俠，君俠的手上多了手銬。辛先生送行下樓，到了一樓大廳門前，辛先生脫下外套，親自為君俠裹住了他手腕上的鎖鍊。

阿雷在橋上張惶，他看著那輛轎車上橋疾駛而去，不能明白，於是跟著轎車跑，跑到了橋的後半截就追失了轎車，他手撐住膝蓋在那兒猛喘，從背影看起來，像是哭了一樣。

巴士一輛一輛地來去，人們分批上車經遣送往他鄉，每個人都拚命數自己的行李，唯恐遺落任何東西。一車走了，又一車。沒有人說再見。

最後一車是城裡僅剩的一些公職員，神態看起來都還算輕鬆，就像只是要跟上一趟公費的無聊旅程，大部分的人都攀折了一枝黃滕樹花作紀念，花枝紛紛從車窗上轟揚而出，在風中搖晃，黃昏來臨。

沒有一盞燈，城已經全撤空了。

我走在空蕩蕩的中央廣場上，下午在垃圾場點了火，能燒掉多少算多少，火勢雖然兇猛，但垃圾場一邊臨河，靠城的另一邊是空地，安全上無虞，接管河城的那些傢伙看了看火頭後，留下一組消防人員就離開了。被煙燻了半天，我繞到這一帶來透透氣，為了今天到底要不要收垃圾思索不已。

煙塵還是飄到了廣場，在廣場前方的步道上，有個人影慢慢移動。

大風呼嘯，粉屑漫天，我看了好幾眼才確定那是南晞。

明明在下午就送南晞上了車，她跟搭一輛遣送專車，將要在隔壁城鎮轉車回學校，但這時她卻又出現在河城。

南晞走在大風煙霧中，提著一只小皮箱，穿著一身輕俏的小洋裝，就像是你在明信片中看到的那種水彩畫可愛少女，這一眼讓你一輩子念念不忘，但一轉眼她就要長大，就要獨自旅行去遠方。

「怎麼妳沒走？」我跑上前去，差點要開口罵她了，心裡卻暖洋洋的特別高興。

她很陌生地張望四方，非常徬徨。「我東西忘了帶。」

「什麼東西？帽叔幫妳找？」

她搖搖頭，仰望空中的粉塵，在風中找到了方向，轉身快步走去。

我陪著她來到了診所。推開門，就見到診療室中藥罐散了一地。

南晞沒開燈，她直接推開通往病房的門進入，陰暗的病房內，辛先生睡在一床病榻上，緊臨著小麥留下的那張凌亂病床。辛先生自己敷了冰枕，正在咳嗽。

南晞來到他的榻前屈蹲下來，放下行李想牽辛先生的手，但是又不敢，她說：「辛先生，我來帶您離開。」

「不礙事，不要管我。」

南晞揚起纖眉，執起辛先生的手用力握住：「我讀的就是護校，請讓我照顧您。」

「我叫妳走。」非常嚴厲的聲氣，幾乎是個怒吼。

南晞吃了一驚，迅速縮回她纖小的手掌，滿臉都是慌張，辛先生終於轉過頭來看了她，「對不起，不要駭怕我。」

南晞站起來，酒窩深陷低頭久久，問道：「還記得第一次見到您，您要我去辦公室，那時候我對您說了什麼話嗎？」

辛先生緩緩尋思，說：「那時妳才十二歲吧，我剛來河城那一年。」

「那時候您也是叫我不要駭怕您，我已經回答過了，辛先生。」南晞雙手撐住床沿，和辛先生長久地深深對望，南晞的酒窩漸漸現出了甜意，最後成了笑靨，「辛先生，我說，辛先生，只有當您不像您的時候，我才會駭怕您。」

辛先生滿臉剛強的線條忽然全斷了弦，神情整個柔和了下來，他和南晞之間不再有言語，只有充滿瞭解的善意，天已全黑，從垃圾場的方向不斷傳來錯落的爆裂聲，偶爾有些閃光迸現遠遠射來，像是燦爛煙火一樣，為這幅畫面鑲上金框，小麥留在床單上的血跡，則在一旁落了款。

這是我永遠也沒辦法忘記的景象。

南晞從什麼時候開始愛上了辛先生，我完全沒看出來。

只看出來眼前的辛先生陰沉之色慢慢退去，他閉上眼睛，有點安息的模樣。

※　※　※　※

全走了，只剩下垃圾和我，還有整座空城難以回收，無法掩埋，不可燃。

放火燒垃圾場果然是個餿主意，垃圾量只消滅了不到三分之一，新生的是又黑又硬又油膩的高溫結晶體，整個垃圾坑看起來就像是個前衛的災難紀念碑，需要很多架高硬度的怪手才可能徹底解決。

野火燒不盡，風一吹來，就有新的垃圾餘燼又開始冒煙，我天天去垃圾場邊看那些專業笨蛋傻忙，順手東鏟西挖，不收垃圾的日子我實在悶得發慌，就這樣，我在一堆濕淋淋的果皮中找到了辛先生的手稿，那張海報。

殘破的海報，狡猾地避開了辛先生的日常丟垃圾管道，不知道掩埋在坑底有多久的時光，看完了最後一行，我吐出午餐，心情鬱悶，辛先生留下鬼話連篇，胡扯的程度，簡直跟神經病差不多，我將海報翻過面，這邊是一幅漆黑的電腦繪畫，看起來是一艘星艦飛航想像圖，找不到隻字片語。

這算是河城的最後一片垃圾，我想了各式各樣消滅它的方法，終於還是決定，讓它自己找出路。我自毀不亂丟垃圾的原則，將它拋入河中。

漂在河面上，海報順流而去，沿途遇著幾個淺灘，畫報打了一些迴旋，且頓且走，始終不肯沉沒，幾朵航手蘭挨過來與它作伴，一起繞過一道長滿高莖蘆葦的大河灣，河灣再過去，就出了河城，進入一望無際的丘陵地帶。

看著海報漸漸消失在遠方，耳邊傳來越來越清晰的人聲，一個小男孩攀過河岸斜坡，很起勁地跑過來，他的手裡握著一根木棍，棍端是撈捕用的小網，見到我，小男孩嚇了一跳，站住不動了。

一個男人嚷著什麼也跟上前來，也見到我，也是即刻立定。

「沒想到這邊還有人。」男人不太好意思地朝我打了個招呼。

男人原來是下游古蹟地上的科學家，帶兒子前來河城蹓躂。閒聊幾句後男人問道：「這麼大的空城，留著不是可惜了嗎？」

「不知道，聽說要改建成晶圓工業區。」

「啊……」男人若有所思：「我說，要是改建成花園才不錯哩，這樣到處開滿花真是少見，對了，您就住在這裡？」

「不是。」我有點艱難地回答，揮手往後指了個大概的方向：「我家在對岸，橋過去那一邊。」

「啊，是的是的，我們剛才有經過，河邊一間白色的別墅，那裡景觀很不錯哩。」

一直呆立不動的小男孩忽然開口：「那間很像鬼屋。」

男人馬上尷尬了，低頭斥責小男孩，小男孩不高興地緊扭小漁網，又偷偷瞥眼看我，我也瞪著他。

一看就知道，這是那種讓你一生下來就後悔的難纏小鬼。

小男孩於是更高聲說：「他長得好可怕。」

男人非常狼狽地戳他的額頭，小聲告訴他：「那是燒傷，不要亂說話。」

再小聲也讓我聽見了。男人扯起小男孩臂膀向我匆匆告別，兩人攀過斜坡，我還是聽得見男人在拚命數落小男孩，小男孩帶著哭音嚷了起來：「這裡好可怕，我要回家。」

風裡有焦臭味，一定是哪邊的垃圾又悶燒了起來，我這才發現，河岸邊全瀰漫了薄薄的黑煙。我壓低帽沿，找背風的路線慢慢踱出河城。

我不管了。

本垃圾場正式倒閉。讓你們繼續胡搞瞎搞，讓一切是非骯髒自生自滅，讓——那句話是怎麼說的？對了——讓塵歸塵，土歸土，讓垃圾歸垃圾製造者，人。

大煙如霧，在風中幻化成翼狀，像鷹一樣俯衝下來了幾秒鐘，又消失在風中，在風中。

航手蘭之歌

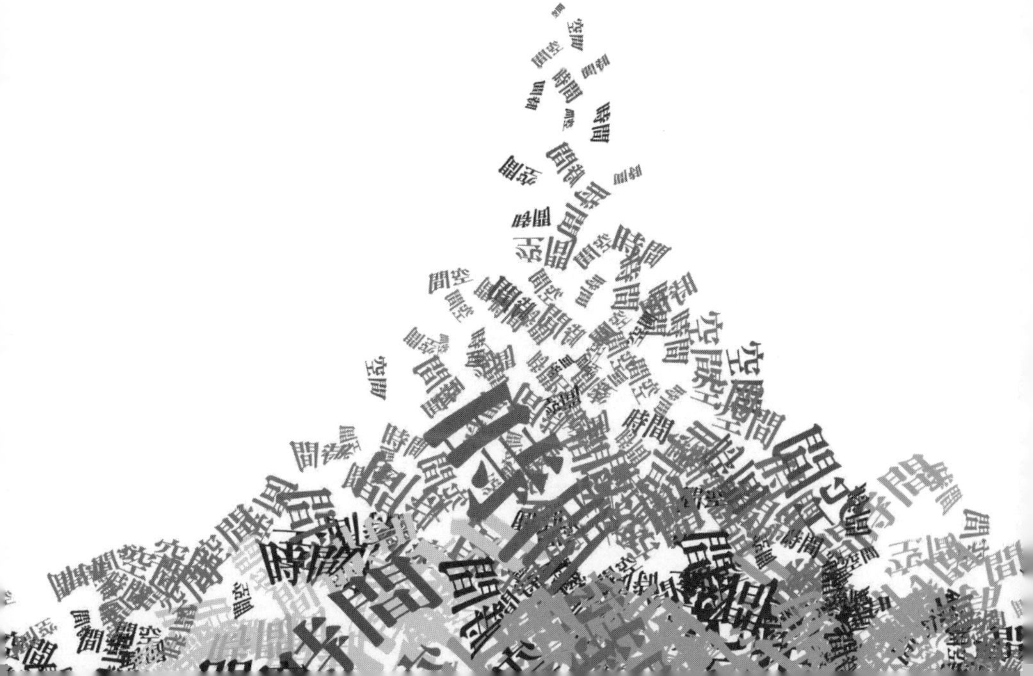

10

大霧降臨。

煙囪一樣的樓梯間，紀蘭盤圈而上，每經過一扇窗口，都可以望見濃霧如雲在空中騰挪，她到了最高樓層，歇一口氣，用力拉開天台鐵門。

白霧的瀑布傾洩下來滿溢四周。紀蘭探出雙手，憑著記憶，摸索。她抵達了天台的邊欄，放眼看去，沒有河城，沒有全世界，只剩下雲靄蒼茫。

這是未曾見過的奇觀。大抵上在經歷太美、太特殊的景色時，人總會曝露出更真的性情，紀蘭此時的心裡激動著溫柔，因為太多的溫柔而漲痛，只想要擁抱人，想要找個人來原諒，於是凝神想了想，才發現，從沒有真心恨過誰。

現在到底是幾點鐘？無邊的霧色既慘白又暗沉，說是早晨又像黃昏，或許已經是中午了？紀蘭下意識地摸左腕，再一次確定，她又把手錶弄丟了。為什麼每只手錶都保不住？另一個不妙的想法閃入心頭，她雙手往前肋一探，鬆了口氣，胸罩還在。

有人在背後作聲清喉嚨，聽起來近在咫尺，紀蘭回眸，一幢陰影輪廓不明，不明的輪廓中矗伸出一雙手穿透霧塊，那人也在摸索前進。「辛小姐……是辛小姐嗎？」

真可怕，這個矮胖的秘書走起路來全無聲息。紀蘭回應了他，辛先生的秘書從霧裡浮現：「太好了辛小姐，辛先生到處找您哪。」

「知道了。」

「請您快去吧。」

「知道了，謝謝你。」

紀蘭沒辦法躊躇太久，因為她知道這秘書非常固執。她終於朝門口走去時，秘書緊跟在後，尖嗓添上一句：「從昨天下午就找過您好多次了哪。」

「知道了，我現在就過去。」

秘書還是如影隨形，甩不開他，霧鎖前途，兩人慢慢移動，樓梯間像遊樂場的鬼屋入口一樣，陰森森洞開在眼前。

秘書一路護送著紀蘭直達辛先生辦公室門外。

帶著微慍推開門，紀蘭秀氣的臉龐卻瞬間明豔了起來。辦公室內坐了一小群人，辛先生幾個長得最可愛的部屬中，兩位就在現場。紀蘭連忙撫整髮絲，一邊輕搖手指朝他們偷偷打招呼。他們也都頷首致意，然後不管是那兩位可愛的，或是其餘不可愛的，全都低下頭專心看自己的皮鞋。

會議已被打斷，坐在正首的辛先生神態嚴峻：「妳的儀容，請整理一下。」

紀蘭的雙手更忙了，撥髮撫裙。

「辛先生，我們還是——」一位部屬估量著氣氛這樣開口。

辛先生下巴一揚，全體屬下當場站起，逃難似的迅速離開辦公室。

紀蘭剛整弄好她的蓬鬆捲髮。她前些時候燙了爆炸頭，張揚的捲曲度很襯托她的五官細巧，但現在已稍微掉了型，變成中分小浪半長髮式，倘換作是別張臉，可能失之邋遢，可是對紀蘭而言，只平添了清俏的時髦風格。她的髮尾微枯，因為漂染過太多次顏色。現在紀蘭四處拉勻她的衣裙，至於臉上彩妝的細部脫損，則在她的搶救能力之外。

她方才度過了一夜的轟趴狂歡。辛先生一語不發瞧著她，紀蘭渾身洩露訊息，她睏倦，她凌亂，她的馬靴上有淺色漬印，她的小短裙襬竟還有一洞烙痕，暗示她不只抽了煙醉了酒還搖過頭，她脖頸上的一抹血瘀辛先生不願意再細看。

「出城怎麼不說一聲？留言也不回電。」他說。

「昨天去找朋友吃飯，和歐瑪，我和歐瑪去看電影，得獎的電影，夜場看太晚了後來又——」

辛先生突然顯得非常疲憊，「小蘭，我們省過這一段吧。」

「……」

「都幾歲的人了，還需要我說妳嗎？」

「知道了，前天才剛剛面試過，難道只有你急，我就不著急？」

「工作妳安心找，這方面沒有人催妳。」

「不勞駕你來催，待在河城很值得高興啊？我真恨不得早點離開這裡，去當女工都好，也好過吃閒飯，一整年看你的臉色。」

「十五個月。」

「……」

紀蘭在辛先生辦公桌前踱來踱去，拿起一塊水晶文鎮，上下輕掂它的重量，又忽然將水晶放回原位。「好，十五個月，你來教我，換作你是我，你到哪邊去找工作？嗯？告訴我，誰會要你這種——」

辛先生擰起雙眉等候著。

紀蘭原本已經住口，望見辛先生的表情她心一橫說：「——這種賤貨？」

辛先生別過臉，拉開抽屜，從中取出一個信封遞給紀蘭。

「謝了不必，我的錢還夠用。」她說。

「先打開看看罷，不是錢。」

並未封緘的一摺文件，紀蘭展開，瞧一眼只花了兩秒鐘，然後她無言看著辛先生。

「只是臨時雇員性質，妳的工作還是可以慢慢找，花房和苗圃妳一向照顧得很好，這一點我謝謝妳。」

「種花是我的興趣，跟你沒半點關係。」

文件是一份正式聘書，言簡意賅，指明雇請紀蘭擔任河城綠化技工，隸屬庶務科，薪俸及各項人事要件條列於後。

「不是刻意安插妳，河城需要借重妳的專才，這是公事公辦，我們不談關係。」辛先生邊說邊瞥了眼手錶：「今天妳正式上班，我想建議妳填兩個小時的事假單。」

紀蘭搧動手裡的聘書，仰頭望燈光，那是一盞設計極簡的乳白罩燈，她像是想起什麼好笑的事情一樣輕哂起來：「現在可好，我終於變成辛先生的屬下了。」

辛先生不再接腔。他連按電話上一個掣鈕，一長一短。紀蘭順著辛先生血管分明的蒼白手背看過去，開始感到有些不忍，剛才說了那許多刺心的話。電話旁邊是一只扁平塑膠盒，盒面上有一排排半透明小啟蓋，蓋內每格滿滿都是顏色斑爛的藥丸，紀蘭於是皺眉道：「哥，你都不吃藥怎麼行？」

「我沒生病。」辛先生一揮手，秘書正好推開門作出送客狀。紀蘭沉默了幾秒後，轉身像個下屬一樣離開。陣風灌進辦公室，窗紗整片揚起，窗外霧還沒散。

11

紀蘭小姐很累。昨夜真不該笑得那麼多，以致於無法拒絕遞上來的各式雞尾酒，伴著酒精吞下那些藥丸，以致於感覺太渴，別人做了什麼她全跟著做了，而且她還拚命找東西潤喉，灌進去了許多杯液體，全都是提神飲料，以致於人家用涼水潑灑她的面頰時，她找不到平衡感站起身，她明白自己大約是躺著，筋疲力盡，同時心神飛揚。

「我在哪裡？」紀蘭問，每分鐘一百八十個鼓點的轟趴音樂播動得她指尖發顫。

「妳在廁所，地板上，」歐瑪將一大把溼淋淋的紙巾擰乾，就著鏡子修飾她自己的眼線，她說：「超解的。」

現在紀蘭感覺更累，精神更躁亂。而她卻在今天得到工作。

花了一番功夫，才扳開堆肥小間的門把，濃烈的臭氣迎面撲來，將紀蘭推撞了出去。

紀蘭旋身回花房戴上口罩、橡膠手套、塑面連身圍裙，蓬髮綰好覆上浴帽，滿吸一口氣，強行再一次進入堆肥間。

酸腐味薰得她連眼睛都睜不開，紀蘭快速將一邊的鐵捲門推上通風，取過鏟子開始挖掘，鏟得非常有勁。

好像全城一起串通好了，要將她像一袋垃圾遠遠扔出去似的，方才去了庶務科報到，更加強了這感覺。

我來報到上班，對不起遲了兩個鐘頭。——沒關係沒關係，您想什麼時候來都可以。

請問我的主管是哪一位？——唉唉談什麼主管，已經特別給您開了一個單位，路樹美化小組，今天起您就是組長。

那我是不是應該先打個卡？——不用不用，您的花房比較遠，怎麼好叫您過來打卡您說是吧？

那……下班時……——也不必特地再過來，不如這樣，每星期的週會您過來指導一下，另外有需要請款採購什麼的再來填個單就好。

望著那有如驚弓之鳥的庶務科長，紀蘭知道她再多待一秒鐘都嫌久。

紀蘭使力下鏟攪拌堆肥。風季剛剛過去，氣溫還是沒有下滑的意思，今年是個暖秋，肥料發酵的速度超過了預期，其中的雞糞最易黏結成硬塊，紀蘭用鏟尖一一挑出，再翻轉鏟背敲鬆拌和回去。

結果還是一樣，她借居在哥哥任職的河城，落腳在最邊陲的花房，孤單地培育種苗，若不是走投無路，誰會在乎這份施捨來的工作？哥哥恩賜的聘書還在衣袋中，提醒她，從今天開始她是個正式職員，對了，所以她將會獲得一點點薪水，那麼她過去十五個月的白工又算是什麼？

擱下鐵鏟，紀蘭回花房脫下口罩手套洗了手，從胸前解下手機點閱來訊，整個人站著發怔，直到畢剝的沸騰聲在耳畔響起。花房的一角有座磚灶，上面架著兩手要伸展到盡頭才捉得到邊的大鍋，鍋內的水終於煮滾了，紀蘭闔上高凸的圓蓋，隔水蒸幾篩泥土。培苗的土壤得要經過幾道除蟲手續，這口灶鍋有時也負責蒸氳花房的水氣。她再次開啟手機看了看，悵然收起，來到花房一側的工作檯。

滿架的金縷馨都養得夠壯了，她挑出幾棵花苞已落盡的苗株，拿起小鎚，開始破盆修根，陽光穿透花房頂上的玻璃罩，灑落身上燥得她滿臉通紅，霧，不知何時全散光了。

有一小截像蜘蛛絲的東西盈盈飛來，又一絲，再一絲，紀蘭看見陽光中許多細物閃閃生輝，沾上她的衣襟，立刻留下一小撮黃色痕跡，是花粉還是小蟲？她出手撲打，輕飄飄總搆不著，只好傻盯著它們，心裡有個想法隨之飛舞，那念頭越盤旋就越清楚。

這髒地方，她一天也待不下了，她要用最快的速度離開河城。

雖然上一個面試還是失敗了。雖然那是她上百次求職經歷中，最接近成功的一次。寄去的履歷，竟沒遭到退件，參加了初試，竟然合格，只不過是展覽場的售貨小姐工作，人家竟然要她直接跟副總經理面談。

搭了那麼多層電梯，直達那間氣派不輸哥哥辦公室的廳房，見到了那位氣色保養得很滋潤的副總經理，他長得唇厚眼凸，很難不教人聯想到金魚。他們不著邊際聊了那麼久，副總經理竟然結束以這一句：「我真的很想幫妳，只是決定權不在我這邊。」

那就是否決她的意思了。紀蘭碰過太多軟釘子，聽過各種婉轉的迴拒，所以當下就會意。不能怪別人，只怪自己前科不良。但是副總經理說那句話時，他的粗手指輕輕碰觸她的手腕又是什麼意思？紀蘭只考慮了一瞬就作出抉擇，辦不到，因為這男人長得實在太像金魚。

並不是沒有因為謀職而出賣過原則，陪吃飯，陪笑，賠自己，什麼都賠上了，結果還是一樣，始終找不到工作，紀蘭早已記不清吃過多少悶虧，寄出去多少求職函，那些履歷書分量之豐，耗神之鉅，應付一個碩士學位也足足有餘，有時她真覺得自己就像在唸一間隱形學院，永遠都在絞盡腦汁寫自傳，只是從沒有一篇及格。

所以人家給了她那麼多意見，三百磅醫生這樣說：「或者妳考慮看看，完全不提從前，我們可以這麼想，只是略而不談，不算騙人嘛。」

每個意見她都覺得有道理，唯獨這一則例外。現在都什麼時代了？就算略而不談，別人只消按幾個鍵，就可以呼叫出一連串檔案，從公開的電腦資料看起來，紀蘭必需承認，連她也不想雇用自己。三百磅醫生於是附和說，「也對，這年頭真沒什麼隱私權可言啊。」

三百磅醫生就是這麼一個不太堅持己見的人。三百磅當然是綽號，醫生這頭銜倒是不假。他初來掌管河城的診所時，首先轟動全城的是，人竟可以肥胖到這規模，大家都樂意知道他的體重，可惜答案不詳，就像所有噸位龐大的人一樣，三百磅醫生已經逃避測量體重許多年，若是遇到必須申報個人資料的場合，逼不得已，他便含糊地填上三百磅——一般體重計的上限。穿著白袍的三百磅醫生為人很沉靜，不太喜歡到處走動，但他是個通勤員工，每天早晚總免不了進出一次城門，為大家提供了很多視覺上的奇想：一顆移動的汽球，一隻兩足而行的河馬，一朵白雲落了地，只有紀蘭的所見不同，她眼中的三百磅醫生其實非常細膩，也許胖到某種程度的男人總會顯出一些陰柔、母性，紀蘭發覺他是一個很善良的談心對象，事實上，三百磅醫生幾乎是她唯一的朋友，又或者可以這麼說，人一旦肥得離了譜，具有層層脂肪保護，緋聞就近不了身，所以三百磅醫生完全不畏流言，他承擔起了一個忠實朋友的任務，聽紀蘭說話，幫紀蘭跑腿，甚至多次開車載紀蘭出城應徵。

應徵了許多次，直到三百磅醫生都辭職離了城，紀蘭還是待業中。她曾經是那麼傷心，以為這輩子再也不可能找到另一個知心朋友，然後歐瑪翩然來臨。

感覺翩然，因為歐瑪是那種一起床就精妝雕琢，連排隊搭地鐵也要娉婷玉立得像個明星的小姐，偏偏她的姿色屬於一般，需要更大的毅力讓自己保持上相——她非常熱衷於手機自拍，無時無刻，不計較取景不講究燈光，只求留下各式各樣的大頭貼玉照。

歐瑪是如此自戀，所以除了她自己的倩影以外，她的眼睛只對兩種物體敏感：一切的男人、比她更風騷的女人。因此歐瑪注意到了紀蘭。她們連續幾次在應徵工作的場合巧遇，跡象顯示，兩個人都一再遭到滑鐵盧，命運使然，她們終於攀談了起來。

兩個人都極不習慣給陌生女人手機號碼，卻也從此通上了話。

另一個巧合是，歐瑪也是常年為體重所苦，與三百磅醫生那種病態性的肥胖不同，歐瑪只是豐滿了一些，她所謂的過重是相對於模特兒的完美體態而言，所以她非常吃味紀蘭的纖長骨架，而且完全不遮掩她的嫉妒。紀蘭發覺她的直爽很值得欣賞，相處不久，就證實兩人具有不少共通處，都是長期失業，雙方的性情相容，年紀一樣都是尷尬的三十上下，對於吃喝玩樂一樣精通，最重要的一點是，歐瑪就住在輻射城。

沿著河城前的大河，順著丘陵地一路漂流下去，第一個人海茫茫處就是輻射城。

輻射這名字與污染無關，而是樞紐的意思，說明它在地理上的重要性，它聚集人口上百萬，它的人文和商業一樣發達，它是地圖上的一排加粗字體。

紀蘭謀職的目標就在那邊，因為輻射城有可愛的都會情調，有通宵熱鬧的玩樂街區，在最熱鬧的都心裡，還有美極了的星辰大樓，樓高八十層，白天從河城看不見，但到了夜裡，就可以遠眺樓頂發出的淡藍色雷射光，光束整夜緩緩旋動，據說分四季永遠朝向著大熊、仙后、天鵝和獵戶星座。河城裡不少通勤的職員就住在輻射城。那邊有美麗的人生。

認識了歐瑪，紀蘭原先以為她在輻射城終於有了落腳處，結果正好相反，歐瑪喜歡來河城消磨時光，她把紀蘭這邊當成了度假勝地。

歐瑪的意見總是最特別。她最愛對紀蘭說的一句話是：「如果我像妳這麼慘，」其實她自己的光景也不遑多讓，大學唸了七年，研究所隆重進入第五年，唸到最後，校方常以為她是教職員工，同學也將她誤認成師長。身為一個萬年學生，歐瑪頗能樂在其中，不停地求職，只是為了持續保有失業救濟金，所以找到工作從來就不是她的真正目標。歐瑪擅長利用各種社會福利資源，擅長嘲弄她賴以寄生的法規，也擅長幫紀蘭出主意。

「如果我像妳這麼慘，」歐瑪說，「那我就寫一份負面的自我介紹，了嗎？把自己虧個夠，這叫負負得正，人家就會很想找妳來談一談，就醬。」

儘管不太喜歡這個提議，紀蘭還是哀愁地回顧了自己。不看從頭，不睬最後，紀蘭追憶的是她的中學年代，誰的青春時光不是甜蜜中帶著點負面悽慘？

甜蜜的十六歲，她是一個絲毫不傑出的少女，讀次級的學校，喜歡次級的言情小說，戴B罩杯，唸B段班，費盡全力成績也只是勉強過關，才藝方面尤其乏善可陳，又專愛幻想，她總注意到沒人關心的細節，例如黎明前天地間會有一種低頻率的嗡嗡聲，例如下了幾場大雨後偶然出現拖著翅膀的白蟻掙扎在泥濘裡，這對於她來說不只悽美，還常常帶有徵兆的意味，她非常認真地懷疑自己擁有一些超能力，要不然，為什麼她總感覺自己聽得懂花語？

她可以與植物對談，絮絮輕語，久久聆賞，花兒感應了她的多情，綻放得燦爛，因此她決心研究園藝。跟著哥哥上了幾次課程之後，很快又意興闌珊。首先，那麼多拉丁文植物學名讓人疲勞，再說，她預期的局面是花團錦簇，而不是滿身肥料泥污，最重大的打擊是，一個非常害怕任何蟲類的女孩，該如何栽花？哥哥於是笑她缺乏長性，紀蘭賭了氣，擱下園藝，轉攻其他專長，每一種嘗試恰巧都證明了她的資質平庸，紀蘭漸漸掂量清楚了自己，若是她想要在心智上勝出，恐怕是絕望的，她和普通人並沒什麼不同，或許還更傻一些。

但她長得特別。十六歲的女孩子們，多半生得纖巧可愛，紀蘭看來卻更秀氣幾分；學校的每個年級裡，總有一兩個非常美的女孩，讓人在走廊上不禁要癡癡佇望，讓人印記在心裡像一塊帶著輕癢的傷，紀蘭並沒有那種手豔，她的長相是傾向於細緻脫俗，對男孩來說不算惹眼，只有少女們才懂得欣賞。

當她走在校園裡時，連最美的那幾個女孩兒，也會忍不住回眸盯著她凝視，那目光裡意味深長。

不知道有多少同儕的女生，在往後的一輩子裡，永遠遺忘紀蘭這個人，不記得她的班次年級，想不出她的任何一樁瑣事，卻獨獨記住了她的容顏，像朵白色淡味的小花，很柔嫩，很清潔，無聲地開放在前塵深處，那混亂的青春風暴中。

紀蘭的回憶裡，也始終殘存著兩張臉孔。她的審美觀與別人不同，為了抵抗自己的普通，她追尋的是那種打從靈魂裡綻出萬丈光芒的人。少女時代就出現了這樣兩個優異的人讓她崇拜，讓紀蘭衷心相信他們註定要名揚四海。

一個是哥哥，一個是哥哥的好友。兩人都是大學年紀，都是那種天資聰穎得閃閃發亮，讓別的孩子一輩子連名帶姓記憶下來的人。他們兩人在性格上南轅北轍，哥哥溫和馴良得有些文弱，那男孩則是剛強堅決而且健康，兩人友好的情況又像是酸鹼中和，越是較勁不斷，越是不生嫌隙。

那麼紀蘭就是他們之間的一個結晶體，雖然與他們不同學校，她總能神出鬼沒隨時跟從在哥哥和那男孩身邊，甚至常夜宿在他倆的寢室裡，人們只好不時問清楚：「這女孩到底是哪一位的妹妹？」三個人的親密關係，曾經引起了許多不懷好意的猜測。沒有人真正猜中。

那一段日子太溫馨和平，以致於紀蘭回想不起任何太具體的事跡，實情卻發展在她的理解範圍之外。她並不知道，為了陪襯這兩人的機智出色，她長得越來越清秀，為了適應那麼多她根本聽不明瞭的對談，所以她變得更嬌憨。而因為總有她陪在一旁，哥哥與那男孩也壓制了雄性的粗魯，出脫得文質彬彬。

青春期的孩子們是流質的，他們三個人，在知悉後果之前，就這樣雕塑凝造著對方。

有件事倒是偶爾想念起，哥哥和那男孩在某個暑假裡結伴打工，然後很開心地合資買下一部中古車，又張羅了一本地圖集，圈選景點無數，從那一年秋天開始，只要是週末，他們便一起出遊，哥哥和那男孩輪流開車，紀蘭必定位居前座，她的任務是看地圖。車窗外是陰晴或是細雨，途經了多少公路風光，紀蘭全沒留心注意，她太鍾情於聆聽，哥哥和那男孩一路拌嘴，每個字她都慢半拍才會意，晚兩秒才莞爾，當幸福到無法負荷時，她就朗聲宣布，「前面要轉彎。左邊。」

又記得某一次特別的出遊，時間地點不太確定，彷彿是在尋找一個傳說中的夢幻美景，卻走岔了錯路，而且不是普通的迷失，只知道離海很近了，風很狂猛，夜很闇沉，不管怎麼懊惱地左繞右彎，四周恆常只有稀疏的香槿木叢，他們闖入了一個迷宮也似的地方。負責看圖指路的紀蘭首擔其罪，哥哥怪她胡塗，那男孩卻發難說，這趟路線全是哥哥的蠢主意，三個人首度吵了架，接著全體噤聲鬧彆扭，一鬧彆扭，車子竟然也跟著拋錨，大家於是做出一個更糟的決定，睡在車裡，無奈空間太侷促，移到車外露宿，蚊蚋又太多，匆忙找東西護體，灑了滿地的衣裝行李，折騰到了半夜才倦極睡去。

好像才剛闔眼，下一瞬間紀蘭就驚醒，烈日灼目，藍空無極，那男孩端端正正盤腿坐在她身邊，正看著她，也不知道看了多久。她坐起揉眼張望，哥哥蜷睡在不遠的車廂旁，身上凌亂地遮蓋了五六件薄衫。男孩的雙肩揹包已負在背上，手邊擺著收拾好的、紀蘭的行囊。

他說要徒步離開這裡。那麼去哪裡呢？隨便吧，去一個全新的地方。

男孩突然緊摟住她，緊得像是某種擒拿格鬥手法的擁抱。

「然後就我們兩個，一輩子在一起，只要說妳願意，妳願意……」換句話說，就在這裡拋下哥哥。

晨風裡有海的鹹味，這一刻太浪漫，眼前的大男孩美好得不可思議，那麼英挺，那麼聰穎，與海潮押韻，和星辰孿生，但時間不對，地點不對，她甚至還來不及漱洗，而哥哥就睡在一旁，再說，他擁抱的力道也不對。

「我不願意。」

這句子一脫口而出就成了永久的謎題，四個字，只有百分之五十符合她的心意，未竟的部分言語無法傳遞，若是再多幾個字呢？或者轉換一種嬌柔的語氣呢？她後來的路途是否會變得比較輕鬆？寥寥四字多年來讓她長久回想，揣測各種組合方式，不，我願意，我願意不？意願不我？怎麼想怎麼費解。而男孩的反應更加簡短迷離。

「噢。」他說。

這事再也沒有人提起。那一天他們在日光中神奇地發動了車子，順利駛上歸途。

因為絕口不談，這事漸漸成了懸案，到底在那天的晨風中，男孩確實向她求過愛？或者全只是醒前一瞬的夢境？往事如煙，紀蘭眼中那男孩倒是千真萬確變了形，從此越看越啟人疑竇，意志薄弱，模棱兩可，甚至他還不太健康，冬天時咳嗽，總要在脖子上裹著條圍巾。

到這兒絕對離了題，原本是為了寫自傳而回想，怎麼牽扯到了這個青澀的小插曲？真應了歐瑪的評語，歐瑪說：「其實妳啊根本不想找工作，妳只想找男人。」

為了抗辯，紀蘭從那次旅行之後繼續回溯，但往事平淡得乏味，重點是，自己根本是個無甚特色的人。如果她真有什麼過人之處，大概就是愛笑吧。

從小就愛笑，即使是電視裡那些讓別的孩子無精打采的小把戲，也能將紀蘭逗得大樂，萬一別人都笑了時，她早已不支倒地，並且還笑得長久，又因為自己的笑獲得了新的滑稽，總要等到清脆的笑聲成了抽噎嬌喘，腦子裡禁不住再回觸到笑點，重新捧腹飆淚，終於氣若游絲，需要趴在桌面上歇息。

人們目瞪口呆看著她笑到了盡頭，才嘆口氣說，「這美眉渾身都是笑的神經哪。」

那嘆息裡面總有點祝福的意思。

有誰料想得到，這麼愛笑的孩子卻長成了一個倒楣十足的女人。

自從高中畢業那年，闖下了那樁大禍，紀蘭一度四海揚名，在監獄裡服完刑後，她的臉容和性格改變了許多，她變得更美，更甜，換上C罩杯，畫上辣妹妝，漸漸再也沒有人端詳著她，驚呼：「啊！妳就是那個……」

但是前科記錄如影隨形，學經歷也矮人一截，紀蘭求職到處碰壁，所以她很果斷地將自己嫁了出去，那婚姻只維持了兩個月，之後就是一連串歷史重演：一再愛上天才洋溢但是不懂得愛的輕狂男人，他們全都懂得掏光她的積蓄；不停振作找工作，一再失業，直到哥哥收容她借居河城為止，這一路好似溜滑梯，負面得一氣呵成。

入住河城以後，紀蘭成為園丁，忠心耿耿地守護著花房，她培育出了那麼多種苗，沒有掌聲，哥哥只是防著她，全河城都防著她，好像稍不留神她就會偷走什麼似的。

不過是發生了一些羅曼史。河城裡分成兩種人，第一種是被遣送來的破產人。這到底應該怪誰？為什麼越是理財不善、專能出紕漏的男人，看起來越是才貌雙全，越是那麼惹人愛憐？另一種人是哥哥麾下的職員工，多半極度俗庸，但怎麼卻又個個慷慨？春風一度之後，都能紛紛解囊，而紀蘭真的經濟窘迫。

這兩種人，紀蘭輪流交往，這邊得到一點金錢，轉手就供養了另一邊，算不清睡過城裡幾張床，數不盡多少次道別離，一夜情的頻率，大約等同於她更換拋棄式隱型眼鏡。

在男人們之間漂過來挨過去，寄人籬下的滋味並不好受，更何況哥哥的性格越來越苛刻，行事作風越來越不合常理，最不合理的一樁是，辛先生在某月某日又頒布了一份公文，規定條例洋洋灑灑，其中夾帶這麼一條——

「若非公務必要，禁止與辛小姐交談」

十號字體，黑白印刷，不仔細閱讀還真不容易瞧見，但沒有人錯過它。

百分百的羞辱性質，更多倍的懲罰意味，兄妹關係僵成這樣，逗樂了全城居民，倒不是刻意遵從，只是想知道這齣家庭劇能鬧到什麼田地。從此以後，不管紀蘭走到哪裡，都有趨散人群的效果。

男人們自動保持在五呎以外，並且不論是帥哥或醜男，見到她時一律滿臉正氣凜然。女人們的神情則較難描述，因為她們通常只願意出現在她的背面，噤聲等待紀蘭走遠了，才全部活潑起來，大規模交換各種關於她的趣事軼聞。

愛怎麼議論紛紛，那是他們的事。

紀蘭不習慣讓自己太過於感傷，她以植物式的麻木靜靜隱忍著，耐過涼薄以後，總會有春天，幸福總要來臨，為了那一天，她只懂得不停地尋找臂膀依攀，只懂得展瓣輸香，她梳理好髮辮，化上青春無敵的娃娃妝，配戴叮鈴熱鬧的手環，套進微露股溝的靚裝，踩著細跟美鞋娉娉嫋嫋，在河城中央大道上走來走去，旖旎得讓大家背脊發涼。

美麗的人像花，光是默默綻放著就能刺疼了別人。

他們全都篤定紀蘭必然是個賤貨。

到這兒又出現了問題，紀蘭寫不出賤這個字，知道發音，記得字型，但就是下不了筆。興致索然，紀蘭將才寫了開頭的自傳拋在腦後。近來她總覺得很累，連吃飯都不是滋味，只好花更多的時間溜去輻射城，找歐瑪四處遊玩，到星辰大樓下露天廣場喝咖啡，和陌生人聊天，派對，想辦法讓他們埋單，當別人知悉她來自河城時，瞬間都變得那麼大方，不但願意請咖啡請酒，連大餐也可以付帳，只要她多談談河城。

說穿了，一樣是生活家常，比監獄好一些，因為河城的居民畢竟不是囚犯，只是破了產，公民身分暫時遭到凍結；比起外頭的世界，又糟一些，缺乏了正式身分，活動空間侷限得可憐，踏出城外寸步難行，到處是不被承認的難堪。河城裡的建築層層疊疊，居民形形色色，各種來歷，各種籍貫，各種信仰，每天都有過節的名目，但真正的信仰是數字，每個人都有一筆大小不一的債務，那數目是神奇的符號，是跨向自由的階梯，是廣闊的明天，為了達到那數字，人人認真計較，都在心裡內建了一副算盤。

只有一個人不一樣。

紀蘭記得那是一個非常寒冷的早晨，城裡來了一個不太一樣的人。那必定是星期五，因為照慣例公務巴士只在星期五進城，送來新遷入的居民。

很平常的景象，一群新來客下了車，接著就是連串的呼呼嚷嚷，每個人忙著拖曳扛推他們的滿箱家當，而那個人卻雙手插在褲袋裡，散步一樣進了河城。他沒有任何行李。

很固定的程序，先分發宿舍，機靈點的人就抱緊行囊四處打探環境，攀交情，纏著辦事員詢問不斷，只有那人落了單，他被別人推擠到了最外圍之後，可能是感到乏味，順勢就越飄忽越遠，最後局外人似地踱到行政大樓外，欣賞一棵翠樽椰抽花揚穗。

人們漸漸不得不對他另眼相看。他的年紀大約二十七八，卻還帶著點學生模樣，短髮修剪得很清爽，渾身乾淨沒一個刺青，整個人看起來還是散發著某種野性。

他拒絕了別人惠賜的各種綽號，也不使用本名，自己取了別稱，叫作赫奕。赫奕是什麼意思？他不厭其煩親身解釋，先緊握拳頭，再猛地矗張開五指，「懂了嗎？就是這意思。」

其實一點也不懂。人們繼而發現，連赫奕聊起天來也不輕易讓人聽懂，總有一些模糊，一些跳脫，聽在耳裡，成了幾分離題，又好似有幾分高超。

聽說他以前不是這樣的人。赫奕來自一個正常的家庭，大學時代曾經是個高材生，直到大三那年打工，他和朋友一起清洗某種化學物儲存槽，一個踩步失了準頭，赫奕從頂端摔落到幾十呎深的槽底，而且還是頭下腳上垂直而落的跌法，造成匡噹巨響，共鳴久久，竟沒人聽見，頭顱碎裂的他靜靜昏眠在充滿毒物的空氣裡，沒有人知道，當朋友終於發現他時，赫奕的心跳呼吸已經俱停，至於醫院是怎麼讓他起死回生，那就不是河城的人們所能明白的了。總之赫奕活了下來，八卦到這邊，人們指著腦殼，結論道，「就這樣，他秀逗掉了。」

出院以後，書再也唸不成了，赫奕開始到處打零工，當快遞小弟，不知為何總是犯規，獲得交通罰單無數，最後竟然因為積欠停車費而來到河城，也算是開了首例。

赫奕的性情樂天，人們問他一次往事，他便回答一次，不悲情，也不羞怯，招來了訕笑他也跟著笑得挺開心。若是說他笨，赫奕又常常顯得聰明，被編列到工廠以後，再辛苦的差事他也做得很起勁，這時正值河城的全盛時期，居民和職員工數超過千人，剛轉型成功的玩具加工業務興茂，四大排廠房全力開動，生產線上常發生一些機械故障，因為赫奕的好點子，解決過不少難題；說他聰明，赫奕偶爾又笨得離譜，城裡不定時發放獎勵物資，凡是一切人們爭先恐後的局面，赫奕一律落後在最外緣，他不爭取，不計較，吃了虧也不關痛癢，有時連飯都忘了吃，還得靠別人提醒，這時人們就抬抬眉毛，互相無聲地交換評語道：「秀逗。」

只有紀蘭看出來了，赫奕，那是放光的意思，綻放出無法逼視的光芒。別的女人們只看赫奕的外貌，他的確是城裡少見的好看男子，身形好，長相也俊，赫奕剛來到河城不久，就成了每個女人的好風景，他在哪邊蹓韃，女人就拉開往哪邊的窗簾，夜裡偶然夢著他，那夢境絕對不可能向外人表達。

與赫奕的真正交會，是在某個無聊的午後。那天紀蘭來到河堤，閒看人們修補橋基。

跨河大橋的中段基柱聳立在沙洲上，那塊沙洲浮水而出，約有幾個籃球場大小，平時只有飛鳥降臨，水位適合時，城裡常用小船送去一些人工，朝鬆蝕的基底填充網籠石塊，有時也灌漿。

河岸邊是另一群壯丁，忙著搬送工程物料，紀蘭在河堤上，背倚著一個鐵箱坐下來。

紀蘭並不知道那具箱子是個臨時的發電機，有人在這時啟動了它，紀蘭驚覺到背後轟隆運轉起來時，卻已無法離開，她的長髮辮梢，被靜電悄悄吸入了機器內部，幸好沒絞上主要機芯，只是糾纏在外緣齒槽，來自發電機的勁道既沉又慢，一點一點將她牽扯得更緊，她就這麼與馬達粘結一起。

在岸邊忙活的人們開始覺得狀況有異，辛小姐怎麼會坐在那麼震吵的馬達旁，竟不想離開？但也沒有人上前，辛先生禁止人們與她交談不是麼？只有赫奕放下他肩上的砂包，邁步爬上河堤，到達紀蘭身旁蹲了下來。

紀蘭先是萬分感激，他膽敢接近，赫奕的身體散發著汗味，他趴地仔細蒐察，從口袋裡掏出一個東西。「妳最好別動。」他說。

接著吃驚，紀蘭聽見耳畔喀擦一響，赫奕已經俐落地站起，很快活地將一束物體交到她的手裡。

「你剪了我的辮子。」紀蘭驚得連嘴也無法合攏，她向來最賴以炫耀的及腰長髮，綁成的啦啦隊可愛鬆辮，其中一束現在短了半截，馬達不再拉扯，她獲得了自由。

「是啊，再絞下去，妳連頭都沒了。」

赫奕含笑俯對著她，他的那雙燦亮純淨的瞳孔裡，有些什麼無法形容的東西，看起來和她一樣天真得離奇。大家這時已經湊近了過來，眾目睽睽，赫奕又遞出手掌，紀蘭握住了。

他以摘朵花兒的力道，向上一引，她就忽然輕盈。

輕盈躍升。

就是在那一瞬間，紀蘭確定她的漂流抵達了彼岸，她在同一秒鐘作了一個貫徹永恆的決定，她要帶著赫奕離開這裡，遠走高飛。

那是今年的初春，空氣中有野谷仙子葵的淡淡香氣，握著赫奕溫暖的大手，紀蘭心裡念頭流轉，很多的愛永遠滋生，圍觀的人們怎麼打量已經不在乎，所有的背景都撤退了，消失了，只剩赫奕俊爽的容顏，這一幕映滿視覺有點天長地久的傾向。

還有沉重的喘氣聲。

是歐瑪在呼吸，她方才一路奔跑上河堤，現在盯著赫奕，酥胸猛烈起伏。歐瑪調順了氣息，一把解開紀蘭與赫奕牽執的手掌，她拉著紀蘭匆匆離開，說：「妳一定要去看看，不得了，樹，妳的那棵鞭子樹，唉唷我不會形容，它瘋了——耶？妳的頭髮好亂？」

來到城西停車場邊的小公園時，兩個女人一起心跳怦然，紀蘭細心澆灌許久的，歐瑪戲稱是鞭子樹的那株倒地銀雪，終於全開了花。

12

倒地銀雪不開則已，細長的藤枝上像是排排鞭炮連鎖引爆，徹頭徹尾迸出了上萬朵純白色花蕊，美得讓人見了想要許願。但是沒有一絲氣味。

長髮既然慘遭截斷，紀蘭索性燙了個超Q的爆炸頭，染成深淺漸層的咖啡金色。

河象越來越不穩定，人們總說氣候反常，上游不停下著雨，大河跟著不再依時節泛汛，在遠方的悶雷和閃爍電光中，紀蘭與赫奕開始交往。

沒辦法將赫奕帶進宿舍，她的鄰居們個個好比針孔攝影機，幸好她有偏僻的花房，第一次進來時，赫奕偏頭很認真地呼吸了一會，直接走近滿架金縷馨的角落，「這兒我真喜歡。」他說。

那兒便成了他們的天堂——蘋果樹還沒栽培成功時的天堂。

難道是暗示不夠？紀蘭經歷過猴急的浪漫的嚴肅的男人甚至是處男，沒有一個讀不懂她的肢體語言，現在她才知道什麼叫作文盲，赫奕配合地攬起她激動的腰身，在她以吻覆唇前的一瞬，別過臉，若無其事走開。

或者氣氛不對？花房裡有玻璃天幕為他們羅列星光，況且，還有取之不盡的花瓣灑地為床，赫奕全看見了，他也看得見紀蘭忽然換上的撩人薄衫，由衷地讚美：「很好看。」接著再沒下文。

幾次清淡的約會之後，紀蘭漸漸歸納出答案，不是害羞，非關君子禮儀，赫奕只是不太熱衷肉體關係。

因為這一點，赫奕與她認識的所有男人都不同。以前的每個男人，紀蘭確定他們在她身上得到的感官歡愉，唯一無法了解的是他們的真心，偏偏這一次，說不出道理，紀蘭打從心裡明白，赫奕喜歡她。

這是紀蘭從沒碰觸過的品種，赫奕像是隨身拖曳著一片清澈天空，清澈的天空底下，永遠播放普級的電影，在這兒她重修十六歲時的愛情。這種愛情讓人加倍激動。

那麼就聊天吧。花房的磚灶上，微火加溫的花茶四溢芳香，薔薇油燭燈火輕晃，她倚在赫奕的肩頭，聊多久都不厭倦，他的每一句回答她都喜歡。問赫奕，他的本名叫作什麼？他答道：「很久沒用了，讓我想想。」

多麼另類。紀蘭開始喜歡上網，見不到赫奕的時候，她就開啟電腦檢索，輸入他的本名，就算看著電子字體，也親切，也芳心蕩漾，兩秒鐘後，全世界的資訊庫以光速送來回報，這個男人的一切說明是幾百欄交通罰單，看得她眼花撩亂，只好詢問赫奕，債務總數為何？他隨口：「呃，我也沒算過。」

多麼獨特。有個問題非究竟不可，紀蘭問：「有沒有想過，出城以後，要往哪裡去？」

這次他認真尋思了良久，數度要啟齒又重新思索，最後說出了某個好去處，「有一個很安靜的山谷，在那邊，每扇窗景都美得像幅畫。」

「聽起來好棒，什麼山谷？在哪裡？國內還是國外？」

「總會找得到的。」

「至少要知道地名吧？不然怎麼找？」

「開始找就知道了。」

「……」紀蘭也鄭重其事陷入考慮，然後她舒展笑顏：「好，我們就一起去那裡。」

愛是氮肥，愛是磷肥，一年來栽種的植物全在這個春天豐收，草更翠綠，花更濃豔。

愛上一個太特別的人，就像培育一株最珍稀的植物，紀蘭懂得慢慢守候，直到它開花。

憑著天生的直覺，紀蘭追尋奇花異卉，除了她負責的花房，紀蘭在城裡發現了兩棵罕見的植株，一棵就是嬌柔的倒地銀雪，另一棵，連名字也不知道。

那是一叢不起眼的灌木，生長在河堤背陽的草坡上，來歷不詳，也許是原生品種，紀蘭在散步時途經過它無數回，一直當它是普通杜鵑。

直到它不安分地從葉腋裡抽長出小肉穗，紀蘭才第一次彎下身，仔細端詳這棵小樹，估計是一株丹南英，它卻又不按常規，直待到夜裡才開花吐蕊。

紀蘭於是生出了好奇，開始查書、上網，蒐尋它的身世，細細核對花序，習性，型態，每當似乎找到了答案，偏又總有某些特徵差之毫釐，遠涉往別的科屬而去，怎麼也推敲不出它的名目。紀蘭試著與小樹對談，它默不答應，堅不吐實，專程為它施了肥，過一陣子再前往查探，肥料都被推拒到外層土表，風化成了白色粉末，它決絕不肯吸收。

它只是孤單地生長在荒瘠的角落，耐陰又抵渴，絲毫不要求愛護。

無以名之，紀蘭只好暫時叫它怪樹。

把雙倍的關心全留給了倒地銀雪，就在倒地銀雪的花期燦爛到最頂點時，赫奕卻離開了河城。

下游的古蹟地上，來了一封公文，向河城借調支援雜工，辛先生很爽快地撥派了壯男數十名。一輛公務巴士，將這批人送出了城門，紀蘭是在事後才得知消息，晚了兩天才站在佈告欄前，親眼見到遣去古蹟地工作的名單。

不用再看第二眼，赫奕在其中排名第一。

那個矮胖的、神經質的秘書必需用上雙手攔住門框，才阻擋住了紀蘭闖入辛先生的辦公室。

「辛小姐，辛小姐您請聽我說，」秘書這樣安撫之後，自己也明白說不出什麼名堂，他非常想擦拭滿額的汗，又不敢騰開手，只好無奈地說：「不然這樣，您請先坐一會，我再進去一次幫您說說看？」

「跟辛先生說，他不讓進去，我就站在這邊等到他下班。」

秘書敲了門，拉開門扇一縫疾閃而入，很久之後，他帶著更多的汗珠鬼鬼祟祟竄出來，手上多了一張紙條，臉上是加倍的無奈。

紀蘭快速閱讀，上面是辛先生的親筆文件，匆促而就的手寫字跡，一撇一畫還是寫得那麼瀟灑清楚，甚至用上了正式的公函格式，並且以一枚辦公室徽印襯底。

「這什麼意思？」紀蘭失聲喊了出來。

文件詳列出紀蘭借宿河城一年來的食宿費用，及限期清償的條款，尚且言明附帶公告，自即日起，如果紀蘭擅入辦公室大樓，將直接驅離。

「我不是辛先生的屬下，這種公文我不管。」紀蘭沉聲說，將紙條攔腰撕裂，啟步直往辦公室，「讓我進去。」

但是秘書雙手齊拒在面前，這次還加上了一條腿阻擋她的去路，他滿臉都是討饒的神情：「辛先生交代，如果有意見請循正式投訴管道來……拜託您請別為難我，不不我不是推您，辛小姐您冷靜一點，拜託您別喊，別喊……」

秘書的厚片眼鏡上冒出霧氣，他看不清楚辛小姐了，幾個更魁梧的員工上前解了圍。辛小姐是怎麼被架離開辦公大樓的，秘書完全沒看見，他忙著找胃乳，心裡不停抱怨，辛先生兄妹這樣把私事鬧進辦公室，真不像樣，教人怎麼好好工作？

紀蘭的純純的愛就這樣一去不回。

偶爾有人從古蹟地上輪換回城休息，提起那邊的工作時，總是叫苦連天，說那是深陷在地底坑洞中，類似礦工的勞役。赫奕始終沒能回來。

紀蘭借了車，親自前往古蹟為赫奕捎去一支手機，之後每回去電，赫奕的語氣平常無奇，「我這兒還好啊。」總是這麼說，很有點生活充實的模樣。他不曾主動來電。紀蘭日夜等候電話，不停轉換各種來訊鈴聲，到後來，連聽見鳥叫蟲鳴也能讓她驚跳起來。

手機是另一顆心，用鍊子懸吊在她的胸前。

如今赫奕還是滯留在古蹟地，哥哥開恩，給了紀蘭正式職銜，也許是某種和解的意思，但紀蘭不領情，她只等著赫奕從古蹟地上回來那天，一起想辦法離開。

燙好的爆炸頭已經失去彈性，重新染成了葡萄紅色，那株倒地銀雪，也像是一串響亮的笑到了盡頭，花蕊朵朵軟萎跌落塵泥，紀蘭天天前往探望，這邊修點老葉，那邊添點支架，讓它保持向光，臨走前細語交代：「嘿，振作一點。」

每次這樣說，都牽扯起了一些想哭的欲望，紀蘭打起精神，散步前往河畔，拜訪另一個朋友，那棵不知名的怪樹。

為它灑些水，蹲下來輕輕撫摸，問它：「只有你瞭解我，對嗎？對的話，請你的葉子搖三下。」怪樹紋風不動，只從它的重鋸齒邊緣的卵型小葉上，默默垂落下水滴。

就在她變得有點愛掉淚的這個秋季，怪樹終於悄悄結出細小蒴果懸在枝頭，紀蘭剝下了幾粒。好奇怪的種子，是她從沒聽說過，也沒從書上見過的模樣。

堅硬黑亮呈尖錐狀的種子，在上端奇異地邊生出兩片透明薄膜，像是一雙可愛的天使翅膀，她將種子帶回宿舍，無法停止看它，將它貼近臉頰，冰涼，紀蘭就這樣握著種子入睡，夢裡滿是奇香。

13

越是猜不透，越是讓人朝思暮想。這一天紀蘭在怪樹旁，忙著以手機拍攝全株景觀，又剪下局部枝葉樣品，她約好了一位專家幫忙鑑定。

回到花房時，就發現氣氛大不尋常。門口外邊站了一些人，或是三三兩兩低聲交談，或是默然抽煙，也有人鬱悶地眺望著上游那方向天色陰沉，這些人全是辛先生的幹部。

他們倒是很客氣地打了招呼，「辛小姐您好啊。」

「怎麼全站在這裡？」紀蘭問。

「沒事……沒什麼。」每張臉孔互相拋遞視線，籃球場上傳球那種陣仗。

有人開口了，「或者請辛小姐說說吧。」

另一人馬上表白：「是這樣的，辛先生人在花房裡。」

「啊，那大家請進去呀。」紀蘭說。

「不用，已經有人在裡面了。」

然後是一片沉默尷尬，總算有人解釋，這幾天又開動了沙洲上的橋基填補工程，因為進度一再落後，辛先生發了陣雷霆之火，下令工人們留在沙洲，完工之前不許接駁上岸。

共有多少人在沙洲上？

「二十幾個，」

「裡頭有些人好幾天沒離過河了哪，」

「上游那邊好大的雨，也不知道還要下多久，」

「停不了，我看停不了，」

「沙洲淹得只剩一半大了哩，還是不給上岸辛小姐您說怎麼辦？」

「或許請辛小姐幫個忙，辛先生會聽您的話也說不定，」

「進一個轟出來一個，辛先生今天情緒很差啊，」

一時之間全都開口了，已經許久不曾有這麼多人理會紀蘭，她正拿不定主意，一個人推開花房紗門步出，紀蘭認出來那是個高階主管，算是很受辛先生器重的副手，那人臉色不豫，一出來開口便說：「真是一個——」見到紀蘭在場，他住了嘴。

住嘴之後，那人與大家交頭接耳，低聲討論些什麼，只聽見他說：「沒辦法了，去找他來吧。」兩個人於是快步離開。

紀蘭決定置身事外，反正她與哥哥早已經說不上話。以最輕的方式拉開紗門，她抱著剛剪來的怪樹樣本悄悄移向工作檯。但是辛先生喊住了她。

「小蘭，是否請過來一下？」

辛先生背著手，一派悠閒地站在幾盆燭芯葵前。

紀蘭擱下手中枝葉走上前，辛先生又招手，待得她再靠近一些，他翻過一片葵葉。

「呀。」紀蘭向後彈跳開，習慣性地抱頭蹲下找掩護。

辛先生耐心等候著，直到紀蘭滿臉通紅地站起身來，才說：「夜盜蛾的幼蟲，至少兩週大了，應該還有第二輪的附卵，建議妳最好全面消毒。」

葉片的背面，是幾隻寸許長米黃色蠕蟲。哥哥知道她最怕蟲。

紀蘭坐在工作檯前，盼望哥哥早點離開，但辛先生存心考察她的上班績效似的，在盆花間東賞西嗅，就是沒有要走的跡象，最後他拾起地上的橡皮水管，開始沿著成排的盆栽灑花。

辛先生的幹部們圍聚在花房外，檯前的紀蘭無心工作，辛先生氣定怡然，來回仔細澆灌，他往回一趟，紀蘭便俯首用小剪兒修裁手中枝葉，聽著淅瀝瀝的灑水聲，辛先生迤邐而去，她就偷偷瞥望他的背影。

這個人，可是她從前認識的哥哥？花房外的人們焦急等待，為什麼這個人能顯得這樣輕鬆，冷漠？淅瀝瀝的灑水聲。

河城改變了他，哥哥從一個明朗的男人，變得陰沉孤單，而且極度不健康，總是生著病，越來越符合人們給他取的各式渾名，變態，惡魔——這類綽號他應該有所耳聞，彷彿鬧著意氣似的，越病他就越要顯出可怕的愜意，現在他似乎很滿意於蒔花的樂趣，開始吹起了口哨，很輕快的曲調。

灑水聲停了。哨聲懸空剩下半個氣音。

紀蘭抬起頭，見到花房裡多了一個人，那人正踩在橡皮水管的中段。

辛先生的幹部們現在全靠攏在紗門外，全屏息看著那人。

那人低頭查覺自己踏著了水管，怯生生向一旁讓開。

那人紀蘭是認識的，他是哥哥的小助理，名叫君俠。

君俠的個兒很高，不管怎麼站都有點節外生枝的模樣，他有些多此一舉地朝辛先生行個禮，然後挺直脊樑，思考措辭，片刻後才開口：

「辛先生，請您別鬧了。」

音量很輕，只有紗門這邊的辛先生與紀蘭聽得見，語氣很重，辛先生手中的水柱頹垂了下去，全灑在腳邊。

現在君俠的臉頰微紅，他顯得手足無措，所以又再次行了禮，順便也朝紀蘭頷個首致意，轉身推紗門離去。

人全走光了。辛先生剛才收回了成命，沙洲上那批人得以離河休息。

花房裡變得好靜，只剩盆栽上的水珠淌落滴答，紀蘭將怪樹樣本襯上綿紙，全裝進封袋裡，她起身也準備離開，忽然感覺胸口像火燒著一樣，她翻尋上衣口袋，掏出了一顆細物。

是那株怪樹的種子，邊生著一對透明天使翅膀，停駐在她的掌心，隱約發燙。

14

花房裡的那一幕困擾著紀蘭。長久以來，她一直拒絕聽信那些謠傳，但現在似乎非信不可了。人們在笑談中，總愛影射辛先生與君俠之間的關係曖昧，有些說法繪聲繪影，內容直逼情色網站裡的三級文章。

噢，不行，紀蘭用力拉扯捲髮，禁止自己朝那畫面再聯想下去，但為時已晚，她索性將整個頭臉鑽進毛毯裡。

君俠極淨朗的容顏卻追擊進入她的腦海。

其實全城每張男性的臉孔她都偷偷記在心中，扣除掉太老與太醜的，大部分的面容她都喜歡，喜歡得真可以列出一張帥哥排行榜。

偏偏她不愛想起君俠，說不上來為什麼，總覺得他可怕。

因為他怪。雖然是哥哥的私人助理，但只有很少數的時間才見他進辦公室，更多時候不知去向，城裡幾乎沒人能了解他，只知道他為人很客氣，客氣得跡近低微。

他矛盾，明明是一身英氣的大男孩，見到誰都立正，對誰都用尊稱式，一雙長手長腿似乎怎麼擱都不妥當，就像是接演了一個和他很不相襯的劇本，還沒揣摩好表現技巧。

他不協調，大材小用得令人傻眼，像個秀氣的女生一樣，專愛靜靜待在角落作針線活，愛修理小器具，他曾經以椰殼幫紀蘭雕了一只花盆，盆底開了圈圈水孔，利用雙層殼身套疊密合，邊緣裹縫軟皮邊，繡上紀蘭的姓名縮寫，手工細膩得讓人不想再看盆裡的栽花。

真難怪人們總說他娘娘腔。

歐瑪倒是對他一見傾心。「天啊真是超像的。」

歐瑪指的是某個電視明星，前陣子紅極一時的影集主角。

「怎麼可能連名字也沒有？」歐瑪掀開毛毯，纏著紀蘭打探君俠的本名。「妳說說嘛，那姓勒？怎麼可能不知道？有了，進電腦去你們職員表看看。」

「以為我沒試過嗎？職員表中沒有他。」

「我就不信，這個小君俠不可能沒有個人資料。」歐瑪左思右量，結論道：「不管了，先把再說。」

「真是夠了，人家才二十出頭哩。」紀蘭笑答。

「姊弟戀挺好的啊。」歐瑪訕訕然皺起鼻樑：「阿蘭，妳聞起來好像胃酸。」

「肥料味。」

坐在經濟艙靠窗座位，紀蘭慵懶地裹在毛毯中，斷續與歐瑪聊天，心裡悄悄想念起赫奕。她貼向窗幕，剛剛從輻射城起飛時，可看得見古蹟地？真糟，竟忘了張望，窗外雲霧稀薄，她們已經高昇進入航道，即將前往遠方的城市，拜訪昔日的農務學教授。

這天下午她們就降落在那遠方的城市，又經過數度轉車勞頓，黃昏時才抵達了位在郊區的大學城，直奔教授的研究室卻撲了空，費了一些周折，才在一旁的實驗園林裡找到教授。

也許是早過了下課時分，園林裡闃無別人，教授正一臉怒容無處發洩的模樣，這是紀蘭最害怕的狀況，她又成了落單的學生。歐瑪見到苗頭不對，當機立斷溜往一旁賞花去。

教授戴著一頂寬邊草帽，臉上覆以闊框太陽眼鏡，領前結著一把時髦的豔色絲巾，她看起來老了許多，皺了不少，卻比印象中更加硬朗。教授年輕時該是個極健壯的女人，現在尤其顯得筋粗骨碩，小老太婆這稱呼將萬萬不致於降臨到她頭上。雖然多年未曾謀面，教授望見紀蘭時卻毫無生分，就像前一個鐘頭剛剛上過課堂一樣，她順手就將一盆秀蓉草遞過去，讓紀蘭接收她的工作——在一大桶黑色稀釋溶液裡浸盆栽。

這正好又是紀蘭最害怕的差事，桶中的黑水，是教授以硝毒和多種植物精油調和的獨門殺蟲劑，同學們為它取過一個別名，叫巫婆湯。

現在紀蘭盆栽在手，勢在必行，她只好拿起小剪，先修除秀蓉草蝕洞斑斑的患蟲處，將它的莖葉倒浸入水桶中，默數到六十，離桶，快速以清水沖洗乾淨，再換治另一盆，桶裡的黑水漸漸浮現出各色蟲體，紀蘭根本不打算細看。

教授騰出了手，於是站在一旁面無表情抽菸，似乎打定主意不開口，也不允許搭訕，她遠望林梢的夕陽，只等紀蘭的處理稍有閃失，或是手勁角度出了點差錯，教授臉上的深深法令紋才偶然活躍，露出一絲得意，萬分嚴厲。

教授終於踩熄菸蒂，示意收工，「沒半點長進。」教授開金口下了評語。

進到室內，教授就摘下帽子眼鏡，又解下絲巾，露出肩頸處一片凹凸不平的深紅色舊傷。她逕自坐下開啟電腦。「種出什麼名堂沒有？」她問紀蘭。

「上次跟您說過的那棵怪樹，」紀蘭忙掏出準備好的封袋：「採樣我都帶來了，想請老師幫忙看看。」

「嗯哼。」不置可否，也不看樣品，教授只是自顧自點閱電腦螢幕。「傳來的圖檔我看過了，沒什麼特別的。」

「今天還補拍了幾個鏡頭。」紀蘭說，她解下手機，與教授傳輸檔案。

歐瑪在一旁也沒閒著，她四處瀏覽滿室的標本圖表，身為一個資深研究生，再大牌的學者她也見識過了，這教授並不特別引她注目，倒是牆上的各種貼飾讓她感興趣，層層疊疊的聖誕卡、謝函熱鬧地互相挨擠，翻開來，有些年代竟然遠達二三十年前，還有不少快樂洋溢的合照，照片中幾乎清一色是女生。這整面牆壁是個誤導，讓人以為教授喜歡與學生歡聚，實則相反，教授極力避免學生打攪她的生活，而且非女弟子不收，只有極少數天賦異稟的男生才得以踏入她的研究室。

現在教授換上了一副閱讀專用的扁框眼鏡，將她修飾得更像一隻雌恐龍，肉食類，尖腮長爪又嗜血的那一類，她向紀蘭攤開手掌：「我們的笨小姐，樣本拿來吧。」

笨小姐倒不是專門調侃紀蘭，大部分的學生她都這麼叫，因為懶得記名字，萬一碰到極為不笨的同學，她就名之以「我們的驕傲小姐」，偶爾又改口，一律將大家稱為孩子們，表示她的心情良好。紀蘭將封袋中的枝葉全傾倒出來，讓教授細細檢查。

然後是一連串歐瑪聽不明瞭的討論，教授動用顯微鏡觀察組織切片，又操作滑鼠頻頻對照圖片，不時抬起眼，很帶著懷疑地瞧著紀蘭，「……該不是一本變種杜鵑？」她問。

「不是，老師您請看它的花。」

教授輕哼了一聲：「妳以為妳真懂得杜鵑？」

「但是它……」紀蘭想說但是它的花好香，卻不敢再辯解。

教授關了螢幕摘下眼鏡，「可能是棵突變種，我有空再查查，樣本妳就留下來吧種子也留下，放碟子上——唉真是笨喲妳。」

桌上只見一碟綜合堅果，也不知道是研究樣本或是食用的點心。紀蘭躊躇了一會，斗膽開了口：「老師……」

「誒，出去時把門帶上。」

「老師，不知道您這邊缺不缺助理，我——」

「不缺。」

「——我真的什麼都能做，幫您看管園林，薪水再少都——」

教授戴回眼鏡正眼瞧了她：「怎麼跟妳說的？做什麼就得有什麼資格，等妳有資格再說吧。」

歐瑪於是走了過來，幫紀蘭將種子扔進碟子裡。

「妳哪邊找來這麼機車的老師啊？」在回程的飛機上，歐瑪問她。

「不是我的，她是我哥的老師。」紀蘭答：「我沒上過大學妳忘了？」

「受不了，你們兄妹倆真是夾纏不清。」歐瑪說：「我跟妳打賭，你們那個機車老師，現在已經把種子吃下去了。」

紀蘭啜飲熱咖啡，又將額頭貼緊機艙小窗張望，這時已是深夜，下方的地表只是一片暗沉，混沌的黑中漸漸現出一撮燈海，珍珠似地螢螢閃亮，其中一道淡藍色光束穿破雲霧，帶著極冷調的輝芒，遙探向天幕無法訴說的遠方。

「看見星辰大樓了……」紀蘭輕聲自語。

「行了，這麼晚還有什麼搞頭，我送妳回河城吧。」

聽見河城二字，紀蘭忽然感覺整杯咖啡膩味得嚇人，像攙了消毒水。

這一夜睡得非常不踏實，黑暗中驚醒無數次，又一再滑入異常逼真清楚的夢中。

「妳真的很吵，」歐瑪的臉頰泛著藍光，卸了妝的她面容憔悴，她啐說：「翻來翻去，像跳蚤一樣。」

吵的其實是歐瑪，她在電腦螢幕前不停滴答敲鍵盤，這是紀蘭無法睡安穩的原因。窗外鳥語啁啾，紀蘭看天色透著一抹靛青，那表示歐瑪又上了整夜的網。

房間太狹小，歐瑪侷促地席地而坐，筆記型電腦就擱在床尾一角，紀蘭推被而起，歐瑪趕緊護住螢幕不讓她看。不消看紀蘭也猜得到，歐瑪拜訪的是十八禁的網站。

再也睡不著，紀蘭將整個床鋪讓給了歐瑪，照例歐瑪將要在她的房內睡上整個白天。

披上外套，紀蘭出門閒逛，天將未亮，到處都不見人跡，紀蘭隨意漫行，感到舉步沉重，她好像感冒了，不知不覺中，紀蘭走來了她的花房。

幽明交際，薄霧繚繞中，有一個身影垂首抱膝倚坐在花房門口，一動也不動，似乎睡著了，也不知睡了多久，只見他的衣襬髮梢都有些露水微微發亮。

但那人完全警醒著，紀蘭一趨近他便霍然站起。花了兩秒鐘，紀蘭才確定他是赫奕。赫奕無語只是笑著。那是一個全心全意的笑。

不待她開口，赫奕就自動回答了：「沒什麼，夜裡散步，就走回了河城。」

那是需要走上半個夜晚的距離。

「是想來看我嗎？」

赫奕於是偏頭思量，紀蘭等著，她知道在他那曾經受傷又奇蹟癒合的頭腦裡正在追索最誠實的答案。

「是。不知道妳的宿舍是哪一間。」

「可以打電話給我呀。」

這次沒有回答，赫奕將紀蘭抱個滿懷，紀蘭以更多的力氣摟緊了他，感覺他瘦了許多的結實身軀，感覺他鬍渣微現的廝磨，赫奕又扳過紀蘭的臉頰，仔細將她看個饜足。

看個饜足，他就要走了，徒步回去古蹟地。

「早上還要點名，怕來不及了。」他說。

「等等，」紀蘭緊緊牽住他，「我朋友有車在這兒，我載你回去。」

「不需要。」他放了她的手，轉身就要走。

「要不我們一起走。」這一喊，用上了她全部的力氣。

「什麼？」赫奕回身，大惑不解地望著她。

「一起走，我們現在就離開河城。」

「什麼意思？離開河城，去哪裡？」

「……我是在想，如果能找到你說的那個地方，每扇窗景都美得像幅畫那個山谷，找到它，在那邊住下來，你說好不好？」

赫奕又陷入認真思索，紀蘭卻開始發抖，這是她非常快樂時的反應，從小就是這樣，只要別人澆灌給她一點點浪漫，她就不禁要託付出全部的自己，紀蘭找不出比現在更適合託付的時候，只要一句話，一個字都好，一點支持她的力量，幫助她孤注一擲，不顧一切離開這裡，落魄天涯也願意。

「很好啊。」赫奕終於說。

三個字，不是允諾，像個評語。她將永遠推敲這句話。若是再多一點虛假她也不可能如此喜歡他，如果不是這樣漫不在乎的語氣呢？前途茫茫，連她自己也有許多難關，憑什麼期望他承擔？紀蘭的熱情迅速冷卻了，剛才的滿懷激動全凝結成了一連串的現實問題，像冰雹一樣紛紛砸落，離開河城並不困難，困難的是生活，必需找個地方落腳，不用太豪華，只要很小的坪數，至少有個沾得到陽光的角落，讓她養上一盆玫瑰，在夕陽將沒時，可以坐在玫瑰旁喝一杯自己煮的紅茶，錢呢？來自一個穩定的工作，很心甘情願地工作，好省出小錢偶爾大大奢侈一番，忽然又失業了也不害怕，因為買了小小的保險，每種擔憂都買一個踏實的保險，為了理財，很認真地讀了許多工具書，又開著中低價位的小房車，去大商場買許多普通得可笑的小飾品，帶回家將它們擺設得很不平凡，那個家因此是一個不平凡的歸宿，其中有愛情。她要的不過就是這麼簡單，大量的努力堆砌起來的一丁點幸福，這個乞求真的沒人能解讀？

「紀蘭，紀蘭，」赫奕連聲喊她，他看見紀蘭整個失了神，雙眼空洞，進入澎湃的想像中，「妳怎麼了紀蘭？」

「沒事，」紀蘭輕聲回答，怔了一會兒又忽然說：「你快回古蹟地去吧。」

「那妳為什麼哭了？」

「沒，我在笑。」她真的現出一個很甜的笑靨，送給赫奕一個飛吻：「回去時給我個電話。」

赫奕就離開了。從小路穿出花房前的小片空地，沒有朝向城中大道，卻取道河邊的散步小徑。赫奕的步履不疾不徐，是那種走長路的走法。他一次也沒回頭。

紀蘭呆呆站著許久，忽然感到遲來的委屈，擦乾淚水，她也步上小徑，跟著赫奕消失的方向而去。花房在城的最北隅，而進城口的大橋正在南端，整個河城的腹地像一片蓮花瓣南圓北尖，東面靠山西岸臨河呈狹長狀，沿著河岸是非常幽靜的路段，天已經大亮了，開始有早起的人跡活動。

途經過垃圾場時是更幽靜的一段，剛繞過垃圾場入口不遠，就聽見有人在高聲吵嚷，音調火爆，在河邊不遠的荒地上，兩個人正拉扯一輛手推車對峙中。

紀蘭下了石板小徑，踩泥路過去。

姿態兇狠的是個老人，他的脖頸屈折朝向地面，雙眼往上瞪似銅鈴。推車的另一人帽沿壓得極低，只看得見他抿嘴緊握車把，無法分清他的表情。

老人不讓推車前進，嘴裡兀自罵著什麼，但他的語音太奇特，紀蘭只聽懂了最後半句：「……你——你這隻寄生蟲。」

借宿在河城一年多，紀蘭最聽不得的就是寄生蟲三字，幸好這一次有人比她更加榮膺這頭銜。推車的那個人，並不是河城的正式居民，他只是個城外鄰居，不知從多久前，偷偷搬進了河城，悄悄在垃圾場裡搭設了棲風避雨的小棚，歷任城主拆了幾次他的違建，也驅他不離。

推車的人不現神情喜怒，只回嘴道：「你這死老頭。」看見紀蘭又連忙說：「紀蘭小姐您來評評理，禿鷹不叫我收垃圾。」

紀蘭嘆口氣說：「你們二位，一天不吵架行嗎？只要一天，我給大獎。」

推車的人答：「唷，紀蘭小姐別拿我們消遣了。」

禿鷹答：「什莫獎？」

這兩人已經將紀蘭的心情逗得好轉。他們是她在城裡少數可以聊天的對象，兩個人都不顧忌她的聲名狼藉，因為一個沒身分，另一個又太老。

紀蘭瞧了瞧推車中的物事，問：「真是罰不怕哦帽人，你們又跑出去偷採芊蘿了？」

帽人馬上俯首認罪，禿鷹的頭顱原本就是永遠呈垂落狀，所以他低下眼眉。

芊羅又稱斷舌果，是丘陵地上唯一養得活的經濟作物。這一帶的土質含鹽分，很難想像這麼鹹的大地卻生得出這樣甜的果實，它的外殼堅硬帶棘刺，剖開後是淡白多汁的果肉，因為汁液中含有某種怪酵素，倘若生吃，會落得滿嘴痛蝕感，但如果削薄片殺菁醃存，是極美的零嘴，也有人喜歡拿它釀酒，或入菜烹煮。

見到整車都是排球大小的芊羅外殼，紀蘭問：「採了這麼多，也不送我幾粒吃呀？」

兩人一起回答：「醃了。」

「那還有什麼好吵的？」

「紀蘭小姐您評理，」帽人說：「這些殼禿鷹不叫我收，他都堆在河邊發臭。」禿鷹連聲解釋，帽人不停插嘴，紀蘭聚精會神，勉強聽懂了，禿鷹大約是準備曬乾外殼，刨下內層作飼料餵雞。禿鷹在垃圾場邊空地私自養了一大群雞。

這樣的爭吵是他們兩人的日常嗜好，誰也管不著，所以紀蘭向他們道了早安離開，禿鷹依依不捨跟隨著她，一邊語意不明支吾其辭，紀蘭知道他要什麼。她取出一盒薄荷涼菸，從中抽起兩根收回衣袋中，然後整盒給了禿鷹。

「紀蘭小姐，停車場那邊出了車禍，就是剛剛，您最好過去看看吶。」帽人在背後朗聲說。

快步來到停車場，只望一眼，紀蘭鬆了口氣，只是一輛清晨發班的交通車倒車失敗，撞垮了一些雜物，連帶得路旁一堵花籬也遭到壓碎。

幾個早起的人正幫忙著善後，紀蘭來到花籬前蹲下檢查，籬下的十幾株荳苑花看來已經回天乏術，她心疼的卻是支解破碎的籬笆，那是她親手一道道細椿綁縛牢靠，又漆上珍珠白色的可愛裝置，現在她感覺委屈到了極點，才站起身，眼前一片漆黑。

歐瑪是在傍晚時分才轉醒，發現紀蘭並躺在她身旁。「耶？妳怎麼還在睡？」

「今天請病假，」紀蘭虛弱地說：「我發燒了。」

「哇，真的耶，」歐瑪試過她的額溫後，很果決地跳下床，「那妳繼續睡，我先去洗臉，等下弄點東西回來，我們房裡吃。」

「不不，我要起床了。」

紀蘭惦記著那株倒地銀雪。

花期已經結束，倒地銀雪其實不需要特別照料，歐瑪提著空桶子，看紀蘭動手揭去枝頭的殘蕊爛葉。雪白的花瓣全已老了，黃了，只剩最後幾個嫩苞，吐露在藤鞭末梢。

紀蘭正要歇手，準備帶歐瑪去餐廳用飯，她瞥見旁邊不遠的停車場，整個人發了怔。

早晨才被撞毀的花籬，神奇地恢復了原狀。

不，比原狀恢復得更理想。天色已經暗了，趨前細細一看，所有木樁崩壞的地方，都已片片歸位，鬆黏以透明漆，灑上一層薄薄銀粉，過於碎裂的部分，則用軟木填補，在接縫處還有精巧刮雕出的玫瑰圖樣，這工程似乎尚未完成，只見一些器械還擱在地上，但施工的人已經離去。

十幾株壓損的荳苑花，紀蘭原本想要連根扯除的，現在都得到了搶救，毀爛處已經修剪清楚，一排排暫時躺在一層報紙上防止泥傷，裸露的根鬚重新覆了土，顏色深黑，必定是從河灘上新掘來的肥壤。

晚風習習，看著這花籬，紀蘭的芳心微亂，全河城裡，只有君俠才有這種手藝。

歐瑪也在身邊迷惘，「阿蘭，」她左右繞了一小圈，「阿蘭，是什麼那麼香？」

「金縷馨。」

「不是喔，」歐瑪四下張望，「好軟的香味，跟金縷馨不一樣。」

紀蘭想了想，拉著歐瑪朝一邊走去，「妳真識貨，我帶妳去看看。」

這一去竟然走了百來步，又轉彎，朝河而去，直到一處不起眼的小坡前，越靠近，空氣就越像香水般層次遞嬗，先是絲絲清芬，漸而熟美卻又柔淡，最後兩人都蹲下來時，周身全感到蜜也似的甜香。

在坡底瘠草亂石處，一簇枝葉繾綣的矮樹，頂冠迸滿五瓣的小花。

是那棵怪樹。

「來近點看，晚上吐香的花通常是白色的對嗎？」紀蘭讓歐瑪靠上前，就著河堤上映來的稀微燈光細瞧，「但是妳看，它的花色卻是淡紅，花心淺藍，這兩種顏色很不容易出現在同一朵花上哦，它都有了，越夜它越美。妳別摸，摸了它，還沒過夜就謝。」

「啊，超可愛，這花叫什麼名字？」

「它的名字，我也是剛剛才知道哩。」

這天整個下午，頭痛暈眩躺在歐瑪身邊，等著赫奕捎來訊息，但紀蘭接到的卻是教授的來電。一開始紀蘭並沒認出教授的嗓音，因為她正發著燒，因為教授是那樣史無前例地激動多語，而且竟然呼喚她的小名——小蘭啊，答應我好好照顧它，唉我是老師啦，還是笨得要命哪妳這孩子真是的，聽好，千萬答應老師，照顧好那棵樹，老師幫妳找到資料了，我的老天，明明已經絕種，最近的文獻至少也上百年，真想不到啊妳這樣好眼力，我的天哪緯度不對，土壤不對，氣候不對，太罕有了，太美，太可怕怎麼栽在妳那種地方，噢對了還沒告訴妳它的名字叫作——

「嗯？它叫什麼？」歐瑪問。

「長夜暗菲。」

「長夜暗菲……」歐瑪覆誦了幾次，「決定了，分一株給我，我也要種。」

「妳養不來的，照顧這種花，需要愛，但又不能愛太多。」

兩人一起默默看著長夜暗菲，說不上為什麼，心思都飄到了很遠的地方。

15

許多人沒再忘記過河城的這個秋天。

風季的塵砂都已經偃息，長空漸漸乾淨晴朗，就像每一個色彩清爽的秋天一樣，丘陵地枯荒成了一片單純的淺褐，上方是藍天豔陽，微風又將薄雲紡成了絲絲白縷。

但是河水不對。水位不停暴漲，整條河翻騰黃濁泥漿，變得無比肥壯，連靠近城東一帶也能整夜聽見水聲洶湧，那感覺有點不安，有點超現實，彷彿河已經具型成為一個巨人，心情非常不良，它正在咄咄拍擊河城的大門。天天都有人群上堤觀看，城裡的居民來自各種地帶，沒人見過這樣兇猛的河，站在堤防上議論紛紛，人們的心裡卻回想起各自的家鄉。

另一樁怪事顯然渺小多了，但來得貼身，空氣中，出現了漂浮的細物，像一小段蛛絲，在風中輕揚，一沾上衣服就立刻化為粉塵，留下一圈鮮黃永不褪色。這東西是一陣一陣地來，御風而行，不幸讓它撲上了身，馬上從頭至尾班班點點像發了霉。許多人因此開始犯了毛病，症狀是鼻炎或咳嗽。

記憶也是一件怪事，紀蘭這樣想。

「阿鍾，」這麼脫口而出時，紀蘭的感覺非常自然，她說：「可以休息了，阿鍾。」

對方馬上紅了臉，很客氣地回答道：「辛小姐，大家都叫我君俠。」

君俠和紀蘭並肩坐在工作檯前，花房裡剛出清了全部的金縷馨，由負責養護路樹的單位接手，將這批攙進了本地土壤、養馴的金縷馨定植在城裡許多個遮陰處。

騰出的花房空間填進了更多的盆栽。充足的人力等候著，只待紀蘭送出一株株花苗，就移植到城中大道兩旁，朝南北向拓展，大道已一段段種滿了觀賞花卉，植栽又延伸向周邊的裸土。城中大道像條血管，將一脈紅豔輸送向城裡每一個角落。

阡插分植是需要耐心巧手的細活，多虧了君俠自動分勞，紀蘭才應付得起大量的工作。

自從那道豆苑花籬修復完成之後，紀蘭就懷著些猜想，如今證實，君俠果然懂得園藝，不論種植或是造景的觀念，他都知悉，各種實務操作，他也幫得上忙。

但是為什麼將他喊成了阿鍾？阿鍾又是誰？答案就在腦海深處，岔開成許多聲音，「阿鍾。」常記得有人這麼呼喚，分明是哥哥的聲音，阿鍾偶爾應聲道：「小辛。」那是他叫哥哥的方式，「祝阿鍾和小辛白頭偕老。」那是不知道什麼人寫在哥哥大學紀念冊的戲謔留言，紫色的墨水筆跡，隨著歲月漸漸暈開淡化，解離成了藍色字體與粉紅色水痕，想著那水痕，答案全具體了，阿鍾是哥哥的少年好友，紀蘭從沒忘記過那張年輕的臉孔，始終懷念那許多次的共同出遊，只是需要各種訊息拼湊，才能將名字與影像聯想在一起。

怎麼在記憶裡，最遙遠的路程卻是直線距離？

君俠歇了手，卻不急著離開，他在花房裡四處遊走，將早晨送來的新盆栽整齊搬上架。

君俠走路的姿勢像赫奕，赫奕的背影像阿鍾，阿鍾的正面有點像哥哥，當紀蘭這樣胡思亂想時，有人叩叩粗暴地敲門。

禿鷹將帽人的手推車停放在花房前，人坐在車把手上喘著氣。

他為紀蘭運來了幾桶雞糞。卸貨的工作太粗重，君俠立刻上前幫忙，將車推到堆肥小間，君俠和紀蘭合力，一鏟鏟將雞糞送進肥料底層。

禿鷹於是坐在鐵捲門邊休息，一邊把玩著紀蘭的手機。這支渦旋蟲造型的機子很得紀蘭的珍愛，握在手裡很圓潤，喜感天成不需要任何吊飾，現在借給了禿鷹，她知道他沒有撥號的對象，她也知道他一向對手機很好奇，她並不知道此刻禿鷹的心裡勾引起了多少回憶。

毫無稜角的手機，外型真有趣，禿鷹不太明白地翻轉它，觀察它的每一個弧度。在他很年輕的時候，電話是稀奇的玩意，若是必需使用它，那麼多半是遭逢了意外，是壞消息。

在那個年代裡，許多心事只能深深埋藏，思念是一種猜想，現在的她在哪裡？在想著什麼？什麼時候能再一次碰見她？相遇得那麼巧時該說些什麼話？人生就成了一種等待，充滿獨白的等待，不停假想著對話，推測著意外，有時也滿懷衝突苦楚，她是否會失約？可曾變了心？那麼多的疑猜無法對質，恨不得飛進她的心坎看個清楚，但與她連不上線，沒有即時對答，沒有真也沒有假，只有不停地回想，在回想中，伊人的每個微蹙輕顰都讓人震動，每句話都足以衍生出一百首詩，終於，盼到見了面，卻什麼也說不出口了，胸膛裡堵塞了千言萬語，只好以一個擁抱表達。

他認為這叫作愛情。

現在禿鷹也無法說出這些念頭，濃厚的鄉音造成了語言隔閡，他註定作一個深思的人。禿鷹將手機還給紀蘭，他其實很想要撥給一個人，但是沒有號碼。

念念不忘的那個美人兒住在光陰的另一端，永遠不可能開機。

處理好了堆肥，紀蘭接過她的手機掛回頸上。「暫時不用再送肥料了，差不多要準備過冬了，嗯？」她說，不確定禿鷹是否聽得懂。

「啊，好的，好的……」

天氣不暖不涼，但是禿鷹冒著滿頭大汗，紀蘭有點擔心地看著他，覺得禿鷹今天的臉色特別灰敗，他似乎很不舒服。

禿鷹吃力地拉起手推車，君俠上前幫忙扶了一把，紀蘭將車側吊著的小編籃移進推車內，編籃裡是一些雞蛋，淺褐色的蛋殼看起來新鮮可愛。

「禿鷹伯伯最近生意好呀？」紀蘭說。禿鷹養了不少雞，不是為了自己享用，他在城內私營肉蛋生意。

「好哇，人多……顧忌地人啊都買了啊。」

紀蘭請他再說一次，總算聽清楚了，古蹟地上的人們買了他不少雞蛋。

「等等，是說古蹟地上的人全回來了嗎？」

「人多好幾天回來了啊。」禿鷹邊揩汗邊答。

16

揩完了汗，禿鷹順手搔搔頭，他知道自己說話常出錯，有時用詞不妥，要不就是發音失敗，但辛小姐的反應未免也過火了些。

先是霍然色變，她愣了幾秒，好像完全斷了電一樣，然後辛小姐拔腿就要跑，才一返身，她與君俠撞個滿懷。

重得差不多可以交換全身臟器的撞擊，辛小姐雙手掩額，疼彎了腰；君俠緊捂下巴，整個人直接跪倒落地。

看得禿鷹也痛苦了起來，他不由得也抱住頭顱，倒抽了幾口氣，忽然發現，他是真的頭疼，確切地說，全身沒一個地方不疼，好像被棍子打過了一頓，他唇乾舌燥，大汗如雨。

「嗚。」耳邊傳來君俠模糊的低吼。

辛小姐不停地快速說話，有點悵恨的聲氣：「他回來了我怎麼都不曉得？你們怎麼都不告訴我？他怎麼都沒來找我？」

禿鷹偏過彎折的脖頸，斜望出去，看見辛小姐摀著前額正要走開，又被一把拉了回頭。

「辛小姐，」君俠扯住她的衣袖，「您這樣不太好。」

「您直接去找他，只會給他帶來新麻煩，」君俠搖搖晃晃站起來，他的嘴角到下頷一帶已經快速泛出血瘀，他說：「讓我來，好嗎？您約個地方，我一定幫您帶他過去。」

禿鷹帶著嘆息離開，推著空車。

不須過問，禿鷹知道他們口中的「他」是誰，那個很英俊的小伙子，叫——叫什麼來著？實在想不起來，根本沒機會認識他，只聽說是個腦袋有點異常的年輕人，才來河城沒多久，就被派去古蹟地服勞役，好不容易回了城，又給調去清理河漂，天天像垃圾一樣泡在河裡，再好的體魄也送去了半條命。

沒有人不知道，辛先生故意整他。

可見傳聞不假，錯不了，必定是個秀逗，只有腦筋短路的人，才會笨得至於不懂城裡的規矩，人可以偷懶，可以犯賤，可以惹是生非，但是萬萬不可沾惹辛小姐——除非這人老得像禿鷹，或是醜得像帽人。

這麼一想，禿鷹不禁感到有些超然，從超然的地位看過去，這一次他破例支持辛先生，雖說陰險了一些，但他認為情有可原，換作他是辛先生，有這樣一個老是倒貼混帳男人的傻妹妹，禿鷹相信自己也會用上小人路數。

唯一的問題出在，那個英俊的小伙子看起來不怎麼壞。禿鷹搖搖低垂的頭顱，他老了，但是他的靈魂始終停留在青春的浪漫時代，始終相信美，相信真正的羅曼史就應該攙些曲折，多點痛苦。辛小姐的愛情看來是泡湯了，那個小伙子說不準會被辛先生整死，那又如何？這世上沒有永恆不變的東西，剎那間的擁有好過於長相左右，一顆受傷的心能將情人保存得最長久。

這不是殘忍，這是美，這種美他親自嚐了太多，誰人沒有年輕過？若不是因為嚥下過那麼多苦頭，人生何來滋味可言？

就像是他的詩，始終不是寫來讓人懂的，他只想讓人痛，敗筆連篇又何妨？缺乏知音何足畏？只要其中出現一段、一句、哪怕是一瞬間的痛快淋漓，那就夠了，就是美的極致，詩的完成。禿鷹點點頭，覺得今天的感想特別好，應該寫進日記裡，務必記得要收錄這一句：他一向喜歡人們只傳誦他的詩作的片段。

如果還有任何人記得他的任何一首詩的話。

越走越慢，宿舍已經在眼前不遠，但這路好像永遠也走不完，禿鷹決定放棄推車，空手而行，連那籃雞蛋他也不顧了。

全身浸在冷汗裡，進宿舍大門時，彷彿擦撞了幾個人，彷彿有些人在叫喚他的名字。

不，他不叫作禿鷹，他好討厭這個綽號。階梯變得很高，膝蓋變得很軟弱，每一個邁步都發抖，手也發抖，掏不出鑰匙，掏出以後試了千百次也插不進匙孔，他胡亂地咒罵幾句，用力頂門——或是失去平衡跌撞在門扇上，這不重要，重要的是門原來沒上鎖，他以滑壘的姿勢栽進寢室。

是怎麼趴倒在床腳前，禿鷹沒有印象，世界變得好安詳，時間不再流動，肉體感官遲頓了，只覺得懶洋洋，暖融融，好像漂浮在熱帶的洋流上，似乎有海妖在很遙遠的地方吟唱，多麼空靈的歌聲……

在昏倒前的最後一秒，禿鷹只是費解地想，這是哪裡？他看見四周陌生的室內陳設，全錯了，地點不對，時代不對，他的鼻端前正好是一只臉盆，臉盆中正好倚立著一面小圓鏡，連鏡子裡的自己也不太對，那麼老，那麼痛苦，那麼嚇人，禿鷹大口喘氣，忽然覺得這一切很可憎，很脫離現實，就好像……就好像是他年輕時寫的詩。

17

「就這樣？」紀蘭問。

君俠點點頭，將東西放入紀蘭的掌心。

那是紀蘭送給赫奕的手機。這已經說明了一切，赫奕不希望與紀蘭會面。

「他什麼話都沒說？」

「有。」君俠考慮了一瞬，說：「他說，請您放心他。」

紀蘭不再開口，只是低頭不停地看手機，好像對於電信產品突然產生了高度興趣一樣。這是一只便宜的機子，銀灰色，樸素的長方造型，多色階液晶螢幕，隱藏式天線，按鍵稍大，適合厚實又男性化的手掌，翻過背面，貼有一張雷射小標籤，顯示貨號與維修專線電話，再翻回來，開啟電源，整只手機是死的，不知道已經多久未曾充過電。

君俠啟齒再想說些什麼，但只牽扯出了一個疼痛的表情，他的嘴角上的整片瘀血，才半天的功夫，已經演變成了深烏青色。他望了一眼紀蘭額上的腫塊。

「謝謝你。」紀蘭心不在焉地說。她將手機擱在工作檯上，撥理了一下髮絲，開始修剪檯上一盆燭芯葵。

剪完盆栽後，她打點好一籃園藝工具，和一桶浸水的苔氈草，提到花房中央的全日照區，那邊是幾排長長的土畦，種滿了荒漠薔薇。

紀蘭在工具籃中慢吞吞挑撿，取出一把雪亮的刀具。君俠見了一懍，周身汗毛都豎立起來。那是一把手術刀。

她仔細觀察鋒刃，徐呼一口氣以後彎下身，朝花莖狠狠割下去，一刀成傷，斜轉刀尖，指甲壓覆其上，挑撕下莖表一環韌皮，蛋白狀的汁液流出，棄刀，在割裂處敷上一層苔氈，噴生長劑，再裹以一圈粗瑟紙，綁上軟鐵絲，噴水。紀蘭挪動位置，刺向另一株薔薇。

君俠跟在她背後，不確定他能說什麼，這時已經接近深夜，就他的知識所及，好像不適宜進行空中壓條。更不適宜的是紀蘭的模樣。君俠是習慣操刀的人，但他使不出眼前這股殺氣，這樣切割毫不遲疑，精準，凌厲。

「辛小姐，辛小姐……」

紀蘭聽而不聞，她開始為第三株薔薇剝皮，君俠於是輕觸她的肩膀。

動作停緩，刀鋒垂落了，紀蘭緩緩轉過頭，滿臉盡是溫柔的神情。

「真的太晚了，你請回去休息吧，嗯？」她說。

「為什麼您——」

「——你請走吧。」

「……」

因為你們全不了解赫奕。望著君俠離去的背影，她想。

赫奕是紀蘭見過最單純的男人，他只是單純地想要生存，他需要單純的生態環境。

所以她需要栽培他。

沒有人預料到花房的產量變得如此驚人，分株繁殖的花苗源源不絕地送出，妝點了全城，直到設定的植栽定點都已接近飽和，辛先生臨時組織了特別人力，針對城中一些閒置的荒地，開始進行土壤整治與排水規劃，至於景觀設計，則由辛先生親自執行，一個繽紛燦爛的藍圖隱隱成型。

冬天也就要來臨。

紀蘭認真工作，花房中的細活，始終有君俠幫得上忙，帽人每天幫忙送來午餐，紀蘭忙得抽不開身，她的手指布滿傷痕之後的硬痂，臉頰上曬出了大量的雀斑，她的食慾良好，靈感不斷，她在紙頭上塗滿手記，怎麼為玫瑰嫁接出更繁複的花色，又如何試驗海棠的單性分殖云云。偶爾得了空閒，她在花房的電腦前專心敲打，撰寫分外的工作建議書，關於城裡的路樹管理，哪些矮樹叢不再修剪，將不利明年的開花，哪些樹木應該及早疏枝，哪些區域最好在冬季裡養土，紀蘭全用上了標準公文格式。

但她夜裡再也不加班，滿身泥污離開花房後，紀蘭直接去職員餐廳，排第一輪用飯，再匆匆回宿舍沖洗，裹著浴巾，旋風似地轉往寢室梳妝鏡前，仔細描畫，上好透明粉嫩的底妝，不夠，添上清爽眼彩以及捲翹睫毛膏，不夠，又刷上淡淡的眉色和唇蜜，試穿各種凸顯她的纖美的衣裳，低腰褲款或是緊身小洋裝，搭配一些精緻小飾件，直到她時髦得無懈可擊，又辣得自然，紀蘭就奔上中央大道，趕搭夜裡離城的公務車。

丘陵地上的公路保養得再好，還是一路起伏顛簸，就這麼搖搖晃晃進入輻射城，她在第二站下車，轉駁地鐵，轟隆隆直赴城中心，出月台，在熱鬧的地下街道走上一小段，什麼也不買，直到人潮最洶湧的出口，鑽上去，她來到了星辰大樓廣場。

在這兒不論怎麼步行都必須挨著別人的肩膀，她左右躲閃越位，隨便找到一道最短的人列，排隊買一杯濃縮咖啡，不謝謝，她拒絕櫃檯小弟建議的糕點，端著咖啡餐盤，單手排開阻擋的人體，身手矯健地搶下一張露天咖啡座椅，入位。

終於安頓了下來，紀蘭坐得優雅，擎起細細的胳臂，鬱悶地抽菸。

在她的斜對面不遠，另一架陽傘座椅中，一個中年西裝男也在抽菸。

他看著紀蘭，她始終沒動咖啡杯，就和昨天一樣，如果沒記錯的話，上星期也一樣。

男人將自己的柚茶一飲而盡，然後專心看紀蘭。她和都市中慣見的蒼白美人很不同，全身都散發出健康、惹火又純真的風味，真是百中挑一的高檔援交女。他舉杯再一次啜飲，發現茶已經喝光。

這個女人今天似乎特別恍神，男人想，早就該答覆他的視線了。唉，真不太敬業。男人勉為其難地站起來，一把抄起他的座椅，移到紀蘭身旁。

不需要太多迂迴，男人極擅長這類對談，他已經逗引得對方微微發笑，儘管她害羞似的低著頭，他熟練地繼續說：「……77樓跳舞也不錯，78樓的鋼琴吧妳去過沒？先喝一杯妳說怎樣？或者，我們就直接去……」

去美妙的16樓，那充滿異國情調的旅館，舒適隱密，嚴格防範針孔偷拍，不管妳喜歡日本風宮廷風阿拉伯風或是那布置了精巧躺椅的——

「地下樓。」女人忽然抬起頭來，清脆地說。

「啊？」

「這邊地下樓有超市嗎？」

「我想有吧？」

「我真的……」

女人的臉蛋溫柔，她怔了一會兒，再度啟齒，說出了他在豐富的街頭獵豔史中所遭遇過的，最難以接腔的一句台詞。

她說：「……我真的好想買點菜啊。」

18

辛小姐今天很不同，君俠想。因為她整個下午都在作菜。

花房裡的磚灶，原來還能提供烹調功能，君俠撥空前來幫忙時，整棟花房都洋溢著暖暖的烘焙餅乾香，灶上另有一鍋看起來很濃厚的洋蔥湯頭，微微沸騰冒泡。

紀蘭正在工作檯上攪拌一盆芋虀沙拉，她將園藝的工作全拜託給了君俠。

辛小姐今天不急著下班。

但她在傍晚時溜班離開，回來時，已經梳洗打扮過，穿戴得很俏麗，她又洗一次手，來到磚灶前，匡噹搬動一些爐具，爐面灶底齊用，同時料理橄欖香料燜烤雞與奶焗碎米。

當君俠前去職員餐廳晚飯時，用餐的內容很模糊，彷彿每盤食物都帶著點烤雞的滋味，他決定回花房看看。

一條水泥小路蜿蜒穿越過黃滕樹群，樹影中隱約透露出明亮處就是花房，花房向西與朝南的兩面全是玻璃打造，流洩出暈黃色燈光，在夜裡看來特別奇幻，像個獨立的童話世界，穿著絳紅色衣裳的紀蘭是個花精靈，她在盆花間穿梭游走，有時佇足，朝玻璃幕外凝望，兩手交握在胸前，祈禱似的，秀氣的臉龐現出了點甜蜜的模樣。

她發現紗門外的君俠，迷惑了好一會兒，紀蘭見外地問：「你回來做什麼？」

「百日香，還有十幾盆百日香要分株，想趁今晚趕完。」

「噢，那麻煩你了。」

君俠埋首工作，紀蘭只是默默坐在灶旁，把玩她烘焙的餅乾，有時她又長時間仰望玻璃天幕外的夜空，今晚沒有月光，漫天只見陰沉沉的雲層。

就在滿室的烤雞香味全冷淡了的時候，紀蘭瞥望她沒戴手錶的右腕，君俠適時提醒：「快十點了。」

紀蘭嚇了一跳，彷彿忘了君俠的存在，她點點頭，從灶裡拉出烤盤，移開早已涼卻的湯鍋，將滿盤的手工餅乾全胡亂攏成一堆，她取來垃圾桶，端起烤雞，斜過盤面正要傾倒，動作卻停了，她轉過來，端詳著君俠。

兩人無聲互望，也許只有幾秒鐘，在兩個人後來的回憶裡，這一刻好似無限長久。

「你還有食慾嗎？」她問。

「有。」他說。

「可以讓我請你吃飯嗎？」

「那太謝謝您了。」

君俠走過來，從垃圾桶上方接收烤雞，取起磚灶上的一把利刃，就要豪爽地大快朵頤。

「不不，等一等。」

紀蘭將所有食物送到玻璃牆邊的小咖啡圓桌，擺設整齊，布置好餐具，兩人入座，紀蘭再次喊停，她匆匆跑開，在置物櫃中翻尋，捧著一些東西回來。

是一缽精油蠟燭，和兩塊細麻布餐巾。紀蘭點亮了燭火。

冷湯，坍塌的奶焗碎米，出了水的沙拉，烤雞外皮處處是霜白的凝脂，一壺冰汗冒盡的甜調酒，紀蘭說，開動吧。

君俠暢快進食，稱讚道：「沒喝過這麼甜的蔬菜湯，您的手藝真好。」

「哪裡，我很少作菜的，可是我會把食譜背下來，真的背喲，湯你喜歡的話可以搭點餅乾吃，哪，試試看，菱型的這盤是鹹餅乾。」

「好，謝謝，這餐巾很漂亮，我捨不得弄髒它。」

「我不覺得多漂亮，只是差不多而已。」紀蘭漫不經心地用叉子撥弄她盤中的沙拉，一口也沒吃。

她又拿起餐巾翻面隨意看了看，那是一張深紫色無收邊的布巾，並不是單純的紫，其中還揉和了不規則的瓷青與深灰色線條，形成一種冷調的混亂，像是從濃霧的深夜裡看出去的風景，她將餐巾放回膝上，「以前看過一塊真的好漂亮的布料，我好喜歡哦，後來再也沒找到那種印花了，這塊餐巾只是勉強有點像而已，我真是沒辦法，找不到我想要的那塊布料呀。」

「什麼樣的印花，您能說得再清楚一點嗎？」君俠對這話題顯得感興趣，他已經喝完湯也吃完沙拉，紀蘭遞給他切雞肉的餐刀。

「那是一種很好看很複雜的花樣，我也不知道要怎麼講，也不能說是圖案，就是顏色，那種顏色本身會讓你覺得很豐富。」

「您是指漸層色？」

「不是喔，我不太會形容，很不均勻，好像是把很多種顏料全潑上去一樣，可是你又會覺得很和諧。」

「很深邃的顏色，是這個意思嗎？」

「對對，很深邃，說不出來的紫，好像裡面還有一絲絲亮亮的黑色，看久了，你會好像掉進一個漩渦那種感覺。」

「我懂了，您形容得真好。」君俠將前傾的身軀坐正，開始切雞肉。

紀蘭掏出一盒細長的薄荷菸，朝君俠探詢，他搖搖頭表示不介意，紀蘭點了菸。

真不愧是年輕的大男孩，她想，擁有深不可測的食量。紀蘭仰望著天幕上的夜空，靜靜抽了半根菸，讓君俠順利支解了整隻烤雞。

「我們好像沒有真正聊過天。」她說。

「沒有，您太忙了。」

「也不知道聊什麼好呀，你們辦公室的事情我又不懂。」紀蘭搖手拒絕了烤雞，只給自己添了杯甜酒。「古蹟地你去過沒？我知道你們辦過參觀團喲，去古蹟地那邊野餐不是嗎？一次還是兩次？你覺得那邊好不好玩？」

「我沒去過，請辛小姐說說看。」

「呼，古蹟地呀，我只去過一次，我自己開車去的，運氣不好，星期天擠死人了，他們說挖到好幾千年前的乾屍喲，結果你也看不到乾屍，因為不展覽，只給看他們挖的洞穴，很無趣的洞哩，一排一排，每個坑都四四方方的像游泳池，就是挖光的坑，你什麼也看不到，新挖的坑在更深的地底下，要坐一種小小的鐵軌車進去，但是我沒進去，我去看了一些出土的小東西，有些是新挖出來的，都還有泥土呢，有人解說給我們聽，越往下挖，就是越古老的東西，我就一直想，為什麼大家都還在同一個地點埋東西呢？你在那邊挖下去，聽說是上個世紀有人埋了一個鐵箱不是嗎？就在箱子下面不遠，又發現幾千年前的屍體，你不停止挖下去，忽然挖到更久以前的家具，再往下呢？好奇怪，幾萬年前的人在那邊吃飯跳舞呢，奇不奇怪？你真應該去那邊玩一趟。」

君俠微瞇著雙眼，早已經忘記用餐，他說：「謝謝您辛小姐，您已經帶我去了。」

紀蘭盯著他瞧，嘆了口氣，她感到手指一陣灼熱，香菸已燒到盡頭，她趕緊捺熄菸，偏頭思考了片刻。

「這不是重點，有一件事情真的很奇怪，難道沒有人發現嗎？」她宣布道：「你從來沒出過城。」

「的確沒有。」君俠承認。

「連假日也沒看過你出去，一次也沒有，為什麼？」

「……」君俠俯首，只是看著膝上的餐巾。

「你知道嗎？我也是坐過牢的人。」

等了那麼久，就在紀蘭打算放棄逼問的時候，君俠抬起了頭，神色明朗，毫無閃避，他說：「您很聰明，辛小姐。」

「不對，大家都說我很笨，我只是注意到一點細節，而且我還拚命一直猜，你到底闖了什麼禍？」

「您不會想知道的，辛小姐。」

「這麼說你真的是受刑人哦？怎麼會跑來河城呢？」

「辛先生把我從監獄裡借調出來，到這邊幫他一些忙。」君俠爽快回答：「我的活動範圍也只限於河城，出城的話，算是違法。」

「調來幫忙，幫什麼忙？」

「看守一個人。」君俠簡短地說，他拿起餐叉繼續用餐。

「我聽不懂，看守誰？」

「這您也不會想知道的，抱歉我沒辦法說。」

「hmm……真神秘，沒辦法說，」紀蘭挲摩手中的玻璃杯，她又看著君俠，滿臉天真問道：「我一直很好奇，你為什麼不跑走？要離開河城很容易的啊。」

「跑去哪裡呢？我和這邊的人一樣沒身分，出去以後只能躲躲藏藏，外面跟河城，對我來說，沒什麼不同。」說到這兒，君俠忽然紅了臉，猶豫了一會兒，他說道：「再說，留在這邊，我覺得很滿足。」

「為什麼？」

君俠的臉更紅了，卻不再猶豫，字字說得清晰：「在這邊，見得到自己喜歡的人。」

「別這樣……」反而是紀蘭不自在了，她柔聲答道：「在我的心裡面，只有一個人。」

「我知道。」

「他……不太懂得保護自己，我一直在想，到底該怎麼做才好？我想帶他離開這裡，但是那需要很多錢，我真的好拚命存錢，可是我又常常覺得一天也等不下去了，就像今天，今天我真的好想去找他，我好想過去，又好希望他會來找我……」

紀蘭的臉頰也泛了紅，因為激動，她憤慨地說：「我真的好生氣，氣自己怎麼這樣沉不住氣，有時候我又好氣大家，住在這裡根本沒有隱私，每個人都等著看辛小姐的好戲，那好啊，誰不會演戲？如果大家都以為我跟赫奕沒關係了，也許他的日子可以好過一點吧？」

「我懂了辛小姐，」君俠平靜地放下餐叉，「我來建議好嗎？就讓別人認為我和您交往吧，您說好嗎？」

「噢……」

「您想想看，這一陣子我天天來花房幫忙，別人不這麼以為也難。」

「你不怕我哥發脾氣呀？」

「這您就放心吧，辛先生沒什麼好罰我的。」

「不行，我不能這麼做。」

「就當作是個交換吧，」君俠非常當真，他這麼說：「說不定在將來，我也想請您幫一個忙。」

紀蘭轉頭默默望著花房外的夜色，不知何時開始下起了小雨，水珠飄落在玻璃牆上，拉劃成一絲絲晶瑩的細線，她再回首時，秀氣的臉孔已經掩上了明媚的豔光。「能談開來真好，以前總覺得哪裡怪怪的，有點害怕你。」

「您真的很聰明。」

「還吃得下嗎？」

「吃得下。」

紀蘭屈身從咖啡桌下取出一只長型盒子，金色盒面孔雀綠大絲帶，包裝得很可愛，她說：「那我們來吃蛋糕吧。」

「好的。」

「你知道嗎？今天是我的生日。」

「生日快樂，您想許個願嗎？」

「呵……」

只有一點朦朧，沒有絲毫聲音的小雨，輕輕擊打著花房，從外面看進去，蛋糕的燭影搖晃，滿室的花影搖曳溫馨，點點雨滴眷戀著這畫面似的，攀爬在玻璃幕上久久，直到匯合成了淚珠大小，才加速滑落。

19

每次清醒過來，都比上一次更費勁思考，禿鷹花了十幾秒才想明白：咳，我還活著。

接下來納悶另一件事：這是哪裡？他顯然躺在一間很典型的病房裡。什麼時候被移到了這邊？禿鷹記不起來。

一張臉靠近過來俯視著他，真秀麗的護士，不對，這是辛小姐，她正滿臉凝重觀察他的氣色，開口說：「我給你煎了一些草茶，喝下去可能會舒服一點，嗯？」

禿鷹根本喝不下東西，他失去了食欲，也失去婉拒的力氣，他從床褥上偏過頭，看辛小姐在一旁找杯子，拿調羹，為熱茶加糖。

至少他成功地拒絕了換上病患的袍子，雖然渾身燥熱又發癢，禿鷹連續多日堅持打著領帶，穿上正式服裝。必須鄭重一些，禿鷹這麼想，他正要踏上最後一趟旅程，這次應該是飛行，只是等候了許久，一直還登不上機，禿鷹覺得很累，莫可奈何，日夜躺著，讓日記本攤在胸口，永無止息地休息。

辛小姐探身在櫃子上方找面紙盒，她的胸部曲線因此畢露在眼前，距離是千載難逢的近，但是禿鷹太累了，心裡激發不出一絲狎意。連飯都吃不下的人，人格難免向上提昇了不少，他開始很清高地思考，像她這麼好的小姐，應該住在那種快樂又燦爛的地方，去過那種用廣告片裡面的一切美麗鏡頭拼湊出來的彩色人生。

總之辛小姐不應該出現在這裡，世道越來越不合理，河城這種地方更不像話，不否認你的存在，但是也不承認你的身分，把人困在孤島上似的，住在這種地方，誰還能心理正常？禿鷹以他的母語喃喃自語，這世界什麼時候開始變得這麼複雜？就不能單純一點？比方說他的故鄉，人要不就高貴，要不就是個雜碎，但是人不會失去身分，禿鷹嘆口氣，如果有所選擇的話，真希望回去死在他出生的地方。

……慢著，據說他的故鄉已經不存在了，禿鷹抬起手想搔搔頭，這才發現他的腕上插著點滴管線。無所謂，他思念的也不是地圖上的哪個區域，而是某種消失在光陰中的往昔。

禿鷹乖乖躺好望著對面的牆壁，他曾經浪跡天涯太久，久到如今，他已經活到了應該為別人製造故鄉的年紀，但這事他也無能為力，只躺在這裡，吃不下任何東西而且便秘，想寫日記，卻連一支筆也提不起來，前一陣子似乎有個靈感，關於美，但來不及錄下，只記得好像是個絕世佳句，怎麼也說不出內容，於是他開始自由聯想，關於美這個主題。

這一生親眼所見美的極致是什麼？這沒忘記，就算再活一百年他也確定。錯不了，最美的那一幕，就發生那一棟橢圓型的體育館裡，體育館在一所大學中。

體育館的主體是一個國際標準規格的露天運動場，環繞高聳看台，看台的最下層，就是一整圈隔間細密的活動室，因為不可考查的原因，大學將這圈室內空間全給了學生，當作社團活動基地。

長長的體育館迴廊，永遠帶著繞彎的弧度，外圈是各種社團辦公室，內圈是無盡的鏤空磚牆，可以望見運動場，但這時天色暗了，運動場上一片黑暗，咄咄的皮鞋聲落地脆響，是他在走路，他往下一看，今天的地板擦洗得真雪亮，他是一個年輕的大學生，面容俊秀，身材苗直，還不到二十歲，已經因為自費出版的詩集而小有名氣。他是許多少女的夢中情人。

入夜以後，迴廊裡總是很安靜，這時只有他一個人影，他一直繞著走，逆時鐘而行，心裡忙著將此刻的感覺詩句化，體育館一片死寂，讓他想到，越是熱鬧喧譁、快樂洋溢的地方，冷清下來以後，越是顯得陰森悽涼。

收工後的馬戲團和半夜的遊樂場，也特別讓人產生這種恐怖印象。

不停地前行，可能已經繞過體育館整圈了，還是沒找到目的地，迴廊裡燈光不良，他留意每間社團辦公室的門牌，橋藝社、軍事研究社、古代文明探索請敲門入內、主內弟兄團契歡迎您……每隔十幾個房間，就是一陣惡臭，這兒擁有全世界最高密度的廁所，但每當運動場裡有賽事時，再多的廁所也不夠，他不時以手帕掩鼻，另一手緊緊揣著一疊稿件，今晚他要拜訪一間傳說中的詩社。

就這樣一路找尋，他聽見幽靜的迴廊中，傳來了隱約的歌聲，是個女孩在清唱，他從沒聽過的曲目，極動人的慢板，女孩兒唱得輕柔，音若細縷就要斷了線索，將他懸吊到了太虛中，說不出有多麼孤獨徬惶，忽然那歌喉又放聲甜美、嘹亮，好空靈的嗓音，整個迴廊隨著微微共振，全世界都成了音箱。

他在迴廊裡驚心動魄，疾步不歇，終於他狂奔起來，追蹤飄忽變化的歌聲源頭，他抵達了一間房門口，戲劇社辦公室，門前立著一塊小黑板，其上以粉筆塗畫了一些圖案字樣：年度新劇「春精靈與羊角獸」——選角試鏡會請由此進。

他必須打開那扇門。

扭啟門把，迎面炸開一片炫亮，可惡，房裡面竟打上了舞台燈光，他瞬間緊閉上雙眼，再睜開時，瞳孔縮小，靈魂灼傷。

房裡不知有多少人在抽菸，全都面轉向他，只有一個女孩無動於衷。

那女孩獨站在薄煙繚繞的光圈中，燦爛奪目像個女皇，天籟一般的歌聲來自於她。那不是歌聲！是一個永恆的召喚，他不由自主來到女孩跟前，差點就要匍匐，女孩的眼波流轉，畫上妖媚舞台妝的美眸瞥了他一眼，沒有停止歌唱，沒有閃失一個音階。

只是一瞥，他整個人像是一根火柴，被擦亮，生命中的燐質徹底燃燒，他再也沒辦法忘記這一夜，這一景，這個女孩的模樣，那冷峻的豔色，那尊貴的華麗，那歌聲中的清新無染，那至高的美感。

從此他被封印在這一幕中，永遠沒有真正離開過。

光圈中那女孩的身影，取代了他後來的所有愛情，他追求的任何一個女子都只是她的拙劣複寫，儘管始終不知道她的名字——他擁有詩人的敏感高傲，還有詩人的害羞，他沒辦法更接近她，只有偷偷在心裡為她取了一個小名，將那一夜的她一輩子保鮮在記憶裡。

他的大學沒能唸完，卻趕赴上人生另一串長長的，錯亂的課表，他成長了許多，吃了更多苦頭，他富貴過，也常常落魄，他狂野揮灑青春歲月，但是青春不長久，接著他奮發圖強，但是形勢比人更強，他的滿腹才華沒有人看得見，只好懷著憂憤東飄西闖，後來連他的國家也不見了，他赫然發現自己很孤單，而且嚴重落伍，曾經是個時代青年，現在他連電腦也不懂，與別人語言不通、思想斷層，他像一片枯葉一樣，從枝頭被時代的狂風掃到最角落。

正想為這些回憶構想一篇好日記，辛小姐俯身過來，端著茶杯，擔心地看著他。

真是個好小姐，禿鷹心裡讚嘆，這麼天真脆弱，不能讓她遭受太多憂愁，禿鷹現在真想一口氣將他的人生經驗化成一劑疫苗，灌輸到她的腦海裡，他於是清了清喉嚨。人在彌留時，總想說些特別有意義的話，讓別人銘感五內，讓自己音容永存，禿鷹也不例外，再說，他曾經寫過那麼多富含哲理的詩。

是語言隔閡嗎？他說了好些話，只是換來辛小姐不明白的表情，他發現自己用的是母語，禿鷹喘一口氣，轉換成國語，但是這一來，設想好的整篇嘉語錄全數緊急煞車，在他的心房裡連環追撞，慘不忍睹，終於他擠出來這一句：

「妳，握我的手。」

命令式句型，可憐兮兮的語氣。

紀蘭愣了一會兒，順從地握住他的右手。

禿鷹馬上闔起眼睛，再也不肯放開了。紀蘭感到有點窘，她將茶杯擱在一邊，仔細端詳確定禿鷹睡著了，於是她試圖悄悄扳開禿鷹枯瘦的指爪，但他握得真緊。

有人推開門扇，帽人進入病房，提著一壺像是熱湯的東西。真是個救星，紀蘭正要開口，帽人趕緊以一個手指覆唇的暗號制止她出聲。

「別吵醒他，」帽人咧嘴一笑，輕聲說：「他開始說話，我可受不了。」

20

誰都注意到了辛小姐的新戀情。

平心而論，真是一對絕配，人們暗地裡這麼想。辛小姐大量生產花苗，君俠幫忙之餘，還隨手製作一些精巧的花器，兩個人合作無間，一起為植栽付出了真心。

人們也偶爾見到辛小姐和君俠並肩散步，在河畔儷影成雙，但到了夜裡，辛小姐總是匆忙出城，只剩下君俠留在花房，工作檯上燈火通明，有人趨近玻璃幕一看，君俠伏案正在奮鬥，盆栽都擺在一旁，他的手中針線穿梭，似乎忙著精密的刺繡。

花房中的工作始終沉重，但氣氛已經不若以往，只要君俠一現身，辛小姐便活潑了起來，她打開室內音響，在熱鬧的廣播音樂中，與君俠談笑自然。

這天帽人沒送來午餐。

紀蘭於是與君俠一起去職員餐廳用飯，回程時，兩人取了鏟子和桶具，前往河灘上，挖取一些溼壤，好培養一批新到貨的苔蘚類植栽。

掘土的粗活由君俠忙，幫不上手的紀蘭只在一旁曬太陽，這河灘上沒有遮蔽物，她看著君俠落鏟勁猛，取泥輕鬆，念頭一動說道：「我打賭喲，你一定挖過那種埋屍體的坑。」

「哪來的屍體？」

「誰知道呀？說不定是你殺的。」

「呵，也許吧。」

只是玩笑話，紀蘭只是千方百計想套問出答案，她太好奇君俠到底犯了什麼法，所以提出各式各樣的猜想，君俠永遠不答覆，守口如瓶，偶爾還顯露出被她逗樂了的笑容。

於是她換個問法，「覺得後悔嗎？」

「不太後悔。」

索性再旁敲側擊，「你想你還會再犯嗎？」

「不知道，真的不知道。」

整桶土壤已經裝滿，君俠將鏟子遞給紀蘭，他雙手執桶敲地，用力將土塊震平扎實，咚。咚。紀蘭看著他使勁時，臉上那一瞬間的暴烈剛強。

「……這樣子，我把這支鏟子送給你，要記得喲，再有壞念頭的時候，你就挖土，挖到把精力全部用光光，你說這個主意好不好？」紀蘭見他不語，自己低頭用鏟尖戳劃地面：「你也知道，除了河邊的軟地，河城這一帶的土質很不好，降雨少，鹽分又高，還被踩得硬硬的，你看，這樣把表面挖開了，花才好長出來。」

君俠接過鏟子，他的神情已經恢復溫和，甚至像個孩子一樣，有點感動羞怯的模樣。

「不問你的事了，」紀蘭柔聲說：「想知道我為什麼坐牢嗎？」

不待君俠回答，她快速說出來：「過失殺人，你相信嗎？我害死了別人。」

君俠的反應平淡，好像什麼也不能讓他吃驚一樣，他想了想，說道：「辛小姐，不管怎樣，我相信一定不是您的錯。」

「什麼叫做錯？」紀蘭嘆了口氣。

君俠不再回答，只是輕摟住她的肩膀，那是一個節制的擁抱，但是紀蘭的感觸自動延伸，只覺得輕微冒汗的他聞起來真奇異，像花一樣精采，不禁雙手攬上他的腰，她聽見鏟子落地的聲音，她感覺君俠青春結實的胴體，她看見前方閃爍的河水。

烈日之下，大地赤裸出最逼真的色彩，河流是一條解鬆的銀腰帶，為什麼從沒發現君俠臉紅的模樣這麼可愛？她的芳心於是蕩漾，引頸向前，差點吻了下去。

君俠卻禮貌地撤了手，他提起水桶鏟子，邁步爬上河堤斜坡，紀蘭默默跟在後頭，尷尬不已，幸好到了堤上就碰見一小群人，他們熱心地報上了新聞：「城裡死了人嘍，禿鷹昨天掛點了。」

雖然是意料中事，紀蘭永遠也不習慣聽見死訊，她讓君俠獨自回花房。說不上來為什麼，紀蘭忽然想要前去探望帽人。

這個念頭挽救了帽人的工作小棚。來到垃圾場時，紀蘭正好見到一架小型怪力車轟然運作，它在破壞垃圾山旁的一座木板棚子，那是帽人棲風避雨的小窩。

紀蘭連聲喊停，朝怪力車大幅度揮手，但鋼鐵車爪沒有停止摧枯拉朽，整個棚子已經傾頹了一半，從中滾出各種家居物品。

「停──我說停。」紀蘭阻擋在車前，迫使引擎停止運轉，她問：「你們在做什麼？」

車上與車旁各有一人，那兩人面面相覷，駕駛座上的人回答：「拆違建。」

「等等，先別拆。」

「沒辦法啊，這是上頭命令，辛小姐您讓開點。」

「我說不許拆，這間小棚子我要了，」紀蘭流利地使起官腔，「庶務科路樹美化小組，我們要這間棚子。」

「但是……」

「我說別拆，我現在就去弄公文，你們先停工，對了，帽人他人呢？」

那兩人再一次面面相覷，然後一起指向河岸。

紀蘭越過河堤，在堤下找到了孤單的帽人，他蹲在向河的緩坡前，面朝著河灘，身上揹著一小壺水，旁邊停放著手推車，車斗中只有一堆凌亂的簿本，他似乎沒有搶救出其餘家當。

紀蘭來到他身旁，帽人並未理會她，蹲著的姿勢像是凝固了一樣。紀蘭隨手翻了翻推車上的東西，她認出那是禿鷹的日記。

「他們拆不了你的小棚，不要擔心，我要正式雇用你，」紀蘭俯身對著帽人說：「對，雇用你做肥料專員，還要他們給你薪水，我這就去申請公文，你聽見嗎？嗯？」

帽人恍若不聞，沒有任何反應，紀蘭繞到他面前，懷著同情端詳他。

帽沿底下只見半截臉孔，帽人半張著嘴，一副恍然大悟的神情，他愣了許久後忽然開口：「紀蘭小姐，您有沒有注意到一件怪事？」

他以下頷指示前方，前方是整片斜坡接連到河床，斜坡上東一簇、西一簇，開滿了茂盛的紫色花叢。

堤下新長了這麼多野花，紀蘭竟然從沒察覺。

「都是今年冒出來的，」帽人看著花叢說：「像怪物一樣，長得好快，以前的野草都給弄死光了，我剛剛才想通，怎麼以前都沒想到啊？城裡那些黃黃的怪東西，是這些花在吐粉吶，您注意看，蹲下來看，有沒有看到？一團一團黃粉在飄，看到沒？」

矮身望過去，果然可以看見花叢正在迎風揚絲，吐出來的花粉在空中聚散如煙，紀蘭想到近來城裡的飄浮污染物，竟是來自河灘上這些野花。

帽人終於正面轉向紀蘭，他的手中緊握著一根從野花叢中摘來的枝梗，「紀蘭小姐您學問好，您來看看這是什麼東西。」

紀蘭接過枝梗，細瞧其上的紫色苞蕾。

「航手蘭。」她說。

21

開會中的職員分成兩種，一種外表俊俏可愛，另一種完全相反。不管是可愛的或是不可愛的，全都露出同一副尷尬的模樣，他們迅速離座，爭先恐後離開辦公室。

室內只剩下辛先生與紀蘭，兩個人互相逼望。

只有辛小姐才能這樣打斷辛先生的會議。

辛先生摘下眼鏡，揉了揉鼻樑，他的眼圈明顯，臉色慘淡，他開口道：「說吧。」

哥哥病得厲害了，紀蘭心裡這麼想，但她無心致上任何問候，「有人在拆帽人的小屋，我在說的是幫忙收垃圾那個人，我想跟你談這件事。」

「那件事不用提，如果是妳分內的事，我們可以談談。」

「我分內的事夠好了，你知道花房的工作績效有多好。」

「我也知道妳的感情生活有多豐富。」

怏怏不樂的語氣，辛先生在他的高背皮椅中屈起上身，猛烈咳嗽，紀蘭站在他的面前，隔著辦公桌，靜候他咳完一陣後，反唇道：「為什麼管我的私事？」

「妳可以相信，我有多希望能不管妳的私事麼？」辛先生的嗓子瞬間沙啞了。

「別這樣說話行不行？好像沒有你，我就活不下去一樣。」

「不是嗎？看看這些年來，妳把自己活成了什麼樣子？」

「還不是拜你之所賜。」

兩個人一起別開了視線，許久沉默後，辛先生先開了口：「小蘭，請妳相信，我只希望妳過得好，請聽我的建議，我希望妳自愛一點，照顧好自己，還有，也不要太接近君俠。」

「接近君俠又怎麼了？我就是喜歡他。」紀蘭顯出了些不耐煩的神色。

辛先生搖了搖頭，深蹙雙眉，幾番斟酌後說：「還是跟小時候一樣，不會說謊，小蘭，妳喜歡的人是赫奕，我沒說錯吧？」

「提他做什麼？」

「因為擔心。」

「我只覺得噁心，不要再干涉我的事了好不好？」

「妳看不出來別人只想利用妳嗎？」儘管滿面病容，辛先生的眼神清亮矍然，「如果妳不是這麼善良，這樣容易受騙，我還需要擔心什麼？」

「我沒你想得那麼簡單。」

「別人比妳更不簡單，我擔心妳又上當。」

「真是謝了，我最好躲得遠遠的，讓你看不見，讓你沒得擔心，那就天下太平了，我最好離開這裡。」

「要走請便，」辛先生的容顏整個冰冷了下來，「至於那位赫奕，只要我還能管事，我絕對不讓他走得出河城。」

「你……」性情一向溫柔的紀蘭找不到強硬的措辭，她放棄爭吵，拒絕掉淚，只沉聲說：「夠了，我再也受不了你了，我現在就走，拜託你永遠不要再找我。」

說完她轉身就要離開辦公室，手臂忽然一緊，她差點跌了一跤，辛先生已經快捷地越過辦公桌，出手緊緊箍住她的臂膀，一邊呼喚她的小名。「小蘭……」

紀蘭才要抗議，辛先生已將她一扯入懷，雙手環束將她擒抱住了，他的動作越粗暴，聲調就越輕柔，哄孩子一樣在她耳畔說：「乖，小蘭乖一點。」

「你又來了！」

紀蘭使力抵擋，全身受制，正面緊貼，隔著辛先生的肩頭，紀蘭看見辦公桌，她掙出一手在桌面上胡亂摸索。

搆著了，一把不結實但是很鋒利的剪刀。

只靠手指辨識，紀蘭在他的背後翻轉刀把，終於穩穩反握住。

她再試一次掙脫，卻遭到更強力的壓制，整個人向前一撲，眼前變成一片模糊，那是什麼？哪兒來的這整片疏荒的泥土？無邊柔和的大地中，只見一條河寧靜蜿蜒向遠方，奇異的、泛著深沉藍紫色的河流，深沉得多麼魔幻，讓人望上一眼，就想要失足跌落。她忽然明白那是哥哥的頸部靜脈。

22

赫奕在黑暗中甦醒，他看了看窗外的天光，已經入夜了，每天的這時候他總感覺特別困頓，他翻個身，不打算理會床前的人影。

「你自己去吧，我不吃晚飯了。」他模糊地說。

但那人影並不是他的室友，「起床，快點。」她說。

那是紀蘭的聲音。赫奕轉身俐落地跳下床，伸臂入黑暗中，一探便中，與她十指相扣。

他們匆匆離開寢室，一路躲閃旁人，直到出了宿舍鑽入車內，赫奕沒有提出任何疑問。

啟動引擎，迴轉，車子很快來到了城門口，就要越過警衛室，紀蘭握緊方向盤，油門和煞車齊踩，這是辛先生私人擁有的頂級休旅車，四輪傳動加寬胎幅加高底盤，可以跨越這地球上的任何路況，必要時，應該也經得起衝撞。

但是沒有任何阻攔，懶洋洋的警衛從座位上瞧見了車輛，趕緊擱下手中的杯麵，起身揮手致意，目送車子離去。

紀蘭開上了大橋，衝向另一端，接下來就是不停地往前疾駛，大風在車窗外呼號，初冬的滿月忽而在前方，又左右移向，不知道高速奔馳了多久，直到進入了最荒涼的陌生地帶，沒有路燈，沒有旁車，只剩下起伏的丘陵地和遍地月光。

到這兒紀蘭降緩了車速，心裡某個念頭漸漸浮現，終於大吃一驚，為什麼城門口那樣順利放行？哥哥該不會真的斷了氣？

「好鋒利的剪刀，劃一下，不用太使勁，就像給薔薇做高接一樣，」停了車，紀蘭開始沒頭沒腦地胡亂敘述，「沒有給植物接嫁過的人，都不知道哦，第一刀最難，你要瞄得很準，割得很穩，血流出來你也不能害怕，你要繼續割下去，另一隻手要按緊，習慣了就好哦，我剛才是不是說了血？不好意思說錯了，我重新說第一刀最難，你要瞄得很準割得很穩，就是那麼簡單啊但是我……」

但是她辦不到，不可能刺得下去。她被辛先生壓制得緊實，刀尖抵觸到了他的頸部血管，晃了幾次，紀蘭一咬牙，拋開剪刀，騰出手在辦公桌面上狂亂摸索，這次摶著了一塊水晶文鎮，她舉起文鎮，毫不猶豫地朝辛先生的頭頂敲擊下去，辛先生仰天摔倒，後腦著地，他掙了一下，幾乎半坐起來，又頹倒回地板。

飽受驚嚇，紀蘭只想要馬上溜走，門才開啟一縫，就看見外面圍滿了人，那個矮胖的秘書擠在最前線，一隻腳叉進來抵住門扇，她好不容易硬推回房門，聽見秘書哀叫一聲，上鎖，來到辛先生身旁察看，辛先生雙眼緊閉，她推了推他，毫無反應。

紀蘭在辦公室裡走來走去，每來回一圈就看哥哥一眼，最後她蹲下來，伸手扳動辛先生頭部，讓他臉別向另一邊。她來到辦公桌前，拉開抽屜拚命掏尋。

「你說是不是生病的關係啊？」她問赫奕，「我哥怎麼會變得那麼虛弱？」

沒有回答，赫奕在聽，但他始終張望著車窗外的風景。

紀蘭明白了讓她吃驚的真正原因，為什麼赫奕這樣安靜？

狀況的確難以一下子說明。紀蘭曾經設想過各種離城的方式，同時努力攢錢，每天運算著數字入眠，償還債務多少，儲備生活費若干，才可以供應她與赫奕快樂地旅行去遠方，而現在計劃全打亂了，這一切來得太倉促，太輕易，太美，車窗外的景色也美，滿地月光像白霜似的，山丘的稜線在深藍夜幕中微微發亮，但是赫奕為什麼這樣安靜？一股涼意爬上了她的全身。

發抖，這是紀蘭從小的習慣，遇上太好的運道時，她就會這樣哆嗦起來。當她還是一個少女時，最愛乘車出遊，每一次啟程前總要發抖，高興得無法承受，只怕眼前這美好不夠真實，萬一按捺不住，發出一個動彈或一個聲響，幸福就要像個脆弱的謊一樣，被戳穿。

「現在要往哪裡去？」

她小聲地問，赫奕還是沒有聲音。

她忽然手腳並用，很活躍地鑽爬到後車座，扯開座椅上的一只大提袋。

「你看，我們有好多錢。」她從袋中掏出一疊又一疊的大鈔，「都是現金哦，來，讓你開車，我來解釋給你聽。」

她鼓勵他移到了駕駛座。

「今天下午我真是快忙死了啲。」她說。

快忙死了，戰戰兢兢離開辛先生辦公室，下了樓以後開始奔跑，沒命地跑，直到撐著車門喘氣，那是辛先生的頂級休旅車，正好車鑰匙就握在她的手心裡。

上車，不知道該駛往何方，總之離開得越遠越好，不意進入了輻射城交流道，那麼恰好就停車在一間銀行前，走向櫃檯，行員看了一眼她的提款申請表，說：「不是您本人，那要帳戶存摺和親筆委託書噢，印鑑也行。」

湊巧哥哥的圖章證件全都在她的衣袋裡，行員全接過手，仔細核對。

銀行的玻璃門無聲滑開的那一秒好像無比長久，步出銀行，外面是晴天豔陽，就是從那時候紀蘭開始發抖，好心的行員送了她一只銀行提袋，原來錢真有重量，提著太沉她將袋子斜揹上身，不停想，怎麼從不知道哥哥竟然這麼富有？

回到車上，這次確定了方向，先加滿油，購買飲水食物，她返頭駛回河城。

在城外的丘陵地上繞來繞去，只因為停著車顯得太可疑，她等候天黑，一邊押注似的盤算，開車進城？還是徒步進去，再帶著赫奕溜出來？

「我想了好久哦，後來還是硬著頭皮把車開進去，你猜怎樣？一個人也沒攔我耶，你說幸不幸運？我覺得好神哦，怎麼了？為什麼你……你幹嘛那樣看我？」

赫奕從駕駛座上轉回頭，很慎重地瞧著後座的她。

「妳偷了妳哥的錢？」他終於開了口。

「他欠我的，不算偷，呵，」紀蘭將鈔票凌亂地塞回袋中，「我哥不會拿我怎麼樣的，不要擔心好嗎？有這麼多錢，還有我陪在身邊，你根本不用擔心身分的問題了哦，我都全盤想好了喲，現在我們先離河城遠一點你說好不好？快開車吧，還不走嗎？」

「要走。」

赫奕握緊方向盤，扭啟電門，引擎輕聲低吼，他又熄了火。

「快走呀，我們現在就出發，去找你說的那個山谷，找到它以前，我們哪兒都不停。」

「不容易找。」

紀蘭仔細端詳他的神色，小心翼翼說：「……根本沒有你說的那個地方對嗎？呵，早就知道你是逗我的哦，不要緊，我說真的喲，去哪裡都好。」

「有那個地方，我得找到它。」

「好，我們得找到它。」

「不知道要找多久。」

「找一輩子也沒關係，我們一起流浪，不管是——」

「——紀蘭」

紀蘭一矮身，消失在後照鏡中，「——糟糕一綑錢掉到椅子下面了，真的不要緊你不用擔心，我可以解決的哦。」

「紀蘭——」

「——真頑皮的鈔票，你不要壓椅背，我的手在椅子下面。」紀蘭整個人滑到座椅下方，觸摸地毯。

赫奕從前座返身攀過椅背，凌空攫小雞一樣，拎起她的臂膀，拉出來的是一張很甜蜜的笑臉，紀蘭燦爛地說：「好嘛我不撿了，我聽話喲從現在開始——」

「——紀蘭，靜一會聽我說，這條路很長，我沒資格讓妳跟著走——聽我說，這跟我想的不太一樣，我需要一點時間慢慢適應，我比較習慣自己一個人，妳聽得懂我的意思嗎？」

聽得懂，不懂的是他的說話方式，赫奕的表達一向簡潔，真難為他說了這樣長一串話。紀蘭認真觀察他臉上每一個細微表情，認真得出了神，這就是讓她著迷的那個清新單純的男人？怎麼一瞬間看起來這樣普通？五官普通，言語普通，氣質普通，現在他啟齒，正要說出普通得教人難堪的藉口，他說：

「——所以我想，我覺得不如讓我先——」

「停。」

兩個人都一愣，冰涼月光穿透玻璃車窗，窗內的一切都停格了，沒有聲音，沒有動作，只有赫奕額角的一顆汗珠，正沿著他的臉龐慢慢滑落。他的漫不在乎已經消失無蹤，現在的赫奕看起來是那麼緊張，默默承受著天人交戰，他瞥了一眼裝滿現金的提袋，清澈純真的眼神中，誠實得遮掩不住那個正在成形的自私念頭。

一朵花兒盛放到了極點，就要開始凋謝時，總是讓紀蘭感到心慌。

她不禁縮向椅背，一手扯緊提袋，望著赫奕目瞪口呆。

「我——」赫奕嘗試繼續發言。

「不要講了，換你聽我說，」這樣說完，紀蘭卻緊咬下唇想了許久，再開口，又失神，懸了半晌才說：「河城，你知道嗎？城裡的苗圃花了我好多心血，最近又新發現了航手蘭，航手蘭你聽過嗎？那是很有趣的植物，它真的就像是一艘船一樣哦，專門載別人的種子，誰上船都歡迎，它都順著河水送上一程，它是很好心的花，有人說航手蘭不好，在我的心裡面沒有不好的花喲，不管樣子好不好看，味道香不香，你知道嗎？所有的花朵都是母親，你說我怎麼能不照顧它們？還有一棵樹，有一叢灌木叫長夜暗菲我很喜歡，你一定沒看過那麼特別的樹哦。」

「妳到底想說什麼？」

「我是說，」紀蘭傻了幾秒，柔聲說：「我好像不太捨得離開。」

「紀蘭……」

「不然你先去吧，去找到你說的那個地方，一定要找到喲，然後過得很快樂。」

「那麼……」

「錢你先帶走吧，你的身分不方便，比我更需要錢，我等你安頓下來，再通知我。」

「我會通知妳的。」立刻答覆。

「好。」

「妳要等我。」

「好。」

「妳在哭了？」

「沒，我在笑。」

「要不要我先送妳回城？」

「不用，我想散個步，天氣真好。」

站在公路上，紀蘭才發現夜裡這麼冷，看著赫奕降下車窗，朝她揮了揮手。那是再見的意思。她完全無法思考，只覺得好吵，原來旁邊不遠，正是大河與支流交匯的隘口，轟隆隆的浪音充盈天地，一條河正在召喚另一條河，加速共赴海洋。

她送給他一個飛吻。

誓約很美，一開始就註定沒能允現的諾言，更帶有某種邪惡的美。這她很早就懂得了。看著休旅車在月光下絕塵而去，那景象也美，美得足夠讓她夢見一千次。

她環顧周圍，想揣摩出自己所在的方位，月明星稀，遍地荒涼，紀蘭終於望見了她認識的地標，一道淡藍色光束，從地平線直穿上天幕，射向不可訴說的遠方。那是星辰大樓在放光，據說光線分四季永遠朝向著大熊、仙后、天鵝和獵戶星座。

其實紀蘭從不真心希望去什麼夢幻山谷，她要的只是一個正常的人生，比方說，輻射城就好。

她再張望一次公路，這次連車尾燈也看不見了，整片丘陵地上空無人跡，紀蘭靠著星辰大樓判斷去路，開始徒步走回河城，一路上還是無法思考，連方才的一番對白也無法回顧，剛剛到底發生了什麼事？為什麼只剩下她獨自一個人？怎麼滿腦子變成跳了針的唱片一樣，不停重複一個句子？她想打斷腦海中的聲音，可恨那句子跟她作對似的，反覆循迴，越放送音量越大。

到底是誰告訴過她這樣一句話？「人，就是註定了要花上一輩子學習分離。」

23

過了凌晨以後手機開始響個不停，紀蘭沒接，也沒關機，就讓來電鈴聲在荒遼的丘陵地上一再揚起，為她伴奏進行曲。

她在月光下蹣跚前進。

不知道已經走了多久的路程，也不知道離開公路有多遠，一步步踩在粗礫沙石上，她疲憊得連頭也抬不起來，快要顧不得方向，只能恍惚地看著地面，月光為她羅列出兩道人影，一個纖細，另一個瘦長，比纖細的那道影子高上一整個頭。

「妳冷嗎？」瘦長的影子說。

「說真的，好冷。」

「來，穿我的毛衣。」瘦長的影子揉身脫下一件衣服，動作伶俐。

「把衣服讓給我，你會感冒哦。」

「不怕。真正的幸福帶有一股輻射力，教人打從心裡想要讓渡出去一些東西。」

「我想起來了，原來是你哦阿鐘，是你對我說過好多話，只有你和我才知道的悄悄話喲。」

纖細的人影只有十六歲，看起來很輕盈，很無憂，不累，不傷心，只有無盡的不耐煩，不耐自己的青春幼小，等不及想要飛進長大以後的世界。

連影子也漸漸淡了，月光不再明亮，破曉正要來臨。

紀蘭是在黎明時走進河城，剛過了橋，就看見那個矮胖的秘書和幾個職員都在警衛室前徘徊，秘書小跑步迎向她，他的雙眼布滿血絲，神情比紀蘭更萎靡。

「太好了辛小姐，我們找了您一整夜哪。」秘書一把拉起她的臂膀，「辛先生在宿舍裡，他人不太舒服，想請您馬上過去一趟。」

聲調是客氣的，但握住她的力道很粗魯，紀蘭不打算抵抗，低著頭默默隨秘書而去，才走了一小段路，秘書就停步，有人一手輕搭上她的肩。

紀蘭抬頭一看，是君俠，君俠另一手擋開秘書，摟著她往一旁走去，他朝秘書說：「辛小姐很累了，有什麼事情，讓她休息過再說。」

秘書顯得極不高興，但又似乎是忌憚君俠的模樣，他忿忿地看著君俠護送紀蘭走向她的宿舍。

經過城中大道，紀蘭卻不想回宿舍，她四周望了望，選擇左轉，進入行政大樓，君俠順著她的意思，一路陪伴著她，來到煙囪一樣的樓梯間，沿著階梯盤圈而上，抵達了最高樓層，紀蘭用力拉開天台鐵門。

清爽的晨風灌入樓梯間，他們來到天台的邊欄，放眼望去，整個河城在黎明中寧靜地閃耀點點露光。

「早晨的風景真好。」紀蘭輕快地說。

「是的辛小姐。」

「我出去散了一夜的步，我最喜歡旅行跟遠足。」

「是的辛小姐。」

「你喜歡旅行嗎？噢對了你不能出城，不好意思。」

「沒關係辛小姐。」

「……」紀蘭轉過來仔細看君俠的臉龐，微嘟起嘴，剛才的輕快不見了，她的神色漸漸委屈，「你有話就說嘛，這樣忍著不累呀？跟阿鐘真像，他真的好聰明，好會說大道理，就是不敢說真心話。」

不等君俠回答，她又說：「算了別管我，我在說傻話，大家都說我是一個很傻的小姐。」

「辛小姐一點也不傻，我認為在辛小姐的心裡面，什麼都知道。」

「你知道我闖禍了對嗎？我把赫奕送出去了。」

「我知道，」君俠的喉結略動，考慮著說出真心話：「您只是選錯了人，或許還有機會，如果能重新選擇一次，我想——」

「停。」

阻止他說出口，紀蘭什麼都知道，她知道君俠圖的是什麼，那一切友善的接近，只因為他也想離開河城，卻苦於沒有身分。如果有一個身分正常的人作陪，那就大不相同。他需要紀蘭送上一程。

整顆心冰涼，紀蘭別過臉不願再看君俠。她不想再上一次當，至少不要在同一天之內。

「我現在的心情很不好，可不可以就讓我一個人？」她說。

「好的。」君俠爽快地轉身離去。

天台上只剩下紀蘭，陣陣冷風拂來攪亂她的髮絲，她埋臉在雙手中，想痛哭，卻連眼淚也不肯配合，只感到雙眼乾澀，為什麼人生有這麼多選擇？選擇了以後怎麼都沒人能幫她承擔？人為什麼要長大？承擔的滋味為什麼這樣複雜？

憋了半晌，確定她哭不出來，唯一確定的是她心慌意亂，頭髮也亂，忽然她生氣了，非常生氣，雙手緊握欄杆，想要將它捏碎一般，紀蘭迎著晨風，朝向天空放聲大喊：「是不是都應該怪你？你怎麼不再多問一次？但是我願意——我願意——」

24

玻璃幕上沾黏了一些枯葉，以前的雨留下的斑斑塵痕更濃了，沒有燈光，沒有人影，花房已經反鎖了好一陣日子。

紀蘭一直在病假中，她真的病了，城中診所為她開了連續假證明，和很多袋藥包。

花房的門扉咿呀輕啟，君俠亮了燈，環視一整片凋萎的情景，他拾起地上的橡皮水管，沿著花間小徑，從頭開始澆灌。

直到清理完滿地殘蕊，夜也深了，君俠熄燈離開花房。

來到紀蘭的寢室前，他見到房門仍舊緊掩，門口的地上，仍舊擱著一盤未曾動用的餐食。

紀蘭躺在床上，以胳臂遮住眼睛，想要用意志力讓自己聽不見敲門聲，但是門的那邊不放棄，君俠固執地說：「辛小姐，如果還沒睡的話，請開個門吧。」

天天都來，簡直是騷擾，紀蘭嘆口氣，下床開了門，一眼也不看對方，她即刻回到了床上，蓋好毛毯。

君俠拉了椅子坐在床前，很認真的端詳她，紀蘭於是背轉過去，側睡。

「您是不是都沒吃藥？」

「拜託，別管我。」

眼前的紀蘭沒有病癒的跡象，她看起來一天比一天憔悴，君俠望著地板思考一陣後，說：「您應該重新考慮一次，辛小姐，我覺得您最好離開河城。」

「呵，」紀蘭滿臉倦容坐起身來，卻笑了：「怎麼走呀？一毛錢都沒有，還欠我哥那麼多債，你知道嗎？他逼我簽一張借據，是不是很好笑啊？很正式的那種借據哦，我工作十年也還不完。」

「至少您的身分沒問題吧？」

「廢話喲。」

「那就夠了。錢我有。」

頭痛萬分，紀蘭垂首說：「我想睡了，請你走吧。」

等到聽見了闔門聲，紀蘭才抬起頭，很不明白地四下張望，是什麼那麼香？她見到門前的書桌上，擺著一小尊矮瓶，瓶口插滿了新鮮的金縷馨。

君俠真不了解她，紀蘭再度嘆了口氣，真正的養花人都不愛切花。

她下床抱起瓶子，仔細看纖小可愛的金縷馨，君俠將整瓶花插得錯落有致，盛開的花蕊中，夾雜著半數緊閉的蓓蕾，可以維持好幾天吐香不斷。

人卻比不上花，這朵苞兒謝了，總還會冒出另一個新芽。

擱下花瓶，紀蘭回床上躺好，什麼都不願意再想了，只希望能睡著，她專心呼吸，在一片安靜中，寂寞卻破門而入，強取豪奪，她起身倒水，吞下兩顆安眠藥。

又是一個陰沉的冬日午后，紀蘭倚在窗前梳頭髮，動作很不連貫，她耗弱得舉手過頭就要顫抖，這幾天頭暈得厲害，總覺得又吵又靜，連帶得看出去整個世界都失了真，總要讓她怔上半天，窗外的人聲笑語聽起來尤其不真實，也虛假也溫馨，像是一場午睡醒來後的大晴天和蟬鳴。

她看了看鏡裡的自己，趕緊將鏡子推開，收好梳子，忍不住又移過來鏡面，仔細凝視，鏡中人的氣色慘淡，眼圈黑沉中帶著青黃，兩腮瘦削，她忽然驚奇地合不攏嘴，差點就要喊叫出來。

有人叩門，敲三下，便安靜地等。她知道是君俠。

長舒一口氣後，她披起外套，極不情願地前去開門。

一束鮮花先進了門，再來的君俠笑容陽光，他問聲好後說：「今天的天氣不錯，想邀您出去散個步。」

「我不去。」紀蘭接過花束，隨便擱在桌面上，她留意到君俠的一隻手掌纏著繃帶。

「沒什麼，不小心打碎了東西。」君俠解釋，他大方地擎起手上的傷讓紀蘭參觀。

但紀蘭不想看，連站著也累，她走回床沿坐下。

「辛小姐整天待在房間裡，對健康不好的。」

紀蘭聳聳肩，悽慘地說：「你知道嗎？我剛剛發現一件事，嚇了我一大跳，你說，現在的我，看起來和我哥是不是一模一樣啊？」

君俠鄭重觀看她的臉龐，反對道：「不，不一樣，辛先生是生病了，您是需要打起精神。」

「哪來的精神？我連睡也睡不好。」

「河城這個地方不太正常，也許您需要的是換個地方生活。」

說來說去，到底還是這個話題，離不離開河城紀蘭已經無所謂了，真的無所謂，只是佩服君俠的厚顏。

心念一動，何妨自己也厚臉皮？反正什麼都無所謂，她於是說：「好吧你贏了，我投降，我帶你離開河城。」

「很好，您想通了辛小姐。」

「說好喲，我出身分，你出錢。」

「當然是這樣沒錯。」

紀蘭沒再開口，她訝異剛剛說得出那樣一句話，心裡想著，自己還真符合賤貨這封號。

君俠打斷了她的沉默：「可不可以現在就約個時間，好讓我做準備？」

「那有什麼問題？」紀蘭即刻從衣袋中掏出手機，撥號，表情木然說：「喂，歐瑪，是我啦，幫個忙，我需要妳來河城一趟，載兩個人離開。」

君俠在狹窄的寢室內踱來踱去，仔細聆聽，現在紀蘭正談到時間問題：「……早起一次是怎樣呀？不然妳乾脆別睡好不好嘛？好啦這樣才刺激呀，」她手掩電話轉過來問君俠：「天亮前你說好不好？」

「非常好。」

紀蘭關閉手機時的表情還是木然，她說：「約好了，明天清晨四點，我跟我朋友會在垃圾場前面等你。」

君俠考慮了片刻，答道：「很好，那麼我先走了，請您也先準備好。」

說完他轉身要走，又躊躇了，他從衣袋中取出一個東西，略帶著羞怯說：「現在的時機可能不太合適，這是我為您做的，一直想送給您，不知道像不像您說的那塊布料？」

紀蘭接過那張紫色巾子，匆匆瞥一眼，就收進外套口袋中，她敷衍道：「很像。」

一聽見這評語，君俠就上前，整個摟住了紀蘭，那是個很溫存的擁抱，紀蘭不排斥，也不配合，就讓君俠抱著她，心裡想著，有何不可？誰想抱都可以，別人都說她賤，她完全贊成，絕不否認。只是別人可曾明白，真正的貞潔只來自充沛的愛情？

25

當車子駛近垃圾場時，歐瑪抱怨連連：「幹嘛約這種地方啊？臭死人了。」

紀蘭一笑置之，她乘坐的後座非常侷促，身邊填滿了她的行李箱簍，她說：「我也不知道為什麼要偷偷摸摸，不然妳把車燈打亮好了，小心這邊到處都有垃圾。」

但是歐瑪堅持熄燈駕駛比較精采，她將車子悄悄停靠在垃圾場前的白梨樹邊，兩個人都皺著鼻樑降下了車窗，伸出一隻手臂各自抽煙。

天還需要一點時光才會轉亮，從這兒看出去，垃圾場與不遠的河灣上都飄著些霧氣，夜空黯淡，紀蘭的心情污濁。

「妳好像有點捨不得離開唷？」歐瑪說。

「哪有？全河城我只捨不得長夜暗菲。」

「那還不簡單，我們把它整棵挖走啊，」歐瑪一瞬間變得興致勃勃，「時間應該還夠吧，我先載妳去拿工具。」

紀蘭嘆了口氣，搖搖頭說：「妳真不懂花。」

「嚇，有人在看我們。」歐瑪從駕駛座上伏低身體，她打從心裡喜歡這種冒險風格。

有個人影在堆得小山一樣高的資源垃圾堆旁探出頭，朝他們張了張，又縮回陰影後。紀蘭瞇眼瞧過後，說：「是帽人，他不要緊。」

「他看起來好可怕。」

「不要這樣講嘛，人家以前出過意外。」

「嘿，我們的小帥哥來了。」

前方不遠，君俠在稀微的路燈光線中獨行，朝她們直向而來。

紀蘭拋開煙蒂，推開車門說：「妳先等著。」

君俠來到垃圾場正門口的路燈下時，紀蘭就在那兒候著，她很不明白地問：「你怎麼連一件行李也不帶呀？」

「不需要。」他的確兩手空空，只帶著滿臉明亮的神情。

「好吧，那我們上車。」

「不，就在這兒吧。」君俠說，他從懷裡掏出一張紙。

小得只能算是一張紙條，紀蘭接過皺眉閱讀，其上只有幾串長長的數字。「呀，這是什麼東西？」

「這是一個帳號，我已經處理好了，指定由密碼提領，您見到最下面一排就是密碼。」

「我還是聽不懂？」

「錢，這是一筆錢，不管您決定去哪兒，應該都足夠您生活。」

「什麼意思？」紀蘭失聲問道。其實她已經猜著了答案，只是不懂君俠為何這麼做，她的臉頰頃刻溼了，用手一撥，連自己也不明白何來這麼充沛的淚水。

「說過想請辛小姐幫一個忙不是嗎？現在我想要求您，打起精神來，好嗎？請不要再瞧不起您自己，因為我已經把我託付給您了，請您以後，幫我過雙倍的人生。」

一陣暈眩，紀蘭頹軟坐地，君俠連忙陪著蹲下，手足失措，不知道該怎麼安撫她。紀蘭撒賴似地坐著，只顧掉眼淚，理不清千頭萬緒，為什麼每次碰到的題目都這樣艱難？可不可以作弊？她摟住君俠，強作鎮定說：「拜託你跟我走，我有身分，我們可以過得很快樂，你說好不好？」

君俠搖搖頭，「身分的問題從來沒有困擾過我，辛小姐，我是個人。」

「好你是人，我想認識你，我想幫你，真的我發誓，出去以後我一定不會離開你。」

「您可能還不懂我的意思，是我自己不想走。」

「為什麼？」

「您知道我還在服刑期中，如果走了，會給辛先生帶來大麻煩的。」君俠溫和地說：「但是您不一樣，我相信您可以找到幸福。」

「……」

「我就這一點心願，拜託您答應好嗎？」

「……」

無法言語，只能默許，還有停不了的哭泣，紀蘭這模樣讓君俠窘迫了起來，他開始笨拙地幫她抹淚水，一邊哄著說：「別哭了，您是一個很美的小姐，應該常常笑。」

「好。」紀蘭勉強現出一個很甜的笑臉，君俠於是也笑了。

兩個人靜默地笑了一會兒，紀蘭小聲問道：「那可以告訴我，你到底犯什麼法了吧？」

君俠一呆，盯著紀蘭的雙眼，他艱難地開了口：「我其實……其實我就是手──」

「等等，」紀蘭忽然後悔了，急忙掩住君俠的嘴，她久久凝視他的瞳孔，在那兒的最深處她依稀見到了一個晦暗的世界，責備之色漸漸浮現紀蘭的臉上，她說：「不要說了，我不想聽……那不像你。」

君俠歉疚的神情中包藏著千言萬語，與說不盡的感激。

淚水還是源源不絕，紀蘭用手背揩了揩臉，又掏面紙，卻意外從口袋中掏出了一方巾子，是君俠為她繡的布料。

就著路燈，紀蘭看這巾子的繡工，綿密混淆的藍紫色多塊拼貼，其中絲絲黑線雜錯，交織出濃烈的色感，只看一眼，就像要掉落進入一個深邃的漩渦，全對了，全對了，整塊巾子摸起來輕微扎手，原來是黑線在漩渦中根根揚頭矗尾，從布料上自由穿透出末稍，完全是外科手術的縫法，她湊更近細看，黑線分明都是他的頭髮。她抬起頭望君俠，發現滿天星斗全浮現了出來，就在這麼遲的時候。

「快走吧，」君俠站起來，「請好好生活，您已經帶我走了。」

她握住了他遞出的手。他將她輕輕一引，她就飄昇；緩緩一送，紀蘭不由自主往前走了幾步，轉回頭，君俠正朝著他揮手。

那又是再見的意思。

紀蘭打開車門時，歐瑪打亮了車內小燈正在補妝。

「啊？就醬？君俠不是要跟我們走嗎？」歐瑪問。

「就我們兩個，走吧。」

歐瑪扳動方向盤迴車，還一邊依依不捨回頭看著路燈下的君俠。

城門口的警衛遠遠瞧見辛小姐，跟她道了早安，揮手放行。

車子平滑地駛過大橋，下橋前歐瑪問：「呃……該走哪邊啊？要去哪裡？」

紀蘭在後座默默發怔，聽見歐瑪的問題，她朝窗外的暗夜張望。

去哪裡？哪裡都好，她環視一圈，丘陵地上什麼也看不見，只見到地平線上，一道淡藍色光束直刺向天幕，據說那光亮分四季永遠瞄準大熊、仙后、天鵝和獵戶星座。在那麼冰冷的遠方，可會有幸福？

紀蘭擦了擦淚水，很迷惘地盯著星辰大樓的光束。

就像是每一次望向它時一樣，有那麼一秒鐘之久，她以為她見到的，是破曉的第一道曙光。

那隻鷹曾經來過

26

天色才剛剛明亮，長長的走廊裡，還點著幾盞黯淡的夜燈。

遠遠走來了兩個人，安靜的長廊於是灌滿了聲響。

叩。叩。走在前首的那人，鞋底顯然加釘了鐵皮，他的每個落步，都震出尖銳的音波，在磁磚壁面上清脆反彈。

白色的磁磚牆壁，讓人有進入了公共廁所的錯覺，這兒看起來的確像個大型公廁，聞起來也像，只是兩邊的牆上少了成排的小便斗，多了一扇扇緊掩的門，每扇門都由鋼鐵打造，從外面加門。這兒是監獄中，專門囚禁重刑犯的樓層。

鏘。鏘。落在後頭的另一個人，伸長手中的戒護短棍，一路有力地刮過牆壁，棍端每碰到門框，就擦撞出一次刺耳的金屬共鳴。

兩個人先後來到一扇門前，停足，取出對講機，簡單通話，電子門鎖砰然彈啟，兩人手動解開外門，進門。

陰暗的長方室內，擠了六個狹窄的床位。來人沒有開燈，只是打亮了一只手電筒，光束在上下鋪間游移，六個躺臥在床鋪上的人都醒了，都隨著光束轉動頭顱。

光圈鎖定在下鋪一張很年輕的臉孔上。

「還不起床？」

年輕人立刻滾下床，快速穿衣，隨來人走出房間。

被帶出門的這個年輕人，暫時看不見任何東西，他的視野被手電筒灼出了一塊黑洞，只能憑著聽覺前進，儘管如此，他的雙眼看起來還是很清亮，他的面容則是淨朗稍帶稚氣，簡直是個大男孩模樣。

大男孩的個兒很高，因為消瘦的關係，顯得更高，他穿著不太合身的制服，褲管下露出了一小截脛骨，他的頭髮和衣服看起來雖然不骯髒，卻有一種長期缺乏打理的灰敗，所以他身上的某個東西就更加惹眼了，那是一只鋼碗，洗刷得無比雪亮，用塑膠繩綁垂在他的腰側，隨著步伐，鋼碗有節奏地撞擊他的胯下。大男孩緊緊跟著鞋音而行，不管是為了什麼原因，他都很樂意離開那間酸臭的囚房。

大男孩單獨被送進了一間小密室，面對著地板中央一張孤伶伶的椅子，不確定該坐還是該站，密室裡別無他物，這張椅子讓他產生了死刑的聯想，他決定站著。

不知藏在哪兒的麥克風，放送出來一個聲音，要他面向牆壁的鏡子。

於是他朝牆上的大鏡子立正，又隨著指示，轉兩次側面，回到正面，音箱傳來命令說：「ＯＫ，你可以回去了。」

沒有反應，大男孩還是筆直面對著鏡子，傻了，鏡中的自己竟變得那麼瘦長，好像是陌生人一般。他知道在鏡面玻璃的另一邊，還有別人正在注視著他，大男孩往前邁了幾步，想貼近看個清楚，有人推開房門，將他帶回了擁擠的牢籠。

是誰？為了什麼事情這樣觀看他？大男孩始終沒有得到答案。幾天以後，他又在清晨被吵醒，仍舊是一盞手電筒照盲了他的視野，有人要他起床穿鞋。

「你走運了，小子，有人選中了你。」

選中他，這是什麼意思？

「外役，你要出去逍遙嘍。」

雖然是調侃的語氣，聽起來勉強像個祝福。大男孩被送入那輛小巴士密封的後車廂時，心裡隱約知道，他的命運就要永遠改變，但他目前只關心服裝的問題。出發得太匆促，他穿戴得很單薄，凍得直發抖，大男孩兩手抱著胸口保暖，四處尋覓覆蓋物，可惜車廂裡收拾得乾乾淨淨，趁著戒護員忙著交接事宜，他迅速剝下一副椅枕套布，掀開上衣，悄悄用布料裹住肌膚。車子一震，開始前行，無風景。

終於抵達目的地時，大男孩已經蜷縮在座椅上睡著了，來不及弄清楚他的處境，好像還在夢中似的，大男孩隨著一個矮矮胖胖的男人，穿過寒風中許多建築，來到一間辦公室。

矮胖的男人端來了一杯熱茶，囑咐他坐著靜候。這個秘書模樣的人一離開，大男孩馬上骨嘟將熱茶喝光，也不顧嘴燙得發麻，他感到體溫回復了一些。

然後他開始觀察四周，剛才那人並沒有禁止他張望。大男孩發現這是一個很舒適的地方，比他住的六人房寬敞多了，布置得很典雅，幾排通天落地的大書櫃讓他回想起學校的圖書館，眼前的氣派辦公桌又提醒他，這兒是私人的殿堂。大男孩見到不遠的牆上，貼了張與其他陳設不太協調的海報，那是一幅加了框的星艦飛航想像圖，圖樣正好來自他最喜歡的科幻系列電影，逗得他差點就要離座，正好又瞥見另一個擺飾，身邊不遠的矮几上，養著一盆不知名的草科植物，幾撮他從沒見過的黃色小花從纖長葉片中探頭放香，難怪一直飄來奇特的芬芳，像是攙了點肉桂的甜甜玫瑰味。

一注意到盆栽，香氣似乎濃得更誇張了，大男孩放鬆緊抱在胸前的雙手，深深吸上幾口，他已經太久沒有聞過真正的鮮花。

聽見開門聲，大男孩趕緊起立垂首，他見到的走近的是一雙非常亮的嶄新皮鞋。他不禁想著，在那雙鞋裡面，應該是一對痛苦的腳。

「請坐下吧。」

好和煦的聲音，其中有股安撫的力量。大男孩坐回沙發上，不敢抬頭，他知道自己正被仔細端詳，忍耐了許久，等不到任何動靜，他於是昂起臉，與對方照了個正面。

有點吃驚，擁有這間辦公室的人，完全出乎他的猜想，既不老，也不醜，甚至還算悅目，從那雙舒朗的眉眼間看進去，沒有嚴厲，只有好奇。這個男人背著手，悠閒地站在窗前，正興味盎然瞧著他，白色窗紗在男人背後輕輕飄拂，早晨的陽光絲絲射入，將男人鑲了一圈輝煌。是這個男人揀選了他。

大男孩低下頭，心裡已經永遠記住剛才那一眼。這個男人從此將是他的光源。

男人總算又出聲，問了一個大男孩意料之外的問題：「你的鋼碗呢？」

「他們不給帶來，長官。」

大男孩準備著，若是對方問他為什麼隨身綁著一個碗，他就要答道：因為我這個人有點潔癖，不太敢用公共的碗或是杯子，長官。

但是男人沒再過問，沉默了片刻，他改變話題：「吃過早飯了沒？」

「吃過了，長官。」

「還餓嗎？」

「……」

「請大聲一點。」

「還餓，長官。」

「那正好，陪我去吃點東西吧。還有，不要再叫我長官了，這兒又不是什麼軍營。」

「好。」大男孩連忙起身立正，朗聲說。

「知道你在哪裡嗎？」

「不知道，還沒有人告訴我。」

「這裡是河城。」男人走向辦公桌，隨意翻了翻桌面上一些文件，「你長得很面善，好像最近電視上一個明星，叫作……」

「叫君俠。」

「很好的名字，以後就叫你君俠好嗎？」

「好的長官。」

男人放下文件迴身，見到君俠飛快移開偷瞧著他的視線，低眼肅立。這幅模樣觸動了男人的內心深處，人應該緊張，但是人不應該緊張得這樣悽涼。他帶頭走出辦公室，順手從衣帽架上抄起一件厚絨外套，遞給君俠。

「請叫我辛先生吧。」男人說。

27

不管經過了多少年，只要聞到金縷馨的氣味，君俠一定馬上回想起進城的那一天，他是怎麼搭了長長一趟車，怎麼擔驚受怕地與辛先生會面，這些片段變得無關緊要，倒是辛先生辦公室裡的那盆金縷馨，移植進了腦海似的，開放得越來越新鮮，香得越來越強烈，將整幅回憶薰成甜蜜蜜的暖色系。儘管那其實是凍死人的一天。

第一印象就是這麼頑強，它就像上古時代的信仰，註定要漸漸被懷疑、被拆穿，卻總還潛存下謎樣的圖騰，尤其是詛咒，永遠被樂意地流傳。

一個仁慈的人，這是辛先生給君俠的第一印象。

河城的大門是歪的，這是君俠第一次到處閒逛時的感想。

確實是歪了一點，管理出入的大門，早年時原本端正地銜接城中大道，後來為了迎合新建的跨河大橋，拆掉了舊門廓，將座向斜推出去一些角度，這麼一來，整個大門與城中大道不再一氣直貫，就在最雄偉的末端，拐了一個突兀的彎，怎麼看都像個不幸被敲折的螺絲釘。

第一次站在這大門口的君俠，心情非常澎湃，因為有件事情不太尋常，君俠花了一些時間徘徊，漸漸確定，他已經來到出口邊緣，竟然沒人理睬，彷彿大家只當他是一個普普通通的過路人。

這境遇讓君俠感到特別渺茫，風很冷，陽光很亮，每個人看起來都很勤快，除了一個人，警衛室旁那小凳上的老頭——太老，應該不是警衛，但他始終坐鎮在那兒，既像在執勤中又像全心全意在曬太陽，他的臉垂得很低——或許在打盹，也可能是某種盯梢中的偽裝，若有意似巧合，這人低垂的頭顱總朝著君俠的方向。

自從坐牢以來，這還是君俠第一次在光天化日之下自由活動，而四周沒有重重柵欄，沒有通電的鐵絲網，沒有荷槭瞭望中的看守人員，君俠壯起膽，輕咳一聲，以最自然的步伐朝城外而去，還是不見阻攔，滿懷著驚奇，君俠就在城門口，跑馬燈一樣走回來，跨出去。

外一旁。

「嗶！」

一個穿制服的警衛神奇現身，滿臉不耐煩吹哨又大幅揮手，原來君俠阻礙了車輛通行，他被攆到門

第一個矛盾的問題於是迷惑著君俠：難道他真自由了？

不盡然，據說他現在的身分是刑期中暫時外役。君俠再三思量「外役」這名詞，想從其中發覺出一點親切的生活情調，一點趣味。他急需傳神的文字描寫目前的狀況，因為他很想發出幾通簡訊。

那該是幾則情意寫得很輕淡的短文，發給親愛的朋友們，內容簡潔，不期待太多回覆，只希望送出一些消息。最近的變化總讓他感到十分不踏實，好像只有報訊出去，讓別人獲悉，他的處境才總算有點確立。他於是不時在心中擬稿，該怎麼寫才好？只要一想到當年在校園裡惹起的大風波，君俠的思路就低調了許多，特別想將簡訊寫成輕輕鬆鬆的閒話家常。

「我搬到一個叫河城的地方，這裡看起來還好，和別的地方沒什麼兩樣，主要是給信用破產人工作的園區，生活還算自由，這邊的待遇不錯哩，住單人宿舍，也發放不少衣服用具，風景普普，到處都看到有人在種樹，說不定在將來，這邊會變成一個森林公園那類的，不錯吧？如果活得不耐煩，請狂刷信用卡，早日來這邊和我作伴吧，呵。」

想想又作罷，太俏皮，也有觸楣頭的嫌疑，再說，沒有解釋他為何被移送來這裡。若要說明外役這事，就勢必讓人想起他還在服刑期中，一念及此，君俠難堪了，雖然朋友們盡皆明白他的情況，監獄畢竟是他極力避免提起的字眼。

「我被調派到河城工作，不知道要待多久，職務也還不清楚，只知道我的主管姓辛，應該是個滿好

相處的人。」

不妥，誰會在乎這樣一個邊遠小城的一個小小官員？一連串廢話，尤其顯出他的徬惶，他的滿頭霧水中的窘狀，像是乞求同情似的。

「我暫時搬到了河城，一切都好，勿念。」

就這句吧。勿念，是同學間流行的簡訊結語，有點盡在不言中的味道，也有些強作瀟灑，瀟灑得鏗鏘有力，夾帶裊裊餘音：「我其實需要你的想念」。這麼沉吟著，一陣苦澀來襲，因為實情非常可疑，君俠想，在這個世界裡，還有誰真的掛念他？

自從媽媽宣布與他斷絕關係以後，他那人丁單薄的家族裡，該也是努力塗銷關於他的一切記憶吧？幸而還有親愛的朋友，一些大學哥們，曾經那麼溫暖地約定好輪班來探監，準時為他送來營養品。說是營養品，限於財力，也限於男孩們的體貼能力，多半是類似郊遊遠足的小點心。朋友們來了，隔著玻璃幕與他對談，說的盡是些充滿祝福意味的好話，臨走留下一包包零嘴乾糧，每次都讓君俠有個錯覺，好像玻璃幕的這邊就是月台，而火車轟轟然正要啟動，大夥兒是來送他步上一程又一程的旅行。

然而這列特快車帶走的人卻不是他。朋友探訪的次數逐漸稀落了，補充物資不再準時送達，有時乾脆以包裹郵件寄來，附帶一兩張真摯動人的小卡片，到末了，一整群哥們終於全失去了音訊。

在獄中推算起時間，這些同窗好友應該都已經陸續進入醫院實習，前程萬里，誰也沒多餘的閒功夫，君俠無法苛求別人。讓他打從心裡發疼的是食物問題。斷了援糧以後，他竟又長高了一些，卻清瘦許多，出脫成一種彬彬纖美的風格，這種風格非常不適宜在監獄中求生，所以又構成了他極易於緊張的個性，一緊張起來，便失去正常的思考水平，常常丟三落四，就像這次被移送來河城，事出突然，他緊張得連外衣也沒帶妥，正確地說，完全沒有行李，他是光著兩手走進河城。到這兒君俠忽然想起一個關鍵，那本抄寫了朋友們聯絡方式的小筆記簿，根本不曾帶在身邊。

沒將小筆記簿帶來河城，是遺忘，或者也是蓄意，總之，這世上應該不再有人掛念著他，一個人也沒有。

沒有人可以報訊，自由的滋味竟變得有些多餘。

站在河城大門外，君俠就這麼滿懷心緒，感慨萬千，沒有注意到警衛室旁那打盹老頭已經來到他的面前。

一個乾乾淨淨的好孩子，這是禿鷹第一次觀察君俠時的評語。

君俠與禿鷹的第一次遭遇，溝通不良的程度，就像是搭錯線的國際電話。

別人只見到他倆彷彿在聊天，但君俠這邊完全聽不懂對方的語言，幸好他擅長忍耐，也擅長以想像力轉移痛苦，他從禿鷹的怪腔調中發覺了特殊的北國風情，順著北方想下去，聊天轉移成了觀賞浪漫畫片，針葉林，紅酒燉鵪鶉，鑲金邊的細白瓷盤，小提琴藝人，菸草，熱咖啡，雪，大風雪，這其中以燉鵪鶉最是怡人。

禿鷹則是聊得頗為盡興，他早已習慣讓雙方的話題各自發展。評論完了時事，他暗自決定，今天的日記裡要載下這一筆：他喜歡這個新來的大男孩，尤其是男孩子乖乖立正的禮貌模樣，多麼討人喜歡。為了肯定這想法，禿鷹點了個頭。

禿鷹一點頭，君俠忽然感到極度技癢，心裡產生了複雜的構想，該怎麼用外科手術改善他的頸椎前傾問題。

「是的，您說得對。」君俠以溫順的附和，應付天知道發展到何方的對白。

「可不是嘛。」禿鷹將脖頸抬高了一些，觀賞君俠的英俊面容。

他也看見了君俠垂在身側的雙手微幅擺動著。

他所沒能看見的是，在那兩隻手掌裡，各自握著虛擬的外科刀具，正朝向他的頸部肌肉骨骼，很起勁地切割、削鋸，層層解剖。

永遠沒有人知道，那是一次失敗而且致命的手術。君俠已經荒廢學業太久，這事實讓他懊喪極了。與禿鷹道別以後，君俠沿著城中大道走回宿舍，滿腦子都是檢討報告，與神秘的第三頸骨神經叢，他差點撞上一輛車。

是一輛手推車，承滿了垃圾，忽然就橫向阻擋在眼前，一個看似清潔工模樣的人正向他打招呼。

「都忙完了，老弟？」清潔工熱絡地問，他的帽沿壓得太低，君俠看不見他的神情。

這次是清楚的發音，但語意還是不明，真奇怪的問候方式，誰都看得出來君俠一點也不忙。

「忙完了。」君俠回答。清潔工帶來了全新的課題，儘管整型科不是君俠十分熱衷的領域，但是這人掩護在帽沿下的半截臉孔讓人著迷，他的皮膚布滿暗紅色瘢疤，鼻翼和嘴唇也出現了礙眼的結痂性痿縮，那是久年的燒傷遺跡。

君俠衷心希望查看他的眼瞼，清潔工發覺了他的企圖，他縮起下頷將顏面藏得更深，並且沒來由地這樣宣布：「福利社！」

「呃？」

「福利社就在餐廳的隔壁吶，」清潔工說：「或者你去看一看也不錯啊。」

「不好意思，您是說……」

「東西是很少，價錢也貴得沒道理，說真的，我跟你保證，你想買什麼就缺什麼，可是去看一看也不費事啊，」清潔工將臉抬高了一些，透露出了一部分的眉目：「你要什麼，買不到你就告訴我，包在我身上，你可以叫我帽人，帽子的帽人類的人，我倉庫裡什麼都有，拿信封包餅乾也不是辦法你說是吧？」

在那深闊的帽沿底下，有什麼精明的銳光乍現，教人不寒而慄，君俠利用信封，偷偷將餐堂裡的餅乾攜回宿舍當作備糧，這帽人，怎麼全看穿似的？

「有道理，我這就過去看一看。」君俠說著就要移步。

「我說，」帽人靈巧地將推車橫拖幾吋，正好又擋住了君俠的去路，「大家都在打賭，你頂多只有二十歲吶。」

「我快二十三歲了。」

「不太像，真是不太像。」帽人一個勁搖頭，一邊認真打量君俠。

大家越想刺探他，就越證明了一件事，辛先生沒有讓任何人知道他的底細。

辛先生賜給他的是全新的人生。現在的君俠穿著合身衣物，連鞋子也合腳，不再挨餓，在乾淨的宿舍裡，可以每天盡情洗澡，甚至在行政大樓裡，還有一套專屬於他的辦公桌椅，他的體面的新身分，越來越像確有其事，每個人都認定他是辛先生的私人助理，這不容懷疑，因為他的胸口別了一張嶄新的職員證，其上的照片是人事科的女職員幫他拍攝的。

全新的人生。只要辛先生不說出他的來歷，人們便將他當成是個正常人。

「只要辛先生不說出來。」這句話像耳鳴似的，在君俠的腦海裡嗡嗡作響，秘而不宣，絕對不讓旁人察覺。

「千萬別說！」直到睡夢時他才呼喊出來，驚醒以後又是一驚，連忙開了燈，確認這兒不是囚房，是河城，君俠瞧了眼時鐘，十二點零六分，他開始感到疲勞。來到河城這幾天，一直無法睡好，總是在午夜前後就甦醒，然後輾轉反側，無奈望著窗外到天明。

窗外，恆久是模糊的樹梢搖晃，陣陣花香味入侵。

隔著樹影，另一棟宿舍裡，有人也正苦惱難眠。

不太美麗的人事科內勤小姐，裸足走來到窗前。她是河城中第一個為了君俠坐立難安的人。她沒有穿睡衣的習慣，只在上身罩了件運動式胸衣，下身是可愛的小熊花樣內褲。她的體態輕盈，削薄的長髮也很輕盈，襯托得整個背影楚楚動人，但是正面就不太美妙了，她有點暴牙，雖不致於暴得張揚，上排齒列的佔幅卻也不輕，總在她開懷時全體曝光，所以她說話很小聲，吃飯很慢，笑起來特別含蓄，儘量避免多餘的表情，連帶得個性也很曖昧不明，別人想到她時，總是要多花上一秒，才記得起她的姓名。

暴牙小姐整個晚上都在恍神中，感覺有點犯愁，前塵近事都上了心頭，還包括許多煩人的公務。她不喜歡太多異常的狀況，但是辛先生讓她很為難，硬是要她個案處理那位資料一片空白的君俠，一片空白，連真名也沒有，那麼她應該在人事檔案裡填上什麼？「妳幫他編一個代號就好。」辛先生這樣輕鬆地說。簡直是胡鬧。暴牙小姐直到這時還在皺眉，並且習慣性地緊抿上唇，她覺得好煩，心裡好亂，無厘頭地憶想起許多內容極為不倫的電影。

她臉紅了但是自己沒發覺，佇立在窗子前，看著隔棟宿舍。

他住在哪一間？

這念頭讓她嚇了一跳，耳根霎時發燙起來，心一橫，不再阻攔自己想著君俠的容顏。好俊俏的大男孩，那一臉明淨無辜的模樣，讓人真想抱個滿懷，啃上一口。暴牙小姐很少有激動的時候，就連現在她也不太願意承認自己激動，她想了想，歸納出一個結論：這叫作母性。不知道為什麼，綽號叫作君俠的大男孩，有點什麼特質，讓人見了，就生出想要保護他的溫柔，那是一種很清爽的感情，丁點也不想佔有，只願見著他幸福。

對，就是這樣。暴牙小姐的心情終於豁然開朗了，她朝著窗外的夜色溫柔地祝福，大男孩，晚安，甜甜安睡了否？

君俠仰躺在床上，完全睡不著，精神非常困頓。失眠的人特別善聽，現在各種細微的聲響全湊來刺激他的神經，有人在戶外作聲笑語，隔壁不遠有人在看電視，連天花板上也時而傳來錯綜複雜的腳步聲，最惱人的，莫過於每隔一陣子就出現的奇特轆轤音。

先是咿呀一聲，停頓，懸悠半晌，砰！門扇與框緣相撞。

再也受不了了，君俠很煩躁地抱住頭臉。

門令他不安。

門總是讓他非常敏感。監獄裡的夜平靜多了，因為在那邊，每扇門都鎖得嚴實，每個人都安全，但是這裡不一樣，尤其到了夜深人靜，開門聲更讓他毛骨悚然，就在他身旁不遠，充滿了無數的門，不停啟闔，自由開放進出，那麼多的不可知大量吞吐，他搆不著，也攔不了，一想到這些就要逼得他發狂。

一定得離開這個無助的房間，一定要找個妥當的角落。

這樣下定了決心，君俠爬起床，摸黑換好衣服，輕手輕腳推開門縫，朝外偷偷張望。

綽號叫作隊長的高壯職員，是第一個發現了君俠秘密去處的人。

隊長的身材魁梧，相貌不凡，職位卻很低。來到河城上班以前，隊長曾經幹過數十種工作，其中之一是保齡球館的記分員，那一整年他都住在球道下一層的低矮機房裡，出入時經常撞紅了額頭，夜夜聽著轟隆隆的球聲入眠，從此對於任何吵鬧都無動於衷。他的精力無窮，無法適應河城的刻板生活，最喜歡呼朋引伴去輻射城消遣。

這個夜裡，隊長又玩樂得過了頭，直到清晨時，喝得醉醺醺的他才一路酒駕回到河城。停好車後，隊長哼著自創的歌曲進入職員宿舍，連續幾次按錯了電梯樓層，一怒之下，他轉而爬樓梯，結果完全迷失了方向，找不到自己的房間，在走廊裡繞來繞去，尿意越來越急，他停止瞎掰歌詞，開始蛇行奔跑。

才跑了幾步，差點被絆了一大跤，隊長勉強扶住牆壁，仔細一瞧，很意外地發現他正站在辛先生的寢室門口，而門前躺臥著一具人體。

「不會吧……」隊長的酒意當場嚇退了一半。

倒在踏腳墊上的大男孩，自備了枕頭，裹著毯子，背抵著門扇，為辛先生守夜似的，睡得很香甜。

那是君俠來到河城以後的第一場好眠。

28

為了這個小事件，君俠有一陣子被冠上渾名「踏腳墊小子」。

剛來到河城的君俠，曾經得到過許多曇花一現的綽號，「高個兒」、「臉紅男孩」、「那隻愛立正的菜鳥」，都以象形取勝，那是人們適應新成員的方式，其中不乏友善。但也有人背地裡喊他「辛先生的小跟班」，或是更毒辣的「辛先生的小狼犬」。

會被謔稱是小狼犬，也不算十分無辜。

已經連續好幾天了，君俠被喚進辛先生辦公室，沒有任何工作，只是坐在客座沙發上，那位置斜面向辛先生，雙方隔著一盆金縷馨，君俠獃坐著，發愣，直到下班，心裡不停假設，也許這位辛先生有點兒怪癖，辦公時喜歡找個伴，陪坐在一旁。

漸漸坐出了些心得，君俠發現，就像一切的高級公務員一樣，辛先生不算太忙，也不常有獨歇的時候，老是有人求見談事情，談的是公務便罷，若是涉及隱私，來客總要介懷地瞥上君俠一眼，說明他有多麼多餘。這些人中，又以矮胖的秘書最誇張，他進出辦公室的次數最多，最清楚君俠的處境——桌前茶水就是秘書奉上的，但他每次撞見君俠還在座，總要作出大吃一驚的模樣，讓君俠很心虛，雖然不清楚自己坐在這兒的功能，總感覺大有被裁員的危機。

「呃，對了，」埋首翻閱文件中的辛先生，像是猛然意識到他的存在，抬起頭說：「等一會兒，我們一起去個地方。」

「好的，辛先生。」整個下午沒說話，君俠一開口，嗓子有點瘖啞。

君俠知道「等一會兒」就是久等的意思，因為這句話他已經連聽好幾天了。辛先生每次這樣吩咐完，總又臨時被公事耽擱，辛先生會變得很忙，會撥內線找人進來商議，幾番勞煩之後他會陷入沉思，為了幫助思考他會從抽屜裡取出一套棋具，然後望著自己擺好的棋局進入冥想，最後完全忘記一旁的君俠。

君俠並不介意久等，枯坐中的等候越來越有味，只要想到辛先生用辭的方式：「我們」、「一起」。

現在辛先生收拾好桌面公文，打開抽屜，果然接著他就摸出一副棋盤，快速排列出半盤局勢，開始思考，指尖搓弄著一顆純白色的棋子。

盤秤上只見純黑與純白兩種棋子，顯然不是西洋棋，不是東方象棋，但也絕非是圍棋，因為棋盤太小，縱橫僅有八格，這是很少數人品玩的棋，名叫othello。

偏偏君俠懂得othello。這是太湊巧的事情，大學時，曾經有個室友，強迫君俠學會這棋，兩人常常玩上通宵，連功課也顧不得，君俠的棋藝很快就凌駕在室友之上，因而生出了點悲涼，缺乏對手，高處不勝寒，他只好強迫另一個朋友學習othello。

在那棟男生宿舍裡，othello漸漸形成了某種惡性壓力，愛上一種只有很少數人才懂得的遊戲，人就必需訓練出伴侶。後來宿舍還舉辦過寢室聯賽，君俠拿了冠軍。

隔著金縷馨，君俠引頸偷偷眺望棋盤，瞧上一眼，低頭默算一陣，心裡靈光乍現，想到，或者辛先生苦無棋伴，所以才找了他來坐在這邊？也許辛先生下一步就要邀他對弈？

「唸到幾年級了？」辛先生忽然開口說。

愣了片刻，君俠才明白辛先生是在朝他說話，問他坐牢以前唸到了幾年級。

「大五，」他起立回答，又補上一句：「快要當見習醫生了。」

「這麼快？」辛先生顯得有些意外，「怎麼可能？」

君俠很習慣這類反應，他簡短解釋道：「我入學早了一年，高中又跳級一次。」

「原來是跳級啊，這麼說來，你是個優秀的學生哪。」

「謝謝您，讀書不算太難。」

「真不好意思，你們醫學系我一點也不懂，我的問題可能比較外行，請你包涵，我想知道有關藥的事情，比方說……這樣說好了，假若有人很不舒服，你有辦法幫忙開藥嗎？」

「我還沒有臨床看診的經驗，但是一般藥學的常識，應該還懂得一些，如果有書參考，那就更好。」

「普通的小手術呢？」

「沒問題。」

辛先生點了個頭，捻起一顆棋子輕輕敲桌面，喃喃道：「真不可思議啊，人可以自己開藥，還可以醫療。」

君俠判斷他這一句是自言自語，所以不再答腔。兩人之間只剩下棋子叩擊的聲音，有節奏地響了一陣，停了半晌，辛先生突然問：「有沒有想過專攻哪一科？」

「想過了，外科。」

「啊，外科，是的當然。」

聽見辛先生這麼一說，君俠馬上就臉紅了。

幸好這尷尬之色並沒有被瞧見，辛先生將滿盤的棋子兜入手掌裡，一把扔進抽屜，非常響地推開座椅，站起身來。

戲。

「那麼，我們走吧。」辛先生說。

「帶你去個地方。」兩人一起步出辦公室時，辛先生柔聲說。

「好的，辛先生。」君俠高興地回答。這時的君俠還無法預知，辛先生邀他入局的，是多麼糟的遊

29

那一趟路不長，但是君俠還不熟悉環境，在大樓裡拐了幾個彎以後，已開始暈頭轉向，只知道下了樓，轉入側翼的走廊，沿路都是令人心曠神怡的金縷馨花香，走廊的地板擦洗得光滑晶亮，不停往廊底走去，一座黑壓壓的山崖逼近在眼前。

只是跟著走，方向是辛先生的事情，君俠倒像個遊客，沿途注意只有旅人才會戀棧的小小風光。

他注意到，路邊的樹叢應該都是新栽不久，還一副弱不禁風的模樣，在這隆冬裡，不少小樹已經無法按捺，從稀疏的枝葉裡冒出了花蕊，全都不是以姿色取勝的細碎骨朵，全都是芳香系列。

又注意到，每當遇見岔口的時候，辛先生就會將一隻胳臂輕搭在他的背脊上，用一點力道示意他轉彎，那觸感不過度親暱，也不算失禮，反而有股誘人的暗示，「我們」，「一起」，要去某個地方。

他也注意到，走廊的最末一間，根本是個小型診所。

外觀很一般，只在門前懸掛了一小塊醫療十字招牌，推門進去，裡面是個正常的候診室，幾個人坐著那兒，全都睜大了眼睛望著辛先生。護士正好出現，只看了辛先生一眼，就返身離去，一路尖著嗓

子叫喚醫生。隨後走出來一個體積驚人的胖子，那胖子與辛先生交頭接耳一番，還不時偏過頭來打量君俠，君俠也忙著目測他的體重。

君俠後來才知道胖子名叫三百磅醫生——綽號與實情之間，至少打了八折。

辛先生招手要君俠上前，在醫生的帶領下，三個人穿越過幾重房門，君俠再度迷失了方向感，來到一扇很普通的門前，三百磅醫生撩起白袍，在內層口袋中掏摸，扯出一串鑰匙，開啟了門鎖後，他朝辛先生頷個首，自己讓開在一旁。

辛先生在君俠的脊樑上輕輕一按，兩人進入那黑暗的房間。

君俠無法不注意到匙孔聲作響，門，從背後被又反鎖上了。

「……」暗不見光，君俠不由得探出雙手。

手觸到了一堵軟牆，是辛先生的胸膛。

「辛先生這是哪裡？我們要做什麼？辛先生？」

「請不用緊張，我先開個燈。」

燈亮了。大約二十燭光的暗淡小燈泡，映照出來這兒是一間小倉庫，堆儲物品四處疊得滿滿，全都掩上了白布，布面全是厚厚的積塵，散發出不輕的霉味，整個倉庫只剩下中間一條窄窄走道，從進門處通向對牆，牆面上又是一道門，非常結實的鐵門。

「就快到了，不要著急，從現在開始也請不要發問，可以嗎？」辛先生的語氣憂悒，不容反對。

辛先生按了鐵門旁一具對講機，朝對講機咕噥了句什麼，然後他就取出鑰匙開門，燈光湧現，裡面是向下的階梯。

拾階往下兩三個樓層，恢復水平前進，現在君俠與辛先生走在甬道中，整個甬道全是水泥構造，乾乾淨淨打理得一塵不染，每隔幾步就是一盞慘白燈光，有涼颼颼的空氣不斷迎面撲來，是很不自然的人工通風。從方位上估計，君俠猜測，他們已經穿越了山壁，又鑽進了地底，也就是說，整個山崖已在壓鎮他們的上方。

光線陡然轉亮，甬道的盡頭是一道鐵欄，辛先生再度取鑰匙開啟鐵欄，他們來到一個寬敞的地下室，以家具區隔成數個空間，有桌有椅有家電，甚至還有床，儼然是個秘密基地。

「請不妨四處看看吧，我希望你熟悉這個地方。」辛先生說。

沒有答覆，君俠呆站著，忘了反應。

還能更熟悉嗎？這氛圍，這格局，這氣味，還有全面性的封閉，這兒簡直就是牢房。

連獄卒也出現了，一個穿著奇怪制服，渾身守衛模樣的男人，迎向他們走來，然後君俠親眼看見這守衛兩腿並攏，舉起右手，朝辛先生行了一個標準的軍禮。

辛先生對守衛使個眼色，交代道：「去準備吧。」守衛轉身便離開，馬上消失在眼前。

原來地下室的另一邊，還有秘密的陰暗通道，通往君俠不敢想像的地方。

這地方非常不對勁！一定要冷靜！君俠強自鎮定，一邊準備隨時拔腿就逃跑，他正游目四顧，旁邊的辛先生忽然身子一歪，溜斜下去，眼見著就像要昏倒，辛先生撐住手邊的桌子，又站穩了。

不會吧？他的體能有這麼差？君俠發現辛先生的臉色煞白，才走了一小段路，他已經冒出滿額的汗水，現在辛先生正以手帕揩拭臉頰，順便也摘下眼鏡擦了擦，戴回眼鏡時，辛先生恢復了一貫的容光煥發。

「對了，這邊有些東西，你應該會很喜歡，請過來看看好嗎？」辛先生又輕按君俠的背脊，押著他走向一塊屏風。

剛進地下室時君俠就已經注意到屏風，因為那分明是醫院使用的活動隔簾，他隨著辛先生繞過屏風，果然，後面是一小塊設備完整的醫療區域。

診療桌，布置成洗屍檯一樣的手術床，旁邊陳列幾個鐵櫃，玻璃櫃門內滿滿是標示齊全的藥劑，一排又一排華麗的醫療器械。

「你們用的器材我不懂，你請自己隨意翻翻看吧，希望沒有缺什麼東西。」辛先生在君俠耳畔和藹地說，激起了君俠滿身疙瘩。

君俠沒有動彈，辛先生便從他的背後輕推一把，「去吧，摸摸它們。」

君俠猛轉過面來，他的眼眶瞬間全紅了，他支吾著說：「謝謝您，辛先生。」

一個箭步，君俠竄到鐵櫃前，拉開櫃門胡亂翻尋，他扯出一只金屬質材鑲鋼邊的小箱，看一眼，棄在一邊，再拖出另一個箱子，移到檯上，撥啟箱子上端的彈釦，但是他的雙手發抖，連試了幾次，差點把指甲都刮脫了，辛先生站在背後，安靜地看著他。

喀搭，兩個彈釦雙雙豎立，金屬小箱整個開啟，裡面是全套閃亮的外科手術刀具。

君俠端立凝神，他的兩手微張開，十根手指頭猛力屈伸，輪番朝虛空中扣擊，像是在彈隱型的鋼琴一樣，手指已不再顫抖，他快速從箱中取出不鏽鋼刀片，另一隻手在箱內整排金屬刀柄中游移。

找到了，他最熱愛的三號刀柄，他的右手天生是它的愛侶。君俠用指尖捻起刀柄，拇指按上柄面渦旋狀的止滑刻紋，契合得濃情蜜意。

將刀片旋接上柄，刃鋒是食指的延伸，刀隨意行，合體完畢。

君俠揮動手術刀，凌空劃幾下，喜上眉梢。

「好了，」辛先生輕咳一聲後說，「現在我想請你看看一個人。」

辛先生當著他的面，輕巧地摘走他手上的刀，擱到一邊，又將另一個東西塞到君俠手裡，是一只出診用的簡式急救藥箱。

這次不用押著背脊，君俠提著藥箱與辛先生並肩而行，朝向剛剛那守衛消失的陰暗通道，通道不知何時已經變得很明亮。

去程不長，迎面十幾呎就是盡頭，盡頭處是一扇打開的門，從裡面射出強光。

辛先生卻在半途站住了，他以下頷指示君俠自己走上前。

哪來這麼強烈的臭味？君俠曾經待過所有最難聞的地方，醫院、廁所、男生宿舍、監獄，全加起來也抵不上現在這侵略性的氣息，包含了腐爛、尿騷、血污各種豐富層次，最濃厚的一層是人味——許久未曾洗過澡的人體。臭得連眼睛也被冒犯了，君俠瞇起雙眼緩步向前。

面前是個光亮無比的空房間，君俠向前挪又向旁移，看見了，剛才那守衛就在牆角，正奮力扶起一個人。

剃著光頭，可能是男性，那人好像沒有力氣抬起頭，完全看不見他的臉，從肢體看起來非常瘦削，守衛終於將他扶上肩膀，以手扳起他的臉部迎向君俠，是個男人，他被潦草地裹上衣服，他很明顯地無法站立。

吃了一驚，君俠馬上回頭問辛先生：「這個人是誰？怎麼回事？」

辛先生遠遠站在後面，正很忙碌地以手帕驅逐臭味，聽見君俠的問題，他的喉結一動，答非所問：「別緊張，不會過來的，他已經殘廢了。」

「以後就偏勞你了，這個人的健康不太好，需要一些專業的照顧。」辛先生又說，他現在不揮舞手帕了，直接以帕輕掩口鼻。

滿腹狐疑，君俠再度端詳那人，發現他的衛生情況非常惡劣，裸露出來的頭部和四肢也顯示有不少舊傷痕，那人在守衛的撐扶下搖搖晃晃，似乎再也挺不住了，他一仰頭，發出連串模糊的哀號。

辛先生擰起雙眉咬牙道：「藥箱，麻煩快點。」

君俠拎著藥箱匆匆跑向那人。

「請過來這邊，」辛先生苦著臉說：「是我胃疼。」

30

河城遷移過方位的大門，據說是朝向著正西方，黃昏晚霞時，從城中大道望門而出，將可以見到最燦爛的夕陽。

事實不然，因為太陽並不是永遠落在正西方，只有在每年的冬季，最寒冷的那幾個星期，像是有什麼巨大的輪盤與城門對準了卡榫，夕陽西下，一整束燦然金光直直射入，命中城心，火一樣的日輪燃紅了遠方丘陵地，細小的人影在融融熾燄中穿梭而行，冬風捲起大量的枯葉，每片落葉都像火堆中帶著霓光的餘燼，此情此景，人們說，「美得教人掉淚」。

君俠站在行政大樓最頂層天台上，迎向這落日輝煌，差一點就掉了淚，他打從內心深處爆發出吶喊：「我怎麼——這麼——倒——楣——？」

直視太陽害他兩眼發酸，君俠靠著邊欄坐下，獃望漸層灰青色的天空。

無雲的天空，空虛的灰青色，讓他想起地下室裡那個人的光頭。

辛先生說，不需多問，從今而後，照顧和看守那個人就是你的工作。

辛先生又說，那個人的事情屬於極機密，對任何人都不許提起。

「對了，」辛先生補充說，那個人沒有名字，只有代號，「如果你喜歡的話，請不妨叫他訪客。」

「全都聽懂了罷？」辛先生最後這樣鄭重地結束談話，如果君俠的工作稍有差池，或是讓事跡洩露，那麼，「只有將你直接移送回去監獄。」

我怎麼這麼倒楣？君俠衰弱地頹坐在天台上，為什麼？為什麼要闖入別人的秘密？地下的密室裡為什麼囚禁一個訪客？整件事情為什麼看起來這樣噁心？最離譜的是，為什麼他沒辦法拒絕參與？

連地上的影子都知道該怎麼回答：誰叫你自己的秘密也握在別人手裡。

垂頭喪氣，從小就熟悉的那感覺全回來了，非常討厭的感覺，當別的少年那樣叫他的時候，只要那最討厭的兩個字在耳畔響起，他沒別的法子，只有偏移自己的感官，假裝「衰神」聽起來很吉祥。

別的少年們樂此不疲，揶揄他的方式嚴重缺乏創意，不過是一樁小事件，現在回想起來，連事件的苦主是誰也已不復記憶，只確定是個同學，在某次假日旅遊後，帶了一只雪人玻璃球來學校。非常無趣的玻璃球，搖一搖它，便激起保麗龍顆粒在球中仿造雪花紛飛，同學們將它傳來傳去，傳了沒多久，就聽見幾個人群聚譁然，玻璃球不知怎麼裂了一縫，淌流出透明的油滴，大伙兒從傳球的過程中，推定君俠是損毀嫌犯，「我連碰也沒碰到它，」君俠說，確確實實，只是看了它一眼。「只是看了它一眼」，便成了罪證確鑿，大家竟獲得決議，君俠霉星高照，他光用眼睛就能召喚災難，他是個噩運磁場。

這類小冤情大約是每個人的共通經驗，對於君俠並沒有衍生不良影響，因為他是個早熟的男孩，自小就非常乖，一點也不變態，認真讀書，進退有禮，小心翼翼，懂得適時讓別人考試也能拿第一，他不驕傲，也不特別孤僻，他深明事理，知道別人只是豔羨他的好成績。

胡亂想了些少年往事，君俠的鬱悶轉移了幾分，尤其是當他望見天際那一線飛行白煙時，就更加忘憂。只要看著噴射機慢慢劃過穹蒼，總是能讓人的眉頭漸漸舒展。

這邊的天域也有航線？君俠緊盯著空中那架飛機，心裡發出永恆相同的問題，飛機裡坐的都是些什麼人？過著什麼樣的人生？快樂嗎？憂愁嗎？他們想要去哪裡？

且慢，越來看得越清楚這是架客機，為什麼它的煙跡，是從一邊機翼拖曳出來？

就當君俠感到不對勁時，飛機忽然大幅度降低，向側邊歪斜了一下，然後全面翻滾，機鼻垂直朝地面，急墮而去。

「哇——！」君俠失聲喊叫出來。

接著是寂靜，幾秒鐘的完全靜謐，彷彿所見不真，彷彿其實什麼也沒發生。

至少十幾哩遠，從飛機最後消失的那個方位，沖向黃昏的瑰麗霞光，無聲地釋放出千倍於機體的黑煙。

黑煙一去無數哩，無數哩外，一隻鷹高空滑翔半圈以後，飛升到雲層之上。

從非常遠的草原一路飛來，空氣溫暖了一些，但地貌更加枯旱，寒冬正追趕著牠，這隻鷹轉動眼珠，利用夕陽與自己的落影估算方向。牠是一隻遷鳥，從破殼之後第一個秋天就加入了南北巡迴的旅程。

牠也是一隻迷鳥，因為無法訴說的緣由，牠迷航了，不知道從什麼時候開始，不往南，不往北，牠遊走在非常奇怪的路線上。一隻鷹無法瞭解什麼叫作迷航，牠的知覺裡也沒有寂寞的概念，只知道體內清清楚楚交響著不安，緊迫，必須找到什麼，必須與什麼相會……牠找到了一股濃煙。

俯衝過去，避開騰挪的黑霧，牠見到了熊熊火燄，一隻鷹不明白什麼叫作火燄，但牠不喜歡這高溫，遠紅外線干擾了牠的視力，滑翔到最低點時，牠見到丘陵地面上橫陳著一具具殘缺的肉體，最常見的地面動物，不可食，牠調整翼尖的十四根指羽，滿滿抓住來自風的訊息，風中有飄浮物，一片羽毛也似的東西擦過牠的脖頸，牠緊急轉向往上飛，太陌生的空域，必須再升高一點，從更稀薄的空氣望下去，也許就能找回一些熟悉的視野。「噫——！」這隻鷹發出了清亮的唳音。

牠已經連續好幾個季節沒有遇見過一隻同類了。

那片羽毛也似的東西，擦過鷹頸之後，伴隨無數粉屑，駕御著熱輻射氣流飛行，直到失去浮升力，開始隨風四向飄蕩，蕩得夠了，終於呈螺旋狀緩降，輕輕跌落在一個天台上。

君俠拾起了羽毛也似的東西，是一張被燎燒到剩下半截的名片，只見損毀不全的行號與頭銜，姓名不詳。

君俠看看名片，又看看遠方墜機處的塵煙，從喊叫過以後，他的嘴始終還沒有合攏上。

那是君俠來到城裡的第七天。

31

這次的空難，是許多人畢生中最大的事件。

每個人都很喘。至少半個城的人都徒步跑進丘陵地，想要目擊災難現場，剩下的人也在城裡奔來奔去，原因不明，總之發生了大事，非得有點緊張的情境。入夜以後，開始有許多陌生車輛來訪，因為河城是距離墜機處最近的地點，數不清的救難單位與媒體前來借用資源，辛先生下令，開放一切辦公環境，全力協助救災。

帽人很喘，城前城後跑了一回，他看見越來越多的衛星直播車輛駛來，有人在中央大道附近勘察地形，聽說將要立刻搭建簡式帳棚，提供成千上百個空難者家屬進駐，也可能要停屍。常年的垃圾清運工作，培養出了他過人的前瞻性，因此眼前這波救災要務對他來說，是突然暴增的人口，是活生生的飲食生活，簡而言之，是——

「我的媽啊，這麼多垃圾，叫我要掃到什麼時候？」

三百磅醫生也很喘，他朝一杯可樂裡扔下幾粒藥片，可樂馬上泛濫大量泡沫衝出杯緣，他趕緊灌下幾口，再倒另一杯可樂遞給君俠。君俠坐在他面前，始終合不攏嘴。

「對不起，害到你，」他氣喘吁吁說：「腳，注意看我的腳！」

君俠很不情願地往下看，那是一雙胖得不見踝骨的巨腳，看起來很像某種麵包。

「看見我的腳了沒？」三百磅醫生問道，君俠開始懷疑他在可樂裡攙了迷幻藥物，不然他的情緒為何越來越高亢，連語氣也像醉了酒一般，三百磅醫生激動地說：「它們！再也！絕對！不肯踏進那間密室！免談！殺了我算了！」

這樣說完，三百磅醫生以手撫心令自己平靜，他從桌面上抓過來一副電子血壓器，開始給自己量血壓。

量出的數值將他和君俠都嚇了一跳，三百磅醫生悲愴地將血壓計推過一旁，低頭默默看自己的手掌，然後他絕望地宣布：「我完了，我氣喘快犯了。」

「要不我代替您去好了？」君俠提議：「雖然我沒有驗屍的經驗。」

「誰驗過屍啊？天啊這是什麼狀況！飛機怎麼會掉得這麼準？我是搞皮膚的我怎麼會看屍體？我告訴你皮膚科以後你一定要選皮膚科，還有你一定要選對醫院，你懂不懂，啊？」

基於對一切醫生與學長貫有的恭敬，君俠點頭表示同意。

「選對醫院，很重要，」三百磅醫生悶悶不樂說，君俠見他臉上的肌膚，果然保養得極白嫩，有點缺乏雄性荷爾蒙的嫌疑，他繼續說：「信不信由你，我有過好幾個同事，就是選錯醫院，整個人都給毀了，毀了，就這麼準，我為什麼選河城？我真是後悔死了我，說一句不好聽的話你別見怪，剛才我就坐在這邊一直想，飛機為什麼不直接摔進河城？咦？談這些幹嘛？剛才我說到哪了？」

「說您對不起，害到我。」

「對，沒錯，說到這件事——」三百磅醫生從座椅上奮力挪高身體，神秘兮兮四下張望，四下並沒有旁人，只有君俠與他坐在診療室裡，房門早就被他上了鎖。

「——這件事情真的很變態，」三百磅醫生壓低嗓門，情緒卻又恢復激昂：「請問現在是中古世紀嗎？我們這裡是鐵幕國家嗎？還搞這種苦刑室？真瘋狂，把人打得半死不活，現在還好，以前天天打，你想都沒想過那些折磨人的法子全用上了，我的血壓就是這樣給飆高的，叫我再踏進那邊，對不起我拒絕，整件事就是這樣！」

說到這兒，他的胖臉已經幾乎要貼上君俠。君俠現在確定了，這位三百磅醫生沒有直線敘事的能力，他略作思考，選擇重點問道：「請您告訴我，辛先生他，為什麼要把那個訪客關在密室裡？」

三百磅醫生吃了一驚：「原來你完全沒搞懂啊，我的老天。」

「人不是辛先生關的。」三百磅醫生說。

他推開座椅在桌前走來走去，喘息不已，灌下半杯可樂潤喉，他說：「老天，這樣我該從哪講起？我告訴你，這整件事最衰的就是辛先生。不對，我更衰！」

然後他再三要求君俠保證，絕不洩露機密，才終於說出原委，以凌亂的敘事風格。

「訪客是軍方的人，跟河城沒有半點關係。」這位訪客不知怎的闖下了大禍，遭到軍方收押，那樁禍事查來查去，不知怎的竟然變得非常棘手，「沒辦法繼續在軍隊裡辦這個案子了，」三百磅醫生說，但是又無法將訪客移交給別的司法單位，「因為牽連太大，大到嚇死你」，只好想辦法找個秘密的地方，繼續拘留訊問訪客，那地方最好與世隔絕，非常易於掌控，又和軍方完全無關。

「你說這麼巧，河城正好合適，軍方和河城的上頭單位談一談，就把訪客送過來了。」

原本是單純的一件事，「河城只管出地方，審問的事情由軍方負責，整件事搞得很神秘，連河城裡也沒幾個人知情，」三百磅醫生說，「審問什麼我不懂，只知道要問清楚一些事，訪客只要招供就好，大家都交差，」但——

「但就是有這麼倔強的人，怎麼問他都不說。」一開始還客客氣氣地訊問，後來，無計可施，「就開始打了，」三百磅醫生又把胖臉貼近君俠，陰鬱地說：「你要知道，打人這種事，只要一開始，就沒辦法好好結束。」

出借場地變成刑房，當時的河城主管受到極大刺激，「太沒種，竟然跳河自殺」，這下把上層全嚇傻了，動用了不少關係把意外粉飾過去，又緊急派一個軍方的官員來接管河城，「這邊就像一艘沉船一樣，很多單位手牽手，一起越陷越深，」新到任的主管親自帶來一批軍方的手下，「包括我，大家都還以為只是短期的任務。」

「所以說您是軍醫？」君俠問。

「廢話，不要打岔好嗎？說到哪兒了我？對了新主管，那傢伙是真正的變態，他才不關心什麼案情，他只負責揍人，我負責醫，沒多久，那個主管忽然自己吐血暴斃，他死得真爽快，把我撇在這裡。」

「然後辛先生就來了，高興得很，不知道上了沉船。」三百磅醫生坐回椅上，喘息，有混濁的呼嚕聲在他的胸口嘶鳴，那聲音好像來自一隻快樂的貓，但是三百磅醫生的表情哀愁，他偏頭思量，眼珠朝著天花板移來移去，喃喃說：「這種事學校不會教你，醫院不會教你，你要親眼看過才會知道，打人的，自己受傷更深，真正的無藥可醫。」

君俠呆坐著，仍舊合不攏嘴，也不再發問，太官方的事件，感覺上該是屬於電視新聞的深度報導，或是某種大人物回憶錄之類的東西，自己怎麼可能倒楣到牽涉其中？

三百磅醫生繼續說：「大家都被訪客害慘了，辛先生很快也會掛，你等著看吧，他撐不了多久的，我幫他開好多張病歷證明了。」

「這件事跟辛先生有什麼關係？」君俠不由得問。

「怎麼會沒關係？人就關在他這裡。」

「那是軍方的事啊。」

「軍方已經不想管了。」

「啊？」

「你小孩子不懂事，要知道，上面改朝換代很快的。」

「可是我真的聽不懂。」

三百磅醫生瞪著君俠發愣，嗚喘一陣後說：「主要是真的問不出東西，那個訪客，早就被關傻了，被整成了廢物，跟個白癡沒兩樣，軍方想要賴不管，但是你說怎麼辦？滅了他嗎？誰來下命令？把他送走嗎？身分早就塗銷了，這種人還不是送來河城？」

「……好像還是不太對。」

「當然不對，從頭開始就是大烏龍，很多大官為了這件事煩得要命，現在他們想把爛帳推給河城，你說辛先生有多尷尬？一個學園藝的斯文人，他根本拿訪客沒辦法。」

「他可以堅持不留訪客啊，辛先生應該有這個權力。」

「他那點權力算個屁？連他的上頭單位都認栽了，大家只能聯手隱瞞下去，這件事情如果曝光，很多人都會遭殃，你說辛先生自己能脫身嗎？他早也是共犯了，辛先生是進退兩難，他沒一天睡得了好覺啊。」

喝了口可樂，三百磅醫生堅決地說，「現在只能把訪客藏到底，未來要怎麼解決，我們小人物管不著，自然會有人操心，你只要知道一件事，軍方已經開始撤走人力，以後只會留幾個人幫忙看守，我也不管了，我絕對不會再踏進那間密室，反正——」

這時有人敲門，護士小姐踮高腳尖，正透過門扇的小窗朝裡張望，三百磅醫生起身招呼，乘開門前的空隙他說：「反正我服了辛先生，沒有人可以用了，他想到去監獄借人——不是在虧你啊你別介意——反正你多加油了，不難照顧，訪客很安靜，你把他當作植物人就好，比我以前輕鬆多了，辛先生又不會扁他你說對吧？」

愁眉苦臉的護士扛進來整箱雜物，肩上揹著外出裝備，她和醫生都要前去空難地點支援。君俠連忙起立站在一旁，三百磅醫生簡單檢查那箱雜物，邊掏邊抱怨：「帶這麼多藥幹嘛？飛機摔成那樣不可能有活口，連帶個東西也要我操心，我簡直快忙死了我，君俠我得走了，你那邊的事，我什麼都沒說，我是在自言自語，你是在偷聽，都懂了沒？再見啊。」

「謝謝您的自言自語，三百磅醫生。」

「客氣什麼，叫我三百就好。」

32

那次的空難，跟一切的空難一樣，災情席捲了各種新聞報導，又從報導版面中慢慢退潮，終至於只剩下一小串罹難統計數字，只有在後來新空難發生時，這串數字才會再度被提起，排列在很細小的表格裡。

數字之外，許多與空難相關的後情，並沒有太多人知悉。

後情之一，跟隨三百磅醫生馳援現場的護士小姐，事後患上了厭食症，這是一種令群醫束手無策的頑疾，連護士小姐的護理常識也幫不了自己，但是她有理性，她聰明地逼迫自己吃巧克力維生，雖然嚥下後多半吐了出來，她還是在短期之內，買光了河城所有自動販賣機的巧克力條，以致於長期罹患強迫攝取甜食症的秘書面臨缺糧的窘境，這位專屬於辛先生的矮胖秘書，在熬夜準備升等考試的淒涼寢室裡，連喝下好幾瓶汽水應急，腸胃還是很空虛，當機立斷，他摸黑溜進餐廳，沿桌收集砂糖包，偷了滿滿兩口袋，臨去時與前來查看的胖廚娘撞個滿懷，惱羞成怒，他以隨口編造的各種事由將廚娘訓誡了一頓，傻眼的廚娘直到大半晌後，才想出言辭反駁，但秘書早已經氣沖沖離開，她於是落寞地孤站在暗夜裡，思念她的女兒，只要遇上任何委屈她就會想起女兒，女兒是個白子，生性羞怯需要加倍的愛，但廚娘的婚姻那麼不幸福她怎麼給得起多餘的柔情？女兒於是嫁得太早，住得太遠，過得比廚娘更不幸福，幸福真有那麼難？這個問題太深奧，以致後半夜廚娘再沒睡著，第二天，她煮出了幾大桶白脫奶油雞球，午餐過後，城裡有百餘人上吐下瀉，全都緊急送進了診所，三百磅醫生的收縮血壓因此竄高到了兩百一，護士小姐在這天遞出辭呈，河城貼出徵才啟事，連貼了一個多月，才徵得一位新護士，開著紅豔的小車進城，穿著自行修改過的火辣護士裝。

之二，空難現場的清理工作結束了，連檢方蒐證工作也撤離了，只留下一個渦旋蟲型狀的大坑，坑底平均深達三十呎，還是有人繼續挖掘中，挖掘者都是些投機的閒人，想鏟出些漏網的財物，但希望越來越渺茫，到最後坑底只剩下兩個人繼續奮鬥，因為很奇怪的靈感，兩人決定垂直深挖，這個早晨，鏘一聲，鏟子觸到了硬物，清除餘土，出現一個水泥實心的立方體，敲碎水泥，其中是一只蠟封的小鐵箱，興奮地撬開鐵箱，裡面只見相簿、一本自傳、幾片光碟、一些不值錢的生活小物，拉拉雜雜，活脫是某個人的微型起居室，原來這是前些年流行的時空膠囊，有陣子人們喜歡將自己的生存紀錄埋藏在地底，挖掘者快速將鐵箱估完價後，感覺很洩氣，一時又想，也許鐵箱還有點新聞價值，也許應該找記者來看看，另一個挖掘者卻想著，×的，人真希望讓別人記住自己。

之三，君俠不再登上天台看夕陽。

33

君俠花很多時間藏在地底，密室裡。

人們只見到這個愛臉紅的大男孩偶然進入行政大樓，打卡簽個到，在他的隔屏座位裡讀讀報紙，虛晃一番，然後就悄然離開，他上的算是什麼班，沒有人知道。

取道診所中秘密通道，穿透山壁進入地下基地，有個安靜的訪客恆久躺在密室裡，混身舊傷，成天癱睡。隱密的守衛分三班制日夜前來輪值，他們見著了君俠總是很客氣，喚他醫生。君俠將訪客清洗得乾乾淨淨，透過三百磅醫生支應，又新運來了一些療護用具，君俠開始研讀復健教材，這些，沒有人知道。

辛先生與君俠的關係親蜜，人人都知道。

偉大的八卦蓄勢待發。這其中必定大有文章，否則辛先生為什麼常常留君俠在辦公室裡，陪著他上班？耳語越傳越精采，地位越高的人，人們總想從他身上挖掘出越大的醜聞，而城裡再也沒比辛先生更崇高的人了，因此絕對可疑，許多人密切注意著辛先生的門扉，對門內風光寄予至高無上的期望。

沒有人知道，君俠是不請自來的。地下基地不是適宜久待的地方，君俠需要透氣，需要陽光，每回離開密室，他便不由自主回到辛先生身旁。既然辛先生總是頷個首表示歡迎，君俠就放膽了，自動找位置坐下，喝些熱茶，看著他辦公，看得出神。

有時也會撲空，只要辛先生長時間失蹤，君俠就知道，他一定又去花房裡忙活了。辛先生擅長培育花種，苗圃中的事，再忙也不讓別人插手。也許園藝對於辛先生是一種愛情，君俠這麼想，不拘於公務，只要愛上了心頭，辛先生就會匆匆離座，趕赴苗圃而去，回來時帶著一身泥。

然後他稍作梳洗，回座辦公時，整個人清新得像是早晨的第一場雨。君俠呆望著他，真喜歡看辛先生得閒時靜靜看書的模樣，尤其喜歡看辛先生下棋，人跟自己對弈的局面真有趣，君俠不插嘴，不打攪，只是悄悄觀棋。

「可以請你幫我看看嗎？」辛先生朝他招手。

君俠應聲起立，來到棋盤前，正要開口，辛先生指著自己的脖頸說：「我的喉嚨，感覺不太舒服。」

「啊，要不要請三百磅醫生來看看？」

「你幫我看吧。」

「好，怎麼個不舒服法？您感冒了嗎？」

「沒感冒，只是覺得喉嚨裡好像有東西。」

「有東西？可以形容一下嗎？」

「不太確定，很小很硬的東西，哽在那裡，總嚥不下去。」

君俠調整檯燈，他試了幾個方位，決定像個牙醫一樣站在辛先生椅背後，讓辛先生仰頭依偎在他懷裡，張大口腔，很順從地任由他觀察。

片刻後君俠扶正辛先生的頭顱，說：「沒看到什麼異常，可能是慢性咽喉炎。」

「那是什麼狀況？」

「組織慢性發炎，會讓您很想咳嗽，也可能讓您的聲音沙啞，喉嚨那邊會有異物感，您最好去大醫院做個詳細檢查。」

辛先生認真聆聽，不停作聲騰清喉嚨，檯燈還直射著他，映照出他整張臉色蒼白。

辛先生好像真的生病了，君俠想。懷裡依稀留存著他的體溫，近距離的觸感很奇特，君俠幾乎忘了辛先生是個頂頭上司，第一次忽然發現，辛先生其實是個年輕人，比自己大不上多少歲，他是怎麼應付這麻煩萬分的身分？怎麼將自己裝扮成這樣一副深沉？怎麼從沒想過，或許辛先生的心裡又害怕又孤單？

至少確定是孤單的，要不然，為什麼他時常藉詞喚君俠上前，實則是尋求聊天？

也不算標準的聊天，通常是由辛先生發問，君俠立正回答，問答皆在一句之內，現在辛先生關心起了君俠的家庭。

「家裡還有哪些人？」他問。

「有媽媽。」君俠回答。

答得乾脆，反而懸疑，總感覺少了後半句。辛先生想了想，決定不過度觸犯君俠的隱私，他慈祥問道：「想回去探望她嗎？」

這提議讓君俠的表情變得一片空白，從那片空白中，辛先生瞥見了一點傷心的成色，他於是動念，怎麼找出通融的程序，好讓君俠回家一趟，但是君俠開口說：「不想。」

兩個人都沉默了，都進入各自的心事，接著辛先生繼續問：「你坐了多久的牢？」

「二十一個月。」

「二十一個月……這麼說來，比我還久啊……」辛先生若有所思，不勝感慨，他說：「我來這邊三百二十六天了。」

34

只有坐牢中的人才會這樣數日子過活。

為了辛先生的這句話，君俠常常想，什麼叫作囚？

因為確實坐過牢，君俠能以特別的深度思索這問題。他得到的答案是，只要是讓人受罪萬分，卻又無力脫離的，都算監獄。

照這個定義，誰不是在牢籠之中？好極了，帶刑在身的君俠不禁感到一陣寬慰，又不禁想起了禿鷹。

禿鷹的確是囚犯，而且還是個獨囚，被語言徹底隔離，他的濃重口音就是銅牆鐵壁，在那裡面拘禁著一顆饒舌的心靈，只能透過一個很高的窗口吐露衷曲，但別人聽起來，誤認成了搥壁噪音。

三百磅醫生也是個囚犯，他的牢獄就是他的胖，由脂肪構成無期徒刑，併科勞役，一動身就喘，說話也喘，連笑起來都是負擔，他的噸位讓女人退避三舍，讓孩子啼哭，他的正面和背面都能製造笑料，他的手銬就是腕錶，緊緊陷進肉裡，脫下來就是一圈勒痕，世界對他來說永遠太窄，他整天擠出一身汗，他的前途是一張血壓與血糖控制表，這條路令人心灰意懶，不管他怎麼走，總惹人嫌他累贅，而他的肚子太餓，出口又太小。

想到這兒，君俠察覺自己不厚道了，其實漸漸發現三百磅醫生是個善良的人，而且重感情，雖然拒絕進入密室，他還是常指點君俠一些專業問題，也費心幫忙採購各種必需品。

兩人常相偕坐在電腦前，一起瀏覽專科題目，偶爾三百磅醫生也傳授一些獨門絕活。

「注意看這兩支耳窺器，」三百磅醫生說：「它們有什麼不同？」

君俠仔細看兩組盒裝器材，看不出什麼不同。

三百磅醫生得意非凡，移動滑鼠開網頁，解釋道，其中一支是從拍賣網站上低價標購的二手貨，「幾乎是全新的，你再把標籤磨壞一點點，」三百磅醫生說，然後混充成診所購入的同色物品退貨，「差價就出來了，免費外快。」

「這樣做好嗎？」君俠驚問。

「有什麼不好？」三百磅醫生暢然地說：「不然待在這種破診所，你想窮死啊？」

總覺得不好。但其中又有另一種好，三百磅醫生處處顯出對他不見外，不藏私的友善，完全將他當成了一個寶貝學弟。三百磅醫生開啟新網頁，興高采烈說：「來，送你一個大禮。」

那是個全新的帳戶。

「這個帳戶給你用，」三百磅醫生說：「以後你想買東西就方便了，盡量用，每個月用現金跟我結個帳，不收你手續費呵呵。」

的確是慷慨的大禮。因為遭到褫奪公權，君俠動用電子信用時，常常莫名受阻，他端詳螢幕上的帳戶，尋思道：「但是我好像不缺什麼。」

「沒這事，人怎麼可能什麼都不缺？」

「好吧我想想，」君俠當真思索，半晌後說：「有沒有園藝方面的雜誌？」

「怎麼沒有？」

三百磅醫生查詢出洋洋灑灑幾十頁雜誌簡介，兩人對於園藝都是外行，於是決定憑感覺挑選，「巴比倫花園」，這名稱讓兩人一致感覺很可愛。

第一次收到雜誌時，君俠的感覺很欣快，好像和這世界吵過一架後，再度握手言和。

但是他收到的不只是雜誌，還有另一封小小郵件同時寄來，與巴比倫花園淡棕色的大信封一起靜靜躺在桌面上，君俠躊躇幾天，才開啟了它。

從監獄轉來的郵件，裡面又是一封小函，已經被拆閱過。

那是媽媽的死訊。媽媽在數週之前，猝逝於心肌梗塞。

35

渦旋蟲型狀的大坑，坑底很凌亂，兩個挖掘者在燒焦的硬土堆中奔忙，將水泥碎塊與小鐵箱佈置成半出土的模樣，然後高興地等待。

但是一個記者也沒來。

媒體說法是，埋藏才幾年的時空膠囊，年代不夠久，沒有新聞價值。

一個挖掘者問：「現在怎麼辦？」

另一個挖掘者答：「再往下挖看看。」

「還挖？」

「再挖，不夠看頭是吧？那我們就往下挖。」

「我就不信底下還有東西。」

「跟你賭了，一定有東西。」

一個挖掘者心裡想，×的，同一個坑，還能挖出多少東西。

另一個挖掘者卻想著，就是這個坑，沒錯，出土的時空膠囊就是個好兆頭。他偶爾也兼差盜墓，向來不信邪，不怕鬼，但他很相信兆頭，更相信靈感。

現在他的靈感不斷。在這墜機現場揮鏟無數次後，他忽然感受到了來自地底的召喚，產生一個奇怪的信仰，他相信問題不在地點，而在深度，只要興之所至，隨處深深地挖掘下去，一定能發現意想不到的驚奇。

最大的靈感是，這個坑讓他感覺很浪漫。一個盜墓人就不該有浪漫情懷？陷在三十呎深的坑底，他的同伴在一旁煩躁地抽煙，他卻感動得想痛哭，就是這個深度，筆直追溯下去，下面是千年前的屋宇，萬年前的柴堆，億年前的爬蟲類，億的下一個單位是什麼？他說不出來，但是他看得見，那是一個大規模的年代，什麼都大，荒遼無垠，峽險山峻，流星撞擊過來，扯裂地表，塵灰吹天，四方火山群猛烈噴發，濃雲在低空一塊塊相會，連綿成千萬哩的陰霾，一道道超級颶風在雲幕下迅疾生滅，閃電漫空遊走，巨雷憤怒轟地。

然後是四千年不斷的大雨。大雨。

「就是這裡，我們繼續挖下去。」他說。

36

當他們挖出那具甕裝的乾屍時，記者們全員到齊了。

讓考古學家扼腕的是，兩個挖掘者自行揭開了甕封，幾乎將古代遺骸破壞殆盡。

「前所未見‧最美的史前埋葬方式！」這是媒體刊登的報導標題。

只能從殘存的遺屑，和兩個挖掘者的現場目擊拼湊線索，這是個史前的女性，呈屈身抱膝的坐姿藏在甕裡，年代估計約六千到八千年，按照不成文的慣例，學者們為她取了個小名，珍。「珍」的體長約五呎三吋，年齡不超過二十，可能未曾生育，深褐色頭髮，骨架纖細，死因不詳，未配戴任何寶石飾物。

甕裡曾經灌滿不明油脂，但已經全乾化成粉末狀，根據兩個挖掘者的說詞，初出土時，珍的衣物已經無存，軀體四肢栩栩如生，肌膚面容宛若透明，及腰長髮結成單辮，辮梢在風中輕輕飄晃，「是個美人。」兩個挖掘者堅稱。但是陽光照射過來了，陽光來了，珍她，她一見光就慢慢坍碎崩散，化作棉絮一樣片片飛揚。

等到真正的專家趕赴現場時，珍已經大致瓦解，橫陳委婉在泥土上，筋肉成灰，骨骼俱裂，唯一具體的竟是內臟，依稀從珍低垂的頭部，高高繞過頸項，順著背脊的曲線滑下，在腰部幾乎中斷，再往下又成團，整副臟器石化不腐，型成一個堅硬的問號。

經過精密的研究化驗，那不是內臟，組織切片在顯微鏡中現形，百折千迴，全是糾纏的植物纖維。那是花。從食道到腸腔，塞滿了千百朵含蕊的花蕾。

奇異的古代花葬讓墜機坑洞再一次聲名大噪，官方將現場列為重要史蹟研究地點，人們蜂擁而來，新興的旅遊業者在丘陵地上縱橫奔車，連河城也沾了光——常有迷途的旅客誤闖，人們不介意河城與古蹟地的差別，一落了車，見到什麼都激賞，對腳下的赭紅色泥塵多了幾分想像。

重見天日的古蹟坑洞，好像寂寞太久，開始傾訴不絕。考古學者在花葬處擴大開挖，同時期的人文遺址陸續出土，繼續往下探索，更深的地層裡發現了新石器時代的狩獵用具，幾把銷蝕不成形的手工斧刃，嵌在一片沉積岩表面，在同一片岩塊裡，又採得白堊紀的爬蟲化石。

緊接著化石，學者們尋獲更上古的生物遺跡，但那都是後來的事情了。

正當「珍」震驚考古界的那陣子，河城的密室裡還有另一段歷史，永遠遭到埋藏。

這段遺失的歷史，結局到底如何，眾說紛紜，因為連當事人也說不分清，幸而開頭很明確，始於一把手術刀。

不鏽鋼刀片，旋接上三號刀柄，刃鋒是食指的延伸，合體完畢。君俠揮動手術刀，一剖到底，切面沒有多餘肉屑。

再一橫刀，肉分為四塊，接著依次縱橫下刀，肉排化為方方正正的骰子大小，君俠用左手的止血鉗夾緊肉粒，繼續切割下去。

站在活動隔簾後的醫療專區，藏在山崖底的地下基地，君俠以手術檯做為桌面，以一個不銹鋼盤充當砧板，他正在努力切菜。幾片菜葉肉塊已經分解成細渣，他還是不停手。

他在思考：「我在做什麼？」

很顯然，他在料理食物。所有的食材都必需切得極碎，君俠曾經見過守衛們利用果汁機攪拌，但是他偏愛動手切割，他認為這是藝術層次的問題。

切得夠爛，訪客才嚥得入喉。

嚥入喉，再來就產生排洩，一天要更換四次尿片，至少一週要浣一次腸，君俠像個保姆一樣親手打理，還兼清掃環境，一點也不嫌卑微，他認為這是醫護層次的問題。

但眼前無解的大問題是，守衛們失蹤了。

毫無徵兆，原本日夜前來換班的守衛們，已經好幾天不見人影。他們的私人物品還留在崗位上，君俠一度以為只是輪值脫了班。

第二天、第三天，還是不見守衛前來站崗。君俠通報這情況，辛先生聽了，只是平靜地答覆：「我曉得。」

他曉得。他並且囑咐君俠好好照顧訪客。

「我在做什麼？」到第四天時君俠開始自問自答，「我在做地下醫院院長，兼護士，兼雜工，好了別鬧，我在服外役，外役一天可以抵銷兩天刑期，辛先生保證過的。」

「一天外役抵銷兩天刑期，無期徒刑，抵銷掉多少天又有什麼差別？」

答不出來。換個問題。「他們到底想怎麼處理訪客？」這也不好回答，「辛先生一定在忙著跟軍方交涉中，現在一定是公文滿天飛，對，他們一定會談出解決方案。」

「但是人都到哪裡去了？」

守衛們都到哪裡去了？為什麼全體撤離？雖然不常與他們打交道，但有人駐守在一旁，總是添了分生氣，如今這兒特別顯得陰森森，空蕩蕩，連打個噴嚏也回音半晌，無聊得讓人自言自語，真希望有個伴，可惜三百磅醫生拒絕前來，而辛先生，自從上次帶領君俠進入密室之後，再也不曾來過這裡。

君俠將切好的食料全移進碗中，攙入高蛋白奶水與麥糊，形成一碗黏稠的粥狀物，他取出洗碗精，開始仔細地沖洗手術刀具。

忽然一陣蜂鳴器作響，顯示有人來訪，君俠接聽牆上的對講機，是辛先生。

片刻後辛先生大駕光臨，面色凝重的三百磅醫生也陪伴在一旁。

朝君俠頷個首，辛先生直接領著三百磅醫生走向關訪客的密室，君俠連忙跟上前。在走道上，距離密室十幾呎，辛先生就停步了，他習慣性地掏出手帕捏在手裡。

密室的門扇全開，可以看見訪客正安靜地臥睡在床墊上。

「為什麼沒鎖上門？」辛先生問。

「正要餵他吃飯，」君俠回答，又補充道：「您也看得出來，他根本沒力氣起床。」

辛先生點了點頭，擎起手帕掩鼻，但這兒早已被君俠打掃得乾乾淨淨，不再有一絲異味。辛先生注意到密室裡改觀不少，原本是個徹底的空房間，現在擺上了床墊，添了幾個活動小櫃，一疊尿片整整齊齊堆放在小櫃旁，有輕輕的音樂聲傳來，君俠在牆角放了一台收音機。

沒有讚許，沒有反對，辛先生遠遠觀望著密室，他在納悶，有件事非常不對勁。

「說過話嗎？」辛先生問，他指的是訪客。

「沒有，已經癡呆了，好像不會說話。」君俠回答。

「那也未必。」

這話讓君俠一懍，好厲害的語氣。

辛先生偏著頭思考，三百磅醫生趁機對君俠抬抬眉毛，算是個親切的招呼，辛先生以掌拍額，恍然大悟，「燈呢？」他問君俠：「怎麼把燈都關上了？」

「啊？」君俠困惑答道：「燈已經開了啊，您看上面，大燈是亮的。」

「都還暗著，怎麼說開了呢？」辛先生怏然不快，他邁步上前，君俠第一次見到他踏入密室裡，辛先生像股旋風在室內團團轉，賭氣似的一一指出天花板上的燈具。

「這邊，這邊，還有請看這邊，整排都是看得見嗎？」

天花板上，除了兩盞普通的室內大燈，又添加了縱橫條列的輕鋼架，其上安置許多杯型小燈罩，那是只有展覽場合或攝影棚才使用的，非常強力的投射燈光。

「這些燈，把它們打開吧。」辛先生說。

「可是太刺眼了。」君俠不禁抗議。

「請全打開。」

君俠照辦。辛先生滿意了，他瞇起眼細數，「二十六盞，永遠不准關上。」

「……好的。」

君俠回答。說不上為什麼，也許是辛先生使用了嚴厲的口吻，聽起來有點陌生。

37

如果說，辛先生後來的性情劇變，這一天是個關鍵性的轉折點，君俠是反對的。學醫的素養，讓君俠學會從深處看癥象，一個病來得又猛又急，背後通常是源遠流長的潛伏期，當深深隱藏的病灶慢慢成熟，浮現出來一陣暈眩，一道紫斑時，醫生們都知道，轉折點早已經瀰漫在無法捉摸的地方。

他始終情願相信辛先生是個仁慈的人，至於辛先生為什麼變得越來越教人心寒，君俠總感到另有原因，也許辛先生的心裡還有其他壓力來源？又或者，君俠猜想，是基於好奇？對於答案與真相的好奇，驅使他將訪客當成了假想敵。

這種情況有個俗稱叫作「槓上了」，跟理性無關，是情緒面的問題。一個活生生的例子就曾發生在君俠的大學寢室裡。某個好同學，某一天，趴在被窩裡作功課，他遇上了一道微積分習題，據說算是非常經典的一題，這同學拆解了半天，解不開來，事情就這麼發生了。明明是個素來不太熱衷數學的人，明明解題答案就在後幾頁的課本裡，但是同學不肯接受失敗，他熬夜奮力作答，直到累癱睡著前也沒答出來，接下來，同學連續三天兩夜足不出戶，鎮日坐在書桌前塗寫運算程式。

「他跟那道題槓上了。」大家這麼不失佩服地說。

「解開了沒？」開始有人來敲寢室門，這樣嘻笑問道。同學在寢室門口掛了一張手繪紙卡，上面寫著「凸・勿擾」。

同學翹了幾堂很重要的實習課，放棄吃飯，連室友邀他打牌也拒絕，他還在電話裡跟女友大吵了一場。寢室裡的氣氛變得很低迷，因為在這三天裡，君俠與其餘兩位室友都偷偷作了同一道微積分，大家都順利解了題，只剩這位同學，坐困愁城，還瘦了兩磅，長出鬍渣，看起來似乎很痛苦，又彷彿很痛快，他精神奕奕，在地板上做柔軟操，活動完畢又跳回桌前，不解開題目誓不罷休，他執筆運算的那副模樣，痛快得咬牙切齒。

當然，這天與辛先生同站在二十六盞強光照射下時，君俠無暇回想這位同學，他心裡想的是另一個問題：「剛才我為什麼要撒謊？」

為什麼騙辛先生說，訪客不會說話？

訪客就像個典型的失智病人，平日發出的多半是毫無意義的咕嚕音，但也有例外的時候，好幾回在君俠幫他擦洗或是餵食的半途，訪客突然清楚過來似的，很艱難地探出手扯住他的衣袖，發音含糊但明顯地向君俠道聲謝，每次都嚇了君俠好大一跳。現在面對辛先生的詢問，君俠卻不由自主說了謊，因為無法解釋的預感，他覺得隱瞞這事比較妥當。

打開了所有的探照燈後，辛先生的心情舒緩一些，他滿意地欣賞滿排燈光，之後一低頭，赫然發現訪客就躺在他腳邊不遠，辛先生當下顯得著實尷尬，想退開，又禁不住好奇，猶豫了片刻，他站定仔細觀察訪客。

他的神色讓君俠相信，這是他第一次如此近距離看訪客。辛先生眉頭深鎖，萬分疑惑，他緊繃的姿勢顯然極為警戒。

「他的臉為什麼……」辛先生尋找精確的措辭，「不太對稱？好像坍了一邊？」

「因為他左邊的牙齒全被打脫落了。」

「是嗎？請讓我看看。」

為了預防訪客跌落床，君俠只在地上擺了床墊，現在君俠蹲下來，扶正訪客的臉頰，扳開口腔，左邊的上下齒槽果然空空如也，其實如果仔細按捏，也可以摸出左顴骨還有骨折過的痕跡。訪客在君俠的擾動之下，懵懵然甦醒。

辛先生彎下身，迅速看了一眼，雙眉擰得更緊了，複雜的表情浮現滿臉，那是吃驚、疼痛，與一些同情。

「那個……床單，麻煩掀開來一下。」辛先生繼而這樣要求君俠。

「呃，可是才剛換下尿片。」

「所以說？」

「辛先生，他下面沒穿褲子。」

「我明白了，請把被單打開吧。」辛先生說，他又轉向三百磅醫生，作態輕鬆地說：「這邊又沒有女人，沒什麼不好意思的，您說是嗎？」

三百磅醫生於是附和地笑了笑。

君俠掀開整片床單，辛先生俯身而視。

訪客的雙膝自覺地往上一屈，赤裸的下身傳來一陣涼意，與空虛，他茫然轉過頭顱，目光漸漸聚焦，直接對準辛先生。

辛先生馬上往後退開，回頭四處尋找君俠，君俠就站在他的身邊。

「君俠啊，以後這邊就靠你了，請務必答應我，好好照顧訪客，若是需要什麼幫助，請儘量向我提，不用猶豫好嗎？」

辛先生離開了。三百磅醫生望著他的背影，舒一口氣，開始移步到處察看，又向君俠討垃圾袋。

三百磅醫生將守衛留下的私人物品全掃進袋裡，很快就裝滿了幾大袋，君俠陪著他來到醫療專區前，三百磅醫生從櫃裡掏出幾疊文件，全是他親筆寫下的訪客病歷。

「不好意思啊君俠這是上頭命令，跟軍方有關的東西我通通都要帶走。」三百磅醫生邊說邊撕病歷，再胡亂地塞進垃圾袋裡。

「到底出了什麼事？」君俠問，「那些守衛都不回來了嗎？」

「不會回來了，以後這邊都是河城的事情了，這也是我最後一次來密室。」說到這兒，三百磅醫生停手，迷茫地游目四顧，「老天，我真討厭來這邊，我告訴你這間密室很邪門，真的邪門，每來這邊一次就短命一天。」

「三百大哥別嚇我。」

「我幹嘛嚇你？」三百磅醫生正色說：「真的很邪門，弄出這樣一個地方，沒有法律可以管，不會留下記錄，你再怎麼胡搞也沒有人制裁，就毀了，就全走樣了，你都不知道在這種地方，人可以做出多麼奇怪的事情……算了你小孩子聽不懂，反正我親眼看過，好好的人進來這邊，沒多久全成了怪物。」

君俠聽得懂。

「我說真的不騙你，這裡還會害死更多人。」

三百磅醫生太感傷了，君俠想，況且他非常不喜歡聽見這個死字，所以轉換話題說：「軍方不管了，辛先生現在一定很煩惱。」

「是我就不會這樣說。」三百磅醫生搔了搔頭，「就我所知，是辛先生自己要求他們撤離的，軍方當然樂得答應，原因你就不用問了，因為我也想不通。」

「……」

「別想太多了，」三百磅醫生一改剛才的悲觀，反過來安慰君俠似的，「你就當作是個工作，對吧？以前的事情你就當作不知道，我們講單純一點，從現在開始，天不管，地不管，訪客歸你和辛先生兩個管，你看多單純？」

38

在這封閉的地下基地裡，至少光線就不太單純。

日夜不停強光照射，密室的門縫永遠鑲著一圈燦爛，那輝芒像許多把小劍，無形地延伸，慢慢刺進人無法說得清楚的地方。

辛先生公忙之餘開始前來探訪，總不忘攜來慰勞的小點心，見了面，體貼問候：「你一個人辛苦了。」

總是這一句，君俠回一聲：「哪裡。」為了接待辛先生，他常中斷手上的縫紉。

他的一雙手是為了外科手術而生，為了維持指頭的靈巧度，君俠習慣作些針線活，他已經幫訪客縫製了許多眼罩，圍兜。

嘉許幾句後，辛先生就在密室前的走道上徘徊，來回走，有時停步沉思一會。沉思完後辛先生會喚君俠上前，要他開啟門鎖，又指使君俠搬來一張座椅。

密室的鑰匙辛先生自己就擁有一副，而椅子，實在沒道理每趟搬來搬去，這用意太明顯，辛先生是藉故讓君俠緊貼在身邊。

密室裡，辛先生坐在椅子上，君俠陪站在一旁，訪客恆久臥在床墊上。

辛先生已經不再駭怕接近訪客，椅子越挪越向前，辛先生長久驚奇地觀望，看多久也不厭倦，接著又進一步，辛先生打破沉默，他似乎嘗試與訪客對談。

訪客弓起身軀，像蝦子一樣，胸腔裡荷荷作響，那是個失敗的咳嗽，因為腹肌缺乏力量，他運不出氣，辛先生說：「你這是何苦？」

訪客翻個身，解悶似的伸手摸索牆壁，辛先生說：「一定要讓大家都為難麼？」

就是這情景讓人感到不單純，辛先生到底要做什麼？該不是想親自審問訪客？

真瘋狂的聯想，二十六盞強光卻又照耀得那麼寫實，君俠記得特別清楚的那一天，辛先生在密室裡默默靜坐，坐得出奇的長久，君俠得到辛先生的允可，在一旁開始抹地，來來去去擦洗之中，訪客顯然睡了一場好覺，悠然轉醒，開始在床墊上舒活筋骨。而辛先生始終坐在訪客身旁，垂首將臉深埋在雙掌中，偶然抬起頭時，俊雅的面容上滿是倦意。

從君俠的眼底看起來，他們兩個之間，比較受罪的人是辛先生。

辛先生掏出手帕咳了一陣，接下來的舉動令人難以理解，他朝訪客誠懇地說：「請告訴我，到底希望如何，你才願意合作？」

訪客打了一個愜意的呵欠。

辛先生離開座椅到床墊前，「請你說出來吧。」

「你到底說不說？」辛先生搖撼訪客的肩膀，訪客吃了疼，怪叫起來，辛先生意識到自己的行為非常不妥，慌忙收回手，正好一瞥見自己的腕錶，他立刻站起身，以手撫額，很震驚似的，他朝門口疾步離開。

辛先生在密室外急急呼喚君俠跟上。

君俠擦淨手跟上前時，辛先生早已經穿過甬道在診所中等候，兩人一起快步走回辦公室，一路上辛先生頻頻看錶。

回到辦公室裡，辛先生就竄入他的私人盥洗室，再露面時，渾身都是清爽的古龍水味，一邊還忙著梳整髮型，才入座他就皺了眉頭，急按內線召來秘書。

「不是早叫人給撣灰嗎？」他問秘書。

「撣過了，」秘書答：「也吸過塵，我叫他們到處都清了一回。」

「是麼？」辛先生放下梳子，很懷疑地四處端詳，他來到窗前，步步看地毯，手撚起窗紗一角檢查。

「要不要叫人拆下來洗？」秘書機靈地問道。

「唉怎麼來得及，茶水呢？」

「沒問題，正在煮咖啡。」

葉遞給他。

「啊，真是的你，」辛先生一頓腳，「不是交代的那罐紅茶麼？我櫃裡那罐。」

「好的那罐紅茶。」秘書的嗓音變細了，他小跑步上前，辛先生已經自己打開櫃子，取出珍藏的茶

秘書正要退開時辛先生又追問：「點心呢？」

「準備好了，雪頂蛋糕，您說的那一家，剛剛送來。」秘書緊抱茶罐慌忙說。

「請拿來我看看。」

秘書回覆之前，辛先生連坐也坐不住，他在辦公室裡四處踱步，將一盆金縷馨的面向調了又調。蛋糕送來了，秘書戰戰兢兢以瓷盤端著，辛先生仔細觀賞，嗅一嗅，親自嚐了一口，終於點頭認可，然後他招手攜君俠一起離開辦公室。

出了行政大樓，辛先生敞步急走，縱算君俠人高腿長，也差點跟不上，在中央大道上疾行一段，辛先生又減速了，轉彎朝向宿舍區，越走越緩。

職員專用的幾棟宿舍樓，錯落在花圃和群樹間，這時天候暖和，園中花朵怒放得正熱鬧，兩人在夾道的繁花中走到女宿門口，那兒很不尋常地停了一輛公務巴士，巴士旁有幾個人忙著將滿地的箱簍移到送貨推車裡。

滿地的箱簍中，一個小姐也忙得團團轉，只聽見她清嫩的嗓子連聲嬌喊：「這個別動，我自己會拿，呀，輕點輕點，我的箱子，我的帽子。」

從背影看起來，窄版的細絨短上恤，孔雀綠紗麗長裙，中空露出一截盈盈細腰，長長的髮辮在背心撩蕩，好性感的體態，那腰肢讓君俠一見難忘，心裡只想著，跟蛇一樣。

君俠與辛先生抵達她的背後，辛先生歡喜咧開嘴，有一瞬間，似乎就要呼喊出來。

小姐正好迴身，與他們照了個正面，她睜大眸子，好奇的視線朝他們兩人溜了一圈。

「這個……」辛先生忽然轉向君俠，很正式地引見，「君俠跟你介紹，這位是舍妹，名字叫紀蘭。」

君俠立正，恭敬行禮：「辛小姐您好。」

辛先生又朝紀蘭介紹：「他叫作君俠。」

「噗，電視上那個君俠？真的假的？不會吧？」

「君俠是城裡的職員，請正經一點。」

「噢……」紀蘭一雙大眼睛無辜地眨了眨，見到一旁人們堆置箱簍，她粉妝細緻的臉蛋又活潑了起來，「不行不行，那箱不能壓在下面哦。」

紀蘭搶下箱子，不料扯開了箱口，許多物品滾落，串串項鍊手環，亮晶晶髮夾，珍珠貝小鏡，都是些很女性的用品，君俠甚至瞥見一疊豔色胸罩，在箱子上端的網層露了邊，招搖著就要探出頭來。

狼狽整理一番後，紀蘭將幾只不知是真是仿的名牌提包全揹在身上，臂下挾著一頂草帽，手裡還多了一雙纖弱的高跟鞋，鞋面綴了水鑽流蘇，一晃動，就閃閃生輝。

像一棵披掛隆重的聖誕樹，紀蘭現在與辛先生相對無言，兩人就這樣僵了片刻，紀蘭始終目光灼灼，辛先生於是偏過頭，很有興味地看人們搬運行李。

「帶了這麼多東西？」他說。

彷彿看不清楚似的，紀蘭瞇起眼睫瞧他。「很正常呀，每次搬家我都十幾箱。」

「給妳準備了一間靠邊的房，窗口就是黃滕樹。」

「謝謝。」

「對妳可能小了一點。」

「謝謝。我沒資格嫌小。」

「不是這意思，妳誤會了，我很歡迎妳。」

「真的非常謝謝你，有地方住我就夠高興了。」

「妳高興就好，只是希望妳能住得習慣，在這邊什麼都樸素一點。」

「呵，跟我說樸素，好像不知道我這幾年是怎麼過來的一樣。」

「知道妳不好過，我一直掛心啊，不然我為什麼要託人到處找妳？」

「我又不難找，一毛錢都沒有，你說我還能跑多遠？」

辛先生辭窮，他偏頭再度瀏覽紀蘭的行李，「所以更加要量入為出啊。都說過一切幫妳準備好了，實在不必要帶這麼多東西。」

「有道理喔，那你叫他們把東西都搬去倉庫，丟垃圾場也可以，我只要這雙鞋。」

紀蘭擎起手上的高跟鞋，鞋面的水鑽示威一樣刺出點點燦光。

辛先生閉目忍耐了幾秒鐘，睜開眼，向君俠說：「讓你見笑了，我這妹妹就是任性了一點。」

紀蘭拿草帽搧涼，那蜂腰俏臀，怎麼站都妖嬈。

箱篋都已裝上推車，辛先生目送著整車行李推進女宿，他搓搓手，說：「先來我辦公室吧。」

「為什麼？」

「好聊一聊。」

「聊什麼？」

辛先生愣了一瞬，他輕輕點了點頭。「一路上妳也累了，妳們女生宿舍我不方便進去，就不奉陪了，舍監我已經交代過，她會帶妳看看環境，如果還缺什麼，就請打個電話告訴我，找我秘書也行。」

辛先生掏出名片，遞給紀蘭。

紀蘭咬著唇閱讀名片時，臉色出現一抹稍縱即逝的疲勞與憂傷，然後她抬起頭看辛先生，又看見立正在辛先生身旁的君俠，她恢復了神采俏麗。是個花漾男孩哪，她心裡想。君俠的整張臉爆紅。

39

君俠後來得知，辛小姐只是暫時借居河城。

耳語情報迅速流通，聽說辛小姐的素行不太優良，不只坐過牢，還欠下許多爛帳，辛先生到處幫她擺平債務糾紛，又將她接來河城，在職員宿舍裡給她安置一間房——辛先生自額支付了食宿費，這件事倒還算廉潔。

但是為什麼清廉到了大家的待遇上頭？辛先生的管理作風修改了，再遲鈍的人也不難發覺，城裡的伙食寒酸了些，工作卻加了倍，據說是因為成本刪減的關係。切身的損失最是引人反感，風評中的辛先生悄悄變了樣，變得……除了緊縮財務，修訂一些繁複的管理條例，好像一時也找不出太多苛評處，幸好有辛小姐足供大家火上添油。

辛小姐剛來不久，就與城裡的破產人傳出風流韻事，她倒貼小白臉的各種壯舉，被大家當作笑話一般，傳得人盡皆知。

妹妹越外向放浪，就越顯出哥哥的嚴肅。

本來就是不苟言笑的人，現在的辛先生看起來更加不可捉摸，不通水火，不近人情，貼身的職員都知道，辛先生近來脾氣不太穩定，前一刻還溫文儒雅，後一瞬就毫無預警地火山爆發。

「這現象若是出現在女人身上還好理解。」人們私下這樣語作消遣。

但辛先生又不是雌性，怎麼會有經前症候群？

於是有人翻書找來了新奇的名詞：「雄性前更年期荷爾蒙失調症」。

可他才三十出頭，怎麼說也離更年期太早了點。

反正無以名之，只知道最好離辛先生遠一點，近距離接觸時最好對他順從一點，不必說的話能免則免——因為事例證明，對辛先生太諂媚更加不妥，動輒招來一頓嚴斥，辛先生訓起人來連一點情面的餘地也不留，職員裡幾乎人人都遭過殃，除了君俠。

貼得夠近，再尖銳的東西也成了柔角，君俠眼中的辛先生，與其說焦躁，更像是處於困惑中，極可能是關在密室中的訪客讓他心情不安，或者正好相反，揭開了他的真實本性。

真實的本性裡，他是怎麼看待自己的妹妹？君俠自己是個獨生子，從未經驗過實際的手足之情，但他也沒見過這麼奇怪的兄妹關係。

辛小姐被遠遠丟棄在花房裡。丟棄並不是準確的說法，但大家找不出更貼切的形容。辛先生將栽培種苗的工作全讓渡給了妹妹，卻將原本配置的園丁辭退，又明令花房不再開放參觀，很有儘量將辛小姐隔離起來的意思。

從此的花房裡，總是辛小姐孤伶伶一個身影，辛先生再也不進去蒔花弄草。

但是辛小姐總會走出來。人們常見到她到處閒逛，滿臉明媚彩妝，穿戴得曼妙撩人，走到哪，就聚集許多目光，因為辛小姐的倩影總顯得「有點古怪」，怪在哪兒，又說不上來，只好演化成大量的新聞交換：

今天看到辛小姐了沒？——時下最老少咸宜的開場白。

怎麼沒看見，呵。——重點在呵，其中展現一種含蓄的節制力。

不得了，今天還養眼嗎？——問者其實沒那麼急切。

更猛，快去看吧，人就在河邊散步哪。——答者不忘在胸前比了個偉大的手勢。

辛小姐成了特殊風景，那是一種言辭意境之外的怪，或許只是她太野豔，像雪地上冒出的薔薇，選差了地方，開錯了時節，茁壯得讓人傻眼。

輿論批評對辛小姐好像毫無殺傷力，她睜大水汪汪的眼睛，見人就含笑成彎，哪兒人多，就往哪兒湊上，一副很需要聊天的模樣，她渾身灑了濃縮花露，在中央大道上來去，一路留香。

辛先生總是睡不好。君俠知道三百磅醫生為他開了一些藥物治療失眠，但辛先生極度排斥吃藥，他整箱整箱地買進新書，辦公室因此又添置了不少書櫃，辛先生下了班後，常逗留在辦公室，什麼也不作，就是靜靜看書到深夜。

他甚至夜守在密室裡。這事是君俠在某個清晨意外撞見的。

只因為君俠剛剛迷上了刺繡，他在地下基地裡給自己釘製一座繡架，到處找來古典圖譜練習。不管學些什麼，君俠是一上手便廢寢忘食的人，所以這個清晨他特地起了大早，天將未亮就前往地下基地，一抵達便發覺不尋常，四下燈火輝煌，顯然有人也在這兒，他立即前往密室察看。

二十六盞探照燈光下，是一幅很奇怪的景象。

密室的門扇洞開，辛先生頹垂在椅子上，背朝外面向著牆角而坐，而訪客不知怎的離開了他的臥床，整個人就蜷縮在牆角。

訪客顯然疲倦至極，他以胳臂遮掩燈光，僵硬的臥姿漸漸癱軟，沉沉就要睡著，辛先生偏著頭，非常專注地觀察訪客的入眠過程，就在訪客失去神志的當頭，辛先生舉高手上一支鋼筆，瞄準，朝訪客的手臂就是用力一戳。

訪客馬上驚醒，慌亂朝前方挪動身體，而面前就是牆角，訪客很不明白地摸了摸牆壁，氣力耗盡，他頭一歪又要睡去，辛先生再度以筆尖將他觸醒。

君俠朗聲問：「辛先生，您在做什麼？」

大吃一驚的辛先生面轉過來，他的神態比訪客還要加倍睏乏，整張俊朗的容顏陰鷙得變了形，認出是君俠後，他的表情迅速柔和了，「是你啊君俠。」

「整夜，整夜……我怎麼都睡不著啊。」辛先生說這話時，滿臉都是委屈。

40

辛先生真的不太一樣了。

剛才所見的那張臉孔簡直可怖。君俠將訪客扶回床墊，幫他換下了衣服，拿著前去醫療專區，打開玻璃櫃，從金屬小箱中取出手術刀具，將刀片旋入刀柄。

他悶悶不樂。訪客衣袖上斑斑點點全是墨跡，他將衣服攤平在手術檯上，刀鋒凌空朝著衣袖比試。

辛先生那苦惱的模樣讓君俠不快樂，這種不快樂難以言喻，就好像是犯錯之後的虧心自責，自責得真想記自己一支小過。總而言之，他失職了。

超級失職。早在君俠進城的第一天，與辛先生相遇的第一面，那個充滿陽光的早晨，他就已經暗自許諾，要全心全意保護這位新主人，賜給他身分的辛先生。

君俠下刀將衣服齊袖割去，刀鋒在手術檯上留下了一道微細的痕跡，幾乎是尺畫的一般筆直。能夠的話，真想切除辛先生那副陰森的表情，剁碎他的困擾。君俠在空氣中咻咻橫劈直斬了幾刀，一時感到豪氣干雲，只覺得他什麼都不怕，他很有力量。

什麼是力量？少年時的君俠就懂了一些，雖然始終瘦苗了點，換季時會犯上一陣異位性皮膚炎，還對二十幾種食物過敏，但他的記性特強，適宜一切智育性的科目，再難的書只要隨手翻一翻，其餘的孩子們只得俯首稱臣。

十四歲時就更加開竅了。那一年他與別的少年玩野地足球，大秀高速鏟球絕技時，不幸撞進亂石堆裡，命中其中一支空酒瓶，他的右小腿扎進了玻璃碎片無數，別的孩子以人力抬轎的方式，將他匆匆運往醫院，他高高踞坐在幾個男孩身上，君臨天下，回頭一看，他正沿路灑血成花。

急診室裡，少年君俠整個人上了診療檯，非常窘地被擺成了美人魚的斜坐媚態。

兩個實習醫生再加一個粗暴的護士，手忙腳亂清理傷口，嘴上還不停地交相指責，只因為君俠的撕裂傷勢複雜，大家對於處理方式各執己見，許多手指在他的小腿上比畫計較，是否這邊切開一點，那邊也下兩刀，好像那鮮血直冒的腿是一道菜。

縫合的過程漫長而且失誤連連，造成少年君俠許多額外的痛苦，終於情況單純了些，一個實習醫生勇奪主刀權，另一個醫生騰了閒，他決定花些時間安撫受傷男孩。

不只因為君俠非常耐疼，是個勇敢的少年，主要是這男孩過分熱心地湊上臉來，全程隨著刀起針落參觀手術進展，那情景教他不忍心。這位斯文的醫生扶了扶他的細框眼鏡，注意到男孩專心瞧著眼前的方型不鏽鋼盤，看得出神，盤裡是一排亮晃晃的手術刀具。

「好東西，對吧？」醫生和藹問道。

「嗯！」男孩正在變嗓，造起句來以簡潔與酷為主。

「知道它多厲害嗎？」

「哼？」

「美工刀夠不夠利？」

「夠。」

醫生捻起一把手術刀，左右轉動它的刃鋒迎向燈光，連自己也瞧得入迷，他不勝激賞地說：「你們用的美工刀，那個刀口的平均厚度是零點零二厘米，硬度大約六到七，這種刀比它薄三倍，硬度接近九，夠厲害，夠刁鑽，用超硬碳鋼做成的刀面，幾乎沒有它切不開的東西，你看看這弧度多簡潔，多漂亮？」

男孩望著手術刀尖的雙眼成了鬥雞狀，忘了回答。

「借你摸一下，給我小心點，別拿它碰到東西。」

「好。」

少年君俠珍重接過手術刀，只上了淺淺麻醉的小腿任人宰割，他在衣袋拚命摸索，掏出一張電話卡，揮刀裁下，刷刷刷，電話卡成了一把細絲，大喜之餘，他翻出衣袋裡所有的東西，繼續裁切。

根本不需要醫生多餘的介紹，手術刀本身的寒芒就已經說明一切，那樣小巧，小得那樣險惡，銳利的程度所向無敵，刃鋒到處，就是開啟，就是釋放。

這是真正的力量。

包著繃帶被送回家的那個夜晚是空虛的，他的右手失戀了，君俠念念不忘使刀切割時的手感，況且他很喜歡那位戴眼鏡的醫生，只要是遇上儀態不俗，且又待他不薄的長輩，他就禁不住想要模仿，所以他鄭重宣布，未來要讀醫學系。

「你讀得上，要什麼我都買給你。」媽媽說。

他於是仔細端詳媽媽，確定那是她高興的模樣。

後來君俠得到醫學院入學資格時，比同齡的學生還早了兩年。

因為稍嫌稚氣的外表實在瞞不了人，君俠每回冒充高年級生旁聽解剖或外科實習課，總被逮個正著，逗樂了許多學長。君俠迫不及待他主刀的那一天。

迫不及待，任何事物都能誘他跌入狂想，二十六盞強力燈光就提供極好的靈感，那光度，那投射角度，讓人恍如置身開刀房，病人已經麻醉在檯上，他已經刷手消毒戴好口罩手套，萬事皆備，眾所矚目，就等著他劃下第一刀，牆上的手術中紅燈永遠打亮，焦急的病患家屬在不遠之外來回踱步。

一眨眼就回到現實。到底是怎麼走岔到了這一段？他早已經不再是個少年，不是學生，遠離了醫學院，變成一個服外役的小廝，寄身在地下秘密的囚房，而不遠處，來回踱步的人是辛先生。

現在的辛先生只要一失眠，便來密室度夜，由君俠作陪——他那麼巧合地正開始挑戰大版幅的刺繡作品。寧靜的深夜裡——沒有不寧靜的道理，因為辛先生剛剛頒布了宵禁令，午夜過後城內不許外出走——密室中是另一番風景，辛先生在燈光下時坐時徘徊，精力旺盛，一旁的君俠呵欠連連，而訪客靜靜躺在床上，好夢正酣。

好夢正酣，訪客不太介意外部干擾，半夢半醒間的君俠反而敏銳起來，總是聽見一種細小的噪音，投射燈也會嗚叫嗎？嗡嗡作響有如電視雜訊，刺耳的音波高低不定，漸漸聽起來純淨和諧了，淅瀝瀝，越來越清楚，那分明是雨。

41

大雨。如果胎兒也有記憶，誕生後的他應該首先記得雨。

沒什麼知名度的私人診所，接生出來這個足月足重的漂亮小男嬰，健康強壯而且性情溫和，那小巧的五官尤其勻稱極了。小男嬰的好模樣，似乎帶著點什麼特質，惹得人一見到它，就要幻想自己是它的至親。它的嬰兒床前總是流連著一些人——別的嬰兒的家屬，見到它之後暫時忘了自己的孩子，只是癡癡等著，等它笑了的時候。小男嬰一笑起來，大人們也就跟著心花朵朵開。沒有人知道，這個小寶貝的媽媽在懷孕期間，整整兩百八十天裡，天天哭泣，滂沱大雨滋潤著胎內，在那邊天天都是洪水。

而一個男孩子，實在不應該太早見到母親的眼淚。

為什麼忽然想起了媽媽？因為君俠一連收到幾封律師函，透過監獄的輾轉聯絡，一個老態龍鍾的律師親自前來河城拜訪，在律師的見證下，君俠簽收了幾份文件。那是媽媽去世後遺留給他的財產，意料之外的好大一筆錢。

幾張薄薄的文件捏在手裡，君俠才清清楚楚醒悟到，跟媽媽是真的永別了。

這一次，媽媽總不至於突然又出現了吧？

就像一切的嬰兒一樣，小男嬰很喜歡看見自己的媽媽，但先學會喊爸爸，他已經長成了一個很小的男孩，懂得使用一百多個單字表達切身感受，擺脫了紙尿褲，偶爾還需要奶嘴。小男孩非常乖，記性特別強，對數字特別敏感，任何號碼一經耳就永遠不忘，爸爸於是膩稱男孩是「我的電話簿」、「我的私人小秘書」。

爸爸還幫他取過更多的綽號，一律以「我的」做開頭，以很多的呵癢攻擊作結束。

小男孩開始上日間托兒所，天黑時會有個老太太牽著他的手散步回家，夜裡，小男孩與媽媽睡在樓上，而爸爸不一定回家，他的臥室單獨在樓下。兩層樓之間的階梯是一道值得探索的旅程，多少次小男孩摸黑爬下樓，推開那扇緊掩的門，有幾次真在裡面找到了爸爸，那麼快樂地迎接這位「我的小探險家」，這一夜兩人便聊上許多話。有時爸爸倦得睡了，小男孩仍舊躺在一旁抵抗睏意，不停揉眼，長久傻望著他。小男孩一向認為所有的爸爸與媽媽都是分樓而睡，而且兩者之間很少對談。

最後一次看到爸爸，或者說，最後一次聽見他時，是一句讓人耳目一新的高吼：「這是什麼東西？我的天啊——」

那是在喊小男孩的意思了。小男孩循聲跑進廚房，爸爸正就著水龍頭猛烈喝水，而媽媽遠遠躲在牆角，目光炯炯看著爸爸渴飲的模樣。爸爸發現了腳邊的小男孩，他搖搖晃晃彎下身來，非常親熱地撲抱男孩，開心得甚至跌了一跤，爸爸站不起來，媽媽望著他掙扎，小男孩花了一些時間才弄明白這不是遊戲。爸爸的喘息散發出一種很奇怪的甜味，導致小男孩終其一生害怕杏仁與香蕉水。爸爸後來幾乎是爬著進了臥室，從裡面闔上房門。

他再也沒有走出來。小男孩在房門外等待了許多時光，輕輕搔門，扭轉門把，小臉貼著門板呼喚，最後劇烈撞門。

「乖點別吵，爸爸在睡覺。」媽媽這樣平靜地說，她坐在不遠前的餐桌旁，喝茶。

門裡面靜悄悄沒有任何聲音。

小男孩與媽媽在那餐桌上又度過了許多次早餐和晚餐，餐後，媽媽仔細清洗碗盤，小男孩恆久像隻小狗般趴在爸爸門前，千方百計也打不開門，他的新念頭是，如果趴得夠低，也許就能從門縫裡擠進去，能將爸爸放出來。

他終於沒能擠進去，而房門究竟打開了。家裡來了許多陌生人，與一些似曾相識的長輩，幾乎每個人都想將他攆上樓，躲藏在樓梯轉角的小男孩見到一個擔架被送進了家門，一見擔架，所有的人一起拉扯衣襟遮掩口鼻，擔架從爸爸的房裡抬出了一具重物，蓋著白布，一路淌水，從白布中矗伸出一隻烏黑的手爪僵滯向天，那五根手指拗成了非常堅持的屈折，好像要朝空中硬挖下一把氧氣。

氣味真濃，這味道已經瀰漫家裡很久了，跟這惡臭比起來，小男孩還是比較害怕杏仁與香蕉水。他正生著氣，那隻黑色的手爪不可能是爸爸。

這天以後，小男孩與媽媽常常分隔兩地，他自己也常常更換住處，每被送到一個新的地方，就要認識一批全新的家人。小男孩一度誤以為所有的女人都是親阿姨。

漸漸熟悉了新阿姨，認得新家門，習慣了他的小被單，夜半夢醒不再大吃一驚時，媽媽突然就出現了，母子倆於是搬去另一個全新的地方，每趟媽媽都保證，這次一定永遠不分開，但不久之後，小男孩赫然發現他又被送至陌生的家門前，媽媽強按著他的頭，要他喊別人阿姨。就這樣遷來遷去，小男孩分不清到底應該思念誰，誰又是誰？以至於乾脆全忘了。

唯一難忘的是一個好人家，好處之一是這家養了條活力旺盛的大狗，另一是門禁鬆散，他可以隨意出外蹓躂。外頭的景緻相當好，屋後幾乎沒有任何建築物，只有一道長得不見盡頭的矮樹籬，修剪得非常整齊，樹籬再過去，就是時常有火車轟隆來去的鐵軌。

樹矮，鐵道空曠，屋後的風景特別顯得天高路長。小男孩沿著軌道步行，走再遠也不怕迷路，走到最遠處就是個火車站，他自由進入月台，從那兒可以望見軌道支分脈開成一幅複雜網絡，許多火車頭在此地調度方向。

小男孩常常在月台裡待上大半天，他很想搭火車離開，去哪裡？無所謂，方向不是重點，重點在距離，小男孩想去夠遠的遠方，最好被一個陌生人撿走，帶去一個史上最遠的陌生家園。

所以他詳細考察每個候車的旅客，最密切注意的是一大群高中女生，雖然她們既吵鬧又愛笑，但看起來都是一副好心腸。這些女生喜歡群體行動，再涼的天也都穿短裙，而他只長到她們的恥骨高度。小男孩已經懂得分辨老少，知道大體上這模樣的女生都叫姊姊。

「大姊姊，」小男孩誠心誠意開口：「妳可不可以帶我走？」

每當這樣一問，女生們全都清脆地笑了，全都聚過來圍繞著小男孩，許多雙俏皮的眼睛一齊瞧著他：「你的爸媽呢？你家在哪邊？」

小男孩朝鐵軌外指了個含糊的方向，再次哀求：「拜託，帶我走好嗎？」

「為什麼要帶你走？」

「因為我要去很遠的地方。」

「很遠，是多遠？」

「……」描述性的句子對於小男孩相當為難，「找不到我的地方。」

「可是我們只坐一兩站，不夠遠耶。」

「好啦，拜託啦。」

「不行耶，帶一個小男孩好麻煩喲。」

「不會啊，我不給妳知道啊，那妳不要看後面，我自己跟啊。」結結巴巴，辭不達意，小男孩的意思大約是，他可以化身成跳蚤之類的小物，秘密叮附在身上，跟著一起離開，但年幼的他無法靠這套話術說服對方。長大以後更不可能說服。

幾乎每一句都逗得女生們笑一陣，幾隻手伸過來摸摸他的小臉頰，甚至很疼愛地摟了一把。這個滿臉認真的小男孩，彷彿有點什麼特質，讓人沒辦法不理會他，但火車轟轟然就要啟動，女生們疊聲向小男孩道別，一轉眼全都上了車。

小男孩朝著車窗揮手，直到火車漸漸消失在軌道那一端，他還是看很久。

大姊姊已經帶我走了。小男孩掉頭離開月台，至少他已經偷偷在女生的衣袋裡，送進去一根自己的頭髮。

那個冬天，媽媽突然又出現了，將他接往一個全新的城市，這次媽媽不再失信，果真留下了他，只是她變得太忙，媽媽終於謀得好工作，她是個成功的職業婦女，日夜忙碌不休，打扮得很端莊，剪了俐落短髮，連在家裡也穿著上班套裝。媽媽設法讓小男孩提早一年入了小學，每天給小男孩足夠的現金打發三餐，她夜裡歸了家，則給自己外帶一份單人晚飯，獨坐在桌前慢慢嚼，不開電視也不說話，只佐上紅酒，用漂亮的大玻璃杯承裝，她從來沒有喝醉過。

媽媽對小男孩的要求非常高，小男孩必需自理生活，因為她欣賞獨立的兒童，他必須比別的孩子更安靜，因為她受不了吵鬧，尤其忌諱歡笑，突發式的笑聲總是害她冒冷汗。

小男孩慢慢長成了大男孩，個兒越來越高，性情越來越好，他學會怎麼自理生活，在校成績優異，他交了許多新朋友，他始終進不去媽媽那堅硬的心房。

君俠發現自己趴在繡架上，不確定剛才是不是意外地睡了一覺。他伸個懶腰，覺得唇焦舌乾，強光映照得他雙眼酸澀，君俠四下看了看，靜悄悄，辛先生已經離開密室。

42

大男孩始終愛坐火車，喜歡在陌生的小站轉駁方向，而方向始終不是重點，不知道從什麼時候開始，因為無法訴說的緣由，他已經迷航了。

也許人都飛馳在秘密的旅程上。也許旅程本身就是個誘惑，既然到了一個全新的地方，就不介意再往下走一程。

會這樣想，是因為辛先生的興趣推陳出新，進入另一個里程碑。他執意要與訪客取得溝通。

經過長久仔細觀察，辛先生得到一個結論：訪客在裝傻，白關著他無異浪費資源，不應該放任他舒適度日，應該諄諄誘其供出自白。

問題是到底該談些什麼，顯然辛先生毫無頭緒，密室裡那些徒勞無功的交涉，對君俠而言總帶著點喜感。

辛先生從座椅上傾身向前：「我們來談談，請開尊口吧，說什麼都好。」

訪客：「……」

「這邊沒有外人，談話只限於你跟我之間，請不用顧慮。」

「……」

辛先生不太舒服地頻換坐姿，騰喉嚨，以手帕按拭嘴角，動手整理衣袖領口，一秒也不得歇，他看看手錶道：「我的耐心有限，真的非常抱歉，只能再給你一分鐘。」

訪客始終沉默回望著辛先生，那面容有幾分癡呆，看在辛先生眼裡，是十分揶揄。

不得不插嘴了，君俠猶豫開口說：「辛先生，我看他恐怕連您說什麼都聽不懂，您請別忙了吧，不是連軍方都不過問了嗎？」

「那是他們不得要領。」

「軍方的那件案子，我們又不清楚，」君俠斗膽說出重點，「連要問什麼都不知道，這樣浪費時間不是很沒意義嗎？」

彷彿得到了極好的提醒，辛先生肯定地說：「那我們就從頭問起。」

劍及履及，辛先生問訪客：「請說名字。」

訪客：「……」

「名。字。我問你叫什麼名字？」

「……」

辛先生從座椅上霍然站起，「那好吧，請等我一下。」

他便匆匆離開密室，外頭旋即傳來一些開櫃拉屜的聲響，片刻後辛先生帶著滿臉光采歸來，直接到達訪客身邊：「再問一次，你叫什麼名字？請說吧。」

沒有答覆，辛先生點點頭，從懷裡掏出一副亮晃晃的手銬，遞交給君俠，以手勢示意將其施用在訪客身上。

然後他沿著牆壁踱步，算好時機回頭一看，手銬還捧在君俠手裡。

「怎麼你？」滿臉都是責備。

「辛先生，這東西我不會用。」

「唉我來。」辛先生一個箭步上前，搶過手銬，來到床墊旁蹲下擒拿訪客雙手。

因為長久臥床的關係，訪客的四肢關節已經明顯攣縮，且又堅決抵抗，兩人搏鬥一番後辛先生才逮得訪客的左臂，努力將它拗折往背後，以自己的膝蓋用力抵住，再對付訪客另一隻手，可惜那右肘萎縮嚴重，像雞爪一樣緊緊蜷收在胸前，怎麼也強扯不開，辛先生又大費周章把訪客的左臂硬扳回胸前，終於扣上手銬時，兩個人都狼狽極了，一起氣喘如牛。

辛先生向後跳開，渾身上下拍髒。始終呆立在一旁的君俠憂愁問道：「可是……這樣不好吧辛先生？」

「他自尋的。」

辛先生離開時並沒有留下鑰匙，君俠是靠著幾根鐵絲和一些醫療器材，才解開了訪客雙肘上的手銬。這點小手藝難不倒君俠，難的是辛先生很可能回頭查探，所以接下來的幾天君俠過得相當緊張，隨時提防著辛先生來臨。

所幸辛先生只打來了電話，只問一句：「他說話了沒？」

訪客當然沒說話，辛先生在電話裡沉吟片刻，慫恿道：「你來，你叫他開口。」

這也非屬易事，原本訪客還會以模糊的單音，或是藉著眉目神態，與君俠建立起一點溝通的意思，但這這幾天以來，訪客連君俠也不理會了，只是終日忿忿然面牆而臥。君俠婉拒道：「對不起辛先生，這件事我可能無能為力。」

「又不是什麼大差事，你這人怎麼就是畏畏縮縮的？」辛先生才一發怒，又節制了，電話中剩下一片安靜，再次響起時是開朗的音調：「還是我來吧，請稍等我一下。」

君俠馬上前去給訪客戴回手銬，卻遲遲未見辛先生現身，直到了夜裡，辛先生才抵達密室，連拖帶曳運來一個沉重的大紙箱。

辛先生親自為訪客解開手銬，之後拆了紙箱，其中是一套音響設備，辛先生以自備的工具動手組裝音響，這事他不讓君俠幫忙，只指使君俠將一旁的收音機關掉移開。

辛先生趴地精細衡量方位，擺設環場音箱，君俠插不上手，見到紙箱旁擱了一片音碟，他拾起來觀看。

「聽過她的專輯嗎？」辛先生來到身旁，他正以手帕拂拭手掌。

君俠點頭。辛先生取過音碟，注視封面影像，美貌得驚人的女歌手在畫面中偏著頭，以手支頤，目光迷濛望向遠方，所以辛先生也偏過頭，以相同的角度戀戀不捨看著伊人，「什麼叫千金難求你想過嗎？這真是個稀奇的女人，美成了這樣，真親切啊，她不會讓你銷魂攝魄，你只會想要時常看著她，想進入她的世界，想跟她一起過日常生活，她的……該怎麼說？那嗓子啊，有種魔力，教人就是沒辦法忘記她。」

辛先生不再說下去，真情流露讓他害羞了，他別轉過身將音碟送入音響，在面板上操作一番，吉他琴音破空而出，是柔和的尼龍弦獨奏，只是音量太大，弦一撥，整間密室都隨著繃緊一下，餘音裊裊，教人打從腹腔裡要震出內臟，幾個音符後，君俠就認出是那首風靡一時的情歌，歌手那甘甜中帶著獨特韌性的嗓音隨即傳來，有如一股體溫的洪水淹人沒頂。

一些話想寄給你／但是你在哪裡？／錯將你藏在心底／卻放了手讓你遠去／千言萬語哪無處可寄／能不能在天空上留語？／我的千——千——千——

沒辦法了，一再跳針，歌聲再也跨不過去，永遠停在這個字上。

千——千——千——

百聲，千聲，重複不停，床墊上的訪客苦惱了，抱住頭顱，整個人縮進床單中，君俠掩著耳朵越退越遠，終於逃向走道，只剩下辛先生心平氣和，他沉醉聆賞，彷彿那循環單調的音爆非常悅人。他真的非常喜歡這歌手，喜歡她歌聲中那有如金箔般無限延展的綿勁，喜歡詞曲透過歌手演繹後，達到那言語和音律之外的意境。他始終不是個喜歡血腥的人。

所以折磨人就需要更大的創意。食物和睡眠都屬多餘干擾，辛先生忙著構想對付訪客的新念頭，每天都朝氣勃勃，連氣質也跟著奔放多了。

辛先生越神采奕奕，旁人所不知情的是，他的健康就越向下沉淪，外強中乾。每隔一陣子，君俠在途經診所前往密室時，就要順道為辛先生取藥。

好幾次都巧遇辛小姐，顯然三百磅醫生與她頗為交好。辛小姐常來候診室中串門，聽聽人們談天，等到無人求診，三百磅醫生得閒時，她便登堂入室，陪三百磅醫生在診療桌前一起喝下午茶。可能是為了配合她的豔麗風格，三百磅醫生特地購來了一套漂亮茶具，兩人端著骨瓷杯對坐的模樣，就好比一個保養滋潤的胖貴婦和一個闊千金。

見到君俠，三百磅醫生擱下茶杯，從抽屜中取出為辛先生備妥的藥盒。

「哪，給你。」藥物都已經細心填裝在分格小盒中，附帶謄打清楚的說明，三百磅醫生說：「你點一下，他還是都不吃嗎？」

「幾乎不吃，請您多勸勸他。」

「那麼大個人了我怎麼勸。」

兩人一起望向辛小姐，她已經離了座，背對著他們觀賞牆上的掛畫。

「多少說幾句吧，辛先生最近常發燒，」君俠說，「坐骨神經又發炎，另外也咳得太久了，請他照X光他不肯，我實在不知道該怎麼辦了。」

「依我看說不定是肺結核，我說真的，最應該小心的人是你喔呵呵。」三百磅醫生樂到一半忽然住口，滿臉都是說溜嘴的尷尬，他又瞥了一眼辛小姐。

辛小姐沒理會他的弦外之音，她只是隨意把玩著牆邊的幾個小擺飾，靜靜旁聽兩人繼續討論辛先生的病情，他倆結束談話時辛小姐才轉過身來，向三百磅醫生告別。

捧著滿盒藥物，君俠沿著長廊步行一段後，忽然轉向踏泥路急行而去。天空飄起了小雨，雨勢很細，還不到需要撐傘的程度，只是滿天的晚霞迅速暗沉了下來，點點細雨輕舐君俠火燙的臉頰，感覺格外冰涼。他抄近路，在一片白梨樹群間追上辛小姐的背影。

遠遠隔著一程跟蹤，君俠知道她喜歡走河邊的散步道，喜歡沿路駐足賞花看草，但這雨打消了她的興致，辛小姐將小巧的名牌提包護在懷裡，低頭疾行直到花房，伊呀一聲掩上門。

花房的玻璃牆幕隨即灑出溫暖的黃光，辛小姐在燈光下來回走，以手撩撥起長髮，露出極白的脖頸，她輕輕捧甩滿頭髮絲，晶瑩的小雨珠於是在光圈下四射迸飛。

「誰，外面是誰？」辛小姐的動作停頓了，她警覺高聲問道。

君俠緊貼住一棵樹幹藏身，辛小姐來到玻璃幕前，睜大眼眸朝外張望，又傾耳聆聽，那模樣實在有些傻氣，花房裡亮了燈，望向外頭只有黑暗，反而是她的倩影一覽無遺，辛小姐屏息看了夜色半晌，安心了，她返身離開玻璃牆，一邊解下耳環。

君俠往玻璃幕靠近了一些，辛小姐在花畦間閒逛查看，每回到工作檯前一趟，就解下身上一個配件，她將項鍊戒指整整齊齊排列在檯上，君俠不由自主更靠上前，辛小姐拾起地上一撮枯藤，偏頭想了想，猛回身朝工作檯走去，她的影子與他撞個滿懷，君俠反射性地屈臂往懷裡一掏。

好空虛，竟沒隨身帶著手術刀。

43

火車轟隆隆飛馳，大男孩頭倚著車窗睡著了。他穿著整潔的休閒服，膝上擱著輕便的行囊，看起來就像要赴上一段悠閒的旅程，或是剛剛與心愛的女孩兒出遊一番。他睡得真香，走道上來去的旅客看到寧靜沉眠的大男孩，都打從心裡生出了一點慈祥，大男孩那淨朗的臉龐，好像有點什麼特質，讓人一望見，就不禁要怔怔猜想著他的夢境。一個找不到座位的婦人，乾脆就在大男孩旁邊站定了。從他衣著上的一切細節，她看出來這必定是個好人家子弟，再看那雙勻稱修長的手掌，她想像著大男孩彈鋼琴的模樣。火車疾駛過幾個不停靠的荒涼小站，她的聯想已經從那雙手遠涉到了與鋼琴無關的秘密地方。

她並沒有看出來，那雙手壓覆著的深深衣袋裡，有個特製的皮鞘，特製的皮鞘裡，藏著一把銳利的手術刀。

大男孩已經變嗓完畢，進入了醫學院，成為全系最年輕的男孩，獲得許多師長的寵愛。他是個彬彬有禮的學生，功課好，人緣好，許多學姐們私底下偷偷打聽著他的個人資料。

他的個人資料經得起各種查探，簡而言之，他是個出色的男孩。在出色的學業成績以外，就像一切的大男孩一樣，他也經歷過許多成長期的辛酸，抵達了一個特別的階段，在這階段中，他正無時無刻不遭受著情慾的折磨。

大男孩是個懂得自制的人，性激動來襲時，就以意志力轉移充血的方向，很快就紅透臉蛋。他常常滿腮飛紅。

因為別的男孩們也時常紅著臉，所以這大男孩看起來一切正常，他的上課出席率尤其正常，大男孩幾乎不缺課，甚至他還額外旁聽一些高年級學分，夜裡回了男生宿舍，他依照一張自訂的計劃表勤讀原文書，大男孩作起學問非常自律而且輕鬆愉快，沒課的日子裡，別的學生忙著找情人約會，他搭上火車四處遊蕩。

鐵道沿線的安靜住宅區，漸漸傳出了零星的闖空門事件。事情是這樣開始的：有人下班後回了家，扭握門把正要開鎖，整個人卻莫名其妙跌進玄關，原來門鎖已經被撬開了，這家主人大驚之餘，馬上滿屋清點財物，接著意外地發現，家裡沒有任何失竊的跡象。

這樣的事件不知道發生了多少起，既然找不出財物損失，只有很少數的人家報了案。

承辦案件的每個警察都感到非常厭煩，最惱人的莫過於這類芝麻小案，天底下什麼怪胎都有，現在又添了一樁：神出鬼沒的闖空門者，不滋擾人，不偷東西，彷彿進出本身就是滿足，簡直是百分百的找麻煩。大多數的警察虛應一番後，就將筆錄堆積在一旁。

闖空門事件持續發生中，神出鬼沒的闖入者悄悄進化中，從暴力地破壞門限，到經驗豐富，開鎖技巧高超，還聰明地學會了避開所有監視器，不留下丁點指紋遺跡。

各地接獲報案的警察持續煩悶中，案情太輕微，犯例無法歸類——闖空門卻不偷竊，教人從何辦起？因為沒有警察上呈通報，所以也就沒有人進行橫向追蹤。在後來的專題研究中，專家們一再以此案作為最佳教材。

「只要有一個！」警偵資源整合專家說：「只要有一個同仁！在吃甜甜圈和猛喝咖啡的空檔，撥個電話或是上個網，取得跨轄區的相關資料，拿支筆在地圖上標一些記號，就能發現這些闖空門案件都是沿著鐵路線發展，把全部的路線畫出來，就可以看見它們交叉成一個輻射中心點——那個大學所在地的火車站。」

「也許就能阻止後來的一連串悲劇。」犯罪心理學家補充說。

輻射中心點的大學所在地，大男孩勤奮上課，起居正常，沒有人看出來他迷航了。

從來也不想傷害別人，大男孩闖空門是為了生理上的必須，就像一張肺葉需要氧氣一樣，他必須開啟一切密閉的空間，必須釋放出被拘禁的東西。

大男孩行事謹慎，闖空門時必定攜帶手術刀護身，人刀合體，他就所向無敵。大男孩從不在同一地區犯案，絕不染指他所在大學附近的住宅，只有一次例外。

那是一扇小小的門，位於大學旁邊麵包店的二樓。

小小的素淨的木門，手漆成了深深的海藍色，門楣上懸吊著一串古樸的鐵鑄牛鈴。

有些事情讓人說不出緣由。大男孩慣常在麵包店買一塊天使蛋糕佐餐，來去時，總要多看那扇海藍色的門一眼，原因無法訴說，也許它總是掩得那樣緊——然而哪扇門掩起來時不夠緊？或者是因為它顯得那樣幽靜，太幽靜了，大男孩夜裡繞著街道觀察，在那扇海藍色的門扉裡面，從沒有亮起燈的時候。

他必須打開那扇門。

特地選了一個假日的夜晚，大男孩懷攜簡便工具，來到麵包店旁盯梢，幽靜的小木門裡仍舊一片漆黑，他爬上二樓，以膠帶固定好牛鈴，只花了十幾秒就解開門鎖。

扭啟門把，迎面炸開一片炫亮，可惡，房裡面竟然打上了舞台一般的燈光，他瞬間緊閉上雙眼，再睜開時，瞳孔縮小，耳膜震傷。

房裡只有一個非常清秀的短髮女郎，女郎用睫影深邃的美眸瞥了他一眼，只是一眼，開始尖叫，才叫了半拍，大男孩已經俐落地一腳飛踢闔上房門，並且在同一瞬間撲上前來，以手掌緊掩住她的可愛的雙唇和下巴。

這是個學攝影的女郎，她方才在屋裡設好景，要拍攝一幅奧妙的蔬菜特寫，現在蘿蔓和蕃茄彩椒滾了滿地，她的手動單眼相機連著鏡頭也重重摔落，而她整個人被大男孩由背後狠力擒抱住，口鼻遭覆，呼吸困難。

大男孩迅速環視一圈，明白了窗戶全貼上黑幕，是因為女郎將這小小室內布置成了暗房。

「噓。」大男孩輕聲安撫女郎，不知道下一步該怎麼辦。

女郎不掙扎了，抖得很猛烈，美眸泛出淚光。

「妳別叫，請妳別叫，我就放開手，可以嗎？」大男孩哀求她。

女郎想點頭，但她被掐制得緊實，只能用一個很可憐的悶哼表示同意。

大男孩真的鬆開壓迫她顏面的手掌，女郎大口喘息，哭了出來，又趕緊噤聲。大男孩依然從背後狠狠環抱著她，還是不知道下一步該怎麼辦，況且他自己也很喘，所以他緊貼著女郎一起深呼吸，兩個人的氣息漸漸緩順了，女郎咽嗚了，大男孩臉紅了，兩個人都無法裝作沒發現大男孩身上的變化，那結結實實的生•理•反•應。

「別傷害我。」女郎顫抖著說。

「好，請妳也答應我，妳會試著瞭解。」

「我答應。」馬上回答，雖然女郎完全不明白他那句話的意思是什麼。

「謝謝妳，真的謝謝。」

大男孩束縛她的力道放鬆了一些，一隻手開始在她柔軟的腰腹遊移，女郎輕咬住嘴唇，她從來就不太抗拒男性的手，尤其是當那隻手裡，還握著一把亮晃晃手術刀的時候。

大男孩不只進出了她的房門，也進出了她，就在布置得奇詭燦爛的燈光下。因為過程很溫柔，結束時她甚至得到了史無前例的歡悅，從形而下到形而上都遠離了強暴這兩個字義，女郎怔了兩天才報案。

承案的警察為自己倒了特大杯的咖啡，這是個讓人精神一振的大案，典型的強闖民宅性侵害，雖然延誤了報案與驗傷，但是女郎完整保留了現場，敘述分明，警察手記下詳細的筆錄，直到描繪歹徒相貌時，才出了點麻煩。

「他長得……」女郎的反應，和後來的受害者一樣令警方頭痛萬分，她怎麼也說不出心中真正的評語，那歹徒，面貌非常明朗勻稱，長得真討人喜歡。

當歹徒的圖像漸漸勾勒出來時，女郎也漸漸恍神了，她無法停止回想，「請妳也答應我，妳會試著瞭解。」她已經想了兩天，還是不明白到底要瞭解什麼？最費解的是大男孩的最後一句話，那時候，在滿地壓得糜爛的蔬菜渣中，在投射精準的金黃光線下，大男孩那麼溫柔地擁著她，兩人光滑的裸體貼合得那樣緊密，緊密得阻絕了汗水奔流，汗水在兩人的一切密合處匯集，像河一樣湍急淌落，串串淌落的節奏就如同她劇烈性高潮的體內收縮，為什麼那時候他要問她：「釋放了沒有？」

炭筆完成的是一幅非常無辜的臉孔，那張容顏看起來很純淨，純淨到好像還需要再加上一雙天使翅膀才算完工。女郎凝視著畫像，只感到全錯了，這個大男孩不可能傷害人，更可疑的實情也許是這個世界先損傷了他。連警察也不太滿意這幅人像畫，他頻頻問女郎：「妳真的很確定他長成這樣嗎？」女郎呆默沒有回答。

她彷彿瞭解了一些只有她的相機鏡頭才可能訴說的東西。

此後，同類事件源源不絕地發生，各地獲報的案件終於取得橫向整合，警方才發現，這個專闖空門的小敗類已經成了氣候，專案成立的追緝小組特別公布了他的犯罪側寫：

歹徒年約二十歲，身高約六呎，體重約一百五十磅，相貌端正，風度翩翩，作案的模式是獨來獨往，很少遮掩面目，歹徒擅開各種門鎖，闖空門後並不偷竊，也不移動屋內物品，離開時獨留下一扇虛掩的門；如果遭遇落單的屋主，就進行性侵害，侵害對象不拘年齡，甚至不拘性別，「胃口好得嚇人」，犯案特徵之一是攜帶手術刀，恫嚇是其主要作用，截至目前尚未傳出殺傷人的紀錄。

側寫能描述的就這麼多，總之大男孩本人也沒有置喙的餘地，側寫中無法傳神的部分是：大男孩儘其可能地不傷害對方，對方只要一哭他便馬上停止。但他很少弄哭對方。

根據這些事實，媒體很明快地頒給歹徒一個頭銜：「手術刀之狼」。

前後大約一年，手術刀之狼每隔不久就又闖出一則頭條新聞。

那是讓許多居家婦女風聲鶴唳的一年，也是各種家用防盜鎖大為暢銷的一年，但再多的鎖似乎也不夠，手術刀之狼創下了在兩次監視器側拍之間——亦即三十秒鐘內——破壞四重門鎖的輝煌紀錄，在警衛嚴實的住宅大樓來去自如。

手術刀之狼落網的消息是在冬末最後一道寒流時傳來的，讓警方洩氣的是，逮獲手術刀之狼的功臣竟是一個還在讀中學的小男生。

各家媒體報導的內容大同小異，將過程敘述得鉅細靡遺，許多閱報人在多年之後還能大致回憶這則新聞：「英勇的中學小男生，以一根鋁製空心球棒制服了手術刀之狼」。

那是一個非常冰涼的夜晚，手術刀之狼在犯下又一樁性侵害案後，匆匆離開一棟公寓。因為不曾綑綁或拘禁受害者，手術刀之狼總是迅速逃離現場，唯獨這一次出了點意外，竄出公寓大門轉個彎，才疾行幾步，他忽然不想走了。

不想走了，手術刀之狼迷惘抬頭四望，那是什麼味道？他沿著整排公寓尋找，仰著頭倒退而行，在二樓一排不起眼的小欄杆間，他找到了一串不知名的鐘型花穗，從瓷盆中垂吊下來，正在微風中朝他輕輕招著手，沁人的芬芳中涵帶著一點點春天來了的訊息。手術刀之狼在盆花下佇足的模樣看起來很平靜，他其實非常激動，這是他打開千百道門從沒找到過的東西，彷彿是欠缺了二十年的滋潤，香得滲進了靈魂，為什麼從來沒發現，花香是一種擁抱，是新生嬰兒得到的第一個親吻？

新聞報導並沒有捕捉到手術刀之狼激動的片刻，卻偏重在這片刻裡的另一個場景，在盆花的隔壁不遠，一個少婦攀住洞開的門框，茫然望著樓梯間，她剛剛遭到了強暴，但是一點也沒受傷，其實她渾身哪兒也不疼，只是心疼，就在幾分鐘前，她得到也失去了一些生平渴望的東西，現在她的體內還殘留著一些溫存，打從內心深處想要再看見那個歹徒一眼，她說不出是那歹徒憂傷做愛的容顏讓她心疼，還是他的匆忙離去讓她更心疼，少婦呆立在家門口，直到一聲匡噹巨響傳來，她才猛然發現自己根本衣不蔽體。

還在讀中學的小男生連跑帶跳追了一個樓層，才撿起匡噹落地的鋁製空心球棒。狼狽的少婦將他嚇了一跳，但他素來是個機靈的小男生，他馬上知道事有蹊蹺，馬上聯想到傳說中的手術刀之狼，他英勇地高舉球棒奔出公寓。

手術刀之狼犯了一個嚴重的錯誤，不只還粗心地握著手術刀，他竟然在賞花。

他與英勇的小男生緣慳一面，因為小男生是從背後揮下猛棒，命中他的腦門，他察覺到一陣呼嘯勁風襲來時，已經是滿眼金星，好比迎面衝進銀河系，接下來他只記得三個畫面。

布滿飛掠光點的街道。

地面，地面向他快速撞擊過來。

黑暗。

再醒來時他的世界充滿鎂光燈。因為他的黑紗面罩一再被憤怒的民眾撕毀，警方為他換上了全罩式安全帽。

偵訊和受害者指認過程非常漫長，媒體千方百計想要取得他的訪談，遭到拒絕後，全部的記者都轉赴手術刀之狼的學校採訪，並且在他是個資優生這事上大作文章。

大男孩讓整個校園蒙羞，讓他的媽媽宣布斷絕母子關係，讓全校的女學生食慾不振且又惆悵，但不知道為什麼，大部分的男同學都原諒了他。

大男孩從一開始就認了罪，所有的指控他照單全收絕不抵賴，他只是覺得非常累，只希望快速獲得審判，早日被關進深深的牢房，他累得連判決書也匆匆一瞥而過，從沒想過要答辯，只知道自己獲判無期徒刑，只記得判決書上似乎洋洋灑灑陳述他的劣跡，整排又整排的文字顯示他之必須與社會隔離的理由，細節他全都忘了，只對四個字印象深刻：該被告如何「惡性重大」云云。我惡性重大。大男孩有點意外。就像一個人忽然被告知「你鼻樑其實是歪的」，攬鏡一照，發現確屬實情一樣，大男孩意外的程度，與其說自責，不如說是更傾向自憐自傷。原來我惡性重大。

媒體漸漸不再提及手術刀之狼，沒有任何追蹤報導指出，因為大男孩的犯行特殊，屬於挑釁類型——

連續強暴犯特別容易挑起囚犯們動用私刑的高度興趣，大男孩在監獄裡吃了許多苦頭，他習慣默默忍受，在氣質上變得越加卑微而且害羞。

幾乎沒有人親口問過他的真正感想，大男孩的感想很簡單，他願意成囚，他贊成坐牢，也許只有這種地方，才能拘束他的壞毛病，封閉他的惡性。

所有的門全鎖上了。大男孩的心情很平靜，除了總是餓一點，他在內心深處得到很好的休養。唯一可惜的是學業，他曾經是那麼渴望成為一個外科醫生，幸好有許多小工作暫解了他那雙手的巨大饑餓。他在獄中的合作工廠裡學會了縫紉，學會了修理鐘錶，也學會用細筆在花瓶上描繪漆彩，畫得眼酸了，就抬頭看看高窗外的雲層。雖然全心同意，最不該被釋放的就是他自己，但是為什麼總又盼望著多見到一點陽光？

很多獄友都參加了讀經班，大男孩卻婉拒牧師的好意邀請，他不需要宗教的安慰，然而在公用的閱覽書櫃前，他還是多次取起一部經典翻閱。這部經典讀起來很類似《聖經》，它屬於一個罕見的教派，宣稱耶穌基督曾經光臨過北美洲。大男孩喜歡翻到第三二九頁，上頭書寫著：「……到你們的弟兄拉曼人中間去，證實我的話；然而你們在長期忍受和苦難中要有耐性，這樣你們好因我而為他們做好榜樣，我必使你們成為我手中的工具，來拯救許多的靈魂。」

不太通順的文字，其中又有點無法名狀的美感，好像最糟的狀況也是某種好兌換，好在哪兒，就說不上來了。大男孩特別喜歡這一頁的原因是，不知道多久以前的哪個受難獄友，以張揚的筆跡，在頁楣留下了這樣一句話：

「人們可以忘記苦難，但是人不會忘記過去的自由」。

44

辛先生禁止君俠進入密室，他有很好的理由相信，君俠正在扯他的後腿。

這個外役大男孩越來越不聽話了，他這麼愀然不樂地想。越來越不老實，三番四次偷偷關掉密室裡的音響，不讓訪客聆聽他精心安排的跳針版優美情歌；最得寸進尺的是，越來越弄不清自己的身分，居然還想干涉他的工作。

前幾天，那個討厭的悶熱下午，君俠質問他的時候，在那張年輕英俊的臉上算是什麼表情？困惑？駭怕？或者是不屑？君俠那麼吞吞吐吐地開口說：「辛先生，能不能請您再考慮一次，給他准個假吧，大家會很感謝您的。」

「什麼意思？給誰准假？」經這麼一問，辛先生不得不停止愉快的下棋，他將捻在指尖的othello白色棋子收進掌心裡。

「那個叫黑霸的人。」

「誰是黑霸？」

「辛先生您……」君俠從客座沙發前走來，直立在辛先生辦公桌前：「剛剛跟您談過話那個人，才離開沒幾分鐘，您不會忘得這麼快吧？」

「唔，原來他叫作黑霸，大家都亂取綽號是怎麼回事？為什麼就不能正正式式用自己的本名？」

「辛先生，黑霸的情況比較特殊一點，看得出來他真的很著急，請您體諒他，給他准個假回家一趟吧，有那麼多後事需要他辦哪。」

「那麼我請問你，他家失火是河城的錯嗎？燒死了他的家人，這點我個人深表遺憾，我已經請他節哀了，世間無常，莫此為甚，如果真的珍惜自己與家人，首先就不應該讓自己破產，被遣送來河城你說對嗎？越過管理層級強行找我面談，這種粗魯的行為我可以忍受，但是最近工廠線吃緊你也清楚，真抱歉我不能放任多餘的請假行為。」

「至少您可以撥給他一點急用金，好讓他度過難關吧？我代替他請求您好嗎？」

「什麼急用金？哪來的這一項名詞？」

「好吧，隨便怎麼稱呼它，我知道您以前會撥出特別款項，借給一些有特別急需的居民。」

「有這回事？你確定？」

「有，我親眼看過，就在您這間辦公室裡。」

「我可以很肯定地答覆你，河城沒有『特別』撥給居民的任何『急用金』，若是你真的感興趣，可以借你一本詳細的河城管理條例，請你務必從頭到尾讀完它，讀完就能了解什麼叫作依法行事，關於這位黑霸先生的事，我想就到此為止，我們不必再談了。」

辛先生以中指疊食指的指法銜住棋子，懸空運算半晌，他又煩悶放下棋子，君俠始終立正在他桌前，辛先生氣息懨懨道：「請問還有什麼事？」

「密室，您必須讓我進去，訪客已經第三天沒吃沒喝了。」

「這麼說誇張了些，君俠啊，論事請嚴謹一點，提醒你，我們是不是留了一桶水給他？」

「他喝不到水的，辛先生，我也提醒您，您用鐵鍊把他栓在牆上了。」

「只栓了左手不是嗎？他要有本事，就會自己爬到水桶邊去。」

「他爬不到的，您量得很精準，他再怎麼想辦法接近，最近還是離水桶兩吋。」

「是嗎？那沒得商量了，事態很明顯，一定是他太惹人生氣了。」

「……辛先生，我不知道到底是什麼在困擾您，讓您這麼不愉快，我知道這不是您的個性，可不可以請您不要鬧了？」

「鬧？誰鬧？真太有趣的說法，好像我在表演什麼給誰看一樣，如果你有時間亂臆測，為什麼不去找些更正經的事做做？比方說——」辛先生揮在半空中的雙手停頓了，他暫時打不出比方，於是他將滿盤棋子攪亂兜攏，收進抽屜裡，邊咳嗽邊用面紙揩拭桌面，「話說回來，你怎麼整天在這裡？啊，是了，這應該算我的過失，一向讓你太悠閒的主管就是敝人我，不是麼？」

君俠就這麼尷尬地被攆出了辦公室。

到行政大樓中自己的隔屏座位待了一會，君俠回到地下基地，在手術檯前坐下來，萬分鬱卒。辛先生沒收了他的密室鑰匙，這並非什麼難題，君俠正巧是個不需要鑰匙開鎖的人，辛先生正巧也深明這道理，所以他在密室的門扉貼滿了數十張封條，封條上是辛先生的親筆墨寶，抄了一些雋永的詩詞，符咒似的，成功地驅退了君俠。現在君俠最多只能隔著門扇，看著縫隙裡射出的絲絲強光，聽著超重低音喇叭不斷轟聲播動，千——千——千——

那位焦急請假的黑霸卻消失了。「他被辛先生逼的。」人們這麼一致認為，逼得他違規擅離河城，「這麼一來，以後他就很難再回城嘍。」大家這樣說。但其實他哪兒也沒去，黑霸只是跳進了河裡，三天之後，才在非常遠的下游浮出水面，離他的家園還是遠達百餘哩。

不管人們怎麼微詞非議，辛先生始終一派優雅，在公務的處理上精明仔細，對於各項管理環節駕輕就熟，可以這麼說，他已經度過了某種青澀期，從一個低調羞怯的主管，出脫得威風懍懍，當辛先生發起威，那一橫眉，那銳利的注視，足以讓囂張的人靜下去，讓膽小的人哭出來。

至於城裡的幾個幼童，見著辛先生時——不論他的臉色是陰是晴——盡情地哭鬧一番總是難免的，這也許是那個風和日麗的午後，辛先生在小公園裡站了那麼久的原因。

彷彿是正巧路過，辛先生偶然佇足，考察新一季的植栽造景，他在幾棵濃密樹影的掩護下，始終沒有現身，以免打攪了一個小幼兒的玩耍時光。

看不出性別的小幼兒，正在柔嫩的草地上高舉起雙手，搖搖擺擺學步，最後一步總是緊急撲倒，正好倒進他母親候著的懷抱，然後母子倆一起發出陣陣脆得像鈴鐺一樣的笑聲。

微風暖陽下，這幅畫面辛先生看了非常久，每當小幼兒猛然撲向前，他的雙手就不由自主往空中一扶，就好像充分參與了那嬉戲，連他那緊繃的眉梢也溫柔了幾分。

這天的例行幹部會議裡，辛先生簡短地打發了各項討論，遣走開會的同事後，他將幾個人事單位的員工召進了辦公室。

幾個員工齊望著他，辛先生摘下眼鏡擦乾淨，又低頭仔細撢去袖口的灰塵，他才開口說：「城裡有幾個小孩？」

員工們面面相覷，人事主管謹慎地問：「請問您的小孩定義是？」

「兒童，也就是所謂的小朋友，還沒有自主能力，整日需要大人照顧的那種孩子。」

「就我所知，常駐的大約七八個，另外還有短期居住的，您也知道，有些居民安置自己的小孩實在有困難，會帶來河城也都是不得已的狀況。」

「我明白了，請問城裡是依什麼規定收留這些小孩？」

員工們再度面面相覷，人事主管答道：「說實在的沒有相關規定，辛先生，小孩子基本上不太耗伙食，甚至也不佔床，只要是跟著家長來這邊，城裡一向都收留。」

「多年來一直都是這樣吶。」有點暴牙的人事科女職員不禁插嘴道。

「謝謝，現在我清楚了，」辛先生思考片刻，朝向人事主管說：「我想請你立刻擬一個方案，將非法居留的兒童全部送到城外適合的收留單位去。」

「可是辛先生，」人事主管驚呼道：「把小孩子弄走，沒有這樣的規定啊！」

「沒有這樣的規定，那我們就擬一條。」辛先生暢然指示：「該移送去哪個對口單位，請你們現在就去協調，我想就以一個月為限吧，一個月以後，我不希望再見到城裡有十二歲以下的小孩。」

一個月後，河城在某種層面上永遠不同了，從孩童的脆嫩笑聲中徹底淨空。辛先生所始料未及的是，卻多出了另一種型式的喧譁。

一小群失去孩子的家長們，在許多同情者的伴隨下，展開了頗有組織的抗議行為，一時之間各種陳情海報、布條滿天飛，中央大道上出現了小小的遊行示威，罷工的消息悄悄醞釀中，辛先生的辦公室也迅速給予了回應，類似某種戒嚴的新管理條例頒布出來，附帶罰則——罰則讓人充分明瞭，辛先生不喜歡以任何形式懲戒居民，但若是希望早日取回公民身分，最好別挑戰辛先生的耐性。這份公文有效地解除了城裡的脫序情形。

示威的人們恢復成為良民，除了一個年輕的母親。這個母親始終沒辦法相信，別人竟有權力從她的懷裡，將她涕淚縱橫的小兒子強行扯走，帶去遠方的寄養單位。她想不出什麼太具體的方法討回孩子，但她確實知道自己滿腹委屈，既然委屈到了這地步，按照她的慣例，加害者就必需遭受到雙倍的苦惱。所以她天天如常到工廠上班，等到了休息時間，即使只有十分鐘，她也要飛奔趕往辛先生的辦公室——當然不得其門而入，她並不在乎，這個年輕的母親就在會客室中坐定了，面色陰沉，扯開嗓子便高聲痛哭，淚水供應不及也無所謂，因為她很擅長乾嚎。

鄰近的所有辦事員工都很苦惱，此情此景對於一些外地來賓更具有驚嚇效果，這個年輕母親的外貌，就算缺乏淚水點綴，也讓人完全相信她打從少女時代就一路薄命歹運，吃苦成了這般，竟還有人忍心若斯，害她傷心成了這副模樣。

辛先生的辦公室裡再度頒布了新規則，從今往後，居民欲進入行政大樓二樓以上的辦公樓層，需要經過警衛室的盤查允可，新編列的警衛室就成立在樓梯口。

年輕的母親不愧是個吃過苦的狠角色，雖然上不了樓，辛先生的辦公室總還有窗口。她繞著行政大樓外圍偵察，鎖定最佳方位，她倚著一棵翠樽椰坐地嚎哭，哭了沒幾次，念及哭聲缺乏遠程威力，她改口付諸語言。基於她在市井中罵街的豐富經驗，年輕的母親放棄長篇訴冤，只以音節簡短，內容不連貫的人身攻擊作為重點，年輕的母親還細心地避開了人名，反正她恨的是誰，人人心知肚明。

行政大樓的職員們更苦惱了，每隔不久，就要聽見窗外不遠處傳來連珠炮火，粗野有勁地叫陣道：「大壞蛋，變態又沒心肝，你可以再白目一點啊，惡魔，為什麼還不下地獄？」

最惱人的是，大家的心裡都不免想著，這串粗口好像還真有那麼幾分接近實情。

辛先生端坐在辦公室裡，氣定神閒，照常批閱公文，不時找人進來協商事務，他喝大量的黑咖啡，因為久咳不止，還要常常含上一顆薄荷糖潤喉，工作得倦乏時，他就以內線吩咐秘書，不再接見任何人，然後他擺好棋盤，自己跟自己凝神對弈，或是從櫃裡挑上一本書，展讀得真心入情，對窗外的噪音充耳不聞，連書都看得膩了，他就披上薄外套，悄聲離開辦公室。

常常不自覺走上前往花房的路途，辛先生拐個彎轉赴診所，與三百磅醫生社交數言，他便進入地下走道抵達密室。密室裡，他不再需要君俠作陪。

君俠只能在事後收拾殘局——如果辛先生寬宏大量地忘記貼上封條的話。君俠多半在密室的牆角找到訪客，訪客幾乎總是鼻青臉腫，為了幫他清理外傷，有時君俠不得不動用手術刀。最嚴重的一次，一進密室，就見到整把砸爛的椅子散布在地板各處，訪客呈現昏迷不醒的情狀，君俠迅速解開他的衣褲，徹底摸索他的軀幹四肢，沒有骨折，瘀痕也不多，將訪客翻個身，鮮血卻從他的嘴角大量淌流而出。

沒有人知道辛先生的心裡也有相當程度的委屈。他本是個那麼不喜歡血腥的人。

唯有讀書與下棋足以忘憂。書架上排滿了編號相連的小說，辛先生在購入它們時連封面也不曾多看一眼，直到真要展卷閱讀了，才認真挑選，他偏好時空背景設定在古代的題材，年代越久遠的故事他越喜愛。偶爾他也奇怪著，為什麼在禁忌越多的年代裡，人快樂起來，越真實？

辛先生又發現他不是一個適合文學的人，再怎麼入迷總也隔閡著一層抗拒，總希望佐證確鑿，希望確知故事與這世界有所聯繫，所以他轉而進入歷史的領域，閱讀一切他蒐羅得到的人物傳記。

就這麼讀得入神，忘記早已經過了下班時分，沒發現窗外一片夜色，辛先生從辦公座位上抬起頭，吃了一驚。

「想嚇死我是麼？」辛先生啐道，君俠安靜地立正在他面前，「跟個幽靈似的，來了怎麼不出半點聲音？」

君俠於是出聲說：「辛先生，請讓我進去密室。」

「昨天不是才讓進去過一次餵他吃飯？」

「今天必須再進去，辛先生，想通知您一聲，我得拆開您的封條。」君俠寒著臉說，他並不知道，剛才將辛先生嚇了一跳的原因就是他這表情。

「說到了封條，不知你是否注意到，我這次在上頭抄了些什麼？」

「訪客根本吃不下東西，我只能給他打點滴。」

「是一首迴文詩，迴文詩你聽過麼？那是一種結構特別巧妙的文字藝術品，你可以從任何一個角度欣賞它，正著讀，倒著看，或是你喜歡從中間拆開來也很好，它總是能組合出不同的趣味。」

「但是他脫水得厲害，我幾乎找不到血管，已經請三百磅醫生幫忙了，我們都懷疑他有點內出血現象。」

「可它想呈現的卻不是趣味，應該說是美才正確，經得起各種審視的美，君俠，你試著找找看，我已經將它們打亂了，你找得到從哪兒開始是第一句嗎？提示你，第一句和最末一句可以完美銜接，咳，花了我一番周折才完成它哪，你去找出第一句，回來唸給我聽聽。」

「血壓和心跳也都非常不好，接近衰竭了，我想將訪客移到診所中讓三百磅醫生幫忙照顧，他那邊的設備比較齊全一點。」

「……」

「我們都在擔心如果真的是腹腔內出血，血壓再往下降可能就需要考慮動手術了，訪客又不會陳述病情，不能確定現在腹膜有沒有發炎，我想——」

「坐吧。」

「我在說的是很嚴重的外科問題，辛先生您能了解嚴重性嗎？」

「坐下吧，安安靜靜陪我一會兒。」

君俠單手抄過來一把客用座椅，目光如炬坐在他面前。

辛先生著手欲拾起辦公桌上的書本，一轉念，掏出棋盤，快速布出半盤中局，黑子佔一角位，得子二十六顆，白子輸了五顆，但取得兩個相對邊線，辛先生以叉疊指法捻起白色棋子，游移著準備取下角旁一格棋位，這樣一來，與對邊一顆白子首尾結成鍊，將吃下一整排空間，黑白局勢翻轉。

白色棋子懸空，就要落子，辛先生一揚手，君俠的神色也顫了一瞬。

「怎麼？這步不對嗎？」他問君俠。

「我不知道，辛先生。」

「你懂得othello是嗎？」

「不懂。」

連個外役的囚犯也不肯陪我下棋。辛先生心裡想。他擱下棋子，和顏悅色說：「只是開個玩笑，回報你剛才嚇了我，這個棋步的確是錯的……othello真是很特殊的棋，表面上你越佔優，失去得就越多，下久了啊你就漸漸懂得什麼叫做放棄，棄子得先，總要等到終局才會知道什麼是真的屬於你。」

「我不懂您在說什麼。」

「你聽得懂，沒有人比你更懂，讓我來問你吧，我在你面前保留過什麼嗎？」

「不知道，我常常覺得越來越不認識您了。」

「怎麼說不認識呢？為什麼我一直讓你跟在身邊，你想過這問題沒？」

「您需要有人差遣。」

「不只吧君俠，你應該更聰明一點才對哪，人都需要被發覺啊，在我們的內心深處，總存在著一個奇特的角落，該怎麼說呢？渴望被目擊，被瞭解，請告訴我你聽得懂好嗎？」

「您錯了辛先生，我只知道，人或許都希望被瞭解，但是人更希望被誤解。」

被誤解成一個更好的人。

君俠分明不想聊天，辛先生一霎時感到了疲倦，連額角也漲疼起來，他按揉兩邊太陽穴，下達逐客令：「請出去吧。」

這頭還真痛，辛先生喃喃自語，他徒勞無益地灌下整杯黑咖啡，慢慢地收拾棋具。

的確是一向被誤解了。辛先生想著。大家全都猜錯了，以為他在鬧著什麼意氣，在跟誰進行精神對抗，甚而假設他的心情不良與妹妹紀蘭必然大有關係，猜到哪兒去了？若是一個人有所轉變，真歸納得出單一的影響因素麼？

讓你們猜到吐血而亡吧。辛先生在心裡這樣欣快地獨白，我已經倦了，厭了，累得不想再應付，沒力氣再扮演一個好好先生。真遺憾，這算是諸位的嚴重損失。

辛先生在辦公桌上找書。剛剛讀的是哪一本？七八本傳記橫陳在他的案頭，每本都讀了一半，都是一些赫赫有名但聲名狼藉的大人物，每本都深獲辛先生的歡心，他覺得再也沒有比人物傳記更好看的書了，可以讓人讀得入戲同時又保持懷疑，懷疑當事人的坦白程度，也懷疑公評中的是非曲直。正因為對什麼都存疑，他特別喜歡各種含冤莫雪的情節，又對一切的叛將、佞臣和暴君寄予極大的同情。

最後辛先生選了一本古代君王傳記，翻開專心讀下去，這位君王在那遙遠的異國裡，擁有一個響亮的綽號：「恐怖大帝」。

電梯門無聲開啟，君俠踱入夜色中時，辛先生的心情已經逆飛到了千古之前，但願永遠不用再回來這邊。此時此地的這一切都讓人感到沉悶，生活作息無趣，電視難看，報紙囉唆，河城裡那些永不滿足的居民令人嫌惡，細瑣的公務尤其乏味得像自來水。

書裡面描述的恐怖時期卻多麼有味，那麼大量的愛恨情仇封鎖在暗淡長夜裡，太多衝突找不到出路，人也就活得萬分悲喜。辛先生不禁感歎著，何其鮮豔的年代，那才是英雄的苗圃、傳奇的暖房，連花兒都野蠻得加了倍，只有在那樣的時空裡啊，烈士更烈，美人更美。

45

君俠茫然踱入夜色中，他已經錯過了晚餐時間，但是無妨，他很習慣挨餓，他知道該怎麼止餓。君俠在路燈下獨行的身影忽然隱沒不見，他已離開了人行道，踏泥路走向黑暗中的人跡罕至處。

來到花房旁的樹影間，他見到房裡果然還燈火通明，君俠熟練地從玻璃幕外一閃而過，繞到花房的側邊，這兒有扇紗窗幾乎從不掩上，望進去室內的角度極佳。他知道辛小姐每天到了這時候都有個怪習慣，她會在整片金鈴藤的掩護後面沖涼。

串串金鈴藤的空隙間，依稀見到辛小姐已褪去衣衫，正用花灑淋浴中，她以一根很可愛的小木簪將長髮盤在腦後，還是有幾絡溼髮垂下來，蜿蜒爬過脖頸曲線直到酥胸前，從那兒再往下，幾叢盛開的金鈴花正好擋在最致命的地方，窗外的君俠不停輕幅移動，尋找更優良的視野，他的右手拳握得青筋畢露。

這次手術刀已經捏在手裡，人刀已經合體。

伺機埋伏中，君俠卻不禁站直了身軀，滿頭霧水，傻了。他見到花房外還有另一個人，也在觀賞這幅美人出浴圖，只是偷窺的技術非常失敗，那人直接緊貼在入口處的紗門上。

整張臉壓在紗幕上幾乎變了型，君俠瞇眼一瞧，認出來是那個笨孩子。很笨的大男生，隨著他的母親遷來河城，已經十七八歲大了，還整天黏在媽媽身旁，他的青春肉體發育良好，只是智力始終停留在幼稚園階段。這孩子叫什麼名字？似乎被大家取過不少綽號，君俠記得有些人喊他傻弟。

花灑的水流聲已經中斷，辛小姐的倩影從金鈴藤蔓後面消失。

只在裸體上罩著一件男用大襯衫，辛小姐在整片薔薇叢邊乍現芳蹤，她迅速靠近門口，一把拉開紗門，傻弟跌了進花房。

「你在做什麼？」辛小姐氣呼呼問道。

「我我——」傻弟滿臉通紅，他在大腦中遍尋不著狡賴藉口，下面卻很誠實，褲襠裡已經招供出雄勃的外觀。傻弟說不出話來。即使不是這麼緊張，他也很難編造出完整的句子。

「不要怕，跟我說，你在做什麼？」辛小姐渾身淌著水，態度堅決，「你幹嘛一直退後呀？我很可怕嗎？」

辛小姐上前一步傻弟就退兩步，一副很常挨揍的模樣。現在傻弟已經被她逼迫到了角落，退無可退，鏗鏘一聲，他的背抵住了一把花鋤。

「我不可以靠近女生。」傻弟可憐兮兮宣布。

「為什麼不可以？」

「我不可以靠近女生，因為我說話會噴口水。」這整句倒是流利得訓練有素。

原來是個傻子。辛小姐偏著頭端詳他，一雙妙目眨了又眨，最後她說：「可是我又不是女生，我是一個姊姊。」

傻弟頓時鬆了一口氣。

辛小姐已經不再發怒，她上下仔細瞧他，問道：「你的胳臂怎麼啦？腫成了這樣？」

「蜜蜂，蜜蜂咬，昨天。」

「呀，擦過藥了沒？痛不痛？」

「這裡，」傻弟卻指著自己的左臉頰認真說：「這裡痛痛。」

「不會吧？蜜蜂連你的臉也叮了？」

傻弟馬上紅了眼眶，告狀道：「有人打我這裡，打我巴掌，昨天。」

「噢，好壞的人，真是不幸的昨天，來我幫你看看臉。」

傻弟往後又想開溜，但背後已無退路，辛小姐一隻手按上他的年輕緊實的左頰，輕輕撫慰說：「這個世界上有很多人會對你很壞，其實他們不是故意的哦，他們只是很害怕，他們不知道怎麼去愛別人，但是我們不一樣，所以我們要很勇敢，我們的臉也不怕痛哦，嗯？」

柔軟的觸摸下，傻弟再也無法克制，他張開雙臂，生澀又粗魯地抱上前去，胸膛貼上她的乳尖。辛小姐微感不妙時，已經掙脫不開，傻弟將她箍得死緊，他從沒有這樣抱女性的經驗。接下來的事，不太需要學習。

他才緊貼上她幾秒，全身就傳來一陣很悠長的攣顫，然後兩個人錯愕地互望。他自動射精了，傻弟現在感到褲底一片溼答黏膩。

手足無措，傻弟喘得來不及換氣，他只確定發生了很羞恥的事，只知道趕緊抬起雙臂護住頭臉，準備迎接一陣好打。沒有好打，他從胳臂下面偷偷往外瞧，很不明白地發現辛小姐正在笑。

「呵，我們還是快點來洗你的小褲褲吧。」她說。

她牽著他到磚灶旁的水槽，傻弟窘困地脫掉下身衣物，旋又穿回外褲，紅著臉站在一旁看辛小姐清洗他的內褲，她一邊輕哼著歌。

那邊是紗窗外的君俠望不見的角度，花房中再無人影動靜，只剩下滿房花香悄悄滲出。

一個是傻子，另一個亦好不到哪兒去，為什麼看起來卻這樣動人？君俠挺站著忘了藏匿行跡，心裡面為什麼漲得發疼？彷彿是在內心深處有隻從沒放棄過希望的小跳蚤，終於雀躍找到了宿主，這種輕微的疼痛感無法描述，近似一點點幸福。

佇立在紗窗前，手術刀早就掉落了他也沒發覺。就在君俠的鞋子旁，手術刀垂直插進了地面，細薄的刀鋒直沒入泥塵至柄。

他始終不知道還有第三個偷窺者躲在他的背後不遠。

直到君俠悄聲離開，帽人才從樹蔭下走出來。這帶刀的渾小子既然走了，他也就放心了。帽人壓低帽沿，扳起他的手推車把，慢慢往垃圾場推行而去。

46

陽光真亮，睜睜直視著晴空，視覺變得很特別，每回眼簾一霎，就是一片深青，或是神秘的暗紫，帽人扶了扶他的帽沿，意外見到一個小黑點在天幕上畫了半圈。

那是什麼東西？仰躺在河灘上的帽人坐起身來，只覺得這一切非常不自然。剛剛看見的該不會是一隻鷹？不可能吧，聽說這地帶的鷹類早就絕跡了。但如果不是鷹的話，為什麼會飛成了那樣優美的盤旋？

他拾起小石子拋向不遠旁的另一人，「唷，幫我看看，天上是不是有一隻大鳥在飛？」

禿鷹躺在旁邊不遠，以一件捲起的外套充當枕頭，他動也不動，懶洋洋回答說：「怎麼沒有？」

帽人抬頭在滿天雲塊間蒐尋，再也不見任何飛鳥跡象。懶洋洋的午後，河灣中凸出的沙灘上，他正與禿鷹一起享受陽光。這小灘本來布滿了泥砂，通常人們再懶也不會就地躺下，但最近不知怎的，忽然冒出了一整片鮮美芳草，似乎是河城從未見過的植物，闊底尖梢的葉片既柔且嫩，搓一搓還帶著點清新的草香，很適合人躺臥在其上。

原本帽人是與禿鷹在這兒忙著撈河漂，禿鷹動口他動手，帽人橫握著一根十幾呎長的木料桿，長桿的最末兩呎豎釘了幾排短樁，就像把特長的梳子一樣，禿鷹游目在河面上四顧，一見垃圾漂來，他以怪異的口音報訊說：「來了誒，你快點，這邊兒，那邊誒。」

帽人就將長桿的樁耙處迎向河漂，勾纏住一轉、一兜，轉個身，以純熟的手勢一甩，垃圾就在空中畫出一個半圓的弧線，準確地在沙洲上摔落成堆。這是很耗手勁的工作，撈了半天河漂後帽人的兩隻胳臂累乏了，禿鷹則是永遠都累著，兩人就在草葉叢上歇息，都曬出了一身微汗，曬夠了他們就開始上課，上每天的正音訓練課程。

望著低空的雲朵緩緩飄過，帽人發表他苦思後的結論：「我想通了！問題是調子。」

「不是發音嘛？」禿鷹認真盤腿坐起。

「別管發音了，你的發音已經沒救，我想了很久，我一直在想為啥你一說話我就很想掐死你？發音是很爛沒錯，可是我怎麼都沒想到更爛的是音調啊？你那個調子，我跟你保證，爛到不行，完全走音了，就好像大音癡在唱歌，真是要命，我們得想辦法矯正你的音調。」

「你教我。」禿鷹讚許道。

「受不了，把『我』字唸成了『窩』，你說我聽了想不想揍人？我們來救音調吧，聽好我的示範，我說一個字，你說一個字。」

「你說，我說。」

帽人運氣正要發聲，又改變主意：「要不先說整句好了，然後我們再一字一字來。」

「你說。」

「秘訣是這樣，我們把每個字吼得又響又長，這樣結尾音調就會很正點，沒問題吧？那就準備了，注意我字尾，」帽人倒灌滿滿一口氣以後喊：「我——們——完——了，我們是廢——物——」

「我們——完了——我……」

不再喊下去，禿鷹勾著頭，默默撫摸地上的幼嫩草葉。他靜了這麼久，讓帽人不禁感到有點歉意，也許這次玩笑開過火了。

禿鷹只是在沉思。他的發言不只常常斷句錯誤，也常在對談時任意中止，進入個人式的冥想，只是這次思考得特別久。他再度偏起屈折的脖頸，瞪睨向前時，帽人見到的是一雙冒火的瞳孔。

熊熊烈火，就要炸出猛燄，眼前的禿鷹好似全換了個人，就連他說出的語言也特別不同，流暢的音節聽起來典雅又悅耳，其中大量夾雜著他的母語和英文，怪的是帽人竟然全聽懂了，字字剔透分明，從來沒這麼懂過。更奇怪的是，帽人還與他爭執了一番，以自己不太熟悉的方式。

禿鷹大約是這麼說的：在堅忍不拔的長年奮鬥裡，雖然早已經登上人類思想的巔峰，我選擇了謙遜的沉默，而且決定一直沉默下去，最終還要將我的驚人大發現帶進棺材裡。

──那麼驚人的大發現是指？

說不得，怕打攪了人們的平靜美夢。

──真是夠了，我堅持請你說。

好的，我必須先提及一個可敬又可悲的哲學家，性格很孤僻，髮型很狂野的那一位，他的著名的理論是：「世界是我的表象」，以我的心靈為真，世界為幻，因為整個世界是透過我的感官呈現，唯以我心作為它的存在基礎，如果抽離掉我的感官，整個世界的表象也就消失。

──我知道你說的是誰，他的髮型還不賴，跟你有點像。

現在我要修正他的錯誤，因為他的智慧只發揮到中途，必須再往前一步，「世界是我的表象」只說對了一半，遺缺的另一半正好完全相反：「我是世界的表象」。

「我是世界的表象」，他說世界是吾人思考的結果，我偏要說是世界在思考我；他說世界是以吾人的知覺作為呈現條件，我補充說，世界才是組合成吾人知覺的必要條件。

結合兩個理論，我為幻，世界亦不真，兩者同樣虛假，又互相依存。其實沒有我的存在，只有世界所產生的「某一個特定版本的幻覺」。

世界也不存在，你看見的世界，頂多只能說是「因為被幻覺而產生了你的存在」之後再「透過你所知覺的一切」。至於這兩者的因果關係孰先孰後？那就不用問了，因為真相是超越因果關係的。懂了這些，你就不再會接受生命的欺瞞。最後附贈你一首既蒼涼又押韻的短詩：

我抵達了，卻又在絕望中跪地匍匐；
所謂巔峰，也就是再也沒有遮蔭之處。

「……」帽人呆了半晌，問道：「你的意思是不是在說，我其實不是我？」

對的，應該說你差不多是一條河，你是無數小水滴的組合，但是沒有一滴水是你。這個世界和所有的別人都在不停地變換微妙組合，那總合構成了一個流動的你，你的每一個片刻，也都與以前的你不再相同。所以說並沒有一個實際的你，但是可以看得到一個模模糊糊的，你淌流過的痕跡。

「騙我沒讀過哲學，你這是這是……噯，反正很普通的理論嘛。」

禿鷹搖頭道：「不是哲學，你不懂的，我在說時間和空間。」

「哇勒，我投降，怎麼會扯到時間和空間啊？」

「剛才，我說的誒，就是去掉空間和時間，你才懂。」

「騙我沒讀過物理，時間和空間是分不開去不掉的，也不可能獨立存在。」

禿鷹不理會帽人的抗議，接著問：「有你，沒有時間和空間，結果是什麼？」

「那就是一個死人嘛。」帽人衰弱回答。

「錯的，是沒有彼此。」禿鷹說：「你是我，我也是他，每一個人，是另一個別人。有時間，有地點，大家就分開了，都不一樣了。」

「等等，你是說，我們大家本來全都一樣，都是來自最開始的同一個？」

「錯的，你聽不懂，沒有最開始的同一個，因為沒有時間。」

「你這種鬼話，有人聽得懂，我就敗給你，先給我說清楚，現在這個我到底是什麼？」

「是一個版本，很多很多水滴，組合一次，就是一個版本。有時候你重來一次，有時候你很遺憾，你一直形成差不多的版本，一直修正，你甚至換作別人。」

「要命啊，你是在說，我既是我，我又可以隨便是任何人活在這個世界上？」

「對的，你也是那隻鷹在飛。」

「住嘴，住嘴，你這個妖孽，快被你搞瘋了。」

禿鷹咧嘴而笑，這一笑，眼中的火燄就全熄滅了，他恢復成一個很累的糟老頭。

帽人在河灘的最邊緣踱來踱去，站定，他暴躁了起來：「好，那你說說看，這裡就有一條河，它也算是人嗎？它會有幻覺嗎？我丟個石頭進去它會喊痛嗎？」

帽人撿起石頭，橫甩出手，在河面上彈躍成五六個水漂，然後兩個人一起望著大河。

河流一去無數哩，無數哩外，河岸旁不遠的山丘下，有個人工的大窟窿，正輕輕揚出塵煙粉屑，在窟窿的底部，有鐵鏟揮動不休，兩個挖掘者還在繼續挖。

自從挖出了驚動考古界的花葬古甕以後，隨地造井已經成了這兩人的業餘興趣——沒辦法當作正職，因為挖掘無法產生實質收入。說到收入這事，兩人就有點尷尬，上次發現那驚人的古甕時，兩人曾經私藏下甕裡的一些東西，包括幾隻石雕小獸和兩只不明質材的手鐲，旋即透過黑市出售，賣得的價錢只夠兩人喝上一星期的酒，一星期後，兩人才從電視節目中恍然大悟，他們脫手的是極珍貴的古蹟。

榮華富貴錯身而過，但是兩人不氣餒，因為他們得到了另一種報酬。

那是夢，無價的夢想已經扎根進他們的心頭，現在他們喜歡垂直深挖。

考古學家展開圖譜，說明地球的變遷歷史，也說明物種的演化關係，這些，兩個挖掘者全不懂，他們只懂得地質與豎井鞏固技術，更懂得狂野的想像，他們夢想著挖掘到最深處，在那樣的深度裡，一切都和一切有關係。

一個挖掘者停了鏟，用掛在脖子上的毛巾揩汗說：「換個地方吧，這邊土質太鬆了。」

「不換，我覺得這裡挺好。」另一個挖掘者答。

「好你個頭，挖到的都是砂，怎麼打樁它就怎麼坍，根本作白工，這個鳥坑有什麼好？」

「因為河。」另一個挖掘者簡短地說，他攀著繩梯爬出地面，坐在坑口邊緣點了一根煙，迎向著河面上吹來的風，「你看看，河朝這個方向衝過來，到前面正好拐彎，我們這邊整片都是沖積地，後面又有山攔住，你相信我，河一定會帶給你東西。」

「是喔，河會給我東西，×的，再跟你耗下去，早晚死得很難看。」雖然這樣說，他彎身繼續揮鏟。

另一個挖掘者沒回答，他眺望大河，遙想著源頭的那一端。

河流逆溯無數哩，無數哩前，一棟寂寞的小小花房裡，辛小姐伊呀一聲推門而出，才走了沒幾步，她就見到花房旁泥地上的一點亮晶晶反光。

辛小姐蹲下來，仔細瞧這地上的金屬突出物，她握住頂端左右搖撼，從土裡抽出了一把窄身薄刃的小銀刀。她並不知道那是一把手術刀，只覺得刀身的流線型弧度好可愛，她用指尖試了刃鋒，銳利得嚇人。陽光下，整把刀金光燦然，小巧結實又適手，真教人喜歡。

辛小姐將手術刀清洗乾淨後，收進了她的栽花工具小籃。

47

「可曾有誰看出了河的願望？」才寫下了這一句，辛先生就撕下整張紙揉毀，拋進垃圾桶。

怎麼一恍神，就寫成了抒情文章？辛先生悵然望著桌面上整整齊齊一份紙筆，左思右量，無法啟頭，這份要命的報告究竟該如何寫才妥當？

寫不出來，他的心情太亂，操煩著太多緊急事項，比方說，該怎麼想辦法將君俠繼續留在河城？這問題似乎不大，當初是透過好幾個高層單位強力疏通，才將君俠從監獄裡調來外役，只要小心應付各方公函，他幾乎可以無限期借用君俠。但軍方那邊，如何才過得了關？辛先生執起筆，從頭開始思考。

重點是，訪客到底是怎麼死的？

坦白而言，辛先生並不十分確定，雖然這麼說未必正確，他自己絕對脫不了連帶關係……連帶關係，亦即是說，他並沒有直接殺人……但這終究算是一樁命案啊，想到命案兩字，辛先生的心頭一陣發涼。

真想逆轉光陰，重回到現場，親眼弄個分明。辛先生揉了揉發疼的額角，他打開桌上的藥盒，在其中尋找止痛藥丸，挑出了幾粒，每粒的藥性他都不太確定，他以熱咖啡送藥丸入喉，嚥完後，感覺還不太夠，他又在藥盒中繼續掏尋，吞下了另一把堅硬的膜衣錠，十幾分鐘後辛先生開始昏沉，直到睡去前他還不停回想著事發當場。

時間，昨天；地點，密室。

辛先生從密室中走出來，返身剛剛帶上房門，就撞見了君俠。

「嚇，是你。」辛先生面如土色，火速鎖上門把。

君俠端著一盤針劑和注射液，正安靜觀察辛先生的神情，他說：「辛先生，請讓我進去一下，該給訪客換點滴了。」

「別進去。」

兩人僵立對望了一會兒，看著辛先生的慘敗臉色，君俠遲疑問道：「他是不是……」

「不是。」馬上回答。

應該不是。辛先生在心裡這麼補充，訪客應該不是死了。

不可能死。辛先生早上才來過一次，那時候見到的訪客，不是還很有活力地爬來爬去麼？到處閃避，拒絕配合談話，難纏成了這樣，辛先生只好輕輕踹了他兩下，就是輕輕的兩腳以示薄懲，絕沒有過度為難他，見到他抱著肚子喘氣，辛先生於是離開，讓他好好休息。

不致於死。但是活人怎麼會呈現那種奇怪的膚色？就在剛才，傍晚時分辛先生再度回來探望，訪客竟還躺在原地，屈身抱肚的姿勢與上午完全相同，只是動也不動，整張臉孔變成骯髒的蠟黃色，嘴唇烏青，雙眼緊閉，辛先生以皮鞋輕踮了他一下，觸感略微僵硬。

愣了幾秒，辛先生旋即奔出密室，帶上房門撞見君俠時，心裡正不停地默唸著，我看錯了，我應該只是看錯了。

「讓我進去看一看。」君俠忽然開口，再次嚇了辛先生一跳。

「不准！」

說不上為何不准，辛先生只是直覺地認定需要時間好好想想，需要通盤想一想才好作出適當反應。他想到的當務之急是，應該再進去密室確認一次，也許訪客只是睡著了。

不應該死。這可惡的訪客，莫名其妙地藏身在河城，累得辛先生一上任便度日如年，真真太惹人生氣了，如今他竟然撒手死去，留下無盡麻煩給辛先生，這結果簡直是雙倍地激怒人。

「讓我進去吧。」君俠始終是這一句。

辛先生一手護住門框，另一手裡還握著鑰匙，臨時搪塞道：「別進去了，他正在睡覺。」

不說還好，這話一出口，君俠馬上神色大變，他強硬表示：「那我更要進去。」說完君俠出手搶奪辛先生的鑰匙。

「不行！」辛先生一掌震得君俠連退數步，撞上牆壁，又摔倒，不鏽鋼盤與針劑也響亮地落了地，君俠爬起來時，望向辛先生的神情非常陌生，其中有委屈，不解和恐懼。

辛先生懊惱極了，他啞著嗓道歉說：「真對不起，我不是故意的，你不要駭怕我。」

沒有回答。

「你不准！」辛先生惱極轉怒，忽然喊道：「誰都可以，就是不准你駭怕我！」

還是緘默，君俠只是想著，辛先生崩潰了。他走上前輕壓住辛先生的肩頭，哄孩子一樣說：「坐下來吧，不進去了，我們就在這兒先坐下，我們來想想看該怎麼解決。」

那聲音裡有種安撫的力量，那壓在肩頭的力道不容反彈，辛先生隨著他倚門坐下，兩人一起瞧著凌亂棲地的針筒和藥瓶。

背抵著門扇，兩人靜默了片刻，辛先生長舒一口氣，要求君俠：「與我談話好嗎？」

「好。」

一經允可，辛先生竟陷入史無前例的談興，他自動滔滔不絕道：「我們真的聊過天嗎？我猜沒有，現在多談一些也不算遲，想想確實奇怪，相處這麼久了，我幾乎還是不認識你，如果有人向我問起你，我恐怕答不出什麼太具體的內容，比如說不知道你喜歡做什麼消遣，你平時有些什麼興趣呢？」

「我喜歡坐車。」

「是麼？這麼巧，我卻喜歡開車，你坐過我的車嗎？」

「沒有。」

「很不錯的休旅車，花了好幾個月改裝才總算滿了意，說滿意卻又不盡然，只能說它開起來順手，當我們說到滿意時還要包括感情層面，你同意麼？從感情上來說，我真正喜歡的是另一輛車，說來見笑，那是一輛性能很糟的二手車，我們應該說它確實擁有特殊的個性，不太容易發動，總要你對它好言相勸一番，如果你罵了它，那是怎麼都接不通電門的，百試百靈。那兩個前窗萬萬不能降下，因為它只降不升，若是你貪吹涼風，又遇上驟雨，就準備一路淋溼吧，呵，它還怕冷，過夜時太冷，或潮氣太重，第二天它必定使性子，那就需要推著它跑一程才能啟動了，不知為何，推車的人總是我，阿鍾坐在駕駛座上，輕鬆得很，頂多喊幾聲小辛加油，啊，忘了說，這車是和朋友合買的，阿鍾是一個很好的朋友，你想過嗎？當初我為什麼挑了你，當你在監獄的時候？」

忽然就轉了話題，君俠不假思索答道：「因為我學醫。」

「你是這樣想的？」辛先生顯得頗為意外，他說：「不是，先前我並不知道你的個人資料，只是從錄影帶上看人，他們給我看了一些帶子。」

「那您是從長相上挑的？」

「也不是。」

辛先生沒再解釋下去，他正回想著那一天。那一天，從螢幕上看了那麼多張令人無動於衷的面孔，正想隨意作出決定的時候，錄影帶上忽然出現了一小段雪花雜訊，又自動復原，彷彿時光凝止的小小室內，房門開啟，一個瘦高的大男孩怯生生走進來，很規矩地立正，轉兩次側面，回到正面，之後大男孩並沒有退開，反而往前邁了幾步靠近螢幕，他的那雙清亮眼睛直視鏡頭，似乎想要看進去窺視者內心世界，辛先生見到男孩在腰側綁了一個亮晶晶的東西，連續倒帶數次，才確定那是一只鋼碗，說不上來為什麼，這個小點綴給他的印象深刻極了，讓人特別地感覺到，除了是個囚犯，這男孩還是個人。

君俠也回憶著那個早晨。

「好了。」君俠說：「現在我要進去看一看訪客。」

幾乎是個命令，君俠拉起辛先生的手，慢慢扳開他屈折的五指，從掌心裡取出鑰匙，辛先生順從著沒有抵抗。

君俠便獨自進去了密室。

他在密室裡待了非常久，出來的時候，辛先生就徬惶站在門口。

「他怎樣了？」辛先生擰眉問道。

「死了。」君俠掩上門平靜地說：「我蓋住他的口鼻，這樣看起來比較像自然死亡，他只掙扎了一下下，走得沒什麼痛苦，您放心吧，都結束了。」

辛先生張口結舌，愣了半晌才困難地開口：「慢著，你的意思是說，你殺了他？」

「他再拖下去也是受罪，」君俠聳聳肩，神色輕鬆，「我想這樣做已經很久了，您想怎麼呈報上去就隨便您吧，我一直就想給他一個解脫。」

「是麼？」辛先生直盯著君俠，萬分懷疑，他急切上前就要推門，「不對，我得親自看一眼。」

君俠一展臂擋在面前，辛先生使上全勁也推不離他，只覺得蜻蜓撼柱似的，從沒發現君俠竟這麼強壯。

「別進去，您受不了的。」君俠溫和但堅定地說，他旋身快速鎖上門把，將鑰匙揣進懷裡，「我不許您進去，聽明白嗎?辛先生您怎麼了?您沒事吧?要不要我扶您坐一下。」

辛先生拒絕坐下，他的臉色慘白，連雙唇都白了，他以額貼著牆壁思考，半晌後他轉過來，喃喃說：「我會想辦法的，我會讓你一直留在河城，我保證一定會想出辦法讓你不必再回監獄，請你務必相信我……軍方那邊，我們就一直謊報訪客還活著，除非他們親自來查看……」

君俠並不在乎這些，他知道辛先生現在的心情太混亂，太需要轉移重點，他耐心等著辛先生自言自語告一段落，才說：「我現在要離開一下，辛先生，您最好也回宿舍休息。」

辛先生茫然望著他，憂戚問道：「你要去哪裡？」

「屍體總要處理，我得先去挖個坑，半夜再回來搬運，到時候可能需要您幫忙。」他邊說邊輕按辛先生背脊，推著他朝外一起走去，沿途遇門即鎖上，一路沒收辛先生的鑰匙。

君俠在城的邊緣最隱密處挖了一個坑，挖得很深。

半夜，兩人抬著以行軍袋密封的屍體，先運到了未開燈的診所，君俠將行軍袋整個揹上身，兩人摸著黑悄悄推門而出，辛先生的休旅車就停在診所外。

一踏出門，兩人就一齊絆了一跤。在這暗夜中，一輛手推車硬生生橫擋在門口。

大驚之下，辛先生立刻逃進了診所，君俠將行軍袋安放在地上，凝眸一看，帽人像隻鳥似的蹲在推車旁，一副等得很累的模樣，帽人嘆了口氣：「傻瓜，埋了也不是辦法，用焚化爐燒吧。」

「您怎麼知道的？」君俠咋舌問道。

「我知道很久了。」帽人站起來，腿發麻了，他邊甩腿邊走到行軍袋邊，端詳著袋中輪廓說：「男的，長期臥床，應該有點癱瘓，尿失禁，瘦到哭八，最近病得很厲害，很久沒吃東西了，大概都是靠點滴，差不多就是這樣。」

他扳起推車把手，示意君俠將行軍袋放入車中，君俠服從地照做了。

帽人馬上在袋子上覆蓋一層準備好的垃圾，他運勁移動推車，脫口又說：「還真瘦，不到一百磅。」

帽人調轉車頭，動作刻意放得很細膩，好似怕打攪了車內的死者。

「不要以為我想幫辛先生，」調好車向，帽人在君俠肩上輕拍了一把：「我只是可憐紀蘭小姐。走吧，跟我來。」

扶著推車，就要上路，君俠回眸望了診所一眼，見辛先生還獨站在無燈的診所內，面貌模糊，萬分驚惶。只是個很脆弱的普通人。君俠想。他忽然有個感覺，不再想見到辛先生了。

不是因為討厭，是太懷念，沒有人能夠理解君俠曾經有多麼崇拜辛先生，同時也依賴他，依賴到只願永遠跟隨在他身旁。如今診所裡這道膽怯的黑影子，和辛先生還是同一個人，卻又是這個人，親自奪走了他的偶像。

辛先生也在黑暗中看著他，心裡明白，這男孩從此不再相同，永遠不再是那個卑屈懦弱的小跟班。他現在見到君俠別回了頭，隨著推車消失在夜色裡，兩人的最後這一眼互望，竟有點分道揚鑣的感傷。

48

即使是在黑夜裡，煙囪冒出的那股煙還是清楚可辨，呈濃黑色。

焚化爐的四大排煤氣爐嘴全開，火勢極旺，將站在不遠前的兩張臉映照得通紅又陰明不定，帽人神情冷靜，君俠正在後悔，這畢竟算是個葬禮，剛才關上爐門前，至少應該拋朵花進去。

「還要燒上好一會兒，」帽人提議說：「咱們不如到河邊去逛逛吧，晚點再回來收拾。」

他從手推車邊的掛袋裡掏出一把手電筒，讓君俠拿著看路，他自己則不需要照明。帽人堅持推著車子散步。

邊推著車，帽人還沿途導覽垃圾場風光，但這一帶的景色實在乏善可陳，踏上河岸邊時，帽人揮手指向夜空：「對了，還有那邊，我看見過有一隻老鷹在飛，很美。」

兩人一車來到河灣上的小灘，君俠整路等著他過問訪客的事，帽人卻隻字也未提，只是很高興地說：「到啦，就是這兒，我們的貴賓席，整個城裡看河的地點，就屬這裡最棒。」

凸向河心的小灘，地上的草很軟嫩，月光很淡，在這兒坐下來，幾乎像是泛舟在河水中央一般。

「不常見你來看河喔。」帽人說，他靠著手推車而坐，「這邊的風景還不錯哩。」

「以前常看，以前我坐火車時，有整段路都沿著一條河走，我喜歡看河裡面有人在玩風帆。」

「風帆啊？還真懂得享受，依我看這邊駕不了風帆，水太淺嘍，我跟你保證走一半就卡住底盤，哈哈，」帽人是真的在笑，剛剛才燒過屍體，他的心情卻相當好，「說真的，我不看河景，我這個習慣就是改不了，你叫我看河，我看見的都是垃圾，在水裡和水面上漂，看到河漂，你不叫我撈，我會悶得半死。」

「呵……」君俠於是也笑了。

「最近有人對我扯了一堆怪事，說什麼人是一條河，我想了半天，還是覺得人比較像河裡的垃圾啊，你再怎麼自命清高，說穿了，還不是一輩子在骯髒裡面打滾？你懂得我的意思嗎？」

「懂。」懂他的意思，也懂得他還沒說完的部分。當一個人自比為垃圾時，真正追悔的並不是犯過多少錯，而是他所蹉跎過的，沒能完成的那些好事。

「倒是你，還沒看過這條河兇起來的樣子咧，它漲大水的時候，連垃圾場都泡得東倒西歪，最遠還淹到城東那邊去，那真的是不得了，就跟個女人一樣吶，你最好別碰上她發飆。」

「這條河叫什麼名字？」君俠忽然問。在城裡，大家一般都直呼它大河。

「唷，名字不少，我們這一段以前叫流沙河，因為岸邊很多都是砂質地，水濁，你再往下游過去，碰上支流，過了輻射城，才是地圖上那個名字。」

「我也聽過有人叫它精靈溪，不知道是不是真的。」

「唷，管它叫什麼名字，還不都是人取的。」帽人答道，他想了想，站起來說：「以前有人寫過這條河的一篇報導，寫得還不賴，我有剪下來，你要不要看？我來找一找。」

帽人取過手電筒，真的開始在推車裡翻找，他從一只中學生的舊書包裡，抽出破爛得幾乎要解體的文件夾，又滿身掏尋眼鏡。君俠從沒見過他戴眼鏡的模樣，顏面傷殘的人總讓人感到年齡不詳，帽人戴上一副膠框閱讀眼鏡後，整個人添了些歲月的風霜。

「我們來看看啊，」帽人以手指蘸口水，翻閱整疊舊剪報，君俠幫他執掌手電筒光線，「唷，找到了，你可以看看，我覺得寫得很好的是開頭這一段，你不介意我唸吧？」

「請唸。」

「咳咳咳。」帽人猛清喉嚨，「不瞞你說，我小時候常參加朗誦比賽。」

然後他就以略微誇張的腔調，緩緩唸出：

有人說，你不可能找到一條河真正的源頭，

也有人說，河沒有真正的盡頭，它只是延伸進入了海洋；

當你確實看見一條河，那是它最不快樂的局部，因為一段河床拘束了它，匯集了它，也顯出了它。

「我的天……」君俠輕呼道：「我怎麼都沒這樣想過？」

「光線太暗，你還是等天亮再讀吧。」帽人很珍重地將剪報塞回文件夾中，他就地躺下來，兩手枕在腦後，又跳起，從手推車中取出一條小毛毯，給自己蓋上。

舒舒服服躺在嫩草上，帽人打個哈欠，說：「我得瞇一下，你最好醒著點啊，天亮前叫我，那時焚化爐應該冷卻得差不多了。」

「……」君俠終於忍不住了，「您真的都不問屍體的事？」

「嗐，用問的多沒意思，我喜歡自己慢慢猜。」

不到一分鐘，帽人已經發出輕微的鼾聲。

河灘上只剩下君俠獨醒著，耳邊傳來不停歇的水聲漉漉，那是河在沖激沿岸。

「可曾有誰看出了河的願望？」不知道為什麼，這個句子忽然閃現心頭，君俠想著，可曾有誰看出了河的願望？它想釋放，它想平息。

帽人睡得真香甜，他自己卻千萬不能入眠，君俠拉高衣領，望著河面上團團白氳飄動，好像就要起霧了。大晴天也好，大霧也罷，只希望黎明快點來臨，真想見到早晨的天光。

從來沒這麼渴望過一個真正的早晨。君俠躺臥下來，在薄薄霧氣和幾點疏星的陪伴下，開始等待。而夜還正長。

寧靜的星艦飛航

49

我們總是在夜裡啟程。星夜上路有許多好處，整天的遊覽因而延長，也避開了惱人的塞車時段，尚且還能省下一宿的旅館費用。

這樣說起來，極易讓人猜想我們是手頭拮据的年輕人。其實我們並不算窮學生，只是正好處於喜歡闖蕩的年紀，偏愛那種波西米亞式的流浪風格，換言之，喜歡自尋苦頭，越是歷經風霜就越覺得趣味，若不是成員之中有個少女，就算露宿街頭我們亦能欣然接受。

打妥行李整裝完畢，準備出發時，我正度忖著這涼夜的溫度，似乎有點過寒了，冷天氣很不適宜我們那輛老爺車，我想著，稍後不久，就要聽見那失敗的催動油門聲，再來必定是那略不耐煩的聲音喊道：「小——辛——，車又發不動啦，快來推車嘿。」

一經催促，我就偏要慢慢來，對著穿衣鏡梳梳頭髮，好整以暇揹上行李，緩步出門，見到車子還靜泊在路邊時，我心溫馨，車旁兩邊各有一人朝我熱烈招著手，央求道：「快啊小辛。」我更要慢條斯理調侃說：「就來了，你們兩個真是沒用哪。」

將行李暫時放落地，我打開電燈，觸眼冰涼，在這死寂的車庫裡，沒有任何旁人，只有我新購的休旅車。多少次了？每當燈火點亮的一瞬間，我也陷入時空錯亂，然後才明白過來，那輛不靈光的老爺車至少十年前就進了廢鐵廠，曾幾何時，我也早已經不再是小辛。

時至今日，會以小辛稱呼我的人漸少了，現在人們通常叫我辛先生。

提到名稱的問題，總讓我聯想起一個長輩。雖說是長輩，實則也算是個年輕人，應該比如今的我還要年少幾歲。那是我唸中學時的一位歷史老師。

會特別記得這位老師，因為他實在不同於一般，這老師長得唇紅齒白，說起話來輕聲細語，似乎很害羞，他那雙修過的眉毛卻又特別活潑，總要在講課的精采處，適時地挑揚那麼一下，好配合拋出一朵燦爛的眼花。印象裡這位老師教起中世紀文明史相當生動，只是常常一不留神他就岔題了，變成類似專為小女生講述的家事課程，例如他會熱心教導我們摺疊毛衣的訣竅，或是鉅細靡遺地傳授小糕點烘焙術，他會高舉纖白的雙手，在虛空中示範揉製麵糰，再諄諄叮嚀，該怎麼預熱鍋爐，怎麼為成品點綴剖半的草莓，或是襯上一片新鮮薄荷葉，過程極其繁複，聽得全班男孩們鴉雀無聲，大家整體上的心得，可以藉由一個同學的意見作為代表：「真想衝過去海扁他一頓。」

也許大家聊起這位文質彬彬的歷史老師時，總不免帶著些促狹的意思，我的見解卻不盡相同，我喜愛他，這老師在我心中具有獨特的意義，因為他並不像其他師長一般直呼同學的姓名，而是一律稱我們為某某先生。

當他鼓起白裡透紅的腮幫，微嗔道：「某先生，您的作業又遲交了。」在我看來，那聲氣何其悅人。身為青少年，我們聽膩了大人們不計其數的扭捏作態：「好可愛喲，我們的小先生長這麼大了呀！」那種敬稱的方式跡近賞賜，玩笑成分多過於尊重。這位歷史老師卻不然，他所傳達的是一點真摯的平等對待。他是第一個正式喊我辛先生的人。得到如此的認同，我自然也生出了幾分氣概，不再允許自己言行幼稚，只覺得轉眼我就要進入大人世界，就要長成另一副陌生的模樣，幾乎將變成一個別人，這個未來的我將要讓人瞧得起，在最佳的情況下，將讓人們仰仗萬分。

凌晨四點，不容再多想，應該上路了。

我打開車門，將幾只旅行袋送入後座，攜帶的行李並不多，因為我即將前往工作的單位提供了舒適的宿舍，還配給各種生活必需品，周到得據說連肥皂毛巾也一應俱全。我之所以預先知道這些，是因為對方寄來了極詳細的介紹小冊，在談及住宿環境那一章裡，還特別附加一些體貼的說明，提醒我諸多物品「無需自備」云云。從這小冊中我得到了一個暗示，往後的作風似乎以簡樸為宜，既然如此，打理行囊時我只挑選了必要的衣物，與一些不可或缺的文書資料，其他的世俗用品就都省略了。我利用車庫拍賣會出清了大部分的家具，一些實在無法販售的私物，則租用倉庫長期儲存。

這樣也好，一身孑然，踏上全新的人生旅程，如果說還有什麼餘物，藏在冬季衣物袋中的軟陶相框應該算是其一，那是一幀家庭照，誠然，我尚未成家，所謂的家庭照，無非是指我與母親及妹妹的早年合影，帶著它是習慣問題，人們都說隨身攜帶家庭照的男人具有內斂的深情，我倒不認為這涉及感情層次，只是覺得在寢室裡擺上親切的盈盈笑顏，床前案頭總是熱鬧一些。我也不是那種高調標榜自我的人，向來不喜在辦公桌前展覽私人相片或個性化的小玩物，但我畢竟還是準備了一份特別的紀念品——又是習慣使然，那是我到任何地方上班都無法省略的一個硬紙筒。

比一肘略長的細圓型堅硬紙筒，表面是絳紅描金緹花圖案，拔開筒蓋時，還會發出清脆的啵一聲，這種筒子通常是用來珍藏畢業證書或獎狀，我在其中捲了一張海報，那偉大的星際探索系列影集的第一代星艦飛航圖。

人們只道我是一個園藝專家，這身分固然不假，但少有人知悉我私底下是某個科幻影集迷——特別說明，喜歡的僅止是影集，它所衍生的電影並不在我的欣賞之列。科幻與園藝，聽起來似乎有點兒抵觸，一者追尋理性與野性的極限，另一者卻崇尚典雅的舊時代價值，仔細想來，這兩者其實又非常和諧，都是盼望著發現新視界，當人們勇敢地探觸進去宇宙的最深秘境，就我而言，那兒莫不也是一朵玫瑰的蓓心處？

因為太喜歡這系列影集，我曾經參加過一個小社團，社團的成員們多數和我一樣，都是大學生，大夥兒利用一個名為「星際碼頭」的電子布告欄聯絡，在貼文中，社員們煞有介事地討論航空動力學，或一些星戰方面的軍事問題。

我們也定期舉辦星際聚會，那是一種限定角色扮演的有趣派對，可供模仿的角色有醫生、工程師、領航員、或各種星球反派角色不一而足，只是大家的英雄所見略同，接近一半的人總是選擇擔任艦長，其餘的人全都扮演那位尖耳朵的異星人。

我個人也擁有一套艦長制服，不同於一般粗陋的仿製品，我買的是極經典的呢紡星艦禮服，暗紅色窄襬上衣，開右襟又滾上黑邊，搭配閃亮的右肩章與低腰黑皮環，左胸前就是那著名的光子傳輸器。我的個子原本就相當高，穿上這身制服後更顯修長，社員們也公認挺拔極了。

那些在餐廳中包場舉辦的星際聚會多麼令人懷念呵，迎面就是一群艦長和一群尖耳異星人，若是不知情的外人誤進會場，肯定將大吃一驚，還真以為闖入了複製人軍團。我們全體穿著星艦制服，有些社員甚至隆重地畫上特效化妝，維妙維肖到讓人看了作惡夢的地步，大夥兒人手一杯低酒精度冰飲，另一手忙著翻資料——一本社長費心整理的外星語拼音字典，他強力規定我們使用外星語言交談。

結結巴巴的外星語社交中，我們度過了何等快樂無憂的時光，可惜這可愛的社團終有沒落的時候，先是電子板主請假備考研究所，再來的那個夏天，多數夥伴忙著升學或出國，定期的聚會只好一延再延，之後，大家又紛紛投身於工作，網板上的人氣盛況不再，許多社員漸漸失聯。

再後來，沒什麼特別可言的理由，我們只是都長大了。

最後一次收到社團的訊息，是社長傳來的電子賀年片，在真情流露的問候之餘，他為了久未舉辦星際聚會而鄭重致歉，又向大家道別，他宣布辭去社長一職。我還記得他的辭職理由大致是這樣寫的：

「……無奈的是，我的體型完全走樣了，拜託各位原諒我吧，腰圍實在太大了(Orz)，如果硬要穿上星艦制服，我的下場不是衣毀，就是人亡……」

文末還附帶一個表格，懇請社員們推選新社長。

沒有人提名，可愛的小社團就此煙消雲散了。回想起來，那好像也是某種青春時期的永遠落幕，一整群星際夥伴們各自分飛，各俱相忘，直到偶然街頭相遇時，也再無法認得出對方。

是的，在光陰流轉中，我們無一倖免，每個人多多少少都無奈地走了樣。

50

「艦長日誌：航行第UT0612天，失去兩具主力引擎的動力之後，我們在珈瑪象限中無定向漂流，期待藉由最後的維生動力系統，抵達臨近的后冠星座，再借用該星座的引力場修正航向。目前所剩之事，只有祈禱了，衷心希望與救援友艦順利會合。」

呵，久年習慣，每當我啟動汽車時，常不禁這樣杜撰一番，我偏愛在虛構的星際旅行中攙點悲劇色彩，生死交關的情節我尤其喜歡。

將車子倒出車庫，我朝向這棟出租公寓瞥了最後一眼，此地的一切我將不再懷念。車子駛入夜色中時正是凌晨四點零五分。航行吧，星艦。目標，河城。

先前已詳細研究過地圖，我估計需要七到八個小時的車程，若是加上用餐與景點遊覽的時間，在下午進城應該是十分合適的。我並未將行程通知河城，只約略地預告對方，我將在這幾天之內到達，以便準備下週的正式上任。刻意含糊入城日期，理由非常單純，我不樂意見到過度鋪張的迎接儀式。

簡而言之，我不太適應官樣排場，河城所安排的禮遇宴會更是我萬萬無法消受的，所以我去電婉拒道：方便行事即可，我這方面只待私務辦妥，就會自己開車入城。他們馬上答覆說，將派來兩輛前導車隨行。這又是教人吃驚的反應，雙車隨行伺候，那是何等浮誇的場面？或者他們認為高位者必定是個路癡？

想來我的低調也令人訝異，不難猜測他們正忙著打探我的來歷。

我的資歷將讓他們感到滿頭霧水。坦白說，連我本人也不太敢置信，竟然得到如此美妙的職務，我這奇好的官運對任何人來說，都未免來得太過於夢幻。

猶記得事情的開端，是前個月的某一天，我的上司忽然提議道，將安排我與內政院的某位副首長見面。這消息毋寧是讓人惴慄不安的，那位副首長既不算是直轄我的上層，他的官階之高，也非屬我能謀面的等級，通常我只能和一般民眾一樣，從電視上瞻仰他的音容。我的上司見我多心，便慈祥安慰道：

「只是見個面，大家聊一聊罷了。」

果真見了面，過程非常簡短。在內政院的華貴辦公室內乍見這位副座，只覺得他與電視上非常不同，出奇的矮小而且蒼老，這副座親切地與我閒話幾句家常後，就深陷進入他的高大皮椅中，一再認真審視自己的指甲，似乎非常岔神，終於他才吐露一句：「河城聽說過嗎？那兒有個主管職目前出缺，不知您是否有意爭取？」

那雖不是我第一次聽見河城，對於這地方，我幾乎無甚概念。與副座會面後，我便立刻蒐集河城的書面資料，並多方揣摩著上意，漸漸大致明白了，官方約莫是希望徵求一位懂得園藝的主管，好改善河城的粗劣景觀。

又或許是我的品格終於得到了賞識。在都市發展局擔任公職，我掌管全市的公園造景工程這數年來，從未貪取分毫公帑，大家都知道我的作風嚴謹忠誠，絕不道人是非，也不愛攬朋結黨，擇善固執的個性雖然為我招來「市府孤鳥」的形象，卻也難掩我的績效光芒，無疑，我所撰寫的幾部盆栽養殖叢書甚獲好評，更不用提由我領導幾個大學園藝系共同完成的「都市排水系統與路樹灌溉之體系整合研究」，說它是一時的權威之作亦不為過。

於是我花了幾天不眠不休，嘔心瀝血，在有限的資源中，為河城寫出了一份園藝景觀規劃書。因為實在無暇前往實地勘察，我只能儘量利用手邊的檔案資料，透過照片，我想像著親近河城，親近那鹽分過高的泥土，那著名的季節性惡風砂。或許人們認為河城那禿黃乾漠上的層層建築非常醜陋，我卻在其中發覺了特殊的美，就像是一個畫家終於找到夠大的紙幅，我幾乎開始愛上了河城。

遞上規劃書後，那位首長副座在同一天傍晚就急召我會面。

再一次拜見，副座又是與我閒話家常，關於我的景觀規劃書一字也不談，倒是很奇特地提了一個問題。那時候他神色肅穆地俯身向前，以近乎耳語的音量問我：「我想知道，您是否能『完全地』配合上級作業？」

——一個忠貞的公務員，不就是該完全地配合上級作業麼？

我想我的回答極為妥切，因為我不只贏得工作，也獲得了破格拔升——河城的主管位階比我原來的職等高了兩級之多，換言之，就算我年年考績優良，至少也需要六到十年才能累積相當資歷。

人們都說我走了好運。好運的意思是暗指：升遷一事非關我的實力。官場上本來就充滿無聊的蜚短流長，我又何須介懷？這次我將不再猶豫，決定隻身赴向遙不可測的前程。

轉上高速公路，我的車子在暗夜中疾行如飛，遠方漸漸透露出微亮的曙光，我啟動音碟，車內傳來輕快的旋律，「Any Dream Will Do」，這是一首極優美的劇場歌曲，每聽見它我便感到元氣高揚。是的，人生原本交錯悲歡，何不快意作夢一場？我豈不曾想過河城急募主管的內幕必定不單純？就當作是一趟涉險獵奇吧，男子漢何所畏懼？我隨音碟哼著歌詞，心裡卻浮起一張面孔，我的同學達夫，他口沫橫飛地說道：「你管他媽的那麼多？小辛這不像你的為人啊。」

達夫所說的事，與我這工作風馬牛不相及，更不消提他那用詞粗魯的程度，但不知為什麼，我就是忘不了這句話。

與達夫的一晤，是不久前才發生的事。

連著兩三週，我忙於移交職務，在上司的特意照應下，我原來的工作順利交接完畢，搬家事宜也陸續整理妥當，只待前往河城上任。無事一身輕，卻又感到格外空虛，總好像還欠了一件事，我忽然明白，這一離去，我似乎不會再回來，一個即將遠走他鄉的人，是否在禮貌上，應該公告周知一番較為合宜？

正好我在健身房巧遇了小賓。

小賓是我的高中老同學，從校園年代開始，就一直是個活躍分子，對於他最簡單而精確的形容，就是一整群舊友間的聯絡與情報中心。雖然小賓與我的生活圈子大不相同，但我們使用同一個健身俱樂部，偶爾會在淋浴間裡裸裎相見，有時我們也一起打上幾場壁球。

聽聞我即將遠去履新，小賓熱忱地致上祝賀之意。

「下禮拜正好有同學聚會，這次你一定要來，到時候大家一起送你。」他這麼提議。

我辭謝了他的好意，小賓卻顯得非常當真，不忍過度推拒，我在日誌手冊裡記下了聚會的時間地點。

臨近同學會的前幾天，我數度差點打消去意，小題大作本就不是我的作風，比如說那種矯情的生日驚喜派對，總是讓我感到發窘，更何況是群體歡送我的場合？就這樣躊躇到了當天，我自知絕無可能找出缺席的理由，只好整裝出發，懷抱著告別往日的心情，我特地穿了一套黑西裝。

循著地址抵達那間格調輕鬆的鋼琴酒廊，一入內，我直覺地往聚集最多人頭的沙發區走去，在那兒我找到小賓，與一整群陌生人。

見到我，小賓愣了幾秒，隨即熱絡地招呼我入座，快速地給大家介紹完一回，他在我耳畔道：「我有聯絡幾個老同學，應該馬上就來，大家都很想跟你碰個面哩。」

顯然這是一個小誤會，我感到鬆了口氣，所謂的同學會，其實只是少數舊友參與其中的商務酒敘。經過我一再解釋，我確實挺喜歡這間酒廊，一直就想在行前來此地喝一杯，小賓寬懷多了，他堅持請求我坐在他的身旁。

虧得小賓頻頻耳語解說，我大致進入狀況，漸漸明白眼前這群人——都是些零貨直銷商與保險經紀人——之間錯綜複雜的交易關係。

聽夠了幾家信託基金的內線消息，與一些直銷公司坑騙買家的秘辛，我正想告辭，又有新客來臨。

一個已經喝得半醉的男人，攬著一個風塵味頗重，但相當美貌的女伴朝沙發區走來。見到這兩位，小賓如釋重負，連忙引我前去碰頭，順便安排我與二人在緊鄰的另一套沙發就座。

這個滿身酒味的男人熱烈與我握手，開口就說：「恭喜哦小辛，我真媽的羨慕你，說真的我祝你鵬程萬里。」

說完他即埋首仔細研究酒單，他身旁的女人則是一逕似笑非笑地望著我。我努力辨識這男人，剛才小賓是怎麼稱呼他來的？竟沒聽仔細，只感到有點面熟，確定是個老同學。

「對了小辛，你該不會忘記我哦？」這位某同學忽然衝著我一笑。

「傻話，你真是一點都沒變哪，還是老樣子。」

某同學的雙份威士忌送來了，女人看了眼她點的馬汀尼，皺了皺鼻頭，將整杯雞尾酒也推到某同學面前。

一起窩進舒適的沙發裡，我必需說，在溫馨的往事敘舊中，始終旁敲側擊他的大名，是非常累人的局面。

幸好我們有共同的回憶，我們聊到了那位口音蹩腳的外籍老校長，和學校旁的小教堂，聊到小教堂隔鄰的女子護校時，某同學已經喝下第二輪的酒漿，只要杯子一遞上，他就端起來瞧也不瞧大口暢飲，我親眼目睹他連整粒橄欖也囫圇吞了進去。

然後我們聊到一個綽號「芭比」的可憐男孩，某同學開始無法自扼地放聲歡笑。

芭比的確非常不幸。中學的數年光陰，對他來說，應該是某種命懸一線的生存大戰，只要到了下課時分，就是大家獵殺他的遊戲開鑼，同學們集體發揮創意，想出千百種捉弄他的方式，至於欺負人的理由則非常充足，因為芭比「太娘又太愛哭，太欠扁」。我還記得大家是怎麼利用校園中的各種實質物體，對他進行粗暴的阿魯巴儀式。

「那時候你還真是狠啊，哈哈你這個小辛。」某同學笑成了那樣，瀕近需要氧氣灌救。

我笑不出來，「其實我很後悔，」我說，當年我們實在太幼稚了一些，這種青春期的暴力誠然不可避免，但是受害者呢？我們可曾顧慮過他的感受？多年來我常常想著芭比，猜測著現在的他是否活得安好？我誠摯地向某同學說：「如果芭比最終長成了一個罪惡之徒，或是某種公園遛鳥狂，那麼我們全體都是共犯。」

咚。某同學以額就桌，整個仆睡下去，不再爬起。他的女伴俯首親吻一下他的頭髮，又拋給我一個很朦朧的微笑，終於開口：「你才都沒變呢，還是一個大帥哥，連身材都跟以前一樣耶，怎麼保養的你？」

禍不單行，連這女人也好像認識了我一輩子似的。當下我重新開始捉摸她的個人資料，女人優雅地點燃一根細長香菸，社交道：「我說小辛呀，今天怎麼有空來？」

「來看看大家，我馬上就要去河城工作了。」

「哇！河城！」她這一喊，隔座沙發上的人全望向我們這邊，女人說：「好怪的地方喲，你要去那裡做什麼？」

「沒什麼，河城的管理處長，只是個芝麻大的小官。」我輕笑道。

「我想到了！」女人再度喊：「阿鍾呢？怎麼沒看到他來？還有你那個很漂亮的妹妹呢？」

「我不知道。」誠實地，我一次回答了兩個問題。

我見到隔座的小賓正朝著女人狂使眼色，幾乎整個沙發區都安靜下來，這靜，更讓整體上的尷尬欲蓋彌彰。微微的惱火竄上我心，我不願這安靜，我願意談，我很想談，我想高談其實我的妹妹早已經出獄。為什麼不能談？好像一個人服過刑，就必需整個被抹煞似的，因此我更要談，我一向寧願光明正大，我的家人也無須藏假。

「你管他媽的那麼多，小辛這不像你的為人啊。」趴倒在桌面上的某同學忽然抬起臉，響亮地冒出這句話，既然語驚四座，他一鼓作氣接著說：「你不是都不管別人死活的嗎？」

某同學醉得一塌糊塗，女人趕緊拍哄他，遞過酒來打圓場，她又連聲喚服務生添上新飲。

也唯有這個手段了。我捻起杯子，與某同學對乾了威士忌，眼前只有更多的酒精才能壓制他，而我是極不容易喝醉的人。連吞下兩杯烈酒後，某同學柔順了，肝火下降，歉意上升，他眼噙淚光，楚楚可憐問我：「不好意思我失態了，你要不要原諒我？」

他醉成了這般，我知道不論回答什麼，其結果都一樣，就算我背上一段九九乘法表，他也將立刻涕泗縱橫。「好吧我原諒你。」我說。

他果然哭了，黯然銷魂地撲進我的懷裡：「我對不起你啊小辛。」

他的女伴隨即抛下香菸，站起身來快步走開。

現在某同學正用溼潤的鼻子摩擦我的前襟，而我仍舊想不起來他的姓名，連他當年是否與我同班級也不確定，他亦無法解釋何以對不起我，只是不停啜泣。女人拎著一個冰桶走回來，從中抽出一條溼淋淋的冰毛巾，扳過他的臉孔一陣擦抹。

某同學搶過冰毛巾自己揩臉，漸漸平靜多了，他的鼻頭哭得紅腫，開始顛三倒四地訴說：「不要介意啊小辛，我不是那個意思，那都是別人啊，他們說得是比較不好聽一點，我們媽的不要理他們，我靠，那是他們不了解你，他們跟你能比嗎？我再靠！你就跟個鳳凰沒兩樣，跟你一比我們是什麼？媽的一群殘花敗柳，你都不知道嫉妒一個人有多麼不好受！你聽我說小辛，我是嫉妒你沒錯，但是我都放在這裡，你看清楚！這裡是我的內心！我知道我們跟你沒得比，但是你幹嘛那麼驕傲啊？多注意我一眼你是會死嗎？你根本什麼都不知道，他們那樣說你，我怎麼都沒幫你說話？我真是不應該，我真他媽的不是個東西，我們不要理他們，胡說八道嘛，說什麼你給人的感覺是那樣啊，你就是踩著別人的頭往上爬。」

「是麼，可能是別人誤解我了罷。」

「說正經的，我知道你不是那種人，我們永遠都是好哥們，對吧？你沒什麼朋友，那是因為別人不知道要怎麼跟你交往啊你說對不對？」

步出那家酒廊，我立刻脫下前襟溼糊一片的西裝外套，我準備將它直接燒了。夜風拂來，凍得我一陣哆嗦，頭腦也瞬間清醒，終於想起來，這位哭哭啼啼的某同學原來叫作達夫。一記起他的名字，就好像找到了某種通關密語，整個資料庫觸類旁通，連他那女伴的少女模樣也躍入眼簾，是個叫作朵蓮的好女孩，而達夫與我同班，雖然不算深交，但有兩年的時間，我在校廊裡與他共用同一個置物櫃。印象中的達夫是沉默而斯文的，不知為何變得這樣滿口粗語。我感到相當厭煩，在寒風中咬著牙獨行，不知不覺走過了兩個地鐵站，滿懷愁緒，我的心裡被許多魅影似的前塵往事所困擾。

困擾之一是，達夫竟然沒錯。這些年來，我確實沒什麼朋友，若是再嚴格點思索，我必須更正，一個也沒有。

51

坐在高速公路的休息站裡吃早餐時我就是想著這個問題，嫉妒，嫉妒是一種多麼孤獨的沉溺？如果去除嫉妒中的自憐與惡意，那莫不也是一種絕望的崇拜情緒？

天才剛亮，休息站裡只有寥寥數位食客，看起來都是疲累至極的徹夜開車人。在這種時辰裡，體貼與禮儀都屬多餘，一個清潔工完全無視於我的用餐，粗魯地將拖把捅進我的桌底，奮力抹拭地板。

我剛吃下半份煎得過老的磨菇蛋捲，正在喝一杯號稱「新鮮研磨」的熱咖啡，這杯液體的顏色像咖啡，聞起來像咖啡，但是嚐上一口就知道它絕對不叫咖啡，一項產品能偽擬到這程度也真不容易。擱下杯子，我發現我有點落於迴避了，其實我真正思考的是朋友的問題。

我想著，我並不是始終孤單的，曾經我不也擁有過生命中最要好的朋友？我們一起走過滋味萬千的青春歲月，也走過那麼多冒險連連的旅程，還走過……我的天，不就是眼前這間休息站？瞬間我確定了，就是這兒，幾乎就在我的隔鄰座位，那點綴了剪紙窗花的落地玻璃旁，我們小憩並且用餐，點了滿桌的食物，邊吃邊玩笑，才三個人，竟能活潑喧譁到舉室側目的地步。

沒錯，我還記得那滿桌漢堡薯條的品質之糟，雖然堪稱低能料理界的經典，我們還是狼吞虎嚥，一邊咒罵連連，一待上了路，又懊惱著忘了外帶幾份洋蔥圈，為了推卸責任我們一路拌嘴不休，就這樣嘻鬧到了下一個休息站，食慾正好又來襲。在我們當時的年紀裡，人還真永遠不缺胃口。

我們指的是我，我妹妹和阿鍾。

說到我的妹妹紀蘭，要描述她確實不是一件易事，我並非暗示她的個性有多麼曖昧複雜，相反地，她非常單純，單純到了像一株寡枝少葉的小小植物，這種簡單的景色，對一個畫家而言，要臨摹起來，反而最難找出下手的筆觸。

記得從前我向外人談起妹妹時，最常使用的形容是：秀氣可愛，很溫柔，有些傻傻的。當然，哪個男人眼中的自家小妹不是傻得可愛？但她是真的傻，我指的是智力方面的問題。紀蘭的頭腦出奇的樸拙天真，不擅長思考，不明瞭人情世故，更不適應學校的功課，家母曾經要求校方為她安排補習，還是無濟於事。紀蘭自己倒不擔憂，她一貫以嬌憨的性情恬靜地看待這世界，也許應該這麼形容她才對：天生只傾向於甜蜜地去愛，愛人，也愛花。

紀蘭小我三歲，我們來自一個人口簡單的家庭，也算是個富有的家庭，足供我們兄妹倆讀昂貴的私立學校。

那是一間寄宿學校，但寄宿生主要來自中學部，像我與紀蘭這種住校的小學生並不多，在我的記憶中，應該不超過二十個孩子，這些孩子住校的原因，多半是因為雙親旅居國外，而像我與紀蘭這類，由能幹的單親媽媽支付一切的家庭則算是少見。

小學時的紀蘭長得非常討喜，帶點嬰兒肥的兩腮總是紅通通的，見到誰都笑，哪個大人多瞧她一眼，她就自動上前牽住手，再也不肯放開，這憨傻黏人的個性很得到宿舍保姆的歡心，常為她打上式樣繁複的辮子，將她裝扮得像個婚禮花童。

紀蘭不喜歡讀書的習性一早就顯現無遺，她上課總是心不在焉，捱到了下課時間，就要匆忙趕來我的教室，縱算我不在座位，只看一眼我的課桌椅她也高興。到了晚上她更不安於室了，千方百計開小差，溜來我的男童宿舍，乖乖坐著看我寫功課，看我和別的孩童下棋，總要耗到熄燈時刻，我親自將她送回寢室梳洗上床，她才能安心。大家都誇我是個特別有耐性的哥哥，誠實而言，我只是沒有其餘的選擇，家母幾乎永遠不在身邊，我必須扮演起她全部的親情寄託。

我卻從沒想過，也許她只是單純地害怕，害怕被放棄？同為一個稚嫩的孩童，我怎麼可能思慮那麼多？紀蘭就這樣時時黏在身旁，直到我十三歲時，我們才首度分離。

我轉赴一間非常高貴的教會男校，進入中學生涯。從情勢上看來，這是很適宜紀蘭學習獨立的契機，她也確實展現出了新的魄力——一個十歲的小女孩，竟能自己轉搭兩趟車，再加上一程不算短的步行，風塵僕僕趕來中學與我會面。

每一個假日，她就是這樣不辭辛勞往返於兩個學校之間。至於我不太樂意見到她的原因，則難以筆墨描述，只能說，那是某種神秘的中學生自尊問題，我已經長到了不情願充當兒童保姆的年紀，每回紀蘭興致勃勃地出現，對我而言，跡近於入侵，侵犯了我的私人領域。

在假日裡，不論是上午或下午，我總習慣跟一群同樣不方便回家的男孩們，在空曠校園裡踢足球，紀蘭很快便學會熟門熟路地前往球場找我，看我們玩球。

紀蘭乖巧地站在草場邊的短欄後面，既不吵鬧也不討取注意，她紮著一根結實的馬尾，在腦際別上一個大小適中的蝴蝶結，她穿著最正式的女童套裝，斜揹一只金色的小小珠鍊包，小女孩尚未發育，但她將自己打扮得非常好，堅持站得亭亭玉立，偶爾她似乎站得膩了，就自己走開往校園深處而去，回來時，撿拾了滿懷抱的落花。

她還太幼小，挑不起男孩們開玩笑的興致，但全體還是注意到了她，每隔不一會兒，就有人又要不厭其煩地提醒我：「唷，你妹妹在那裡。」讓我益發地窘了，低頭運球，刻意無視於她的存在，我認為這是必要的忍心，必須以冷落的方式，對她實施間接的驅離。

踢了整個下午的球，隊友們已經換了好幾輪全新陣容，我又在草場上打滾休息，或陪一些初學者練基本頂球功，能玩的把戲都耗盡了，紀蘭她還是站在那裡。

最後我懶洋洋走向短欄，邊走邊脫下上衣擦拭滿臉的汗水，紀蘭將懷裡的花朵全灑在地上，目光錚錚等著我的來臨。一待我走到面前，她開口就問：「那個人是誰？」

「妳該回去了吧？再晚就趕不上晚飯囉。」

「那個人是誰？」不理會我的催促，紀蘭固執地再次問。

「妳說哪個？」

「剛跟你一起喝橘子水，那個人是誰？」

「剛才我跟一大堆人喝橘子水。」

紀蘭微嘟起小嘴，訴諸行動，她舉起胖胖的小手，朝向球場裡一整群同學，手指在人群中左穿右移，鎖定在一個男孩身上，那男孩也脫光了上身，正粗野地與旁人玩摔角遊戲。

「噢，他叫阿鍾。我同學，也是室友。」

「……」紀蘭靜悄悄遠望著阿鍾，從此她的一雙眼睛再也沒有放過他。

如果說，我和紀蘭來自一個稍微不同於正常的家庭，那麼應該形容阿鍾的出身是百分之百的罕見。他的家族像個小型聯合國似的，阿鍾自己的血統則雜匯了地球上七八個天差地別的人文區域，那且又是一種頗為貴族式的身世，最明白的介紹方式是，阿鍾的親族，即包辦了這所教會男校的董事會。

聽起來應該是個天之寵兒，但就我所知並不然，因為阿鍾的父親總是商旅四方，而他自己與繼母間的關係亦不親密，所以幾乎從幼兒階段開始，阿鍾就以各種寄宿學校為家，居住地點又在不同國家間數度遷徙，這種成長過程對任何人來說，都是不太值得羨慕的經驗。

我在入學報到的第一天便認識了阿鍾。

因為被編列在同一個寢室，我和阿鍾一開始就結伴進行諸多報到手續，那無疑是一場大混仗，現場嘈雜與擁擠的主要原因是，每一個新生都隨行了人多勢眾的家屬。

只有我和阿鍾是獨自報到。我們拿著複雜的表單四處領取住宿用品，又自行循著地圖，一起找尋我們的寢室。

報到程序接近完畢，一些孩子開始哭喪起臉孔。見到許多新生與父母難分難捨的局面，我和阿鍾都感到極為不堪入目。方才抵達宿舍大樓，就有個師長攔下了我們，囑咐道：請阿鍾立刻前往校長室一趟。

因為某種初初萌生的難兄難弟情誼，我們竟然決定一起面晤校長。

老得連眉毛都白了的校長在辦公室內踱步，見到我們來臨，先是高興極了的模樣，接著滿臉困惑，他左右審視我倆的面容，問：「呃，哪位才是阿鍾？」

我必須承認，長久以來大家總說我和阿鍾長得有些相像。關於這說法，我們兩人是完全反對的，只要給我們一張白紙，我和阿鍾馬上便可以寫出上百點相貌差異處，但人們還是堅持我倆酷似親兄弟。阿鍾與我絕無血緣關係，如果別人感覺我們外觀近似，無庸置疑，那應該是體態、氣質、打扮、髮型之類的周邊問題。

分清我們兩人的姓名後，老校長的全副注意力即聚會在阿鍾身上，再三問他：不記得我了嗎？阿鍾朗聲答道：不記得。

「呵呵……該是不記得的，上次見面時，你還是個小孩子哪。」

老校長招待我們喝極大杯的熱巧克力，我坐在一邊靜靜旁聽，終於聽明白，原來校長是阿鍾的遠房伯父。那時我對阿鍾的家世毫無所知，所以也無法明瞭，何以老校長會以那種方式提起阿鍾的母親。

「她常常打聽你，在最後那幾年裡，她最掛心的人就是你了，知道嗎孩子？」

沒有回答，也不喝巧克力了，阿鍾左顧右盼又低下頭，好像非常不自在。

於是校長追問他：「怎麼？還記得你的母親嗎？」

阿鍾抬起臉，面無表情說：「我沒見過她。」

「啊，是的，我真糊塗。」校長頻頻點頭，他擱下了紅茶，說：「真難為你了，就我所知，你母親她，非常愛你……對了，這兒有個東西，就當是送你的見面禮吧。」

校長從衣袋裡掏出一個小信封，又從中倒出了一張兩吋大小的照片。

影中人是阿鍾從未謀面的母親。阿鍾接過照片，快速地瞄了一眼，就胡亂塞進隨身背包裡。校長似乎對這孩子的冷漠感到躊躇不解，他輕輕拍了阿鍾的肩頭，示意我們可以退下。阿鍾站起，立正規矩地行了一個禮，與我一起回到陌生的宿舍。

寢室裡，另外兩個室友已經勤奮地在整理內務。

我也開始熟練地打理鋪位，阿鍾則蹲在地上，骨碌倒出背包裡的全部物事。原先以為他的私人家當應該比我更奢侈，沒想到整個寢室裡，卻以阿鍾最為樸素。地上只見簡單的一把梳子，一包鑰匙，一本記事簿，兩支筆，一捲細鋼絲線軸，一把多功能小刀，以及那張微舊的，母親的照片。阿鍾隨手將照片插進記事簿中，又若無其事翻著記事簿，左翻右翻，終於停在夾著照片的那一頁，他伸出一根手指頭，輕輕觸著紙頁。

我後來知道，他是在摸照片中的頭髮。

與阿鍾熟稔之後，他曾經多次讓我參觀照片。那是一張僅及半胸的陳年證件照，背面還帶著發黃的黏膠痕跡，照片中的年輕女人梳著整齊的及肩捲髮，直視鏡頭，褐眼珠裡有充滿活潑的笑意，好像想及了一件非常快樂的事情，她額前那一綹瀏海，不知為什麼，給人特別柔軟的聯想。

提及這些，是為了說明何以阿鍾和紀蘭會那麼投契。的確，在我無法預料的速度下，他們兩人迅捷地發展了友誼，或者應該說是親情。阿鍾缺乏與家人溫暖相處的經驗，而紀蘭極度撒嬌討憐，兩個少年就此一拍即合，簡而言之，阿鍾將紀蘭當成了親愛的小妹妹。

整個中學的記憶，幾乎全是我們三人同行的局面。阿鍾與我本來就註定相依為命，不只同班級同寢室，到任何地方我們也是同進出，畢竟像我倆這樣，連聖誕假期也留宿校內的學生並不多。至於紀蘭，她根本視學業為無物，上學對她來說只有一個意義，那就是等到放假，她立刻兼程趕路，到男校裡找我們共度。

三人同行，各自懷抱不同的心情。我始終期待紀蘭學習獨立一些，合群一些，我的意思是指，她應該找些合適她的女伴，一個少女不就是應該設法培養自己的姐妹淘？但阿鍾卻不曾介懷，他比我更加敞開心胸接納紀蘭，甚至他比我更欣賞她。

還記得有一次，我們遠足到了學校臨近的鄉間，直到樹群幽深處，那溪流的小石橋上，我們全坐上了橋欄，非常無目的地傻望潺潺溪水，溪邊種了許多棵高大參天的百茵樹，細雪般的金黃花瓣簌簌灑落在我們的肩上，髮上，眉梢上，那時候大家聊些什麼我已不復記憶，總之無非是一些孩子氣的小話題，阿鍾在話題中，忽然冒出這樣一句：

「我們的小蘭是個潛力無窮的女孩啊。」

「潛力？」這說法有些出人意表，我必須仔細揣想其可能性。

紀蘭坐在我們中間，正很秀氣地小口吃捲筒冰淇淋，還以一隻手半遮在冰淇淋上，避免飄花沾附。她抬起小臉，很公平地左右各看我們一眼，各拋擲給我們一個甜甜的會心神情，我突然發現她搽上了潤色護唇膏。她總是正好坐在我倆中間。

我放棄了難以下嚥的磨菇蛋捲，仰頭飲乾咖啡，然後前去取車，回到高速公路前我將油箱又加滿一次。

早晨的陽光明亮，高速公路上路況優良，車內開始有些燥熱了，讓人想喝上一點冰涼飲料，可惜我手邊只有微溫的礦泉水。聊勝於無，我一口氣灌下了半瓶，以致於差點嗆岔了氣，所幸車行並未失控，還是平穩地定速前進，我一向是個沉著的駕駛人。邊咳嗽，我邊想著，我的心裡豈不早已坦然接受，阿鍾的確比我聰慧？人們只見我與阿鍾表現同樣出色，只猜測著我與他之間惺惺相惜的較勁關係，卻少有人知道，阿鍾具有我所缺乏的洞悉力。他比我早一步認清了紀蘭的真實性情。

我又想著，也許是因為我初識紀蘭時，她還只是個嬰兒，長年來我習慣了她的稚弱模樣，總還誤當她是個小女孩。這是無可奈何的盲點，太多的童年襯影，一個人真不太可能看清楚自己的手足至親。

52

阿鍾和我一起以最高額度的獎學金升上了學校的高中部，又獲得配給全新的雙人套房宿舍，那是校方獎勵優秀分子的高規格禮遇。

關於我們的高中生涯，如果預料我將要無法自拔地耽湎回顧，那就錯了，在這兒我一點也不想著墨。生平最怕聽人話當年，誰的年少時光不是青澀得大同小異？身為一個有所節制的成年人，這些往事我情願保留在私密的回憶裡。

反倒是我想談談紀蘭的問題。雖然就讀不同的學校，但她的表現始終令我操心，到了我高中後期，迫於形勢，我不得不學會超齡演出，客串起一種接近紀蘭父親的角色。

那且是形象頗為悲慘的父親。多少次我前往紀蘭的中學，與她的老師周旋，家長聯絡書我也一張接一張地簽，做盡低聲下氣、鞠躬哈腰之事，只為了挽救紀蘭的前途。

這樣說來，也許讓人誤解紀蘭是個不良少女。其實以她膽小怕事的個性，並不致於闖出太大的禍端，除了課業長期不振、與偶發性的缺課逃學之外，多半是一些少女式的情緒偏差行為，比方說，忽然與幾個思想極不成熟的同學宣布一起絕食，或是她不經意在作業簿裡夾帶一封哀悽動人的遺書，總之都是無聊的小胡鬧，但事態又讓校方感到相當壓力，有必要與家長面談一番，其結果是我保持在疲於奔命的狀態中。

那一次，就像紀蘭每一次惹出麻煩時一樣，我向自己的學校請了假，連午餐也未吃，就急赴紀蘭的中學，直奔教員辦公室。好不容易安撫了幾位師長的心情，離開辦公室時，我累得像個名副其實的滄桑老父，一抬眼，就見到紀蘭很安靜地等候在走廊上，雙手扭在背後，穿了白棉小襪與小帆布鞋的小腳正百無聊賴地輕踢著欄杆。

她已經擺脫了嬰兒肥嫩，長成一個修長纖美的少女，她的神情委屈，看起來怯生生，孤伶伶，又有幾分可惡，我給了她一個嚴厲的眼色以示懲戒，這還不足以表達我的不悅，為了加倍責罰她，我一語不發從她面前漠然而去。她於是快步跟上來挽住我：「哥，這麼快就走，都不跟人家說句話？」

「快被妳折騰死了，妳不能就安分一點麼？今天的事，電話裡再跟妳詳談。」

「可是人家真的有急事想跟你說啊！拜託，一分鐘就好。」

「好吧請長話短說。」

「嗯，我想轉學。」

「我的天，妳還想轉？請妳回憶一下，是否答應過我，這次一定唸到畢業？再說，妳認為還有學校願意收留妳？」

「我都打聽過了，應該沒問題唷，你看連資料我都準備好了耶。」完全將我的諷刺擱在一旁，她面露喜色，從小提袋中掏出一疊影印文書讓我過目。

「慢著，這不就是我學校隔壁那一間護校？」

「不算隔壁，只能說離你們滿近的唷！」見我沉吟，她又拉起我的手哀求道：「我真的好喜歡護理喔，你不是都說人要找到自己有興趣的科目嗎？我好想好想當護士哦，這次我保證一定乖乖讀到底，好不好嘛哥？」

當然絕對不成。為了消滅她的錯誤憧憬，我只好多費兩個鐘頭，與她進行一番懇切的溝通。

坐在校園餐廳裡，紀蘭收拾了平日的活潑，默默小口啜飲冰紅茶，聽我評析道，一個優良的護士固然需要具備高尚的情操，但我們有必要瞭解，那實質上是一種近似僕傭的工作，如果紀蘭真穿上護士白衣，教我們的母親作何感想？母親一向希望將她栽培成一個上流淑女，不是麼？再者，就我所知，紀蘭向來害怕血腥，這也不是麼？她並不辯白，只是倔強地把玩杯中的吸管，於是我進一步嚇唬她：「不妨試想，病人的傷口潰爛了，跑出寄生蟲，妳覺得妳有能力處理麼？」

紀蘭眼眶有點紅了，別過臉不願面對我。

「總而言之，想事情妳得深入一點，妳並不適合護理，莽莽撞撞就想轉學是行不通的，請不要再浪費時間作無益的白日夢。至於想專攻哪個科目，這是關係一輩子的事，我要妳多多觀察自己的興趣，千萬不可兒戲，妳全都聽明白？好，我得走了。」

她沒有同意，沒有反駁，也沒說再見。

又一次成功地開導了妹妹，頗讓我引以為自得，卻沒料到那番談話影響了我們的關係。

紀蘭沒再來找我們。

幾個週末在宿舍中憑空度過，還是沒見到她的蹤影。

「我們小蘭跑哪去了？」連阿鍾也發覺了不尋常。

既未現身也無電話聯繫，紀蘭消聲匿跡一般，我聳聳肩，回答阿鍾道：「沒什麼，小女生找到自己的事忙了。」

應當是這樣沒錯，根據間接的跡象顯示，紀蘭必定安安分分待在學校中——如果不然，她的老師早就通知我面談了。只需要這點簡單的推理，就能明白，越是沒有她的消息，我就越該要安心而且稱慶。

所以我得到了一段輕鬆的日子，直到紀蘭消失的第七個星期，我才提筆寫了封信，著實勉勵紀蘭一番，順便提醒她，熱鬧有趣的慈善義賣會即將在週末舉行。

那是我們這所教會男校的年度盛事，紀蘭在前兩年均趕來參加，玩得不亦樂乎。我在信中特別手繪了一幅地圖，詳盡指出我們班級的攤位所在。

我也大致向她提到，令人欣慰的消息是，我的班級這一年作出了正確的抉擇，我們放棄往年那些砸水球或是老鼠迷宮之類的幼稚遊戲，推出一個別具意義的攤位——現場提供珠寶、眼鏡或是鐘錶的清洗服務，以換取慈善捐款。這種務實的風格，正顯出高年級生的穩重傳統。機會誠屬難得，因此我建議紀蘭，務必撥空前來一遊，並記得攜來她心愛的首飾小物。

義賣會當天，現場人山人海的盛況自然不在話下，我們的「雪亮您小攤」賺得了空前的捐款收入。

如果從圖書館的頂樓陽台望下去，那陣仗才是壯觀，各式各樣的義賣與遊樂攤位沿著校內花園道伸展到了體育館，賞光的遊客就像火山熔漿一樣，擁擠得呈慢速川流。

圖書館的圓拱型陽台另一面也朝向校門口，我看見人潮其實是往校門外疏洪，烈日開始偏西，我想著，又是一次成功的義賣會，但也快圓滿結束了，學校下一次舉辦這盛會時，我將該已是個大學生，到時候我的人將在何方？

這樣想著的時候，水流般的人群在校門口起了些小小變化。

人流稍微停滯了，漫溢在校門前。一個少女正穿越門口朝校內走來。

我很快認出那是紀蘭。她穿著一件式的米色簡潔洋裝，滿臉純淨素顏，只淡淡掃了眉色與唇彩。她逆著人潮而行，迎向每一雙眼睛的注目禮。倘若換作別的少女，只怕已經悄悄移向那曲折多掩護的走廊，但是紀蘭不偏不倚，她一逕走在入門中央的大道上，一小段後又急轉彎，移向路旁一株沉金萼，踮起足尖，試圖攀取枝頭的花朵。

人們都猜想她要摘花了吧？只有我知道，她不會。

眾目睽睽，紀蘭猱長身子，將枝端輕扯到頭頂，仰起臉仔細觀賞，又很珍愛地聞嗅了一下花瓣。風正迎面拂來，她的薄薄洋裝貼上了肌膚，慷慨地勾勒出少女身型，最是恰到好處的柔和、清嫩，就像她面前那朵鮮花，初初綻了三分，緊接著就要吐蕊，就要送香……不，也許是五分，六分亦有可能……紀蘭看起來跟從前真不太一樣，說不上是儀態或是裝扮……總之，我修正，很不一樣。

四面八方湧上的人潮，全都甘願亂了隊形。

「雪亮您小攤」的生意太興隆，即使義賣會已經接近尾聲，我們的攤位上還是坐了不少仕女先生，邊喝飲料邊欣賞我們的清洗手藝。我特別差了幾個同學，前去別的攤位低價收購來許多杯裝冷飲。

正忙著招待客人，紀蘭很淘氣地跳至我面前，笑盈盈喊了聲：「哥！」轉頭朝一旁再喊：「阿鍾！」

阿鍾埋首工作中，他從座位上高興地朝紀蘭揮了揮手。

「這麼晚才來？攤位都快結束了。」我輕斥道。

紀蘭馬上嘟起小嘴說：「人家跑去圖書館找你半天。」

「找錯地方了，不是畫了地圖給妳？」

「可是我剛好像看到你在陽台上面耶。」

「妳看我忙得，哪有時間亂跑？」

阿鍾在身旁伸了個懶腰，他是攤位上清洗手錶的主要人材，這一天確實累壞他了。

紀蘭繞著我們攤位走了一圈，表示觀賞完畢，接著央求我陪她到處逛逛。

「不行，我是攤位總管，離不開位置。」我說。

「那阿鍾陪。」紀蘭撒嬌道。

「好啊！我的眼睛快爆了，休息一下。」阿鍾立刻回答，他將手上的小鑷、棉花、藥水、刷子和噴氣膠球全往我面前一擺，又重重在我肩上拍了一掌，「真是好的鬼主意，雪你媽的頭，交給你了，乖乖守攤啊。」

我承認這攤位的原始構想是由我提出，盡力照顧生意，本就是我的職責，現場的確需要我這樣端莊的人招呼來賓，像班上同學們那樣嘻笑玩鬧怎辦得成事？尤其是大家將本攤位謔稱為「雪你媽的頭」的方式，實在過於輕浮。我接手開始清理一只昂貴的機械男錶，眼角望著阿鍾與紀蘭並肩離開的背影，惱火與欣喜在我心中輪番交錯。

惱火的是，阿鍾似乎又長高了一點。另外我又頗有點欣喜之情，雪你媽的頭，我喃喃學著唸了一遍，阿鍾終於恢復這種輕輕鬆鬆的口吻了。

我們剛經歷過一段尷尬的時光。

原本是一樁小事，微小得無足掛齒，如今要提起來，我也不知該從何說起才不算細瑣。

簡單地說，都是學生週報惹的禍。那是一份由校內新聞社團出版的小小報紙，每週三出刊，黑白印刷，篇幅僅有四版。阿鍾和我都是新聞社中的重要成員，我負責校方的公告事務，而阿鍾則憑著他那支細膩的健筆，掌管了文藝方面的稿件。因為處事同樣盡責，表現同樣傑出，近來我們兩人都有問鼎總編輯之勢。

坦白而言，不論我們之中哪一位晉升總編，另一個必定是心悅誠服的，但我倆還是各自認真角逐，原因無他，競爭本身很有一點趣味性。

仔細回想起來，我們兩人在各方面都有一較長短的傾向。事實上我和阿鍾無所不比，在身材上比賽拔高，在生活上比賽刻苦——為了某些心理因素，阿鍾拒絕家裡的經濟援助，因此我也跟著簡樸；功課上更不消說了，那時我早已經決定攻讀植物學，實在不需要花上那麼大的功夫鑽研數學或歷史，但我就是無法鬆懈，因為阿鍾的用功更不在話下，而我們兩人都太不習慣輸給對方。總而言之，那情況有點像是登山，為了互相攀越，我們必須不停地鍛鍊肺活量，兩個人最後都得到了一種奇異的健康。

我似乎離題了，回到我們的小小學生週報。那一次，在處理稿件時，負責排版的同學提醒我，尚缺了大約百來字的文稿。我檢視版面，見到那是個吋許高的小欄位，通常我們會在這空間裡隨便墊上一個美術圖案，或是免費贈送校區商店一則小廣告，但偏偏我一時文思泉湧，遂決定填入一首小詩。純屬的打發版面的作品，署名子虛客，其實也就是匿名的意思，詩名是「無題」：

想要做一個暴君
命令才子寫出詩集
絕對不許包含星辰、潮汐
鳥的歌唱

就如同我所預期的，幾乎沒有人注意到這首小詩的存在，同學們的頭腦向來只樂於吸收「麵包大特價」這類的消息。但有些時候，知音只得一人便已足矣。

尤其是當那人居心不良的時候。

不知道哪個同學，將這首詩抄了下來，放大貼上學校的公告欄。這原本是無傷大雅之事，可是在整幅張貼上，作者名稱被刻意移植成了阿鍾，而詩末的「你」字旁，卻添上我的人頭漫畫。平心而論，畫得還真像。

阿鍾先是一笑置之，等到第二幅更惡謔的張貼出現時，他也不免動怒了。這次直接黏在我們的宿舍門口，除了小詩與漫畫之外，又加飾了兩顆火紅的心心相映圖案。阿鍾聞訊後，前去親手揭下了張貼。

「沒事。」阿鍾邊將張貼攔腰撕裂，邊這樣平靜地說。

確實沒事，但阿鍾辭去了編輯職務。「我對文藝真的沒什麼興趣。」他這樣說明，又再三向我保證，可惡的小詩事件絕不干擾我倆的兄弟友誼。言猶在耳，他望見我時的神情，從此卻像是一首被翻譯過的詩。

連他說起話來也變得特別晦澀朦朧，需要朝隱喻的方向去解讀。

「哥，快來看我們買的東西。」紀蘭在攤位之外老遠就開喊，她總要惹得眾皆矚目才肯罷休，我見到阿鍾與她都抱著滿袋的煙花炮火。每次義賣會結束當晚，學生在校內自由施放煙火，是行之多年的傳統。

我早已備好攝影器材，為了取景方便，晚餐後我們三人便爬上校區外緣的小山坡，這邊與校園內的蜂火戰場有一小段距離，只有少數同學在此戲耍，另一小撮學生聚集在坡邊練習吉他合奏，煙硝味中琴音傳來，別有一番浪漫情調。

固定好鏡頭，我利用長時間曝光拍攝空中煙火，紀蘭和阿鍾早已玩鬧開來，攝影之餘，我見到兩人先是滿坡奔跑，互相以花燄棒攻擊對方，又在坡頂歇了下來，隨即傳來紀蘭的驚聲尖叫，阿鍾將她捉在懷裡，正想教她以男孩子的大膽方式，徒手燃放沖天炮。

守在相機旁等候快門，我撇了撇嘴，揚聲道：「阿鍾別鬧了，不要嚇小蘭。」

阿鍾於是將沖天炮握在自己手裡，慫恿紀蘭點燃。

紀蘭還是不敢，只是掩著雙耳，像隻激動的麻雀不停跳腳，阿鍾自己燃了火，沖天炮的橘紅色信火灼燒了兩秒後，咻一聲，從阿鍾手中飛出，破空而去，在幾十呎的高度爆破。紀蘭先是驚得埋臉進入阿鍾的胸膛，之後又快樂地拍手，連聲要求：「再來！再放一次！」

無視於嘈雜，我凝神連攝了十幾張煙火圖，相信其中應該有一兩幅精采之作。我正忙著調整鏡頭，阿鍾獨自從小坡邊慢吞吞繞回來。

「小蘭呢？」我問他。

「還在玩，她說要自己放沖天炮。」

「呵，真讓人意外，從小就最怕鞭炮了她。」

「不會吧，我覺得你比較讓人意外。」阿鍾在我身旁的草地上坐下來，偏頭看我操作攝影機，正好一枚特別巨大的紫色花火在空中炸開，轟，落燄繽紛成簾，「了不起，沒看過像你這麼沉得住氣的人。」

「什麼意思呢？」

「沒什麼意思，我覺得啊，我們都不太像自己。」

「前言不搭後語，我們的阿鍾大師又要開示了嗎？」我挖苦道。

「好啊，我開示，你看今晚的煙火，今天，昨天，每一天，總有一天都會變成往事，對嗎？你覺得你有很多回憶，其實呢，你有沒有想過，事實是反過來的？我們作的每件事，每個決定，不知不覺中，都是為了成全別人的記憶？」

「你才真了不起，語焉不詳的本領越來越高了。」

「哈，說得也是，小辛啊，答應我，等個十年，或是二十年也好，到時候你再偶爾回憶一下，你們兄妹倆把我當成了什麼？」

太奇異的要求，正想調侃回去，紀蘭興奮地奔來眼前，高聲喊道：「哥！阿鍾！你們看哦，我敢玩了！」

她擎高手臂向天，勇敢地點燃手中的沖天炮，火炮發射出去，在空中迸散，化成一道道流金。

坡邊彈吉他的同學全都鼓掌了，他們決定為紀蘭演奏一曲。我在後來特別問明了，那是一首非常優美的拉丁情歌，曲名是「細雨」。

三個人齊坐在坡上，望著夜幕中炮花爭奇鬥妍，紀蘭累了，一手挽著我，頭枕在阿鍾肩上，我們靜靜看著別人的煙火起落。

琴音錚鏦打動我心，不論是當時，還是後來的現在，我都無法進一步觸探，在那燦爛花火的夜空下，三個人的心裡各自想著什麼？只確定有點感覺梗在胸懷，些微可怕，些微酸楚，如果要以言語描述，該說那是接近於某種徹底的孤獨。

53

「艦長日誌：航行第UT1707天，成功地卸除星艦後翼與兩具副艙之後，我們以最輕艦體全力推進，預計經由所謂的終極航道，進入那神秘的鏡像空間，此行將探索星航史上的最邊境，完全未知的星域，那兒將會是終點？抑或是個新起點？我們——」

我被打斷了，方才經過高速公路收費站，正準備繼續前行，在我後方的一輛警車忽然超前，鳴笛閃燈指示我移向外側車道，在警車的引導下，我們雙雙轉入收費站的停車坪。

一個戴著帥氣墨鏡、渾身裝備得好似要上戰場的公路警察走到我的車旁，以搖圈手勢要求我降下車窗。

警察先是俯身，好整以暇瀏覽我的車內，然後他探低到我面前，我們幾乎鼻端相觸，連他臉上的鬍渣我都看得清清楚楚，他慢悠悠問道：「沒喝酒吧？」

「沒有。」

「開了整夜車是吧？有沒有疲勞駕駛？」

「不曾。」

「別逗了，跟你跑那麼一大段我可不是白耗的，」他咧嘴露出陽光般的笑容，和氣地命令道：「麻煩請你下車一下。」

分明是故意找碴，我極確定這一路的駕駛非常小心。無奈地下了車，我站在一旁，等候這警察仔細檢視我的駕照。摘下墨鏡後的他看起來大約三十歲，算是個英氣煥發的男人。他繞著我的座車審視一圈後，這麼提議：「我看你還是休息一下比較好。」

日光照射強烈，快要是中午了，我也確實需要歇腿，一口氣竟開了三百餘哩。得到了我的同意，他朝警車內另一位同仁打一串複雜暗號，就引我走向收費站旁的建築。

在員警休息室裡，這位警察堅持請我喝些提神飲料，於是我端著今日的第二杯劣質咖啡，與他對站閒談，最後我們研究起牆上的大幅公路地圖。

得知我將前往河城，他的眉毛一揚，好奇地問：「河城啊，去那兒觀光還是找人？」

「一點私事。」

警察開始熱心地指路，他建議道，如果不趕時間，可以考慮在下一個交流道提前轉接鄉間公路，他指著地圖說明：「從這邊下來，離河城不到一百哩，這一路開始，全都是葡萄園，還有很多老式農莊，很多都市人會特別開車來遊覽。」

他提及途中某個淳樸的小鎮，又極力推薦我在那兒用餐，「那邊我住過，你一定要買他們的烤豬肋餐盒，包你滿意，還有焦糖鬆糕你也要試一試，有夠棒不騙你。」

對於地方特產我並不特別感興趣，倒是那鄉野風光聽起來頗具吸引力。我向他致了謝，轉赴窗前安靜啜飲咖啡，不料這警察又靠上前來，愉快地與我一起眺望，「你看我們這兒風景不錯喔？」

的確不錯，窗外，高速公路再過去，就是植栽濃密的綿延山丘，滿山綠蔭蓊鬱在陽光下煞是悅目。

「你看看那山上，不簡單哩，很多人都以為西蘭木能長這麼大，其實啊這是——」

「姚金樹，桑科雀樟屬，種得這麼好確屬少見。」我說。

他很意外地多瞧了我好幾眼，說：「我猜你一定是個老師哦？要不然就是那種很高尚的專門做研究那種人。」

我以一個淺笑取代回答。這發問已經完全超越了他的職務，再說，目前我的心情並不適合聊天。我望著窗外景致，姚金樹是都市裡甚少採用的樹種，因為落葉太多，樹姿不算出色，結花也不亮麗，但它有個特點，那橄欖綠的闊葉背陽面呈白色，風一吹來，掀動葉面，滿山遍野就整片翻白，像遭了雪一樣精采。我放下咖啡杯，再次向警察道謝並且告辭，他聽了一愣，連忙渾身上下掏筆找紙，在拍紙簿上快速書寫，邊寫邊說：「像你這麼斯文的先生，氣質又這麼好，我留個電話給你吧，你出門在外，有什麼需要幫忙的可以找我，陸，我姓陸，你可以叫我小陸，真的要走了喔？那再見啊，一路平安啊。」

「艦長日誌：（續上）穿越過惱人的漂流碎石帶，檢查艦體無損，我們啟動全數主副反應爐，引擎效率校正達到百分之百，目標，鏡像空間。」

飛馳在高速公路上，我的情緒略為不良，連換三片音碟都不稱意，索性聽起路況廣播。我想著，那位警察的示好方式多麼笨拙，都幾歲的人了？真以為這樣遞紙條留電話能發展出什麼風流韻事？莫非他把我當成了那種隨便之人？

更讓我不悅的是他的措辭。坦率地說，我不太喜歡別人形容我斯文。

不止斯文，舉凡文靜、溫文爾雅、文質彬彬這類的形容詞都讓我不喜，推想其原因，可能是阿鍾的關係。

「真的小辛，粗獷路線不適合你。」阿鍾會這麼快樂地說。蒼天不仁，當我和其他高中同學還在努力加餐飯，千方百計突破纖瘦體格時，他已經冒出令人無法視而不見的胸毛，與稜線越來越分明的胸腹肌。

他對於我的個人風格也具有相當多的意見，比方說，早晨，阿鍾還睏賴在床上，而我已經漱洗完畢，在鏡前猛力梳理著裝——我一向是個早起之人——一邊聽他發表專業評論。

「饒了我吧，不要把自己搞得那麼彆扭好嗎？」阿鍾裹在被窩中懶洋洋說。

「呃？」我才更衣到一半，「我又哪兒彆扭了？」

「你本來的樣子很好，真的，不必弄得這麼陽剛。」

「我哪有？不過是一件水洗工人外套，你自己不是也有一件？」

「不適合你，」裸著上半身的阿鍾下了床，先找煙盒，他已經學會了抽煙。阿鍾叼著一根未點燃的香煙，兩手嚴肅地搭上我肩，非常認真地說：「我不可能永遠當你老媽，孩子，你得學會照顧自己。」然後他強力壓迫我將恤衫塞進褲頭，「紮好，比較適合你，這麼漂亮的臀線不露可惜。」

「別白費力氣了唷，」紀蘭也從我的床上探出頭，笑嘻嘻加入圍勦陣容：「我哥他呀，是一個什麼都不肯露出來，什麼都藏得好好的人。」

不過是我們的日常對話，為什麼現在回想起來，卻變得特別意味深長，後勁無窮？不由得讓人承認，記憶真像一把刀，削去多餘的枝節，隱藏的訊息於是在多年後漸漸發威，越捉摸，就越覺得它尖銳。

且慢，紀蘭為什麼出現在我的床上？這疑問帶來了一瞬間的錯愕，我握緊方向盤，甩甩頭用力眨眼，又恢復平穩開車，剛好交流道就出現在眼前，我驅車移向外側，循匝道離開了高速公路。

經過仔細回溯，原來我將時間地點全混淆了，重新說明，我所憶及的那一幕是在一棟溫馨的出租公寓裡，當時我已如願進入農學院，而阿鍾就讀同一所大學的動力機械科系。

在校外賃屋而住，是多數大學生的選擇，畢竟沒有幾個人願意忍受校內宿舍的擁擠和門禁限制，所以我和幾位同學分租了一層小樓。至於與阿鍾繼續同寢室而居，並沒有什麼太特別的理由，主要是不需要耗費心力適應陌生人，況且，難得找到愛乾淨的室友。像我這種固定每週洗曬床單的人，與阿鍾合住的確極為合宜——他連窗簾也懂得定期拆下來清洗。

是的，乾乾淨淨，對於環境、生活起居、乃至於人生，我的要求不過就是這麼多。

在鄉間道路上我放緩車速，誠如那位警察所介紹，沿途出現連綿廣闊的葡萄園，偶爾有一兩棵蒼勁老樹點綴其間，陣陣雲雀低空飛翔，路邊處處都是野花叢，在這怡人的春天裡爭相競豔，要是紀蘭見了，真不知道該有多喜歡？我又經過了一連串靜謐的小小農莊，接著抵達警察所提及的淳樸小鎮。

早已過了午餐時刻，幸而我找到了親切的商家，特地為我亮燈開灶，我品嚐了著名的烤豬肋排餐，風味如何？坦白說，不甚出色，但豬肋上所澆的農莊自產蜂蜜確實芳香迷人，為了表達謝意，我又購買了焦糖鬆糕作為旅途點心，商家將它們裝在精緻的小屋造型餐盒裡。

從小鎮繼續前行，葡萄園區漸漸式微，平原上出現一塊又一塊以酪農產業為主的牧場，別有另一番鄉間趣味。我降下車窗享受新鮮空氣，這段路真靜，除了偶然一兩聲哞哞牛鳴，全無任何塵囂噪音，連人蹤也幾乎不見，牧場的草綠闊野遠達地平線，其中的泥黃車行小路筆直少有蜿蜒，我見到遠方有股淡白色焚煙，也是筆直向天。

這種路段適合專心思考，於是我想著阿鍾的那句話。

你們兄妹倆把我當成了什麼？

不用等十年，從高中那一夜的煙火燦爛開始，這個問題就像是條繩索似的時時束縛著我，逼迫我吐實，我又常常思索，阿鍾說出這句話背後的用意是什麼？接著我不免揣想，別人又把我們當成了什麼？

很自然地，在別人的眼底，紀蘭與阿鍾是一對情侶，而我是女方的哥哥，在這種組合下，我們三人同房共宿是堪可接受的情況。

三人同房，紀蘭在週末總會前來與我們共宿，溫馨的小公寓裡，其實並不像別人猜想的那般旖旎，因為阿鍾和我俱是特別用功的大學生。說來或許稀奇，幾乎每個週末我們都在寧靜的讀書自修中度過，紀蘭也算懂事，不止儘量地不作打攪，她甚至跟著我們鑽研學問，不管是我的或是阿鍾的教科書，她信手拈來便有模有樣地翻閱做筆記，她是真讀假讀？無人知曉，只記得她似乎從沒提過問題。

直到她讀得膩味了，就將書一拋，來找我撒嬌。

「好無聊喔，我們出去吃蛋糕喝杯茶好不好嘛？」她神秘兮兮地小聲耳語。

「好啊，晚點，等阿鍾忙完。」我說。阿鍾專心在電腦上運算程式中。

「可是我餓了啊，」紀蘭摟住我的脖頸，央求道：「走嘛，不要每次都要帶個別人。」

「原來我是別人。」阿鍾馬上快快不樂接口說。

「呵，」紀蘭於是放開我的脖頸，轉到阿鍾面前，笑盈盈與他四目相對，「你才不是別人，你是好帥的阿鍾。」

軟語安撫，附贈輕吻一啄，印在阿鍾的額頭，也不顧我就在身邊。如今想起來，紀蘭到底愛過他沒有？我不知道，我無法確定。

連我都如墮五里霧中，別人更無從知悉，雖然我知道在同輩的朋友間，始終流傳著一些閒言，將我們三人的關係形容得既隱晦又煽情，但他們全都猜錯了。

「全猜錯了。」

嚇了一跳，車窗外氣流擦鳴似有人聲，凝神一想，是我自言自語。風中有股奇怪的騷味，已經聞了許久，我忽然明白這是牧場特有的牲畜氣息。將車窗全升上，我想到，朋友間那種迂迴打探的方式多麼幼稚，最惱人的，莫過於這類親熱得超乎交情的談話：「小辛啊，我知道你們三個不是像他們說的那樣，對不對？你是不是有什麼苦衷？現在就我們私下聊天，你就跟我說嘛，悶在心裡太痛苦了嘛，我來幫你出主意，我保證不說出去。」

何其可笑，說得似乎我該感激涕零，該要立刻答覆說：「真謝謝你，我好想告解，我真再也受不了在心裡埋藏一個至死方休的秘密。」

他們何德何能要我招供？最重要的是，根本沒有什麼不可告人之處，除了一次意外——真的是意外，無可諱言，這種偶發性的小事件，絕對不足以代表我們三人間的真正關係。

這次是那輛老爺車惹的禍。

是的，那輛時常拋錨的老爺車。與阿鍾合力買下它之後，我們的週末時光變得多采多姿，每個週五晚上就是我們的整裝時間，在一本地圖集裡，我們圈選了許多旅遊景點，並擬定逐一走訪的偉大計劃。我們總是在夜裡啟程。

那一次，我們的目的地是傳說中美得如夢似幻的珍珠泉。

到底是怎麼走岔了路，我已不想再提，總之，我們始終沒有抵達珍珠泉，反而在沿海的鹽分地帶徘徊，將錯就錯，可愛的無人海灘讓我們貪耗了一整天，返程時，又誤入更荒涼的灌木林地，夜行在毫無路燈的塵土小道上，怎麼也找不到回程公路，阿鍾餓了，紀蘭曬傷了，最終，連我們的老爺車也宣告停擺。

百哀備至，我們是怎麼發生了那場小齟齬，在這兒我也不想回憶。無計可施的情況下，我們決定露宿在泥路旁，那遍布香槿木的砂礫地裡。

同擠在一張攤開的睡袋上，仰望無星無月的陰沉夜空，紀蘭啜泣了一會兒，我和阿鍾均不願言語，氣氛非常之低迷，就在那時候，不知哪兒冒出的大批蚊蟲來襲，我們不得不活躍起來，六隻手到處撲打，又互相拍拂，終於三個人全笑了。

接下來的事，到底是怎麼發生的，縱算我想回顧，也從沒找到過真正的端倪。我們之中沒有人說過一句話，那一夜也未曾飲酒，更遑論調情，荒涼的濱海暗夜裡，只有海風陣陣清新，濤音聲聲空靈，還有芳洌的香槿木叢花，就在四周輕輕搖曳。

所有的浪漫因素俱足，只剩最後一道理智的防線，我們全笑完了，全都靜了，忽然漫天雲層綻開一縫，灑落致命的月光。

月光下我們衣衫凌亂，三副肉體交纏，分不清抱的是誰，又吻著誰，一邊是他的堅硬的勃起，一邊是她的滑潤的愛液，有人正在扯脫我的褲子，另一雙靈巧的手隨即掩上，攫住我最激動的部位，才一揮臂想為自己解圍，某個更善解人意的舌尖卻舔上我的乳頭，遠遠的浪潮音疊聲催情，只覺得渾身滿漲就要撐裂，爆發的那一瞬來得太混亂，到底誰進入了誰，我也不太十分確定。

再說，一個男孩子的初夜，實在是非常快的狀況。

幾乎是剛剛吃驚便已結束，我緊急爬起逃往座車後，在劇烈顫抖中穿回衣物。

那一夜我沒再回到睡袋上，只在車輪下背對著他們躺臥，整晚都未闔眼，汽車輪胎散發出一股燒灼般的橡膠味，直到今日還深烙在我的嗅覺中，那是栽上千朵萬朵鮮花也無法去除的焦臭。我知道阿鍾也未曾睡眠，他一直在砂礫地上踱來踱去，而紀蘭卻始終沒有動靜。

直到黎明來臨，我才聽見紀蘭的聲音，她和他正在輕聲低語。

我太瞭解阿鍾，他必定是想帶紀蘭離開。

帶走她吧。這念頭，幾乎是個禱告，在我心中激喊，我想祈求阿鍾永遠帶走她，祈求他留給我一個空白的早晨，然後我將永遠獨自一個人。

但是他們並未離開，耳語一番之後，兩個人竟若無其事走過來，一起喊我起床。

不必佯裝寤寐，我真的困頓不堪，迷濛睜開雙眼，兩個人都俯身在我面前，兩個人的容顏都因為背光而模糊陰暗。

「起床囉，我們的頭號大懶蟲。」阿鍾說。

「好餓哦，我好想吃個鱈魚堡。」紀蘭說。

陽光強烈，我驅車穿過整排紫楊木，見到一道似曾相識的筆直白煙豎在前方，看了讓人頗感困惑，這路段不是方才走過了？沿著泥黃小路，我又向前奔馳了十餘哩，兩邊恆常是景觀相仿的酪農牧場。

在一片枯草坡前的丁字路上，我決定轉向較為陌生的左邊，行經一大程臨路的獸欄之後，我遇彎再轉，迎面竟是不久前繞過的同一座水車小屋，我看見同一群乳牛啃食籬笆邊緣的同一排蒼白小雛菊。

我想我迷路了。

54

費了一番周折，我才駛入丘陵地，比原定的路線還要北偏了大約二十哩，我必須不時在岔口停下車，重新比對我所攜帶的地圖。

日光有些西斜，行程已經大幅落後於我的計劃，但這丘陵地上的景色太美，太深獲我心，其中的原生種野樹群又太吸引人，我數度驅車駛離公路，輾上那荒遼的紅褐色土地，只為了近距離觀賞一些罕見的植物。

車上並未準備採集標本工具，是個極大的錯誤，我所能做的唯有攝影。跪在砂土上，我為一叢樹齡悠久的楸型約書亞木拍了幾幅特寫，並且誠心誠意為它祝福一番，然後我環顧四方。四方是一望無際起伏柔和的丘陵，含矽的土質在陽光下變幻多種色澤，從粉紅到飽滿的深褐俱有，光線又將丘陵輪廓切割得陰朗分明，尤其顯出此地的壯闊寧靜，除了眼前的小樹叢外，幾乎見不到其餘的生命跡象。這景色也許讓人感到悽涼，我卻覺得非常美，與先前路過的牧場比起來，這兒的空曠動人多了，動人得簡直富有戲劇性，我的意思大約是指天譴之下的頑強抵抗。回到駕駛座，將車開回公路，我看了手錶，為時已晚，於是我加速前行。

我正在漸漸接近河城中。

接近河城，遠離過往。雖說過往並沒什麼讓人非逃不可的恐怖之處。關於我們在海濱的那一夜，並沒有後續情節，一時的錯亂罷了，不致於影響我們三人的友誼。

只是我偶爾納悶，他們兩人在事後怎能那樣冷靜？始終表現得那樣自然？好像我們之間從未發生過什麼怪事，是我平白做了一場春夢。每當這樣一想，就越顯得我軟弱，而且還非常齷齪，齷齪之餘再加上煎熬，每個夜裡，與阿鍾同室共眠時便煎熬一次，週末時紀蘭來訪，那煎熬的程度更只有沸騰可堪比擬。

為了合情合理地矯正自己，我買來許多書籍詳讀，這尚且不是一時的熱度，多年來我持續鑽研心理學，如今說我足以擔任一個心理醫生亦不為過。經過嚴格的思考辯證，與深入的自我剖析，我的心態已較為明朗，也漸漸傾向於同意阿鍾的見解。

阿鍾是怎麼說的？他說，紀蘭才是操縱者，我們是兩顆無辜的棋子。

操縱，有其可能，但阿鍾這說法失之於推卸責任，在紀蘭如此單純的少女面前，難道我們兩個男孩就沒有自主能力？

也許問題出在於年紀，青春期的孩子具有太柔軟的可塑性，易於接受暗示與引誘，易於隨著一點音符起舞，在這種解釋下，說操縱是可成立的。然而我依舊相信紀蘭的天真善良，也相信我們三人的關係將堅定不移，光陰將漸漸掩蓋意外錯誤，我們將慢慢地繼續長大。

健康並且開朗地長大，我與阿鍾在大學裡各自活躍一方，又有些交集，我們都加入了一個社會服務性質的優良社團，它有個四平八穩的名字——慈愛青年社。

在「慈愛青年社」裡，阿鍾和我很快便組織了一個小小團隊，利用假期我們跋山涉水，前往窮鄉僻壤，教導弱勢的孩子們使用電腦上網，這是極富有意義的工作，我們甚至贏得了企業贊助，也數次承蒙教育部獎勵，直至今日，相信我們的活動照片仍舊高懸在學校的社團大樓裡，供學弟妹們瞻仰不已。

因為公益服務的內容，頗類似我們週末的短途旅遊習慣，很自然地，紀蘭偶爾隨行參與團隊活動。有一陣子，我們定期將行動上網車開入山脈，在那深山小村裡，我們對青少年進行電腦教育，夜裡接受村民的熱心宴請，飯足後，星空下就是最佳的團康場所，大夥兒盡情歡鬧，有人正以篝火烹煮咖啡，兒童們全圍繞著紀蘭，沒有一個孩子不喜歡這位溫柔時髦的大姊姊。在高山微寒的氣溫裡，在喧譁歌舞聲中，我和阿鍾則專心主持小型青年讀書會。

曾經我們與天堂只差一點點距離。

只是又再度走岔了彎。我們的小團隊漸漸發展出了雙重性格，除了表面上的公益服務，另一方面，還悄悄從事刺激的地下活動，說不上什麼太大的道理——不，我必須修正，問題就在於我們有太多的大道理，多得我們有必要提高理想水平。

藉著幾個成員的電腦長才，我們秘密地研發各種惡作劇式的程式，以攻佔公家的網站為樂事，我們的偉大訴求是「捍衛個人電子資料隱私權」，如今回想起來，我應當誠實地承認，何來的理想可言？不過是一群年輕駭客的自我催眠、自尋正當性，真難怪成員們紛紛脫離團隊，我還記得最後一個友伴離開時，曾經說了這樣一句話：「讓你們三個去惡搞吧。」

事實上，兩個才正確，紀蘭並不懂得程式撰寫，她只是極有耐性地作陪。

捧著一杯茶，她可以持續整夜靜聽我們討論程式細節，當我們闊談以亂制正的大道理——再一次承認，這不是我們的原創，只是模仿上一個世代的青年學潮——時，她似懂非懂，卻特別懂得適時讚美：

「真是太酷的主意。」

「好厲害，你們想得好深噢。」

「我覺得你們兩個真的是天才耶。」

任誰聽了都不免陶陶然，都更要想辦法出類拔尖。

但我們從沒想過要闖下那樣拔尖的大禍。

絕對、絕對未曾存心傷害任何人——好吧，又一次承認，據我們估計，輕微的傷害是不可免的，我們儘量將惡作劇規模控制在幽默的範圍內。動機只是為了一則新聞：「戶政查詢系統洩露國民詳細資料，嚴重侵犯個人隱私」，我們設計了一個詼諧的電腦小程式，入侵戶政資料庫，將所有個人資料轉換為一首不斷重複的打油詩。

小小警告，用意深遠，以亂制正，凸顯問題，這些初衷全都不重要了，我們從不知道公家連線路徑之間存在著那麼多顢頇的設計缺陷，總之，不只戶政資料庫嚴重受損，因為某些直到今日尚無法完全改善的系統問題，我們的小程式，連帶地癱瘓了幾個公共資訊網路。

人們說這是一個萬物相依相存的世界，確實不假，在某處無人料想得到的配電廠裡，某部安靜的主機發生了短路，以致於百餘哩之外的某棟變電所跳電，其所管轄的某間電力中繼站短暫停擺，造成更遠的某座重要電塔不勝負荷，爆出一陣慶典式的火花，最終，引起了大區域的停電。

其後果，我想這兒無須再詳述，我也極疲累了。有誰能忘記大停電的那一天？

誰能忘得了，在所有的電視與電腦回歸沉寂的那一瞬，大家是怎麼茫然又好奇地全走出了每一扇門，怎麼發現原來門外的別人全看起來那樣陌生，大家都湧上了街頭，街頭一切的車輛是怎麼因為交通號誌全數失效而大排長龍，長龍裡人們是怎麼沿路敲車窗，互相詢問最新的廣播情況，全部的人都在撥接手機中，但又全發現連通訊系統也失靈，有人猜測附近必然發生了大地震，有人猜測爆發戰爭。也有人非常確定，這異象一定是肇因於外星人。

眾說紛紜中，可能我是最忐忑不安的人，學校被迫停課，電話亦不通，我四處找不到阿鍾，入夜以後，整個大學城更陷入了極度興奮的情緒，各式手電筒燭火全部出籠，有人甚至高舉著野營燄火夜遊，因為某種原始的本能，大家全走到了河邊，一群群飆車狂徒也趕來湊興，沒有人會忘記，在完全無電的夜幕中，這些車群是怎麼暴走在我們之中，沿路吶喊自由萬歲，我們的頂上，是有史以來最燦爛的星空。

那星空，燦爛得非常不對勁，非常不吉祥。

就是在那時候，河岸的人群裡，哄然傳來最新的廣播消息。

因為大停電的連鎖效應，因為某組保養不良的控制閥，因為某具鍋爐的壓力過大，因為一連串該死的巧合，在距離我們非常遙遠的某個遠端都市裡，在傍晚發生了瓦斯廠大爆炸。

拔足狂奔在河岸人群中，完全無法明白在這樣的夜裡為什麼人還能快樂喧鬧，我穿越許多群眾，也撞倒了不少人，每個人都在傳說同一句話，就算是跌在地上的人也不忘殘忍地重述它：「你聽說了沒？瓦斯場大爆炸，死傷百餘人。」

在那從來就不想拜訪的遙遠城市，一群我們永遠不可能交往的陌生人，竟然徹底毀在我們手裡。

我奔跑，我在公路中央瘋狂招手攔車，搭了一段便車我繼續奔跑，不管往前挺進多遠，周遭恆常是停電狀況，我在午夜與黎明之間的不知哪個時辰裡抵達了那個無光的都市，直接竄進那間學校，在完全的黑暗中跌跌撞撞，狂奔至紀蘭所在的宿舍。

一點光亮乍現，細小但是穩定的火苗，紀蘭捧著一根蠟燭，就在她的寢室門口等著我。

「阿鍾也來找過我了，他剛剛才走。」在我喘得說不出話的當頭，她說。

「怎麼會變成這樣？怎麼辦？妳聽說了沒有？瓦斯廠的事？為什麼會這樣？我的天啊該怎麼辦？我們不希望變成這樣啊，天啊到底該怎麼辦？」

翻來覆去，我失去了修辭能力，燭光中的紀蘭臉色慘白，但她不慌不忙，只是極其沉靜地傾聽，最後我發現我始終在重複同一個句子，而我的整個人已經半癱倒在門框旁哭泣。有生以來，我從沒在紀蘭面前掉過淚。

「都不用說了，」她將燭光放在地上，摟住我輕輕拍撫安慰說：「哥，總得有人解決問題。」

55

這就是為什麼人人都認識紀蘭的原因。

沒有人相信，這個秀麗的少女竟能憑著一己之力製造出那樣的大慘禍，警方尤其不相信，所以我和阿鍾被分別隔離在不同的拘留房裡，我們花了幾天幾夜矢口否認一切犯行。第五天我們忽然獲釋時，兩人都有恍如隔世之感。

警方終於採信紀蘭的供詞，就在她親手寫出程式破解了警方的防火牆之後。「真是驚人，很難相信一個年輕女孩有這麼強的程式設計能力。」警方發言人這樣告訴蜂擁而上的媒體。

必須由衷地說，這世上沒有一個人意外的程度能與我和阿鍾相比。

紀蘭就這樣獨攬了全部的刑責，很快便入了獄。

阿鍾與我也在劫難逃，我們各自得到學校極大的申誡，但終究都保全了學業。

至於我和阿鍾繼續同寢而居的原因，則難以透過語言描述，簡而言之，是驚嚇，過度的驚嚇讓我們必須住在一起，必須如常過活，以杜絕謠言——同學間始終懷疑阿鍾和我才是慘案的主謀，因此我們照樣上課，照樣逛街休閒，照樣打球看電影上館子吃義大利麵，我們都一樣勤奮讀書，一樣前程似錦。

但是我再也無法像他那樣夜夜酣眠。

誠然，對一個良心犯最大的懲罰，即是給他更多的良心。在隱秘的層次裡，我所得到的審判可謂公正廉明，我獲判長期失眠的徒刑。

困擾我的是一則圖片新聞，其中顯示瓦斯廠大爆炸中的一位倖存者——至今我仍舊天天為他祈禱——容貌完全損毀的正面影像，一個人的五官能燒融至此確實駭人，但真正讓我永生難忘的，卻是那報紙版面的煽情安排——在圖片新聞的旁邊，還有同一人受傷前的對比照片，附帶簡短圖說，當事人在意外之前，曾是某國際大企業的青年菁英云云。照片中那位看來非常俊爽的男人，略帶著傲氣靜望前方的那模樣，似乎還包含著一點孤獨，讓人無以形容，總之，這副容顏中的某些部分觸及了我心。在此我想順便推薦一句至理名言，那是某個職業劊子手的真心話：「千萬、千萬不要望進去受害者的眼睛。」

我和阿鍾一起度過的最後那一年非常安靜，是的，安靜無聲，因為寢室裡幾乎無人說話，我們養成了一個默契，若遇有非說不可的情況，就互以便條貼留言。不能否認這是極有效率的溝通方式，只是非說不可的情況甚少發生，頂多是每月一次的「要交房租了•勿忘」之類小小提醒。

另外還有一份紙筆恆久擺在我案頭，並非不想寫信給紀蘭，我隨時都想寫，卻苦於無法啟首，一封信的第一句話是最最考驗文才的，我該開口說些什麼呢？「妳最近好麼？」這豈不是失於諷刺？始終下不了筆，以致於我亦無法拆閱她的來信，總好像每讀上一封便增加一筆負債，到最後我終於不堪忍受她的筆跡，一見到她又來新函，便只好原封不動地火速燒滅。

主要是念及她的鐵窗生活必定不好受，我不願再為她添憂，難道我要讓她知道，如今阿鍾與我相處得冷若冰霜？又據實以告：他甚至背著我們交了新男友？

比起這些令人不悅的新聞，我寧願表現得明朗愉快一些，例如，想在信裡告訴紀蘭，我參加了一個健康有益的休閒性社團，在那有趣的星際夥伴聚會中，我常常扮演艦長，呵，我尚且買了一套正式的艦長制服，每回穿上它，總不免博得滿堂采。

夥伴們總誇讚我是個天生的領導型人物。但其實我不是，在我心裡也時時需要一個典範，好讓我亦步亦趨。就像在那星際探險系列影集中，忠實的影迷們都不難發現，那位英俊的艦長不過是個性情溫吞的好人，需要忠心耿耿的副手從旁佐助。

若是進一步歸納劇情，更將發現，在每一次千驚萬險的旅程中，作出偉大抉擇的角色，通常不是艦長，而是那些副手群，是他們左右了星艦的命運，偶爾這些意堅如鋼的副手們為了保全大局，就算犧牲小我也在所不惜。至於艦長本人呢？顯而易見，一個稱職的艦長應該是保惜自己勝過於一切的。不是自私的問題，星艦必需繼續航行。

到這兒任誰也看得出來，我不可能寫得成這封信。

大學畢業前的最後一個寒假，阿鍾和我的關係起了點微妙的變化。

其原因是他暴生了一場病。至於那是什麼病？事後推測起來，應該是某種病毒感染導致的嚴重肺炎，只是當下我們都掉以輕心。絕非故意忽視，阿鍾那睏倦臥睡的模樣，怎麼看來都像是普通感冒。對於我的頻頻俯看，阿鍾毫無所知，他只是蜷縮在雙層被毯中打顫，人猶在夢中，還不停伸手自試額溫。

為了讓他充分靜養，我收起手機，鎖上房門。如常前去圖書館，或是到實驗園林——學校的園林在長假裡通常由我獨力照顧——工作時，我還是擔心不已，所以提早回到公寓。

見到始終眠臥中的阿鍾更令人不忍，才病了一兩天，他連眼窩都塌陷了幾分，於是我利用公共小廚灶，為他熬煮了些營養的滋補品。時值寒假，學生們全都返家去了，公寓中不見其餘人影，在安靜的爐火前，一邊遠望窗外夕色，一邊烹飪，是非常愉快的經驗。

阿鍾那樣順從地聽任我以小匙餵食雞湯，真讓人欣慰，喝了半碗，他以一個虛弱的手勢表示饜足，又以另一個手勢阻撓我扶他躺下。

「睡一會兒吧，你得多休息點，好麼？」

阿鍾陌生地瞧瞧四周，又定睛看著我，似乎很困難地思考許久才開口說：「快悶瘋了，小辛啊，還以為你打算一輩子不肯跟我說話了。」

「什麼傻話，你想太多了，躺下來睡一會吧。」

他還是不願躺下，在床上吃力地轉個身，他將枕頭移開，裸露出床頭，床頭是一排木質的小柵欄，和我的床一式一樣，在阿鍾的示意下，我見到柵欄上密密麻麻布滿了刀痕，橫刻得整整齊齊，若不細看，還真讓人以為是原有的花紋。阿鍾說：「要不要數數看啊？每劃一刀，就是我們又過了不說話的一天。」

「真不知道該怎麼說你，實在太孩子氣囉。」我責備地搓了搓他的頭，將他扶回枕褥躺好。他那豐厚的短髮天生微鬈，摸起來的感覺極其舒適。

「孩子氣又沒什麼不好，總好過你這個小老頭。」這樣說完，阿鍾笑了開來，平日他就愛嘲弄我是個小老頭。能夠像往常一般拌嘴，我們都備感溫馨，只是我從沒注意過一個病弱之人笑起來竟是如此悽慘，甚至顯得略微可怖，他的眼眶泛青，笑中帶著萬分倦乏，「我常常在想，要是沒有小蘭，你還會不會裝得這麼老氣橫秋？」說完他認真思考了半晌，最終嘆口氣說：「我還滿想念她的。唉，又睏了。」

「睡吧。」

他真的迅速入眠。而我坐在一旁看了他整晚，一股希望的火苗在心中熊熊燃燒，若是能如此將他永久保持在床上，免受外頭那些墮落男人的污損，該有多麼美好？

無法移除這念頭，索性我對未來作了長遠的想像，在長遠的未來裡，阿鍾始終臥床不起，我將不離不棄，隨伺病榻為他解憂消愁，像個天使般為他擦洗梳理。

阿鍾就這麼配合地陷入了可愛的睡眠狀態，幾天之後，我赫然發現一個重大問題——食物，怎麼我疏忽了這必要的事項？旋即我來到案頭，在成堆從圖書館借來的醫療書籍中查閱，得知一個健壯的年輕男性七八日未進食是大致無傷的，就書中所記載，竟有人絕食四十天之久尚能存活。

這數據真令人寬心，但看來我勢必採取全新對策，再則，只靠我灌食藥物時順便攝取的水分，對阿鍾的體型而言也略顯不足，所以我當下立斷，前去購買了點滴液體。

只在他手臂戳了三針，我便掌握了靜脈注射的竅門。感謝阿鍾這場病，讓我展現出習醫的潛力。

一筒葡萄糖液尚未輸送完畢，他竟然轉醒了。當時我正在廚灶前為自己烹調晚餐，聽見阿鍾摔落床鋪的聲響，趕進寢室時，只見到阿鍾非常狼狽地在地上爬行，拖著一條長長的點滴管。

不忍責罵，我無言地將他扶回了床上，反而是阿鍾顯得相當歉然，他開口唯唯諾諾，意識模模糊糊，很艱難地說：「我找——找點東西吃。」

「你吃過了，麻煩你乖一點躺好睡覺。」

「是嗎？」

「是的。」

「但是我餓。」

「不行，醫生指示，你必需吃藥後才能進餐。」

「我看過醫生了？」阿鍾大惑不解，掙扎著又想起床。

「是的。這兒是你的藥水，不妨現在就喝一點。」

阿鐘低頭，努力辯識那瓶淺白色的藥劑，其中的藥片頗花了我一番功夫才搗得極粉碎，他小聲哀求道：「我可不可以先吃點東西？」

「說過了，剛剛才吃過，你燒得迷糊了。」

被我攔著，下不了床，阿鍾只好探長雙手四處摸索：「我的手機呢？」

「送修了。」

一聽見這答案，阿鍾泫然大有崩潰之勢，俊美的五官愁慘扭曲起來，「小辛不要鬧了，算我求你好不好？你得讓我去看個醫生。」

最後雙方意見獲得折衷，一杯冰可樂讓他鎮定了下來，阿鍾默默喝完整杯冷飲，我取走空杯時他甚至道了謝。

「我好累。」他說。

「那就睡吧。來，躺好一點。」

為他遮蓋被毯時，他輕聲嘟噥著說了一句：「都是小蘭。」

「又來了，」當下我極感不耐煩，「別再提你的那些論調，說什麼紀蘭是操縱者，我一句也不想聽，什麼選擇都是自己的責任，錯的是我們兩個。」

「我又不是想說這些，」阿鍾氣息懨懨道：「既然你提起責任，那也好，我一直很想問，你怎麼能把責任全推給小蘭？」

「什麼意思？」

「別鬧了小辛，小蘭為什麼會頂罪？你認為我猜不到嗎？」

阿鍾說完就闔上眼，寬厚地關閉所有譴責之色，我只好粗暴地搖撼他，「阿鍾你醒醒，把話說明白，這不是你的意思嗎？」

「你在說什麼啊？」

「大停電那一晚，你去找過小蘭，別以為我不知道。」

「不會吧？你以為是我叫小蘭去自首的？怎麼可能？那一夜我只是去看看她好嗎？我擔心她嚇壞了，我們根本沒說上什麼話。」

原來我們兩人之間，沒有人授意小蘭前去頂罪。這結論讓我和阿鍾都傻了。

長嘆一口氣，我虛弱地說：「本來以為我們兩人中有個爛人，這下好了，沒有誰是爛人，倒是有兩個懦夫。」

「真絕啊，」阿鍾竟然笑了出來，「小蘭越玩越大了，叫我還能說什麼？現在她坐幾年牢，我們兩個卻欠她一輩子。」

啞口無言，我坐在他的床畔長久發愣，直到阿鍾再次開了口，「我認了小辛，」他說：「不管怎麼走，就是繞不出小蘭設好的局面，這麼強的女孩，也算是奇葩吧，我認輸了。」

太刺耳了，我起身就要離開，阿鍾卻急切扯住我的衣襬，「讓我一次說完，你就認真聽一次好不好？我不想再做你們的擋箭牌了。」

「誰拿你做擋箭牌？」我詫異問道。

「就你們兩個啊，你靠我躲小蘭，小蘭靠我纏住你。」

「行了，這些我更不想聽。」

「你們兩個都靠我逃避問題，聽我說，小辛，我真的以為我辦得到，我試過了，本來以為我和你還可能有點未來，你都不知道我有多努力，我知道你也很受罪，可是小辛我敗了，小蘭她一定要梗在中間，我分不開你們兩個——你們這兩個——」

傷害我心的話，他終究沒能說出口。

那一夜，坐在阿鍾的床頭，長久看著他的沉睡面容，我徹底明白了，我與他太相同，因為心裡同樣那一塊軟弱的角落，我們都沒辦法真正傷害對方。天亮時我為他拔掉了點滴管，扛著他上車直赴正式的醫院，去見正式的醫生。

日子總得繼續向前，人總需要明亮的希望，我期待著阿鍾迅速康復，而後我們將重修舊好，一起面對明天。

但是他卻離開了。在我猝不及防的情況下，他的一整群親戚暴衝進了病房，為他辦理緊急出院。阿鍾就這樣永遠消失了，逃命似的，連即將到手的畢業證書他也不顧了。

只有我順利完成學業。在市政府裡我謀得了極好的工作，足供我發揮園藝專才，我尚且是個擅長傾聽民願的市府官員，只要是人們歡迎的花種，那麼我就下令栽植，丁香，玫瑰，紫雀，茉莉，迎春，隨便什麼花都好，總之我見不得任何一塊閒置的荒地，在我的心底，自有一幅滿市馨香的藍圖。

我的生活就此過得非常單純而且平靜，幾乎無甚波瀾，若是有什麼特別值得一提之事，那無非就是紀蘭的突然出現。

紀蘭回來了，在那個毫無預警的夜裡，她以自備的鑰匙開了門，興沖沖踏入我們的寢室。

在我們的寢室裡，她只待了幾分鐘，說了四句話。

「阿鍾呢？」

無語地互望幾眼之後，這是她的第一句話。她看著阿鍾整整齊齊的床鋪，那是有賴我一週一回的清理，才保持得如此乾淨妥貼。

「你把他弄走了？」

完全不然，他只是暫時離開，據我所打聽，他的家族將他送往別處深造去了，可能需要一陣時日才能回來。

「你怎麼了？生病了嗎？」

日光，工作所需我常在戶外接觸日光，在這種情況下，人變得黑一點，瘦一點，完全屬於正常。

「嗯，你再不說話，那我走了哦。」

不是不想與她說話，我只是太過於震驚，也許是她所穿的那雙廉價涼鞋，或者是她的氣質體態，亦有可能是她那滿臉的俗豔妝容，讓我的思考為之暫停。

她真的走了。並未走得太遠，她只是很草率地嫁了出去，對方是任何一個為人兄長者都無法忍受的輕佻男子。僥天之倖，他們很快便離婚了，紀蘭以駭人的速度找到下一個伴侶，之後是一連串的男人，她的眼光一次比一次更糊塗。

像一朵落水漂花，她以緩慢的速度漸漸遠離，終至於不知去向。

相較之下，阿鍾就消失得極為果決徹底。

為了尋覓他的消息，多年來我密切閱讀社會新聞，只要報紙提及厭世自殺的年輕男人，或是某處又發現了某一無名屍，我的心頭猛一衝突，第一個直覺總想是他。於是我勤加剪報製作詳細檔案，好幾次我真的前去協助警方認屍，只是從無斬獲。每一次垂頭喪氣地回到公寓，心裡就對阿鍾生起高度佩服，他竟然還活得有滋味。

對他從無恨意，只是想問問他，怎麼能將這一切拋給我一人承受？真想親耳聽見他的答覆。阿鍾他，始終欠我一個說法。

我一直住在那棟出租公寓裡。像我這樣一個收入頗豐的男人，成天廝混在大學生的環境裡，旁人都覺得甚為可疑。說穿了，絕無詭奇之處，這兒就是我們三人的小窩，我們只是單飛不解散，我消極等待，他們之中的哪一個或許回心轉意，說不準何時終將歸來。

房東對我相當客氣，只有兩次側面性地建議：「最近學生找房子不容易，或者哪天辛先生想換大一點的住處，請早點告訴我吧。這樣您懂嗎？」親愛的房東先生實在應該更珍惜我一些，像我如此準時交租的人並不多見，我甚至主動打掃公共環境，再說，有誰能夠真心討厭一個在天井種出西瓜的房客？

反倒是學生們駭怕我，碰了面格格不入，背著我竊竊私語，有幾次我在門廊佇足想要社交一番，他們見了即一溜煙全跑光，好像我是某種特大型蚊蟲或是吸血魔。

此類小事無足罣礙，我照常勤奮上班，在工作崗位上節節高攀。

雖說總是寂寞了些，直到最近這一兩年，唯有景小姐是我的安慰。

是的，我所說的正是著名的景若非小姐。我蒐集了她的療癒系列全部音碟，其中的天空私語尤其教人愛不釋手。這世上只有她能稍稍取代紀蘭的存在，她那柔中帶韌的嗓音安撫了每個失眠之夜的愁懷。我曾經寄給她幾封措辭含蓄的書信，聊表我對於她的才華的熱愛，迄今未曾收到過回訊，也許我所考查的地址有誤，也許歌迷去函太多，她根本來不及閱信。

也許她又是一個寡情女人，也許她對於我這類知音避之唯恐不及。但是何必駭怕我？難道我會是那種變態跟蹤狂？真心摯意，我只是想向她表達一些至高的禮讚，和她一起分享一些生活家常。

那一次，景小姐蒞臨本市舉辦盛大的演唱會時，我們幾乎有緣相聚，就差了那麼一點點，不及三呎的距離，美麗的景小姐昂著首與我錯身而過，若不是天正落著那傾盆般大雨，若不是一整排雄偉的保鑣那樣過度反應，我幾乎已經握著了她的手，摟她入懷亦有可能。

但是保鑣將我粗暴地推開了，我的雨傘在擁擠中飄然而去，像朵不甘心的百合一樣凋謝在泥漿裡，我聽見萬眾轟然鼓噪，景小姐燦爛地登了台，而我被兩個光頭保鑣一路架著，艱難地倒退而行，大雨中我望著那舞台越離越遠，直到我的背脊砰然撞上一堵牆，一個保鑣仍然暴力扭著我的兩脅，另一個保鑣非常輕薄地拍拍我的臉頰，前幾下很柔和，狀似安慰，最後一啪又響又重。

「像你這麼漂亮的先生，何必賴在這邊胡鬧勒？」他說，「振作點老弟，找個馬子好好去喝一杯吧。」

我支開了他的骯髒手掌。這世上若是有比「斯文」更令我反感的形容詞，漂亮兩字絕對拔得頭籌。

大雨迷濛如霧，景小姐開始歌唱。

在歡聲雷動的地方，人很難不面對自己的徹底孤單。

我不想變成這樣，我有滿腔的感情，始終努力做個好人，怎麼卻走到了這一步？在我眼前至少是十萬個激情合唱中的人群，那喧譁聽起來又何其遙遠，怎麼我卻走岔了彎，誤入這最邊遠的地帶？我想跟著歌聲吶喊，但我發不出聲響，只有站在遠離舞台的另一端，靜默地淋著大雨，無處訴說，無人能解，有誰能夠明白，這邊境最是荒涼？

溼漉漉地回到我的出租公寓，極不想踏入家門卻又無處可去，站立了五分鐘之久我才掏出鑰匙，累得甚至擠不出一絲力氣嘆息。我開了門。每個人都有他的專屬地獄。

56

尋找河城。但我已經頗為疲乏了，在這枯旱地帶至少穿梭了兩個鐘頭，一直推敲不透，明明河城就在地圖中不遠，何以我就是繞不出這迷宮似的丘陵？

天色漸晚，若是繼續耽延下去，在夜裡尋路將更不合宜，所以我抖擻起精神，打亮車頭燈，啟動音碟，全速開車前進。

步步逼近河城，遠離過往。天無絕人之路，當長官們拔擢我至河城工作時，全新的盼望也滋潤了我的心靈，人總不能永遠困頓在憂愁中，前方有幅新景象總算是個寄託，我渴望著在那最邊遠的小城裡，展開一種陌生的生活。

景小姐的歌吟如潮水湧來，何其振奮人心。我作為一城之主的歲月正要揭幕，我的車裡載運著一箱寶物，那是我花了數年悉心收集的珍奇花種，它們將要全數傾灑在河城的塵土上，河城將要因此變得繽紛璀璨，雖然尚未入城，對於那遺世獨立的小小河谷，我早已經寄予無限優美的想像。

至於河城裡的人呢？這方面我並非完全樂觀，身為空降的管理者，雙方的猜忌是難免的，我的心裡亦已作過多方揣想，縱算我將要被討厭，被駭怕，被陷於不義，被千夫所指，我都甘心忍受，但我將不接受任何崇拜。

未曾親身經歷過的人，無法瞭解，在不成熟的傾慕中，最遭受損傷的，不是崇拜者，而是偶像。回想我與紀蘭及阿鍾的關係，若不是交纏了那些細微的崇拜情結，以致於在每個小小抉擇處，我們都作出了不太適合自己的演出，如今我們極可能不會變成這模樣。在毫無惡意中，我們一點一滴惡謔地改造了對方。

若是能夠回到起點，我真希望曝露出真正的自己，跟仰慕者做個了結，沒錯，真正的我，並非如我想像的優良，我有許多壞處，跟任何人一樣脆弱，抵達河城之後，我將坦誠面對一切，也許我將展露一些壞心眼，也許我將繼續犯錯，但我滿懷期望，就像在腐泥中栽出花朵一樣，我願意經歷許多苦楚，然後我要在幽黯中慢慢找到一點朦朧的答案，那答案必須從愛裡面去解讀。

一邊漫想著，一邊開車，迷途中枉走了無數哩程，我來到一處險峻的河谷。河谷？莫非我已抵達了河城？但觸目所及，比丘陵地上更加荒蕪，這兒的地形已經超脫了丘陵的柔和，較近似花崗岩質的峻峰，一旁是險削獰惡的深谷，眼前的路勢越攀越高，夕色越來越濃，終於在這兒我遇見了人蹤。

那是兩個男人。

兩個看來還不脫稚氣的年輕人，頗為錯愕地瞧著我驅車上了山崗。這兩尊孤伶伶的身影，並立在石崖的最末端，背對著河谷，滿天鮮紅的晚霞就如同烈燄一般，襯出他們那一副徹底絕望的模樣。

他們之中較高的那人長得頗帶野性，他警戒著我的來臨，又不時回頭打量谷底，似乎非常煩心，另一位則是俊秀得像個女孩兒，只見他慌張地向後退卻，再差一步便要墮入深淵，這兩人看起來都是一樣的衣衫凌亂，神態一樣的疲倦狼狽。

此情此景讓我永生難忘，說不上為什麼，我看出來了，這兩個孩子正準備要從此地跳下懸崖。或許他們對於我的來意也同樣疑猜，所以只是忐忑地望著我下了車。

念及他們即將是我所治理的子民，我的心中產生了一些慈愛之情，只願表達出援助的意思，我想將隨車攜帶的點心餐盒、或衣物、或隨便任何東西饋贈給他倆，但也許他們不習慣接受施捨，我亦拙於直接表達友誼，於是我和藹地搭訕：「二位可是來自河城麼？」

兩人的反應都是一愣，接著都笑了。

「幹啊，我們媽的再倒楣，也不會死到河城那種操他媽的鳥地方去。」

非常好，正是兩個需要寬宏導正的孩子，我邁步向前，懷著友善遞出了我的手。

他們又是一愣，兩人互望了一眼，然後一前一後向我包抄過來，在我未及反應的一瞬間，一記猛拳已經將我擊倒在地上。

我嘗試了幾次，還是無法站立，因為他們之中的一個人正在一腳狠過一腳地重踢我的脅骨，那力道，足以在球場中作出兩百碼的射門，另一人則瘋狂發動我的座車中，他啟動了引擎，從車窗探出頭來驚慌高喊：「走了，走了啦，不要管他了。」

踢我的那雙健腿蹲了下來，我的西裝口袋隨即被粗暴掏尋，然後我的皮夾手機隨著那人離我而去。

我抱著腰腹搖搖晃晃爬起身，自忖大約斷了五六根肋骨。我看見襲擊我的人勾著身子，正與駕駛座上的人交頭接耳，接著兩人一起回頭觀望我。

將嘴裡的血污啐吐出來，我也望著他們。只是兩個窮途末路的孩子。我望進去了他們的眼神最深處，在那兒我看見大量的自我厭棄，與言語無法訴說的孤獨。

見到兩人一起走回向我時，我因為一陣暈眩，跪落在沙地上，沙很燙。

兩人已經來到我的面前，我再度仆倒回沙塵中，沙很香。

他們左右扯起了我的臂膀，將我拖向懸崖邊緣。頭垂向地面，我看見自己沿路灑血成花，心裡面卻想著，這兩個孩子將要遭受多少夢魘折磨？後悔的滋味，我早已嚐過，我想抬頭與他們好言磋商，或許我們可以找出一個折衷的方式，無須如此狠心，但我的雙腳落空，背脊發涼，仰天望見他們最後一眼，我又見到我在空中絕望揮動的雙手。

「我原——」

來不及了，一句話無法說完，只好給他們一個倉促的笑容，讓他們在未來長久回想。希望他們終將明白，我那神情中的訊息，必須從善意裡面去解讀。

想告訴他們，我原諒二位，但我正在摔落中，往下是數百呎深淵毫無阻攔——不，還有最後的希望，在深深的底下，我見到一棵姿型清俊的小樹，張開枝枒凸出於岩壁上，若是不能扯住那棵小樹緩降，我估計將有九成的機率撞死在崖底的大岩塊上，其餘的可能性是輾轉滾入河裡，先昏迷而後溺斃。

才這麼想著，小樹就已衝向眼前，我清清楚楚看見枝頭的最終端，迎面遞給我一朵純白的花蕊，那花兒溫柔地拂慰過我的臉龐，吐送出一縷奇香。

只是一剎那，我與小樹擦身而過。那香味從此將永遠與我為伴。

一剎那，也夠久了，足夠我回想起一個故事。

很久很久以前，在一個整年之中有六個月遭到大雪冰封的國度裡，剛剛度過了最歡樂的時光，持續七天七夜的的聖泉節盛大慶典，結束於這個午夜的祭拜儀式。

莊嚴無比的祭拜儀式，由帝王親自主壇，在整夜的典禮中，貢獻犧牲無數，以安撫幽遊夜空中的祖魂，與陪伴祂們的月亮星辰，並且祝福未來的七百代子孫。

典禮之後帝王的心情非常煩悶，回到寢宮更衣時他愁眉不展，所以他遣走了合唱夜曲的閹童，摑了為他更換夜靴的小侍一巴掌，那些嬪妃誇張的笑臉相迎，如常，令他噁心，猛灌下的大杯烈酒在他的胃裡造反。他獨坐在石質浮雕檯座前，以顫抖的手，給自己補妝，他為雙頰敷上白色滑石粉，以蘆炭重新描畫眉毛，在他的面前，沒有鏡子。

他已經有好幾年拒絕照鏡了。他的宮殿裡，也卸下了一切滑亮反光物體。

草草上妝以後，帝王披著夜服，在隨從的簇擁下，穿越重重迴廊。當轉入地下甬道時，帝王的醉步開始搖晃，幾乎一步一咳嗽。

病軀越來越沉重，他的來日已經不多。

地道裡，帝王的步伐踉蹌，但他依然走得那麼快，快得前驅小廝來不及揮灑薰香。密集的油炬檯將地道輝映得很明亮，沿途的守衛隊伍猶如草原見了風，依序在帝王的腳步之前伏拜下去，守衛們全都換上了低及眉沿的特製帽盔，盔前垂落整排流蘇。

一個帝王的醉態是不允許任何人看見的。

地道的終端，石造大門左右開啟，帝王邁入大門，只有兩個最貼身的侍從跟了進去。

石造地牢裡，另一群精銳守衛鞠躬迎接帝王蒞臨，帝王以一個不耐煩的悶哼示意他們退下，守衛垂首退開兩旁後，留下十個囚犯站在地牢的中央。

十個赤裸的囚犯一字排開，抖得幾乎站不直。他們發抖並不是因為嚴寒。

除了反綁他們雙手的繩索之外，這十個男人一絲不掛，連頭罩都不需要，他們都是將死之人，因此獲得了親睹帝王風采的榮寵。

在未來的許多野史傳記裡，記載著這位帝王嗜食人肉，其實那全是訛傳，帝王從來不缺肉食，也無特殊的異食癖，他只是罹患了嚴重的肺病。嚴懲許多位御醫之後，為了延壽，他終於聽從某位良臣的獻計，在每次月芽之初與月圓時，生飲一壺新鮮人血。這一夜正是滿月。

像個挑剔的美食家，他堅持必需親自過目食材。

慎重的夜，十個死刑囚犯站立石牢中，供帝王瀏覽欽點，帝王特別在意犧牲者的骨架是否均勻，肌肉結構亦是挑選重點，皮膚尤其需要經過仔細審視——他們都已被熏洗得十分乾淨，髮鬚剃除。至於他們的性命，帝王不在乎，不是不夠仁慈，他們本都是罪惡之徒。

手裡撚著一束繫上純金絲的紫兆子，帝王在十個囚犯之前緩步踱來踱去，紫兆子拋落在誰的腳前，那人就要即刻被帶下刎頸而亡。

只要在哪個囚犯的面前多停佇一秒，不出所料，那囚犯總要不勝驚惶，甚至當眾暈厥，這情景讓帝王感覺有趣極了，所以他喜歡來回巡視許多趟，惹得囚犯們啼哭發狂。這一次，因為醉酒，帝王玩得特別久，有時他作勢將小花束擲落，反手一抽——還捏著金絲線頭。

最終九個囚犯都已癱倒在地，無法站起。

只剩下一個囚犯分毫未動，與帝王迎面對立。帝王著意凝視他，也壓鎮不退那安詳的眼神。這是個俊朗的年輕人，他的那雙眼睛，清湛得像是九月晴天。他原是個吟遊詩人。

帝王點了點頭，御袍一揮袖，就在年輕人的腳前，紫兆子輕輕跌落，花束因為著地而彈躍了一下，滾出兩顆細小的種籽。

帝王返身坐上石牢中一幢高高寶座，招手差人將年輕人押至面前。

年輕人來到寶座前，赤著身體，仍舊昂然站立。

「你，犯了什麼罪？」帝王開了口。

「在一首滑稽的小詩中不小心為您取了綽號，陛下。」

「唔，這倒是有趣，請問你怎麼給我取的渾名？上次叫我老邪物的那一位，你知道後來我把他怎麼了？」

「是的，我知道。」
「你不害怕？」
「不能說不怕，陛下。」
「哼，你們這些文人，最是頑劣難馴，老實說吧，很討厭我是嗎？」
「不能說不討厭。」
「我可是讓你們活活氣得死的蠢人嗎？絕不，告訴我吧，到底你對我哪兒不滿意？」
「您願意給我多少時間陳述？」
「夠了，我一眨眼的時間也不給。最可恨你這俏皮。唔？你還沒回答，給我取了什麼綽號？」
「陛下，我稱您恐怖大帝。」
帝王擎起沾著咳血的手絹，假意擦了擦唇際，藉機細細聞嗅手絹中的血跡。他在思考。他想及了許多事情。我將要不久於人世，多麼不甘心，曾經我也是個翩翩美青年，我躍馬戰場的那幾年，遠及到那溫暖的南方沿海，我開疆闢土，好生安置我的無窮子民，但我終究又病又乏，沒有人能夠稍解我的一絲痛苦……該死這年輕人的一身勻稱骨骼肌膚，該死那天然紅潤的雙唇，能不能夠，以我一半的國土換取面前這副可愛肉體？好吧，四分之三的國土我也願意，再加上我滿窖的珠寶以兌換他的眼睛，那雙眼睛啊……唉。
帝王原本想嘆口氣，卻演變成了一串劇咳。他早已明白生飲人血無濟於事，他大致上已經接受將要病死的命運，但他還是滿懷深憂。
大去之後，人們將要怎麼回憶他？那些需索無度不知感激的子民們，無疑是一群見異思遷的涼薄之人，而他的皇嗣們，可繼承得起他的幾分威儀？帝王的嘴角漸漸浮升起一個蒼白的笑意。恐怖大帝，這綽號倒是體面。

「你這年輕人，讓我多麼歡喜，所以我決定晚一天賜死你。來，靠近我一點，我的肺使不上力。我的左右，鬆開他的繩索，賞他一把好座椅！再加一副披肩，暖上一壺酒來！靠近我坐下吧，很好，現在我要說一個我所想像的故事。你聚精會神嗎？非常好，那麼聽吧，

很久很久以後，在我這國土上，殘存著我的民族的末裔，除了姓氏以外，他們並沒有從祖先那兒遺承太多優良血液，他們一代比一代軟弱，一代比一代不中用。

當我的血統中所有強悍素質稀釋至最低點時，在這些人民中，誕生了這麼一個最不中用的人，他選擇了最不中用的職業——跟你一樣，他是個詩人。

據說他還不到二十歲時，就已經因為自費出版的詩集而小有名氣，可惜，因為流離顛沛的關係，他並沒有為這傳聞留下證據，甚至他到處受人瞧不起，但他的確是個天才，上蒼透過他的文字表白，他是筆蕊，所以容易耗損。

五十幾歲時，他已經耗損得差不多了，那時他流落到了異國，永遠拋棄了他在故鄉的妻子兒女。棄家這事讓他對故鄉的感情變得錯綜迷離，他從沒在日記中誠實寫出來，當他的祖國忽然滅亡時，他其實大鬆了一口氣。

不要忘了，他是一個不中用的人，雖然滿腹浪漫情懷，但那些義蓋雲天，可歌可泣的大事，他一件也沒做成，在某段他完全中斷寫日記的日子裡，他變成一個無可救藥的賭徒。

他將寫詩的天分應用在彩券上。先作足了功課——也就是說，抽夠了菸，喝醉了酒，他就在最狂野

的詩意中組合投注數字。他所贏得的彩金，大致上說起來，不會比出版一本冷門詩集賺得更多。

終於他只剩下最後一張鈔票，在煙、酒，和彩券之間，他選擇了後者。

毫無靈感，手中的鈔票只夠買兩張彩券，詩人枯坐在投注攤前，望著整整齊齊鋪列在方板上的彩券。

詩人很詩意地站起來，輕聲唸誦一首自己最得意的詩，手指隨著音節在方板上點數，唸到最後一字時，在指尖的停駐處，他揭下了第一張彩券，沒中；秋風蕭瑟，詩人苦候天邊飄來一片落葉，那片落葉輕輕擦過的那張彩券，詩人馬上買了下來，沒中，詩人失去了賭博的本錢，但是他還能作夢。

為了作夢到底，他做了一個更不中用的抉擇——戒賭，成為一個哲學家。

一邊架構他的哲學理論，他同時一路漂流到更遠的他鄉。一個拋家棄子的人不會介意流浪。他在一個富足的國家登陸，此後，週一到週五，他躲躲藏藏地非法打工，週末，他自備一只肥皂箱，來到公園，往人多的地方一站，他以蹩腳的異國語言，展開漂泊哲人式的演講：

「人啊！請聽我疾呼，問題們誤以為天堂就是終點站，我想請問，萬一有一天，你厭倦了天堂，那怎麼辦？為什麼不學學混亂的信徒？在既存的生活中尋找寧靜？」

人們馬上自動解散，沒有人告訴詩人，他有太嚴重的口音問題。

如果他不是把「基督徒」唸成了「問題」，又將「孔子」口誤為「混亂」，也許在他的肥皂箱前，不會只剩下一個滿臉呆滯的少年。

少年對於任何超過十個字的句子都不感興趣，他留了下來，只是因為好心。

為了報答少年，詩人與他在草地上坐下來。公園有的是如茵綠草。詩人決定好好啟發少年的心靈。

「孩子我問你，什麼是美？」詩人問。

少年苦思良久，回答：「剛剛下過雪的時候，我覺得很美。」

「非常好！」詩人熱烈讚嘆。他其實不想聽少年的答案，只想趁機發表演講，他想將畢生功力傳授給少年，必要時，他甚至將要說出美的最終極秘境，那是完全超乎他個人極限的美，比方說，死於十八歲。

「過一天就不美了，被車輪輾得髒兮兮。」少年又追加補充。

「不如這樣，」詩人看了他半晌，最後說，「我來說個故事給你聽吧。」

「可是我要回家吃飯了。」

「別走，孩子你別走，這故事真的很短，我現在就開始說，

很遠很遠以外，在一個很溫暖的地方，那兒是許多候鳥南飛路線的中途，大雪從不降臨那塊國土，這是沒辦法的事，在那樣的緯度裡，連春天的意思都很模糊。

多麼湊巧，這時正是春天，春天的微風小窗前，一個視力模糊的母親，將她的小小女兒放在膝上享受夕陽，她正在為女兒打辮子。

比一個布娃娃大不了多少的小小女兒，非常乖巧地聽任母親絞打髮辮，雖然扯得她有點疼，橡皮筋纏入髮根時尤其疼，為了忍耐，小女兒捏緊手中的粉蠟筆，她的腿上有一本小小畫簿，她正在畫媽媽的肖像，媽媽在她背後，她畫的是的心裡面的藍圖。

「媽咪，可以不畫進去妳的眼鏡嗎？」

「為什麼不畫？」

「看不見妳的眼睛。」

聽見女兒這麼一說，母親將她反身轉過來，兩人面對面，母親摘下了她的墨鏡，瞇起雙眼瞧著女兒，說：「來，給妳好好看一看媽媽的眼睛，告訴媽媽，妳看見了什麼？」

小女兒認真審視，宣布說：「和我的不一樣。」

「很好。幸好不一樣。」母親答道，後半句說得很輕，沒讓女兒聽見。女兒返頭繼續畫圖。

母親是個白子，天生的白化症賜給了她一身純白色毛髮皮膚，和一雙非常脆弱的眼睛，她常年戴著墨鏡。

「那妳跟外婆一不一樣？」女兒忽然又發問。

「不，我們也不一樣。」

這答案讓女兒很滿意。

母親為女兒絞好了辮子，在綁上最後一道橡皮筋時，她趁勢親吻了女兒的小小頭顱。

這個女兒是個差點被放棄的孩子。母親在胎孕她時，曾經陷入了長期的焦慮緊張，擔憂產下一個同樣帶著缺陷的嬰兒，左右為難，不確定該不該生，在漫長而痛苦的懷孕期間，整整兩百八十天裡，她天天哭泣，不堪煎熬之下，她搭了久久一趟車，到達一個陌生的城市，尋找一個傳說中的偉大靈媒。

靈媒原來是個狀貌普通的中年婦人，這點讓她非常失望，更失望的是，靈媒的住處甚至不見神壇，不見占卜器具，連一顆裝飾性的水晶球也沒有，那是一間幾乎空白的小房。

「妳，來找什麼？」靈媒問她。

「我聽說……聽說妳可以幫忙跟神溝通。」

「妳想跟神溝通什麼？」

「我想……我很想知道一點未來的事。」

「未來的事，為什麼現在就想知道？」

「我想請神幫我做個決定。」

「我們的未來，是神的回憶，祂全知一切，但祂不能改變什麼，妳希望這樣的神幫你做什麼決定？」

「我不知道，我一直在想，不完美的事情，應不應該讓它發生。」

靈媒端詳她腹部，明白了一切，因為同是個女人，靈媒慈藹地建議：「在不完美中妳將發現愛的能力，妳看起來太累了，何不回家去給自己燉點雞湯？」

最失望的事發生了，寥寥幾句對話，靈媒竟然收了她好大一筆錢。

母親不喜歡靈媒將話題牽扯到了那樣飄渺的層次，倒是最後一句話還算受用，她喝了不少雞湯，生下了健康的孩子，現在她非常愛女兒，而且女兒長得不像她，這就足夠了。她摟著女兒眺望窗外風景，窗外是開挖至一半的地鐵工程，但母親所見是一片黃昏迷濛。她的弱視是一種朦朧的幸福。

女兒高高揚起畫簿，快樂地展示成圖。母親觀賞圖中的自己，她那一身蒼白的表皮，被女兒擅改成了可愛粉紅色，她覺得非常美。

「媽咪，講故事給我聽好不好？」

「好啊，今天我們講一個鬼屋的故事，妳敢聽鬼故事嗎？」

「敢。」

「那媽媽說了喔，來，我們抱緊一點，

在一個很近很近的河谷裡——不要害怕，並沒有妳想的那麼近，坐車去那兒還要好幾個鐘頭，河谷裡有一座小城，妳的外婆就在那邊工作。

隔著一條河，河谷對面有棟房子，大家都說那是一間鬼屋。

鬼屋裡面曾經住過人，那人曾經是個帥哥，因為一次無心釀成的大禍，帥哥意外毀了容。毀容足以致命嗎？不足，但這人無法克服嚴重的心理障礙，他本是一個太自戀的人，從此他拒絕與人見面，離開精神療養院以後，他就搬來河谷邊的房子獨居。

整天從窗口默默看著小城，他漸漸幾乎認得出對岸的每一人，卻始終鼓不起勇氣跨過河流。他最後寂寞致死。

他成了一個鬼。關於鬼的世界，我們幾乎一無所知，連一些最重要的基本問題也不了解，比方說，鬼吃什麼？我們不知道，只知道這個鬼很獨特，他以視覺攝食。

他吃他看見的情景。觀察得越深入，就越有滋味。

他不能讓人看見，不能正面接觸人類，只能間接。

他飛越過來了河的這一岸，見到人便縈繞追隨，只等著人丟出拋棄物，他就深深挖掘，細細品嚐。他特別嗜好採集淚水。

慢慢地，鬼開始幻想他與人們共同生活，固定探訪幾個隱藏最深秘密的人，是他的日常娛樂，他以間接的方式，與這些人成了朋友，但是沒有人看得見他，鬼是非常寂寞的，他將千言萬語埋在心裡，天天漂蕩進小城，用他的一雙鬼眼睛朝人們無聲掃瞄，深度探索，那視線裡包含著很大的感情成分。

很大的感情，只能說給風聽。

當一個鬼開始傾訴，所有的夜間涼風都在草尖凝結成露珠。

露珠不願對談，鬼無所謂，他已經太習慣跟不回應的對象說話。他還擅長自問自答。

「今天我又看到那個死胖子，你們知道他躲在門後面偷偷幹什麼？猜猜看？

「包你們猜不著，死胖子用兩個體重計，一腳踩一個，想要給自己量體重，呵呵呵，

「後來他就量不下去了，因為忽然有人跑來看病，死胖子心情很不好，就推說他的高血壓又犯了，他要暫時休診，然後他在診療室軟趴趴躺一個下午，有夠沒力，

「照理說這麼胖的人，身體裡面應該有最多的能量，那當然——如果煎了他做油燈。

「胡扯，我這哪叫酸？我這叫關心，我關心很多人，我也擔心好幾個人，不是我在講，我太瞭解他們了，不只他們的過去，連他們的未來，我都陪著他們拚命找答案，

「我跟你們保證，我是一個天才，好吧，你們要講鬼才也可以，反正他們的最佳答案，全都給我想出來了，如果再讓我活一次，我應該跑去當編劇，

「唷，你們不相信，那我就來說個故事，

「因為我是一個很有創意的鬼，所以我要說一個跟小城只有一點點關係的故事，

在那很高很高的天空，有一架客機正在飛翔，美麗的空中小姐剛剛伺候大家用完餐，大部分的旅客都拉下遮光窗幕，又戴上眼罩，準備好好歇息。

一個看起來很不安的男人招手找來了空中小姐，要求再添一杯咖啡。

也許是因為他的外表俊俏，或者是因為他眉間的那麼一抹憂傷，空中小姐給她斟上了很滿一杯。

男人也拉下窗幕，卻又點亮了座位小燈，他正在寫一封信。

那是一封遲了十年的情書。

男人不安的原因是，他的菸癮又犯了，只要做任何稍具難度的事，他就需要香菸，而手上這封信太艱難。

收信者將是一個美麗的人兒，十年前，就在雙方最青春美麗的時光裡，兩人差一點就永遠成伴，可惜那一切又發生在他們不太懂得珍惜的年紀，兩人傷心地分了手，各自寂寞。

始終思念著對方，其實有些時候，停止傷心只需要開個口，但因為某種奇特的男性邏輯，這男人卻遠去他鄉，發憤工作，他誤以為只有功成名就那一天，才是開口的好理由。

男人變成了一個熟練的錄音師。

這工作真的很適合他，因為錄音需要一雙特別靈敏的耳朵，和一顆特別擅長安靜等待的心靈。

男人熱愛他的工作，熱愛到了走火入魔的地步，他上天入地，拚命蒐錄最珍奇的聲音，對他來說，珊瑚產卵，有聲音，一朵綿花綻裂，有聲音，他夢想著在最不被察覺的聲音裡，發覺出最大的美。

他的努力終於有了收穫，男人記錄混音處理的「冬湖之夜」剛剛贏得了大獎，世界各地的影音工業對他的邀約紛至沓來。

他正要開始四海揚名，雖然他謙虛地自認，尚未找到最美的聲音。

男人以過眼雲煙的淡淡筆觸，將這一路的辛酸寫進了情書裡，現在，是開口訴說思念的時候。

一聲輕得不能再輕的撞擊傳來，「咻——嗤」。

整個機艙裡沒有別人察覺，只有這男人茫然地拉開窗幕，張望窗外雲霧，他的耳朵太敏銳，剛剛聽見的是什麼聲響？

這架客機剛剛遭受了鳥擊。至於那是一隻什麼鳥？墜機的事後調查報告裡始終列為不詳，只知道，唯有鷹類才可能飛得那麼高。

就在男人準備再次放下窗幕時，飛機突然顫抖起來，不到一秒，機身大幅側偏。

男人被拋到了機艙天花板，手裡依然抓著那張未寫完的情書，他清楚聽見一聲「喀喇」，清脆無比，細緻絕倫，美得超越了想像。

那是他的頸椎斷裂的聲音。

身為墜機事件中第一個斷氣的人，他很幸運。當飛機在低空中苟延挺進，發出鬼嚎般的恐怖怒吼，當全機的乘客一起驚聲尖叫，甚至當機身墜地，瞬間撕裂爆炸扭曲時，他都已經聽不見了，只剩下一點點視覺，與一點點殘念，多麼希望，手中這張情書可以倖存，「風啊，若是有靈，請帶走情書吧，抵達那美麗人兒的身邊。」

風卻取走了他的名片，在焚天大火中。

飛翔。盤旋。

風向名片說：「我將讓你輕輕著陸。你願意飛去哪裡？」

「飛去哪裡都沒關係，我是一張失去意義的名片。」

「為什麼失去意義？」

「被火燒過，我的名字不見了。」

「沒有名字不好嗎？」

「我也不知道，聽說失去了名字，我就跟一片垃圾沒兩樣。」

「垃圾都是風的好朋友。」風說：「這段路還很長，不要難過了，我來說個故事給你聽，這是當我聚合成另一陣風時聽說的故事。對了，風都沒有名字。現在請你專心聽吧，

在那很深很深的夜裡，有個大男孩透過一個很高的窗口看星星，我的風兒朋友們常常遠道而去拂繞著他，他是一個很乖也很壞的男孩。

除了風以外，沒有人探望他。大男孩從小就夢想著要去很遠很遠的地方，但是從沒一次抵達得夠遠，就連他現在仰望的那星星也不夠遠——順便說明，他望著的那點星光，來自一顆在十億年前就崩坍毀滅成黑洞的恆星。

從來都不夠遠，因為大男孩想離開的是他自己。

最後他來到了這個充滿鐵欄的地方。在這最黑暗時刻裡，加了鐵欄的鐵門忽然被人開啟。

「你走運了，小子，有人選中了你。」

選中他，這是什麼意思？

「外役，你要出去逍遙嘍。」

雖然是調侃的語氣，聽起來勉強像個祝福。大男孩被送入那輛小巴士密封的後車廂時，心裡隱約知道，他的命運就要永遠改變。

這一回，似乎要去很遠的地方。

「砰！」車廂門被粗暴闔上，加鎖。

最恨被鎖上的門。這車裡甚至連一扇窗景也沒有。人們在車外忙著交接公文，大男孩縮在座椅中抱

胸而坐，開始胡思亂想。

他將會被帶去哪裡？又是誰揀選了他？

大男孩進入了長遠的想像。坐過牢的人都很擅長利用想像打發時光。

大男孩所想像的故事裡，他將抵達一個最遠的小城，在那兒他將遇見他的新主人。因為在黑牢裡吃過太多苦頭，故事中的這位新主人，於是也受盡磨難。

受盡磨難中，只有大男孩忠心耿耿與他相伴，他們一起在灰塵迷漫的長路上，摸索著前方那一點點光亮。

慢著，實在太冷了，出發得太匆促，他穿戴得很單薄，凍得直發抖，大男孩四處尋覓覆蓋物，可惜車廂裡收拾得乾乾淨淨，最後他剝下了一副椅枕套布，掀開上衣，悄悄用布料裹住肌膚。車子一震，開始前行，無風景。

無風景。大男孩的想像力飛馳，車行越來越顛簸。

「呼叫艦長，呼叫艦長，」大男孩啟動求救訊號：「發生了什麼事？我們撞到東西了嗎？為什麼劇烈震盪？」

「這裡是艦長廣播，無需驚慌，各位，我們只是正在穿越空間介面，衝擊與恐懼都是難免的，但這時的航向攸關緊要，請堅守崗位，請保持希望。」

猛烈撞擊。

轟。

艦長日誌：里程歸零，航行第０００１天，極速碰撞後，我們進入了鏡像空間。

在鏡像空間裡，我們見到了一切，因為一切被投射出來的訊息都在這兒折返。包括一切被想像出來的，在這兒都是某種形式的實現。

星艦在燦爛的星河中寧靜飛航，我們穿越過了許多耳熟能詳的星座，但它們都只是折射映像，航程寧靜無比，因為星際之間沒有傳導聲音的空氣。

何其歡悅，我們來到了如此壯麗的地方，可惜星艦的能源正接近耗盡中。

所以我們張開了星艦的翅膀，是的，我們膩稱為雙翅的那一對光能反應板，它自動從光亮裡轉換能量，同時它也隨意捕捉星際最微弱的光波訊息。

我們攔截到了無數的奧妙語言，但我們的星艦無動無衷。

「辛先生，」直到那清嫩的音訊傳來，「辛先生，只有當您不像您的時候，我才會駭怕您。」收到這句話，本艦能量重新注滿，足夠我們繼續翱翔。

航入宇宙的最深處，我們近距離擦掠過那顆具有最終極秘境之美的星球，那星球上，有人間一切被遺落的失物，與可以遺傳回憶的異星人種族。

但是我們並未停駐，航行尚未結束。

在河一般的時空長流中，我們還將繼續航行，慢慢遊覽。我們見到凡是被聚合誕生的，都是深深的累積，任何一丁點存在都有意義，一切跟一切都有關係。我們開始遭遇到其他星艦，一艘，多艘，無數艘，全都是漂流者，星星點點，稠密滿布在四面八方，各自卻又顯得那麼孤單。我們以光波互相問候，有時同行，有時分道遠颺，除了在交會時互換的那一點點善意，我們找不到特定的方向。

我們只有繼續漂流下去，尋覓光亮。這旅程漸漸成了向光的意念，其餘的渴望就如同塵埃一樣，紛紛飛散了，淡了。

終於連我們的艦體也淡了，變得透明一般，隱隱約約，前方宛若出現了終點站，又像是起點，正發出永恆的召喚，於是我們卸除了艦體的負擔，連自己也卸除，只剩下單純的飛翔。除了歸向那無限寧靜的召喚之外，我，不詳；我以外，不詳。

（全文完）

朱　少　麟　作　品　集　6

地底三萬呎

國家圖書館出版品預行編目 (CIP) 資料

地底三萬呎 / 朱少麟著 . -- 暢銷紀念版 . --
臺北市 : 九歌 , 2021.09
面；　公分 . -- (朱少麟作品集；6)
ISBN 978-986-450-361-2(平裝)

863.57　　110012783

著　　者——朱少麟
創 辦 人——蔡文甫
發 行 人——蔡澤玉
出版發行——九歌出版社有限公司
臺北市八德路 3 段 12 巷 57 弄 40 號
電話 / 25776564 傳真 / 25789205
郵政劃撥 / 0112295-1

九歌文學網　www.chiuko.com.tw

印　　刷——晨捷印製股份有限公司
法律顧問——龍躍天律師 ・ 蕭雄淋律師 ・ 董安丹律師
初　　版——2005 年 9 月 10 日
暢銷紀念版——2021 年 9 月
定　　價——420 元
書　　號——0110606
I S B N——978-986-450-361-2